퍼지 컵케이크 살인사건

FUDGE CUPCAKE MURDER

MURDER

해문

퍼지 컵케이크 살인사건

조앤 플루크

해문

등장인물

....

한나 스웬슨   '쿠키단지' 라는 베이커리 카페 운영

마이크 킹스턴   위넷카 카운티의 경찰관이자, 빌의 상사

노먼 로드   레이크 에덴의 치과의사

안드레아 토드   한나의 여동생, 부동산 중개인

빌 토드   위넷카 카운티의 경찰, 안드레아의 남편

트레시   안드레아와 빌의 딸

리사 허먼   한나의 조수이자 파트너

딜로어 스웬슨   한나의 어머니, 그래니의 앤티크점을 운영

제임스 그랜트   위넷카 경찰서의 서장

네티 그랜트   그랜트 서장의 아내

루앤 행크스   미혼모, 스웬슨 부인의 조수

테드 퀘스트   테드의 폐품장 운영

비아트리스 퀘스트   테드의 아내

바바라 도넬리   그랜트 서장의 비서

쇼우나 리 퀸   경찰서의 행정직원

한나 스웬슨은 직사각형 상자 앞으로 다가가며 마음을 굳게 다졌다. 비록 전문가는 아니었지만, 마치 폭발장치를 해체하려는 폭발물처리반이 된 듯한 기분이었다.

한나는 용기를 모으기 위해 심호흡을 하며 앞으로 더 가까이 다가가 상자의 잠금장치를 풀고는 안전하다고 생각되는 거리만큼 펄쩍 뛰어 뒤로 물러났다.

"이런, 세상에. 놀랬잖아!"

수의사가 인가한 작은 강아지 캐리어 안에서 모이쉐가 불쑥 튀어나와 주방으로 쏜살같이 사라지는 것을 본 한나는 가슴을 쓸어내렸다.

그녀의 고양이 룸메이트가 이렇게 빨리 움직일 수 있으리라고는 상상도 못했다. 그건 고양이라기보다는 네 발 달린 오렌지와 흰색 털 뭉치가 모터 같은 속도로 달리는 거라고 보는 편이 더 맞을 것 같았다.

한나는 플라스틱으로 된 캐리어를 집어 세탁실 찬장에 올려놓았다. 예전에 한 번 캐리어를 치우는 것을 깜빡한 적이 있었는데, 그때 모이쉐가 스스럼없이 플라스틱 바닥으로 발을 들여놓았었다. 이번에도 모이쉐는 기대를 저버리지 않았다. 그야말로 장난감 쟁기로 수천 고랑을 파낸 셈이었다.

수의사에게 녀석을 데리고 가기엔 한나가 처음 시도했던 마분지 상자보다는 플라스틱 캐리어가 몇 배 더 나았다.

마분지로 녀석을 병원에 데려갔을 때, 병원에 도착했을 즈음 상자는 이미 갈기갈기 찢어져 있었고, 녀석은 분노에 찬 울음을 내뱉으며 한나의 트럭 트렁크 안을 이리저리 돌아다니고 있었던 것이다.

주방 앞에 멈춰 서자 안쪽에서 과자를 오작거리는 소리가 들려왔고, 한나는 이내 안심하였다. 아무래도 이른 아침부터 수의사에게 다녀오는 일은 한나에게나 녀석에게나 모두 벅찬 일과였던 모양이다.

모이쉐는 수의사에게 당했던 시련을 먹는 것으로 다 잊어보려는 듯했다. 집에서 나오기 전에 사료그릇을 채워놓은 것은 잘한 일이었다.

한나는 수의사가 새롭게 추천해준 고양이 사료 봉투를 쥐고 주방으로 들어갔다. 사료를 바꾸는 것에 거부감을 느끼는 고양이가 있기 때문에 수의사인 밥에게 어떻게 하면 모이쉐를 새 사료 열광자로 돌변시킬 수 있는지에 대한 묘책까지 전수받은 뒤였다.

모이쉐는 그릇에서 머리를 들어 원망스러운 눈길로 한나를 쏘아보았다. 배신자나 바람난 배우자를 바라보는 듯한 눈빛이었다.

한나는 왠지 모르게 죄책감을 느꼈다.

"그래, 미안해. 네가 수의사한테 가는 걸 싫어한다는 거 나도 알아."

한나는 결코 용서하지 않으리란 눈빛을 하는 녀석을 향해 최대한 찬찬히 설명했다.

"하지만 건강하려면 예방주사는 꼭 맞아야 해."

모이쉐는 한나를 잠시 쳐다보더니 다시 사료그릇에 머리를 박았다.

한나는 잠깐의 휴전을 이용해 집에서 나올 때 가지고 나왔던 보온병에 있던 커피를 컵에 따랐다.

"금방 올게."

한나는 사료그릇 가장자리에 간신히 걸쳐진 녀석의 귀에 대고 말했다. 나머지 머리는 온통 그릇 속에 파묻혀 있었다.

"옷을 갈아입어야겠어. 스웨터가 온통 네 털로 뒤덮였잖아."

황송하옵게도 모이쉐는 아무런 대꾸도 하지 않았고, 한나는 묵묵히 침실로 향했다. 그녀의 고양이 룸메이트는 스트레스받는 일이 있으면 늘 이렇게 털이 많이 빠지곤 했다.

사실 수의사 밥 때문은 아니었다. 모이쉐는 그를 좋아했다. 하긴 자신에게 뾰족한 주삿바늘을 찔러 넣고 볼품없는 곳으로 밀어 넣는 그를 좋아하면 얼마나 좋아하겠느냐마는.

녀석은 그저 병원까지 가는 여정이 싫을 뿐이었다. 그나마 털이 덜 붙은 옷으로 갈아입은 뒤 한나가 다시 주방으로 돌아와 보니 어느새 모이쉐의 사료그릇은 깨끗하게 비어 있었다. 마침 새로 가져온 사료를 시험해 볼 좋은 기회였다.

한나는 그릇에 새 사료를 부은 다음 마음속으로 행운을 기원했다.

모이쉐가 의심스러운 표정으로 새 사료 주위를 킁킁대는 동안 한나는 중고 가게에서 산 낡은 보머 재킷을 꿰어 입고 현관으로 향했다. 그리고 긁힌 자국이 가득한 숄더백을 집었다. 그 안에는 하루 일과에 필요한 모든 소지품들이 들어 있었다.

막 밖으로 나가려는 찰나 전화벨이 울렸다.

"엄마야."

한나는 그녀의 다섯 살 난 조카가 듣지 못하도록 할 때 사용하곤 하는 나지막한 톤으로 중얼거렸다.

이건 분명히 엄마 전화였다. 딜로어 스웬슨, 한나의 엄마는 한나가 외출할 때를 귀신같이 알고 전화를 하시니 말이다.

한나는 여느 때처럼 자동응답기가 받도록 내버려둘까 하다 그렇게 되면 분명히 또 다른 불편한 시간대에 전화를 거실 테니 차라리 지금 받는 것이 낫겠다고 결정했다.

한나는 한숨을 크게 내쉬고는 발걸음을 돌려 주방 테이블 벽에 붙은 수화기를 집었다.

"안녕, 엄마."

한나는 의자에 푹하니 몸을 묻었다. 엄마와의 통화는 결코 간단히 끝나지 않는다. 하지만 수화기에서 들려오는 목소리는 엄마가 아니었다.

"카페에 전화했었는데, 리사가 오늘 언니는 동물병원에 들렀다가 늦게 나올 거라고 해서."

"맞아."

보온병에 남아 있던 커피를 마저 컵에 따르며 한나가 대답했다.

전화를 건 사람은 안드레아였다. 사실 안드레아와의 통화도 그다지 짧다고 볼 순 없었다.

"아무 문제없는 거지?" 안드레아가 물었다.

"내 귀 빼고는. 오가는 길에 녀석이 하도 울어대서 말이야. 어쨌든 모이쉐는 괜찮아, 안드레아. 예방주사도 맞히고 정기검진도 받을 겸 해서 데려갔던 거야."

"다행이네." 안드레아가 안도한 듯한 음성으로 말했다.

"언니가 모이쉐를 얼마나 아끼는지 잘 알고 있거든. 근데 빌의 포스터, 동물병원에도 가져갔어?"

"그럼, 내가 병원에서 막 나오는데 수가 창문에 붙이고 있던데."

"오, 좋아. 여기저기 포스터를 뿌리는 게 도움이 될 거야. 오늘 신문 읽었어?"

한나는 가방을 내려다보았다. 레이크 에덴 저널은 비닐포장에 꽁꽁 쌓인 채 가방의 한쪽 주머니에 꽂혀 있었다.

"카페에 가져가서 쉬는 시간에 읽을 거야."

"지금 읽어봐, 언니. 3면을 펴보라구."

"알았어."

한나는 즉시 안드레아가 시키는 대로 따랐다. 신문의 3면은 사설 코너였는데, 안드레아의 흥미를 끌 만한 것은 아무것도 없었다.

"보고 있어?"

안드레아가 빨리 알려주고 싶어 못 견디겠다는 듯 물었다.

"아니."

"선거 투표 말이야!"

한나는 허리를 숙여 로드 메칼프가 지난달부터 맡아 써왔던 코너를 자세히 들여다보고는 이내 흥분의 함성을 내질렀다.

"빌이 그랜트 서장님과 거의 막상막하잖아!"

"그래! 어쩌면 우리가 해낼 수 있을지도 모른다고 했어! 물론 선거일 까지는 아직 2주나 남았고, 그 사이에 무슨 일이 생길지는 모르지만. 어쨌든 빌이 정말로 이긴다면 너무 기쁠 것 같지 않아?"

"당연하지! 빌의 선거유세에 네가 큰 몫을 했어, 안드레아."

"고마워, 그리고 또 다른 소식이 있어."

"뭔데?"

"나이트 박사님이 내 출산예정일을 11월 셋째 주로 미루셨어."

한나는 얼굴을 찌푸렸다.

"그게 가능해?"

"그럼, 물론 모두 추측게임이야. 예정일에 대해선 아무도 100% 확신하진 못하니까. 어머님은 아기가 선거 날 태어날 거라고 하셨어. 아마도 빌의 승리파티 때 내 자리를 대신 꿰차고 싶으신 거겠지. 엄마는 12월 초로 보고 계시고 말이야. 트레시를 가졌을 때보다 배가 덜 부른 걸보니 좀 더 기다려야겠다고 하시더라고. 근데 무엇보다도 빌의 추측이 가관이야. 글쎄 핼러윈 전에 아기가 나올 거라고 하지 뭐야."

"네 생각은 어떤데?"

"글쎄, 추수감사절 때쯤이 아닐까? 모두 모여 디저트를 막 먹으려는 순간 말이야."

"어떻게 알아?" 한나가 물었다.

"예비엄마만이 느낄 수 있는 육감이라도 있는 거야?"

"아니, 추수감사절 저녁때 먹는 언니의 호두파이를 내가 무척 좋아하잖아. 근데, 올해는 왠지 그 맛을 보지 못할 것 같단 말이지."

"그런 일은 없을 거야. 네가 병원으로 달려가게 된다면, 내가 따로 구워서 너한테 직접 갖다줄게."

"어쩜, 이렇게 자상할 수가! 고마워, 언니. 이제 그만 서둘러 나가봐야……, 아니, 조심조심 나가봐야겠어. 오늘은 배의 무게중심 잡기가영 별로네. 아무튼, 나중에 들를게."

한나는 전화를 끊고 모이쉐의 물통에 물을 채워주고 착한 고양이라며 칭찬해주었다.

어느새 모이쉐가 새 사료를 아무런 불평 없이 다 먹어버린 것이었다.

한나는 밥이 준 묘책 메모를 구겨 쓰레기통에 던져 넣었다. 그리고는 장갑을 꺼내 들고는 다시 현관 밖으로 향했다.

밖으로 나서자마자 얼음장같이 차가운 바람이 훅 불어왔다.

계단을 내려오며 한나는 몸을 부르르 떨었다. 아직 10월 중순밖에 안 된 시기였지만, 슬슬 겨울 파카를 소생시켜야 할 듯싶었다.

차고로 향하는 또 다른 계단을 내려간 한나는 곧장 애플캔디 빛의 붉은색 트럭으로 걸어갔다. 레이크 에덴의 아이들은 이 트럭을 '쿠키 트럭'이라고 부르곤 했다.

한나는 운전석에 올라타 시동을 걸고 출구를 향해 경사로를 넘었다. 아파트 안을 가로질러 나온 한나는 올드 레이크 로드에서 좌회전을 한 후 시내까지 향하는 도로로 진입했다. 사실 시내까지는 고속도로를 타는 편이 7마일이나 더 가깝긴 했지만, 에덴 호수를 돌아 난 이 도로는 경치가 무척 좋아 자주 애용하고 있었다.

미네소타의 가족농장과 잎마다 오색으로 물든 단풍나무들 사이를 지나쳐 달리는 것만큼 기분 좋은 일도 없었다. 게다가 차가운 호숫물 냄새와 소나무에서 풍기는 향도 고속도로에서는 전혀 맡아볼 수 없는 것들이었다. 올드 레이크 로드와 데일리 에비뉴가 교차하는 지점에서 정지신호를 받고 서 있는데, 문득 길가에 전신주가 눈에 띄었다.

한나는 잠시 길옆에 차를 세우고, 차 뒤쪽에서 빌의 포스터를 하나 꺼냈다. 전신주에 포스터를 붙이는 일은 간단히 끝났다.

한나는 몇 걸음 뒤로 물러나 커다란 빌의 얼굴 사진에 떠오른 그의 시원시원한 미소를 보고는 자신도 뿌듯한 미소를 지었다.

포스터에는 "새로운 경찰서장으로 빌 토드를"이라는 커다란 문구가 새겨져 있었다. 한나는 안드레아에게 매일같이 하루에 적어도 6개의 포스터를 붙이겠다고 약속한 터였다.

10분 후, 한나는 골목으로 접어들어 그녀의 베이커리 카페가 자리한 자그마한 흰색 건물 뒤편으로 들어갔다. 그리고는 매일 주차하는 자리에 차를 주차하고, 뒷문을 통해 카페 안으로 들어섰다.

한나는 서둘러 손을 씻은 뒤 리사에게 자신이 왔다는 걸 알리기 위해 회전문을 통해 홀로 나갔다. 리사는 카운터 뒤에 있는 높다란 의자에 앉은 채 아침 쿠키를 사러온 손님들에게 둘러싸여 있었다.

"저기 오네요!"

리사가 한나를 보자 안도의 기색을 보이며 외쳤다.

"직접 한 번 물어보세요."

손님들 무리에서 버티 스트룹이 마치 대표 교섭인이라도 되는 양 등장해 한나의 앞에 자리를 잡았다. 버티는 자신의 보라색 미용실 작업복을 입고 있었는데, 보라색 깃에 쌓인 탓인지 찌푸린 얼굴도 어쩐지 기분이 나빠 보이지 않았다.

"드디어 때가 되어가는군요!"

버티가 자신의 손목시계를 내려다보며 말했다.

"투표에서 빌이 앞서는 걸 봤는데, 한나 생각에 정말로 빌이 이길 수 있을 거로 생각해요?"

"당연히 승리는 우리 사위의 차지지!"

엄마의 목소리였다. 한나는 문쪽을 쳐다보았다.

세련된 파란빛 바지정장을 입은 엄마가 광채를 뽐내며 의기양양하게 서 있었다. 웃옷 깃에는 '새로운 경찰서장으로 빌 토드를'이라고 적힌 브로치를 달고 있었다.

"버티, 만약 우리 사위를 찍지 않는다면, 나와 한판 붙어야 할 거야."

버티가 옆 사람에게까지 들리도록 침을 꿀꺽 삼키며 대답했다.

"물론 빌을 찍어야죠, 딜로어."

"당연하지!" 엄마가 카운터로 다가와 한나의 팔을 잡았다.

"작업실에서 좀 보자꾸나, 애야."

잠시 후, 엄마 몫의 커피 한 잔과 두 개의 땅콩버터 쿠키를 사이에 두고 한나는 엄마와 마주앉았다. 그리고는 엄마가 특유의 세심한 손길로 쿠키를 다 먹을 때까지 참을성 있게 기다렸다.

"맛있구나!" 냅킨에 손을 닦으며 엄마가 말했다.

"노먼에게 얘기는 들었니?"

"아뇨."

부디 이 얘기가 한 남자하고만 특별하게 엮일 생각은 도통하지 않은 한나에 대한 잔소리로 뒤바뀌지 않길 바라며 한나가 대답했다.

한나는 노먼 로드를 좋아한다. 그래서 기회가 날 때마다 데이트를 즐기고 있지만, 엄마는 데이트를 하는 남자와 TV가이드 잡지를 재구독할 시기가 올 때까지 결혼하지 않는 여자는 이미 끝난 것이나 마찬가지라고 생각하고 있었다.

더구나 노먼의 어머니인 로드 부인과 함께 앤티크 사업을 하는 지금 두 분 다 노먼과 한나의 결혼 문제에 촉각을 곤두세우고 계셨다.

"캐리가 그러는데, 노먼이 치과의사협회에서 아주 잘 나간다더구나."

엄마가 말을 이었다.

"미용 치의학 분야에서 전문 의원이 됐다더라. 노먼의 나이에 그 정도면 굉장한 성공 아니니."

"그 얘기라면 알고 있었어요, 엄마. 시애틀로 떠나기 전에 노먼이 얘기해줬거든요."

"아마 전부는 아닐걸."

엄마가 새치름한 표정으로 한나를 쳐다보았다.

"베버리도 같은 전문 의원으로 승급했단 얘기도 하더냐?"

"베버리라니, 누구요?"

어차피 엄마가 알아서 알려주실 것을 일부러 물을 필요가 있을까 의아해하며 한나가 물었다.

"베버리 손다이크 박사 말이야."

"오."

손다이크 박사가 누구인지 전혀 알 길이 없는 상황에서 한 마디 대답이면 충분했다.

"캐리 말로는 둘이 결혼하려고 했다더라. 근데 베버리라는 여자가 결혼하기에는 자신이 너무 어리다고 했다는 거야. 그리고는 반지를 돌려줬다나 뭐라나. 어쨌든 너도 전부 알고 있어야 내가 또다시 이 일에 관여하는 일이 없을 게 아니냐."

노먼과의 결혼에 실패했다는 베버리 손다이크라는 여의사에 대해 전혀 모르던 한나였지만 그래도 고개를 끄덕였다.

"꼭 그 이유 때문에만 들린 건 아니다."

엄마가 지갑에서 레서피 카드를 꺼냈다.

"늦게 줘서 미안하구나. 하와이언 항아리 로스트의 레서피란다."

손으로 직접 쓴 레서피 카드를 건네받으며 한나는 한숨을 터뜨리지 않으려고 꽤 애를 써야만 했다. 하와이언 항아리 로스트는 엄마가 가장 즐겨 만드는 요리로 그거라면 이미 질리도록 먹었다.

"서둘러 옮겨 적느라 글씨가 엉망이구나. 그래도 알아볼 수 있겠지?"

한나가 레서피를 내려다보고는 고개를 끄덕였다.

"레이크 에덴 요리책에 넣기에 너무 늦은 건 아니겠지, 얘야?"

한나는 머뭇거렸다. 늦었다고 하면 좋은 핑계가 될 것이다. 물론 사실이기도 하고 말이다.

다른 사람들에게 레서피를 접수받은 기간은 이미 끝난 지 오래였다. 하지만 엄마에게 너무 늦었다고 말하면, 상처받아 하실 것이 뻔했다.

가족의 평화를 위해선 무슨 일이 있어도 엄마의 레서피를 책에 넣어야만 했다.

"늦지 않았어요."

한나가 말하자 엄마가 미소를 지었다.

"고맙구나, 얘야. 좀 더 빨리 줬어야 했는데, 요즘 빌의 선거유세랑 가게 일로 너무 바빴지 뭐냐. 이제 그만 가봐야겠다. 오늘 배로 치페와 (호수 지방에 사는 북미 최대의 원주민) 공예품이 들어오거든. 존 워커가 가게에 들러 진품인지 봐주기로 했단다."

엄마는 손을 흔들며 뒷문 밖으로 사라졌다. 그래니의 앤티크점은 바로 옆 건물에 있었으니 주차장 하나만 건너면 되었다.

엄마가 자리를 뜨자마자 한나는 레서피를 자세히 들여다보았다.

"설탕 네 컵이라고?"

때마침 리사가 들어와 한나의 말을 듣게 되었다.

"로즈의 코코넛 케이크 레서피에요?"

"아니, 엄마의 하와이언 항아리 로스트야."

"그게 그렇게 달아요?"

"이가 얼얼할 정도로. 엄마가 직접 써서 가지고 오셨어. 요리책에 넣어달라고 하시면서 말이야. 이거 정말 요리책에 넣어야만 할……."

"물론이죠."

리사가 고개를 저으면 단호하게 말했다.

"넣지 않으면 스웬슨 부인이 한나를 절대 용서하지 않으실 걸요."

"리사 말이 맞아. 단 설탕량은 좀 줄여야겠어. 많이 바꾸진 못하겠지만 말이야. 엄마가 레서피를 못 알아볼 정도로 바꿔놓으면 엄마의 살인 리스트에 즉각 오르고 말 걸."

마지막 손님까지 자리를 뜨자 한나와 리사는 쿠키단지의 문을 굳게 잠그고 작업실로 들어가 다음날 구울 쿠키 반죽에 열을 올렸다.

　리사가 비닐 랩을 뜯어 초콜릿으로 덮인 체리 쿠키 반죽 그릇 위를 덮은 뒤 시계를 올려다보았다.

　"한나?"

　"흠?"

　한나가 블랙 앤 화이트 쿠키를 만들기 위해 녹인 초콜릿을 꺼내 반죽에 섞었다.

　"오늘 수업이 있잖아요. 그만 가봐야 하지 않아요?"

　한나가 자신의 귀여운 동업자를 바라보며 미소 지었다.

　"아직 십대인 리사가 내게 벌써부터 엄마 같은 잔소리를 하는 거야?"

　"그런 게 아니에요. 그리고 저도 다음 달이면 스무 살이 된다구요."

　160cm의 아담한 키의 리사가 성숙해 보이려 하지만, 머리그물에서 삐져나온 귀여운 갈색 곱슬머리가 모두 망쳐버리고 말았다.

　한나는 반죽을 마지막으로 주무른 다음 비닐 랩을 집었다.

　"이제 슬슬 출발해야 할 것 같긴 해. 하지만 오늘 일찍 들어가는 대신 내일 아침엔 일찍 나와서 리사가 출근하기 전에 쿠키를 전부 구워놓을 거야."

"계약 성립!"

리사가 내민 손을 한나가 맞잡고 악수를 했다.

"오늘 수업, 도와드리지 않아도 돼요? 허브는 오늘 9시까지 근무하거든요. 마지 아주머니도 필요하면 전화하라고 하셨어요. 아버지와 같이 있어드릴 수 있으시다면서요."

"괜찮아, 리사. 혼자 할 수 있어."

리사가 집에서 아버지와 함께 시간을 보내는 걸 얼마나 좋아하는지 한나는 잘 알고 있었다.

리사는 알츠하이머병에 걸린 아버지를 위해 대학 진학은 물론 장학금까지 포기하고 고향에 머물고 있었다. 다행히 그 후로 리사에게는 좋은 일만 생겼다.

레이크 에덴의 야간 순찰대원이자 교통단속원인 허브 비즈먼과 약혼했고, 마침 허브의 어머니인 미망인 마지도 리사의 아버지인 잭 허먼과 고등학교 시절 둘도 없던 친구 사이라 허브와의 데이트에 바쁜 리사 대신 많은 시간을 아버지와 함께 보내주었다.

한나가 냉장실에 반죽 그릇을 두고 막 나오는데, 뒷문에서 노크소리가 들렸다.

문을 열어보니 비아트리스 퀘스터가 추위에 몸을 떨며 서 있었다.

"안녕, 비아트리스. 어서 들어와요."

"안녕, 한나, 그리고 리사."

비아트리스가 따뜻한 작업실로 발을 들여놓고는 미소 지었다.

"잠깐 들른 거야. 테드가 지금 트럭에서 기다리고 있거든."

한나가 주차장에 있는 테드를 향해 손을 흔들었다.

그는 폐품 사업에 종사하고 있었는데, 한나를 향해 손을 흔드는 그의 표정이 어쩐지 화가 난 듯 보였다. 서둘러 작업장으로 돌아가야 해서 그런지도 모르겠다.

한나는 문을 닫고 비아트리스를 돌아보며 말했다.

"영업시간이 끝나긴 했지만, 쿠키를 사러 온 거면 준비해줄 수 있어요."

"그런 건 아니지만⋯⋯. 고마워, 한나. 오늘은 레서피를 전해주러 온 거야. 늦었다는 건 알지만, 최근에 시어머님이 갖고 계시던 물건을 정리하다가 찾아냈거든."

"레이크 에덴 요리책에 넣으려고요?"

리사가 물었다.

"그래, 퍼지 컵케이크인데. 테드가 정말 좋아하는 거야, 맛도 좋고. 레서피를 달라고 어머님께 여러 번 얘길 했었는데, 자꾸 잊으시더라구."

비아트리스가 말했다.

"정말 반가운 일이에요."

한나가 호의적인 미소로 말했다.

"레서피를 다른 사람들과 나누고 싶어하지 않은 사람들도 있거든요. 아마 비아트리스의 시어머님도 그러셨나 보네요."

"나도 그렇게 생각했어. 하지만 테드는 내 생각이 틀렸대. 우리 집에 올 때마다 어머니가 정말로 깜빡하셨던 거라면서. 그렇겠지, 천사 같으신 어머님께서 잘못하실 리가 없겠지."

한나는 미소를 슬그머니 감췄다.

테드의 어머님에 대해선 잘 모르지만, 어쩐지 비아트리스의 얘기는 못 된 시어머니를 풍자하는 블랙 유머들에서 영감을 받은 듯했다.

"요리책에 넣기에 너무 늦은 건 아니겠지? 이걸 요리책에 실으면 돌아가신 어머님께 뭔가 기념이 될 것 같아서 갖고 왔는데."

한나가 레서피를 건네받았다. 저토록 간절한 표정으로 간청하는 비아트리스를 어떻게 내칠 수 있겠는가.

"많이 늦은 건 아니에요. 어떻게든 해 볼게요."

"고마워, 한나! 근데 문제가 좀 있어."

비아트리스가 말했다.

"레서피에요?"

한나가 손으로 쓴 레서피를 내려다보았다.

"응, 재료를 한 번 봐."

한나가 재료 목록을 큰 소리로 읽어나갔다.

"달지 않은 초콜릿, 설탕, 버터, 밀가루, 우유, 그리고……, 이런."

"왜 그래요?"

리사가 물었다.

"비밀 재료 반 컵이라고 되어 있어."

"난 이런 레서피가 좋더라!"

리사가 손뼉을 쳤다.

"비밀 재료라는 게 보통 보면 어느 누구도 미처 생각하지 못했던 거더라고요. 근데 이번엔 뭐예요?"

한나는 물론 비아트리스까지 어깨를 으쓱해 보였다.

리사가 두 사람을 번갈아 쳐다보다가 입을 열었다.

"정말 모르세요?"

"좋아요."

한나가 비아트리스에게 말했다.

"이 컵케이크 먹어본 적 있죠?"

"그럼, 정말 환상적인 맛이었어! 어머님이 매년 테드 생일 때마다 만들어주셨는데, 만드는 과정을 절대 보지 못하게 하셨어."

"어떤 맛이에요? 우리한테 설명해 봐요."

"글쎄……."

비아트리스가 심호흡을 한 뒤 눈을 감았다.

"가벼운 케이크 믹스에서 맛볼 수 없는 무겁고 짙은 초콜릿 맛이 나. 잡지에서 볼 수 있는 컵케이크만큼 동그랗게 부풀어 오른 모양은 아니었지만, 위에 설탕장식을 잔뜩 쌓아올렸으니 그런대로 괜찮았어. 그리고 어머님 말씀이 설탕장식에는 원래 기포가 많이 생기는 법이래."

한나는 터져 나오는 웃음을 어쩔 수 없었다.

잘 부풀어 오르지 않은 케이크에 대한 변명으로는 그게 최고였다. 게다가 한나를 포함한 대부분 사람은 장식만 훌륭하면 그런 것쯤은 별로 개의치 않았다.

"장식이 어땠는지 설명해줄 수 있어요?"

"음, 할 수 있을 것 같아. 부드럽고 물렁물렁해서 입안에서 금방 녹아버려. 그래서 늘 열을 조금만 가해서 묽게 하면 아이스크림에 곁들일 수 있는 퍼지 소스로 손색이 없겠다고 생각했었어."

"먹음직스럽게 들리는군요. 그럼 다시 컵케이크로 돌아와서, 혹시 뭔가 독특한 맛이 났던 거……, 기억나는 거 없어요?"

"글쎄, 하지만……."

비아트리스가 하던 말을 멈추더니 이내 얼굴을 찌푸렸다.

"하지만, 뭐요?"

리사가 그녀를 재촉했다.

"그러니까……, 독일 맛이 조금 났어."

"독일 맛이라고요?"

한나는 지금까지 먹어보았던 모든 초콜릿 케이크를 떠올려보았다.

"그게 독일식 초콜릿 케이크였나요?"

비아트리스가 고개를 저었다.

"아니, 그런 건 아니고."

"혹시 사우어크라우트(독일식으로 절인 양배추)가 들어가지 않았어요?"

리사가 물었다.

"우리 엄마는 초콜릿 케이크를 만들 때 늘 사우어크라우트를 넣으셨
거든요."

"사우어크라우트는 아니었어. 나도 그 케이크 만들어 본 적 있거든."

비아트리스가 한숨을 내쉬었다.

"독일식 토르테(밀가루에 계란, 과일, 호두 등을 넣어 만든 과자)처럼 달콤한 동시에
짜릿한 맛이 났었어. 너무나도 풍부하고 깊은맛이라 배가 터질 듯 불러
도 도저히 먹는 걸 멈출 수 없을 정도였지."

"레서피를 그토록 갖고 싶어했던 이유를 알겠네요!"

한나가 비아트리스의 긴장을 풀어주기 위해 따스하게 미소 지었다.

"어떻게 생각해, 리사? 우리가 비아트리스 시어머님의 비밀 재료를

찾아낼 수 있을까?"

"한번 해 봐야죠. 확실히 우리 엄마가 만들어주시던 컵케이크와는 다른 것 같지만, 제게 벌써 좋은 아이디어들이 떠올랐어요."

"좋아."

한나가 다시 비아트리스를 돌아보았다.

"컵케이크가 부드러웠어요? 아니면 안에 뭔가 들어 있었나요?"

"안에는 아무것도 없었어. 하지만 초콜릿 바를 먹는 것처럼 무척 부드러웠었어."

"좋은 정보예요."

리사가 재빨리 고개를 끄덕이며 말했다.

"그걸로 반죽에 넣을 수 있는 땅콩이나 코코넛, 말린 과일 같은 건 비밀 재료에서 바로 뺄 수 있겠어요."

"사실이야. 하지만, 잘게 갈은 것이라든가 즙을 낸 것이라든가 녹인 것이 모두 비밀 재료에 들어가."

한나가 말했다.

"문젯거리를 갖고 와서 미안해. 테드가 자기 어머니의 레서피를 요리책에 싣는 일에 그렇게 열성적이지만 않았어도 그냥 없던 일로 하자고 했을 거야."

비아트리스가 우울한 표정으로 말했다.

"그럴 순 없어요!"

한나와 리사가 동시에 외쳤다.

잠시 침묵이 흐르더니 세 여자가 한꺼번에 웃음을 터뜨렸다.

웃음이 잦아들자 리사가 입을 열었다.

"찾아낼 수 있을 거예요, 비아트리스. 한나와 전 추리하는 걸 좋아하는데다가 이번 일엔 시체가 연관되어 있지도 않으니 얼마나 좋아요."

"우리 시어머니를 제외하곤 말이지."

비아트리스가 재빨리 말하더니 이내 자신의 농담에 고개를 저으며 말했다.

"이 얘길 테드가 들었으면 난리 났을 거야!"

한나는 마지막으로 빗질을 한 뒤 역시 마지막으로 거울을 들여다보았다. 감색 정장 바지에 흰색 블라우스를 입은 한나는 적어도 목 아래로는 매우 선생스러워보였다.

하지만 목 위로는 얘기가 달랐다. 높은 습기에 안 그래도 굽실거리는 한나의 머리카락이 온통 폭동을 일으키고 있었다.

한나는 막내 동생인 미셸이 예술가 친구로부터 공수해 온 은색의 머리끈으로 머리카락을 하나로 모아 묶고는 침실 불을 껐다.

"늦지 않을게."

그녀를 쫓아 나오는 모이쉐를 토닥이며 한나가 약속했다.

"지금의 모습이 되기 전에 꿈꾸었던 자리에 서기 위해 가는 거야."

모이쉐가 야옹거리며 한나를 올려다보았다.

한나의 상상인지도 모르겠지만, 녀석의 표정이 어쩐지 한나의 아리송한 설명을 도통 알아들을 수 없다고 말하는 듯해 한나는 웃음을 터뜨렸다.

"미안, 무슨 말인지 모르겠지? 지금 성인을 대상으로 한 요리 수업을 하러 학교에 가는 거야. 수업이 끝나면 마이크랑 저녁을 먹을 거고. 걱정하지 마. 사료 많이 주고 갈 테니까."

서둘러 계단을 내려갈 때까지 한나는 자신이 했던 알쏭달쏭한 말에 킥킥거렸다.

하지만 무엇보다도 오늘 밤 있을 레이크 에덴에서 제일 인기 많은 미혼남과의 데이트가 한나는 기대됐다.

마이크 킹스턴은 1년 전 미니애폴리스 경찰서에서 이곳 레이크 에덴으로 부임해 왔는데, 빌의 파트너이기도 한 그를 빌은 물론 안드레아까지 한나의 짝으로 마음에 들어 했다.

엄마 역시 마이크를 좋아하기는 했지만, 현재로서는 로드 부인과 함께 노먼을 밀고 있었다. 반면 막내 동생인 미셸은 한나와 마찬가지로 둘 다 좋아했다.

꼭 둘 중 하나를 선택해야만 하는 이유라도 있는가?

물론 어느 누구도 한나에게 정식으로 청혼해 온 사람이 없기 때문이기도 하지만 말이다.

모래화장실(고양이들이 쓰는 화장실)을 사용하지 않는 누군가와 평생토록 함께한다는 것은 멋진 일이다. 하지만 한나는 아직 자신의 독립성을 포기하고 싶지 않았다.

20분 후, 한나는 학교 주차장에 도착했다. 일찍 온 탓에 주차장은 거의 비어 있었다.

한나는 강의실과 최대한 가까운 곳에 차를 세우고, 준비한 기구들이 담긴 상자를 꺼내 배달 통로로 향했다.

조단 고등학교를 지을 때 건축가는 주방에서 쓸 음식 재료나 주방용품들이 배달될 통로와 입구를 따로 만들었다.

한나가 야간 요리 수업을 맡게 되자 기존의 요리 선생님이었던 팸 백스터가 한나에게 열쇠를 빌려주었고, 한나는 원래 계획이었던 케이크 장식을 가르치는 대신 레이크 에덴 요리책에 들어갈 모든 레서피를 함께 만들어 보기로 했다.

한나는 강의실 안으로 들어가 불을 켰다.

몇 번의 깜빡임과 함께 천장에서 낮과 다를 바 없는 환한 불빛이 쏟아져 내렸다. 불빛에 눈이 웬만큼 적응되자 한나는 들고 온 상자를 카운터 위에 올려놓았다.

팸 백스터의 저장실에는 온갖 종류의 식료품들이 보관되어 있었지만, 오늘 만들 레서피에는 특별한 재료가 들어가기 때문에 한나가 따로 준비해 온 터였다. 그 중 하나가 한나가 개발한 쿠키에 들어갈 말린 크랜베리였다.

쿠키에 크랜베리가 들어가고, 크랜베리는 보통 습지(보그)에서 자라기 때문에 한나는 새 쿠키를 보글스라고 이름 붙였다.

5분 후, 수업 준비가 모두 끝났다.

수강생 중 혹시 한나를 모르는 사람이 있을까 싶어 칠판에 크게 이름도 적어두었고, 5개의 작업대에서 각자 요리를 실습한 팀에 나누어줄 레서피도 챙겨두었다.

앞줄 책상에 출석부도 올려놓았으니 이제 수강생들만 도착하면 된다. 수강생이 도착하려면 이제 한 시간가량 남았다.

한나는 책상 앞에 앉았지만, 어쩐지 마음이 편하지 않았다. 애초에 진로를 바꾼 것이 잘한 선택이었는지도 모른다. 이렇게 책상 앞에 앉아 있는 것보다 오븐 앞에 있는 것이 훨씬 더 행복하니 말이다.

한나는 자리에서 일어나 작업대 한 곳으로 갔다.

기다리는 동안 비아트리스 시어머니의 퍼지 컵케이크 반죽을 해 두면 좋을 것 같았다. 비밀 재료가 빠진 채로 구워서 비아트리스에게 맛을 보게 한 뒤 뭐가 빠졌는지 얘기해달라고 할 참이다.

부글스

오븐은 176℃로 예열해 둡니다. 틀은 오븐의 중앙에 둡니다.

재료

녹인 버터 2컵 / 흑설탕 2컵 / 백설탕 2컵 / 베이킹파우더 1티스푼

베이킹소다 1티스푼 / 소금 1티스푼 / 체질한 계란 4개 분량

바닐라향 2티스푼 / 시나몬 1/2티스푼 / 육두구(향신료의 일종) 1/4티스푼

밀가루 4컵 / 말린 크랜베리 3컵 / 오트밀용 귀리 3컵

※ 크랜베리를 구할 수 없으면, 말린 살구나 자두로 대체해도 됩니다.

만드는 법

1. 전자레인지에 넣어도 안전한 그릇에 버터를 녹이고 거기에 설탕을 넣은 뒤 잠시 식혀줍니다. 그리고 계란과 베이킹파우더, 베이킹소다, 소금, 바닐라향과 향신료를 넣고 밀가루를 넣은 다음 반죽합니다. 마지막으로 크랜베리와 오트밀용 귀리를 넣고 다시 반죽합니다. 완성된 반죽은 조금 뻣뻣할 겁니다.
2. 미리 기름칠 한 12개들이 쿠키틀에 티스푼으로 반죽을 떼 놓습니다.

3. 그리고 176℃의 온도로 12~15분 정도 구워줍니다. 완성된 쿠키는 틀 위에서 2분간 식힌 다음 선반에 걸쳐 완전히 식힙니다.

쿠킹 호일에 싸거나 냉동용 비닐 팩에
넣어 냉동실에 보관하면 아주 잘 얼어요.

한나가 컵케이크 장식을 막 끝냈을 때, 복도에서 누군가 이쪽으로
다가오는 소리가 들렸다. 아마도 마이크가 일찍 도착한 것일 테다.

"내 코가 잘못된 건가요? 초콜릿 냄새가 나네요."

목소리의 정체를 알아챈 한나가 한숨을 내쉬었다. 그리고는 이내 얼
굴에 미소를 띠우고 문쪽을 돌아보았다.

그랜트 경찰서장은 결코 한나가 좋아할 만한 인물은 아니다. 하지만
쿠키단지의 단골손님인 동시에 빌과 마이크의 직장 상사이니 싫어도
친근하게 대해야 할 필요가 있었다.

"서장님 코가 정확해요. 레이크 에덴 요리책에 들어갈 레서피를 만들
어보고 있었어요."

"냄새가 정말 좋군요."

그랜트 경찰서장이 카운터로 가까이 다가와 컵케이크를 향해 약 45°
로 몸을 기울였다.

"하나 드셔보시겠어요?"

그때 한나가 제안했다.

"이제 충분히 식었을 거예요."

"그렇담 고맙지요! 점심식사 이후론 아무것도 못 먹었거든요. 킹스턴이 올 때까지 여기서 기다려야 하기도 하고. 그 친구에게 넘겨줘야 할 서류들이 있답니다."

한나는 네 개의 컵케이크를 포장했다. 사실 마이크도 한나와 같은 시간에 바로 옆 교실에서 자기 방어술 수업을 가르칠 터였다.

"그럼, 서류는 저한테 맡기고 가세요. 제가 마이크에게 확실히 전해줄게요."

"아니, 괜찮아요. 주차장에서 기다리다가 그 친구가 오는 대로 전해주면 되니까요."

그랜트 경찰서장이 한나가 건넨 컵케이크 봉투를 받아들었고, 한나는 그에게 미소를 지어 보였다.

"고마워요, 한나. 역시 한나는 좋은 사람이에요."

"아닐지도 몰라요." 한나가 씩 웃으며 대답했다.

"그게 무슨 말이죠?"

"이 컵케이크는 실험용이거든요. 아직 저도 맛보지 않았고요."

"그럼, 먹어보고 어떤지 얘기해줄까요?"

"그래 주시면 감사하죠." 한나가 미소로 대답했다.

"근데, 서장님은 정말 용감한 분이세요."

"어째서?"

"그 안에 독이 들었을지도 모르잖아요. 어쨌든 전 서장 자리를 노리는 남자의 처형이니까요."

수강생이 도착하자 한나는 그들을 다섯 그룹으로 나눠 작업대를 배당해주고 각자 만들어 볼 레서피를 나누어주었다. 한 그룹은 쿠키, 또 다른 그룹은 파이, 세 번째는 과일 파이, 네 번째는 티브레드, 그리고 마지막 다섯 번째 그룹은 커피 케이크였다.

"왜, 한나?"

한나의 손짓에 비아트리스가 서둘러 다가왔다.

"수업 시작 전에 컵케이크를 구워봤어요. 맛보고 얘기 좀 해줘요."

비아트리스가 한나가 내민 접시에 담긴 컵케이크를 하나 집어들고는 신중하게 맛보더니 이내 고개를 저었다.

"미안해, 한나. 이건 내가 기억하는 맛과 전혀 달라."

"알아요. 이건 비밀 재료 없이 만든 거거든요. 비아트리스가 이걸 맛보면 뭐가 빠졌는지 말해줄 수 있을지도 모른다고 생각했어요."

비아트리스가 컵케이크를 또 한 입 베어 물고는 아주 천천히 씹었다. 그러더니 또다시 고개를 저었다.

"모르겠네, 뭔가 빠졌다는 건 알았는데. 이것도 나름 맛은 좋지만 어머님이 만들어주셨던 건 특히 뒷맛이 환상적이었어, 더 촉촉하기도 했고. 근데 장식은 정말 똑같이 했네."

"고마워요, 비아트리스. 도움이 많이 됐어요."

"정말? 똑같이 만들지 못했다고 얘기한 것뿐인데?"

"그래도 제게 단서를 줬잖아요. 이것보다 더 촉촉한 맛이었다면, 비밀 재료가 컵케이크를 촉촉하게 만드는 뭔가였음이 틀림없어요. 그러니까 이제부터 그게 뭔지 찾아보면 되죠."

"도움이 됐다니 기뻐. 근데 물이나 우유 말고 컵케이크를 촉촉하게 만드는 재료가 뭐가 있을까?"

"몇 가지 있죠. 반죽에 푸딩을 넣어도 그런 효과를 낼 수 있고, 계란을 좀 더 넣었을 수도 있고요, 아니면 버터나 기름 같은 수분기가 많은 재료였을 거예요. 그것도 아니라면 저속 오븐에서 구웠거나 조금 덜 구웠을 수도 있고요."

그러자 비아트리스가 말했다.

"하지만 그걸로도 범위가 좁혀지지 않는 걸."

"그렇죠. 하지만 적어도 오늘 오후보다는 더 많은 걸 알게 됐잖아요. 뭐든 시도해 봐야죠. 또 생각나는 게 있으면 바로 저에게 알려주세요."

30명 정원이었던 한나의 수업엔 35명의 수강생이 몰려 작업대마다 북적거렸다. 그나마 요리를 많이 해 봤던 사람들이라 극도의 혼란만큼은 피할 수 있었다.

한나는 한 그룹당 일곱 개의 할당 업무를 배분해주었다. 요리를 하는 동안 한 사람이 하나씩 업무를 맡는 방식이었다. 우선 그룹 전체를 책임지는 리더가 있고, 두 명의 페쳐가 있다. 그들은 저장실에 가서 재료를 가져오는 역할을 한다.

그리고 다른 사람은 재료를 정확히 측량하는 일을 하고, 또 다른 사람은 잘 측량된 재료를 반죽하는 일을 한다. 그리고 마지막으로 두 명은 오븐을 예열하고, 틀을 준비하는 역할을 한다. 반죽이 완성되면, 그룹의 리더는 그걸 틀에 넣고 오븐에 올리는 일을 하는 것이다.

"한나?"

조단 고등학교의 조리장이자 수강생인 에드나 퍼거슨이 한나를 향해 힘차게 손짓을 했다.

"왜요, 에드나?"

"티브레드 반죽 말이야. 제대로 된 것 같지 않아. 와서 한 번 저어 봐. 그럼 내 말뜻을 알 테니까."

한나는 서둘러 에드나의 작업대로 달려가 그릇 안의 반죽을 저어보았다. 반죽은 크레페 반죽만큼이나 묽었다.

"무슨 말인지 알겠지?"

"알겠네요. 레서피를 정확히 따른 거예요?"

"확실해."

에드나가 힘차게 고개를 끄덕였다. 그 바람에 그녀의 회색 곱슬머리도 고갯짓을 따라 흔들거렸다.

"저도 확실해요." 리디아 그라딘이 입을 열었다.

"측량도 정확하게 했고, 도나가 반죽하는 것도 모두 지켜본 걸요."

도나 램크도 고개를 끄덕였다.

"밀가루를 충분하게 넣지 않았나 싶어서 에드나가 레서피를 두 번이나 확인했는데, 레서피에 적혀 있는 그대로였어요, 한나. 1컵 반이요."

"어디 봐요."

한나가 에드나가 건넨 레서피를 받아들었다. 그리고 레서피를 읽어 내려가는 한나의 얼굴이 찌푸려졌다. 액상 재료와 마른 재료의 수량에 큰 차이가 있었다.

"역시 밀가루를 더 넣어야 할까?" 에드나가 물었다.

"이런 적은 한 번도 없어서 잘 모르겠지만, 한 컵 정도 더 넣어도 괜찮을 것 같은데."

"그러지 말고, 헬렌 바텔의 레서피니까 그녀에게 전화해서 확인해 보죠."

"제가 할게요."

샬롯 로스코가 자원했다.

"고마워요, 샬롯."

한나가 학교 비서인 샬롯에게 미소를 지어 보였다.

"그럼, 사무실에 가서 전화하는 동안 우린 기다리고 있을게요."

그러자 샬롯이 주머니에서 핸드폰을 꺼냈다.

"이편이 더 빨라요. 누구 헬렌 전화번호 아는 사람 있어요?"

마침 수강생 한 명이 번호를 불러주는데, 옆 작업대에서 게일 핸슨이 한나를 찾았다.

"여기 좀 와볼래요, 한나? 쿠키 크기가 적당한지 모르겠어요."

한나가 다가갔다. 게일의 그룹은 한나가 개발한 보글스를 만드는 중이었다.

"딱 좋아요, 게일."

"좋아요!"

게일이 오븐에 쿠키틀을 넣고 어마 요크를 향해 손짓을 보냈고, 어마 요크는 타이머를 가동시켰다.

"사실 레서피에 한 가지 걱정되는 게 있었어요."

"뭔데요?"

"반죽을 호두 크기 정도로 떼어내라고 했는데, 다른 주에서는 혼란의 소지가 다분할 것 같아서요."

"어떻다고요?"

"혼란의 소지가 다분할 것 같다고요."

게일이 당황스럽다는 듯 웃음을 터뜨렸다.

"미안해요, 한나. 오늘 오후에 레전시 클럽 모임에 다녀왔거든요. 말투가 입에 배었나 봐요. 그러니까 사람들이 헷갈려 할 것 같단 얘기였어요. 도시 사람들은 아마 껍질을 벗기지 않은 호두로 생각할 거예요."

"그래요? 그런 생각은 미처 못 했어요. 당신 말이 맞을지도 모르겠네요. 수정해야겠어요."

"헬렌과 얘기해 봤어요." 샬롯이 외쳤다.

"집에 있는 레서피를 확인해 봤는데 밀가루가 1컵 반이 아니라 2컵 반이래요. 에드나 말이 맞았어요."

한나는 밀가루의 양을 정확히 측정한 에드나를 향해 엄지손가락을 치켜보였다. 하긴 에드나는 지난 40년 동안 매일같이 요리를 해 왔으니 새삼 놀랄 일도 아니었다.

세 번째 그룹이 파이를 잘 굽고 있는지 막 확인하려는데 날카로운 비명이 들렸다.

"방금 뭐죠?"

한나가 불안한 눈빛으로 수강생 중 누구 다친 사람이 있는 건 아닌지 강의실 안을 두리번거렸다.

"모르겠어!"

에드나가 떨리는 목소리로 말했다.

"경찰에 연락해야 할까? 분명히 옆 교실에서 난 소리인데."

그제야 한나는 웃음을 터뜨렸다.

두려움은 어느새 저 멀리 사라져버리고 없었다.

"옆 교실에서 난 소리라면 경찰에 연락할 필요 없어요. 마이크 킹스턴이 자기 방어술 수업을 하고 있거든요. 강도가 접근하는 연기를 하면서 누군가 실제처럼 소리를 지르나 봐요."

한나의 말이 끝나자마자 옆 교실에서 또다시 비명이 들려왔다. 이번에는 호루라기 소리와 함께였다. 역시 마이크의 수업에서 나는 소리가 확실했다.

한나와 수강생들은 또 한 번 웃음을 터뜨린 다음 다시 쿠킹에 열중했다. 사실 옆 교실이 너무 소란스러웠기 때문에 쿠킹에 제대로 집중하기 어려웠다. 하지만 한나의 수강생들은 나름 열성을 다했다.

9시가 되자 수업은 끝이 났고, 수강생들은 완성된 파이와 케이크 등을 각자 조금씩 집에 가져갈 수 있도록 나눈 후 집에서 숙제로 만들어 볼 쿠킹 과제를 부여받았다.

그리고 5분 뒤, 한나는 혼자 교실에 남아 저장실을 마지막으로 확인하고 있었다. 그때 마이크가 열린 문을 노크했다.

"안녕, 한나. 스테이크 먹을 준비 됐어요?"

"온종일 그 생각만 한 걸요."

한나가 고개를 돌려 마이크를 쳐다보는데 순간 숨이 턱하고 막혔다.

사실 한나가 종일 생각했던 것은 비단 스테이크만이 아니었다. 키가 크고 다부진 체격에 잘 생기기까지 한 이 싱글 남자의 주의를 끌려면 어떻게 해야 하는지 마을의 모든 싱글 여성들이(싱글이 아닌 경우도 있다) 밤이면 밤마다 고심한다고 해도 과언이 아니었다.

만약 다른 여러 단체에서 그러하듯이 위넷카 카운티 경찰서에서도 기금 모금을 위해 누드사진집을 판매한다면 돈을 긁어모을 방법은 간단하다. 그저 마이크를 표지모델로 내세우기만 하면 된다.

"오는 길에 그랜트 서장님을 만났어요? 여기 들렀었는데, 당신에게 전해줄 게 있다고 하시던데요."

"주차장에서 만났어요. 전단 같은 건 돌리지 않는다고 말했고요."

"왜요?"

"그랜트 서장님을 지지하는 내용의 전단이었거든요."

"그랬어요?" 한나가 킥킥거리기 시작했다.

"왜 나한테 맡기지 않으셨는지 이제 알겠군요! 교내에서 정치적 성향의 전단을 돌리면 안 된다는 법 같은 거 있지 않아요?"

"있죠. 그랬더니 그럼 들어오는 차에게만 주겠다고 하시더군요."

"어쩐지 그랜트 서장님을 지지하지 않는다는 얘기로 들리는데요?"

한나가 마이크를 놀렸다.

"당연하죠. 난 빌을 찍을 겁니다. 빌은 내 동료이자 베스트프렌드니까요. 그 점은 한나, 당신도 알고 있어야 해요."

"알아요."

한나가 한숨을 내쉬며 대답했다. 마이크에게는 가끔 이렇게 농담이 통하지 않는다.

"그랜트 서장님이 아직 계시는지 모르겠네요. 내가 만든 컵케이크를 드렸는데, 먹어보고 맛이 어떤지 말씀해주시겠다고 하셨거든요."

"서장님이라면 이미 가셨어요. 내가 내일 물어볼게요."

마이크가 한나의 재킷을 집어 한나에게 건네주었다.

"어서 갑시다. 점심을 걸렀더니 배가 고파요."

한나가 재킷을 꿰어 입고 가방을 막 집으려는데, 쓰레기 생각이 퍼뜩 떠올랐다.

"잠깐 쓰레기 좀 버리고 올게요. 뒷문이 잘 잠겼는지도 확인해야 할 것 같아서요."

"도와줄까요?"

"괜찮아요. 한 꾸러미밖에 안 되니까요. 그냥 오븐이 전부 다 제대로 꺼졌는지 확인해줘요."

한나가 쓰레기봉투를 집어들고 배달 통로를 나갔다. 한나의 움직임에 반응한 센서가 환한 불빛을 깜빡였다.

덤프스터에 다다른 한나는 뚜껑을 열고 쓰레기봉투를 들었다. 그리고 안으로 막 던져 넣으려다가 우연히 안을 흘끗 들여다보게 되었다.

그 순간 한나는 자리에 얼어붙고 말았다.

그녀의 입은 충격으로 'O' 자를 그리고 있었다.

한나는 손에 대롱대롱 들고 있던 쓰레기봉투를 다시 아스팔트 위에 내려놓았다. 그리고는 덤프스터 바닥에 사람 팔 비슷한 것은 없었다고, 그저 자신의 상상력이 지나쳤던 것일 뿐이라고 끊임없이 되뇌었다.

'보이는 그대로를 믿지 마라.'

한나는 할머니가 즐겨 해주셨던 말을 머릿속에 여러 번 떠올렸다.

그리고는 다시 덤프스터로 다가가 안을 들여다보았다. 하지만 그건 분명히 사람 팔이었다, 누군가의 몸에 붙어 있는.

"어-오."

한나는 침을 힘들게 삼키며 신음 소리를 냈다.

그때 타이밍도 절묘하게 주기적으로 돌아가는 보안등이 일제히 꺼졌고, 환한 빛이 사라지고 나니 층층이 쌓인 어둠이 더욱 육중하게 다가와 한나는 덜컥 겁이 나고 말았다.

지금 한나에게는 두 가지의 선택이 있다. 하나는 이 어둠 속에 남아 자신이 본 게 정말 정확하게 본 것이 맞는지 계속 고민하는 거고, 다른 하나는 얼른 안으로 들어가 마이크를 데려오는 일이었다.

그때 끽소리를 내며 배달 출입구의 문이 열렸고, 그 소리에 한나는 깜짝 놀라고 말았다.

하지만 이내 목소리가 들려왔다.

"한나? 무슨 일 있습니까?"

마이크였다, 한나는 다시 한 번 침을 삼켰다. 이렇게 되면 세 번째 선택을 할 수 있겠다. 그것은 바로 문제가 생겼다고 말하고 마이크를 이리로 오게 한 다음 덤프스터 안을 확인시키는 것이었다.

한나가 제 목소리만 되찾는다면 말이다.

"한나?"

"여기에요."

한나가 간신히 입을 열었다.

"무슨 일이에요? 목소리가 이상한데요."

한나는 심호흡을 한 뒤 똑똑하고 분명한 발음으로 대답했다.

"덤프스터 안에 누군가 있어요."

한나의 얘기에 마이크는 한달음에 달려와 손전등을 꺼내어 덤프스터 안을 비춰보았다. 그리고는 이내 신음 소리를 냈다.

"그랜트 서장님이에요."

"죽었어요?"

마이크가 덤프스터 안으로 몸을 기울여 맥을 짚어보는 것을 지켜보던 한나가 물었다.

"네."

한나는 입을 떡 벌렸다. 불과 세 시간 전까지만 해도 얼굴을 마주하고 얘기를 나눴던 사람이 덤프스터 안에서 죽은 채 발견됐다는 사실을 받아들이기가 쉽지 않았다.

"누군가 서장님의 뒷머리를 세게 친 것 같습니다. 다른 상처가 또 있을지 모르겠지만. 유니폼 상의 앞쪽에 피가 말라붙어 있어요."

마음 한구석에서 피어오르는 거부감에도 불구하고, 한나는 마이크가 손전등으로 비추는 곳을 쳐다보았다.

그의 말이 맞았다.

그랜트 서장의 상의 앞쪽에는 검붉은 무언가가 얼룩져 있었다.

한나는 목청을 가다듬은 뒤 입을 열었다.

"저건 피가 아니에요."

"아니라고요?"

한나가 고개를 저었다.

"저건 퍼지 장식이에요. 그랜트 서장님은 내가 만든 컵케이크를 먹다가 죽은 거라고요!"

한나가 집에 들어가자마자 전화벨이 울렸다. 누구인지는 안 봐도 뻔했다. 한나는 곧장 주방으로 들어가 수화기를 들었다.

"안녕, 엄마."

"안녕, 엄마? 나인 줄은 어떻게 알았니?"

"엄마가 아니면 누구겠어요? 빌이 안드레아에게 말했을 테고 안드레아가 또 엄마한테 바로 얘기한 거겠죠."

"그래……, 사실 네 말대로란다."

소문의 유통 경로를 한나가 정확하게 집어내자 엄마는 조금 당황한 듯했다.

"네가 또 시체를 찾아냈다니, 정말이지 믿을 수가 없구나!"

"사실이에요. 하지만 너무 샘내지는 마세요. 다음번 시체 발견 기회는 꼭 엄마에게 양보할게요."

균형이 흔들릴 정도로 세차게 발목을 비벼대는 모이쉐를 흘끗 내려다보며 한나가 말했다.

녀석의 사료그릇은 텅 비어 있었다. 사료의 변화 따윈 녀석에게 별 관심거리도 안 되는 모양이었다.

"잠깐만요, 엄마. 모이쉐한테 저녁을 주고 나서 다시 얘기해요."

한나는 수화기를 테이블 위에 올려놓고 모이쉐의 사료를 넣어놓는 찬장으로 갔다. 그리고 자물쇠를 푼 뒤 문을 열고 사료를 꺼내 그릇에 한가득 부어주었다.

고양이 사료를 자물쇠로 잠가 보관한다니 이상하다고 생각하겠지만, 아침, 혹은 점심, 저녁까지도 스스로 챙겨 먹으려는 고양이 룸메이트와 함께 살려면 어쩔 수가 없었다.

자물쇠를 제외하고는 한나가 고안해낸 그 어떤 방책도 모이쉐를 찬장으로부터 떨어뜨려 놓지 못했다. 물론 녀석은 자물쇠 대신 나무로 된 문짝을 공략하고 있었다. 날카로운 발톱으로 긁힌 온통 자국투성이인 문짝은 머지않아 모이쉐에게 승리를 내어줄 듯했다.

"여보세요, 엄마. 저 돌아왔어요."

한나가 수화기를 집은 뒤 테이블 앞 의자에 풀썩 앉았다.

"또 무슨 얘길 들으셨어요?"

"별로. 빌과 안드레아가 말한 거라곤 네가 학교 덤프스터 안에서 그랜트 서장의 시체를 발견했다는 것뿐이었단다."

"맞아요, 바로 그렇게 된 거예요."

"불쌍한 네티 그랜트, 정말 안됐지 뭐냐!"

"그러게요." 한나가 대답했다.

그랜트 서장님의 부인인 네티 그랜트는 3년 전 교통사고로 하나뿐인 자식을 잃고 거의 은둔에 가까운 생활을 하고 있었다.

"정말 힘들어하고 있을 것 같구나." 엄마가 말을 이었다.

"제이미의 죽음도 받아들이기 어려웠을 텐데, 이제 남편까지 죽어버리다니! 혹시 연관이 있는 건 아닐까, 한나?"

"누가요?"

엄마의 질문에 어리둥절해진 한나가 되물었다.

"누가 아니라, 뭐겠지! 지금 제이미의 죽음과 그랜트 서장의 죽음을 말하는 거란다."

"그 둘이 어떻게 연관이 있겠어요, 엄마."

"생각해 봐라, 한나. 제이미가 죽었을 때 네티는 그 충격에 몸도 제대로 가누지 못할 정도였지 않니. 슬픔을 극복하는 데 몇 년이나 걸렸단 말이다. 모르긴 몰라도 그랜트 서장도 마찬가지였을 게다. 결국 슬픔을 이겨내지 못하고 더 이상은 견디지 못하겠다고 결심했는지도 모르지."

"그러니까……, 자살이란 말이에요?"

"그래, 네 생각은 어떠냐?"

"아니에요."

"어째서? 충분히 말이 되는 것 같은데."

한나는 깊은 한숨을 내쉬었다. 엄마에게 사건에 대해 상세한 것까지 말해주고 싶진 않았지만 이대로 두면 엄마의 얼토당토않은 자살 이론이 온 마을로 순식간에 번져나갈 것 같았다.

"자살이 아니었어요."

"네가 그걸 어떻게 아니?"

"그랜트 서장님이 제가 만든 컵케이크를 먹으면서 그렇게 세게 자기 뒷머리를 때리고, 학교 덤프스터 안으로 기어들어가 죽었을 리가 없거든요. 제 컵케이크가 그다지 훌륭한 완성품은 아니었다는 건 인정하지만, 그래도 죽고 싶을 생각이 들만큼은 아니었다고요."

"경망스럽게 굴 때가 아닌 것 같구나, 한나!"

"네." 한나가 짧게 대답하고는 꾹 입을 다물었다.

엄마는 눈치가 빠른 분이었다, 아니나다를까 채 2초도 지나지 않아 엄마가 외쳤다.

"잠깐!" 엄마의 목소리가 흥분에 살짝 떨렸다.

"너, 지금 누군가가 그랜트 서장의 뒷머리를 때려서 서장이 죽었다고 말한 거냐?"

"그래요."

"하지만 그럴 리가 없지 않니, 그게 만약……."

엄마의 입에서 마지막 단어가 나오기까지는 상당한 시간이 걸렸다.

"그가 살해당하니! 왜 진작 말하지 않았니!"

"물어보지 않으셨으니까요."

"좋은 딸내미였다면, 내가 묻기 전에 말해줬을 게다! 지금 서서 전화하는 거라면 얼른 자리에 앉아라. 그리고 전부 얘기해 봐. 하나라도 빠뜨렸다간 알아서 해라!"

10분 뒤, 한나는 수화기를 내려놓았다. 엄마와 통화하는 동시에 먹을 것을 찾으려 여기저기 뒤적이느라 수화기를 귀와 어깨 사이에 끼우고 있었더니 목 부위가 시큰거렸다.

그래도 냉장고와 저장실에서의 수확은 성공적이었다. 물론 스테이크와는 아주 거리가 멀었지만, 한나는 참치 통조림을 따서 마요네즈와 섞은 다음 호밀빵의 한 면에 전자레인지에 녹인 크림치즈와 함께 골고루 펴 발랐다. 그리고는 리사가 그녀의 온실에서 직접 키운 달콤한 양파를 잘게 썰어 빵 위에 올리고는 호밀빵 한 조각을 그 위를 덮었다.

그렇게 완성된 호밀빵 샌드위치를 네 등분한 뒤 한나는 최근 코스트 마트에서 싸게 구입한 샤또 와인을 한 잔 따랐다.

"넌, 네 사료를 먹으면 되잖아."

한나가 모이쉐를 내려다보며 말했다.

녀석은 10㎏나 나가는 고양이가 낼 수 있는 모든 힘을 다해 한나의 발목을 문지르고 있었다.

모이쉐의 울음소리를 들으며 한나는 자신이 한 말이 스스로 생각해도 우습다는 것을 깨달았다. 세상에 그 어떤 값비싼 고양이 사료도 감히 참치 샌드위치와는 견주지 못할 것이다.

모이쉐의 끊임없는 공략에도 불구하고 한나는 소파에 앉아 리모콘으로 TV를 켰다. 그리고는 샌드위치를 한 입 베어 물었다.

맛있다! 특히 리사가 재배한 양파 맛은 환상이었다.

한나는 내일 아침 카페에 출근하자마자 리사에게 꼭 이 말을 해줘야겠다고 생각했다. 하지만 일단은 눈앞에 그녀가 먹어주기를 기다리는 맛있는 샌드위치가 놓여 있으니, 한나는 당장 임무에 충실하기로 했다.

샌드위치를 다 먹고 난 뒤 한나는 참치 몇 조각으로 모이쉐를 달래고는 와인잔을 들고 TV에 열중했다. 다른 요일과 달리 월요일 밤에는 특별히 볼만한 프로그램이 없었다.

한나는 채널을 이리저리 돌렸다. 하긴 집에 우두커니 앉아 TV를 보는 것으로 만족할 사람이 누가 있겠는가. 연휴 때 가정에서 즐겨 만들곤 하는 과일 케이크의 역사와 유래에 관해 보여주는 프로그램 하나가 눈길을 끌었다.

한나는 흥미롭게 TV를 시청했다. TV에 보여 지는 과일 케이크는 그 모양 하나하나가 다 아름다웠으며, 잘린 단면으로 비치는 설탕에 조린 과일조각도 불빛 아래서 보석처럼 먹음직스럽게 반짝였다.

보이는 그대로 모든 것이 완벽한 세상이라면 저 과일 케이크도 보이는 것만큼이나 맛있어야 하겠지만, 한나가 아는 현실은 그렇지가 않았다. 한나가 좋아하는 과일 케이크는 단 하나, 그녀의 레서피대로 만든 것뿐이었다.

한나가 아버지를 위해 만든 과일 케이크 레서피에는 시트론(케이크 가미용 시트론 껍질)이나 설탕조림 과일 대신 신선한 생과일이 들어갔다. 일명 '아빠의 초콜릿 과일 케이크' 라고 불리는 이 레서피 역시 레이크 에덴 요리책에 포함될 예정이다.

프로그램이 끝날 때쯤 되자 저쪽 구석에서 복도를 지나는 오렌지와 흰색의 털 뭉치가 눈에 띄었다. 그건 세탁실로 향하는 모이쉐였다. 그러고 보니 아까부터 녀석은 자꾸만 세탁실을 들락날락거리고 있었다.

"너 괜찮니, 모이쉐?"

한나가 소파에서 몸을 일으키며 물었다.

모래 상자가 필요한 때가 아니면 세탁실에는 좀처럼 들어가는 법이 없는 녀석이었다. 새로 가져온 사료 때문에 배탈이라도 난 것이라면 내일 아침에 수의사에게 전화를 해야 할 것이다.

한나는 모이쉐를 따라 세탁실로 들어갔다. 세탁실에서는 한나의 예상과는 달리 모이쉐가 모래 상자 옆에 우두커니 서 있었다. 그리고는 모래 상자 안쪽으로 몸을 기울이더니 뭔가를 떨어뜨리고는 그 위를 모래로 덮었다.

"이상한걸."

한나는 모이쉐가 다시 주방으로 들어가는 걸 보며 혼자 중얼거렸다.

몇 달 전에도 녀석이 모래 상자에 죽은 쥐를 묻어둔 적이 있었다. 아마 이번에도 뭔가를 잡아 최신 고양이 버전으로 묻은 모양이었다.

한나는 국자로 녀석이 묻은 것을 파보았다. 쥐도, 그렇다고 쥐의 신체 일부도 아니었다. 심지어 귀뚜라미나 나방 같은 것도 아니었다.

모래 속에는 한나가 새로 가져온 사료가 흠집 하나 나지 않은 채 묻혀 있었다. 모이쉐의 까다로운 입맛에 갑자기 의심스러운 생각이 든 한나는 모래 상자의 다른 곳도 파보았다. 아니나 다를까 군데군데 새 사료들이 묻혀 있었다. 입에 맞지 않는 저녁식사에 대한 항의를 모이쉐는 시각적으로 표현하고 있었던 것이다.

"그만하면 알았어."

한나는 어쩔 수 없다는 듯 한숨을 내쉬었다.

역시 쉬운 것은 아무것도 없다.

주방으로 들어선 한나는 모이쉐를 흘끗 내려다보았다.

자신의 사료그릇 옆에 잠자코 앉아 있는 녀석의 눈빛은 한나의 발길이 찬장에 보관하는 키티 크런치로 향하자 한층 밝아지기 시작하더니 마침내 한나가 키티 크런치를 꺼내자 마치 금방이라도 광선을 쏘아 보낼 듯 초롱초롱해졌다.

"네가 이겼어, 모이쉐."

한나가 녀석의 사료그릇을 한 번 씻어내고서 예전 사료를 담아주며 말했다. 고양이의 이치와 사람의 이치 사이에서 갈등할 수밖에 없는 한나였지만, 일단은 긴 긴 밤을 녀석의 구슬픈 울음소리를 들으며 잘 순 없었다.

다음날 쿠키단지는 사람들로 북적였다. 마을 사람들 대부분이 벌써 그랜트 서장의 죽음에 대해 알고 있었다. 간밤에 엄마가 적어도 레이크에덴 사람들 절반에게 그 얘길 퍼뜨린 듯했다.

"당연히 아니죠."

한나가 버티 스트롭에게 커피를 따라주며 그녀의 질문에 대답했다.

오늘 아침 내내 똑같은 대답만 되풀이하고 있었다. 쿠키와 커피를 사러 온 손님들은 모두 한나에게 이번 사건도 수사할 것인지를 물었다.

"하지만 돕고 싶지 않아요?"

버티가 막 앞문을 통해 카페 안으로 들어오는 안드레아를 향해 미소를 지어 보이며 물었다.

"제가 할 수 있는 한에서는 도울 거예요. 어디까지나 시민으로서 말이죠."

"경찰에서 요청한다면? 그러면 수사할 건가요?"

"그런 일은 없을 거예요."

한나는 안드레아가 들어설 공간을 마련해주려고 카운터 옆으로 비켜섰다.

"경찰서장이 죽었는데, 경찰에서 외부인을 수사에 개입시킬 리 없어요. 저 역시 관여할 생각은 조금도 없어요. 사건과도 전혀 상관없고요."

"아니, 그렇지 않을걸."

한나에게 간신히 들릴만한 목소리로 안드레아가 속삭였다. 입술을 굳게 다문 채 의미심장하게 미소만 짓고 있을 뿐인 안드레아의 모습이 한나는 사뭇 인상적이었다. 안드레아가 복화술을 터득한 줄은 미처 몰랐다.

"작업실."

안드레아가 입가의 미소를 무너뜨리지 않은 채 호흡 아래로 나지막이 속삭였다.

"얘기 좀 해."

한나는 리사에게 대신 카운터를 봐달라고 손짓을 한 다음 안드레아를 앞세워 회전문을 통과해 작업실로 들어갔다. 그리고 그녀를 작업대 앞에 있는 의자에 앉힌 후 한나도 그 옆에 앉았다.

"도대체 뭐야? 뭔가 숨기는 듯한 표정이잖아."

그 말에 안드레아의 얼굴빛이 창백해졌다.

"오, 안 돼! 혹시 눈치 챈 사람이 있었을까?"

"저 밖에 있는 사람들 중에서 말이야?"

한나가 홀 쪽을 가리키며 물었다.

"응."

"나 말곤 없을걸. 게다가 난 워낙 널 잘 알기 때문이기도 하잖아. 그나저나 뭐가 문제야?"

"전부! 세상이 빙빙 돌고 있는데, 도저히 멈출 방법을 모르겠어!"

한나는 안드레아에게 세상은 원래 빙빙 돌고 있다고, 그럼에도 우리가 땅에서 떨어지지 않는 것은 중력 때문이라고 말해주고 싶었지만 꾹 참았다.

"오렌지 주스라도 좀 마시는 게 좋겠어. 창백해 보여."

"커피로 줘." 안드레아가 정정했다.

"오늘 아침에 안 마셨어. 너무 우울해서 커피 탈 기운도 없었다구."

작업실에 놓인 커피포트로 가 안드레아를 위한 커피를 따르며 한나는 도대체 얼마나 우울해야 커피 타는 것이 귀찮아질까 의아해했다.

특히 안드레아 같은 경우에는 그저 인스턴트커피를 잔에 털어넣고 물을 부은 다음 충분히 따뜻해질 때까지 전자레인지에 돌리는 일일 뿐인데 말이다.

"고마워, 언니."

안드레아가 한나가 건넨 커피잔을 받아 두 손으로 감싸 쥐었다. 그리고는 길게 한 모금 마시더니 크게 한숨을 내쉬었다.

"너무 맛있다! 이제 좀 진정이 되는 것 같아."

"잘 됐네, 기분이 왜 그렇게 엉망이었던 건데? 그리고 아까 저기서 했던 얘긴 뭐야?"

"내가 뭐라고 했는데?"

"내가 버티한테 그랜트 서장 살인사건에 개입할 생각이 없다고 하니까, 네가 '그렇지 않을걸'이라고 했잖아. 그것도 입술을 움직이지 않고 말이야."

"아, 그거. 중학생 때 터득한 거야. 벡터 선생님은 수업 중에 떠들면 벌점을 줬거든. 들키지 않게 애들이랑 얘기하려고 터득한 걸 꽤 오랫동안 유용하게 썼지."

"그거 말고! 내가 살인사건 수사에 개입하게 될 거라고 얘기한 부분 말이야."

"그렇게 될 거야. 그래야만 하고. 언니, 빌이 언니 도움이 필요하다고 했어."

"확실해?"

"물론이지."

한나는 안드레아는 엄한 눈빛으로 쏘아보았다.

"빌이 나한테 가서, 그랜트 서장 살인사건을 수사해 달라는 부탁을 해 보라고 했단 거야?"

"딱히 그런 건 아니고."

"그럼?"

"마이크가 부탁했어."

커피를 또 한 모금 들이키는 안드레아의 눈빛은 거의 이글이글 타오르는 듯했다.

"마이크는 정말 저질이야! 그런 사람을 우리 집에 초대해서 샌드위치까지 대접했는데, 순식간에 풀숲의 쥐새끼로 돌변해 버리다니!"

"뱀이야."

한나가 무의식적으로 안드레아의 말을 바로잡아주었다.

"뭐?"

"쥐가 아니라 뱀이라고. 마이크가 뭘 어쨌기에?"

"우리의 믿음을 배신했어! 언니가 만약 마이크와 다시 가깝게 지낸다면, 난……, 난 언니랑 의절할 거야!"

이런 얘길 할 정도로 화가 나 있는 안드레아에게 자매끼리는 결코 의절할 수 없다는 얘기를 꺼내는 건 무모했다.

지금 안드레아는 아주 단단히 화가 나 있었다. 이 정도로 화가 난 모습을 본 건 안드레아가 고등학생이었던 시절에 누군가 그녀가 가장 좋아하는 분홍색 캐시미어 스웨터에 포도 맛 사이다를 쏟은 이후 처음이었다.

"마이크는 정말……, 형편없어! 그는, 정말이지……."

안드레아가 갑자기 말을 멈추더니 두 손으로 배를 감싸 안았다.

"생각하는 대로 말하면 안 되지! 뱃속의 아기도 바깥소리를 다 들을 수 있다는 기사를 본 적 있거든. 우리 귀여운 빌리가 이런 얘길 들으면 안 돼."

"일단 진정하고 마이크가 도대체 뭘 어떻게 했기에 그러는지 찬찬히 설명해 봐."

"마이크가……."

안드레아가 다시 말을 멈추고는 크게 호흡을 들이마신 뒤 숨을 내뱉 듯 말했다.

"마이크가 빌이 그랜트 서장님을 죽였다고 생각하잖아!"

한나는 배를 한 대 걷어차인 듯한 기분이었다.

안드레아에게 그게 도대체 무슨 소리냐고 물으려던 한나는 한층 더 창백해진 안드레아의 얼굴을 보고는 얼른 카운터로 나가 적당량의 초콜릿을 가지고 돌아왔다.

"여기, 안드레아."

한나가 두 개의 블랙 앤 화이트 쿠키를 건넸다.

"지금 너한텐 초콜릿이 필요해."

"지금 나한테 필요한 건 마이크가 없어져 버리는 것뿐이야!"

"그래, 정황상 네 기분 충분히 이해할 수 있어."

한나가 다시 쿠키를 가리키며 말했다.

"어서 먹어."

"알았어, 알았다구."

안드레아의 대답엔 짜증이 섞여 있었지만, 그녀는 쿠키를 크게 한 입 베어 물었다. 그리고는 또 한 입, 또 한 입, 마이크가 아닌 쿠키가 다 없어져버릴 때까지 계속해서 쿠키를 먹어댔다. 그리고 두 번째 쿠키는 첫 번째 쿠키보다 더 빨리 사라져버렸다.

안드레아의 볼에 조금이나마 생기가 돌아오는 것을 본 한나는 마음이 놓였다.

"이제 좀 괜찮아 보이네."

한나가 한결 나아진 기분으로 말했다.

아까까지만 해도 안드레아의 얼굴이 마치 백지장처럼 새하얘서 나이트 박사님을 불러야 하는 게 아닐까 걱정했을 정도였기 때문이었다.

"기분은 좀 괜찮아졌지만, 마이크에 대한 감정은 그대로야."

"그럴 수밖에 없을 거야."

한나가 안드레아의 손을 토닥이며 말했다.

"어떻게 이럴 수가 있어, 언니! 너무 화가 나서 말도 잘 안 나와."

"그렇진 않아."

무심코 말을 내뱉고 난 한나는 금방 후회하고 말았다. 지금은 고작 언어 표현 같은 것에 대해 말다툼을 벌일 때가 아니었다.

"도대체 어떻게 된 일인지 자세하게 설명해 봐. 내가 도울 수 있는 게 있을지도 모르잖아."

안드레아는 고개를 젓더니 이내 숨을 크게 들이마셨다.

"오늘 아침으로 거슬러 올라가야 해. 마이크가 어젯밤 빌이 혼자 있었고, 그랜트 서장님이 죽은 시간에 대한 알리바이도 없어서 빌을 의심해 봐야겠다고 했다는 거야."

"잠깐만, 마이크가 빌을 의심한다고? 마이크에게 그럴만한 권한이 있어?"

"그랜트 서장님이 안 계신 지금 마이크가 서장 대리를 하고 있어. 규정에 그렇게 되어 있대. 새로운 서장이 선출될 때까지는 계급상 그 바로 아래 사람이 서장 대리로 업무를 보게 된대."

"오."

한나는 가방을 집어 항상 가지고 다니는 수첩을 꺼냈다.

"그랜트 서장님이 살해당했을 시각에 빌에겐 알리바이가 없다고 했는데, 그게 몇 시였어?"

"빌은 모르는 것 같아. 마이크가 빌을 수사에서 완전히 제외해 버렸거든."

"그럼 빌이 어젯밤 집에 혼자 있는 사이에, 넌 어디 있었어?"

"난 트레시랑 트레시 친구들 몇 명을 데리고 쇼핑몰에서 만화 영화를 보고 있었어. 상황이 이렇게 되어버린 지금에 와선 무척 후회하고 있지만 말이야. 영화도 어찌나 재미없었는지, 그림도 별로 예쁘지 않고……."

"알았어."

만화 영화에 대한 혹평으로 얘기가 길어질 듯하자 한나가 안드레아의 말을 대충 넘겨받았다.

"다시 빌의 얘기로 돌아가서 마이크가 빌을 의심한다는 게 그저 일시적인 수사 절차상의 문제인 거야? 아니면 정말로 빌이 그랜트 서장님을 죽였다고 생각하는 거야?"

"나도 확실하게는 모르지만, 빌이 그러는데, 마이크가 상당히 심각하게 얘길 하더라는 거야. 난 아직도 충격에서 벗어나질 못하겠어. 마이크와 빌은 둘도 없는 친구사이인 줄 알았는데, 그가 이런 식으로 믿음을 배신할 줄이야."

"정말 믿기 어려운 일이다." 한나도 동의했다.

한나 스스로도 이 상황을 어떻게 이해해야 할지 난처할 뿐이었다. 하지만 마이크와 똑같이 생긴 쌍둥이 형제가 마을로 들어와 원래의 마이크를 밧줄로 꽁꽁 묶어 옷장에 가두어놓고 그의 행세를 하고 돌아다니는 것이 아니라면 이건 사실이자 현실이었다.

"빌은 아니야, 언니. 우리 그이는 살인범이 아니라구."

"당연히 아니지."

한나가 안정된 톤의 음성으로 안드레아를 달랬다. 그건 정말 사실이다. 빌은 파리 한 마리도 죽이지 못할 사람이었다. 물론 낚시에 쓸 용도가 아니라면 말이다.

"이번 일에 체계적으로 접근해 보자, 안드레아. 네가 외출한 동안 빌은 뭘 하고 있었어?"

"미식축구 경기를 보고 있었어. 마이크에게 경기의 하이라이트 부분을 설명해주기까지 했는데, 그것으로는 충분하지 않다고 했대. 스포츠 뉴스에서 본 것일 수도 있지 않느냐면서 말이야."

한나는 다시 한 번 안드레아의 손등을 토닥여주었다.

"어젯밤에 빌이 정말로 집에 있었다는 증거는 어떻게든 찾을 수 있을 거야. 이웃 중 누군가가 빌을 봤을 수도 있잖아. 그저 지나면서 빌이 그 시간에 집 안에 있는 것을 목격한 단 한 사람만 있으면 돼."

"나도 알아. 그 생각은 나도 벌써 해봤다구. 그래서 아침에 주변에 사는 사람들에게 모두 전화해 봤는데, 빌을 본 사람이 없대."

안드레아는 마이크의 목에 걸 밧줄이라도 되는 양 손에 쥔 냅킨을 사정없이 비틀었다. 지금껏 마이크는 우리의 친구이자 가족이었다. 안드레아가 이토록 배신감을 느끼는 것도 무리는 아니었다.

"도와줄 거지, 언니?"

"당연히 그래야지. 걱정하지 마, 안드레아."

"걱정을 안 하려고 해도 안 할 수가 없어! 어제까지만 해도 미래는 장밋빛이었다구. 선거 결과도 곧 나올 테고, 빌이 그랜트 서장님을 꺾고 선거에서 승리할 전망도 보였어. 근데 별안간 그랜트 서장님이 살해되고 나서는 모든 게 엉망으로 변해버렸잖아. 곧 있으면 우리 빌리도 태어날 텐데, 빌은 백수가 되어버릴지도 몰라. 마이크가 마음을 독하게 먹으면 살인죄로 감옥에 갈지도 모르고!"

한나는 고개를 저었다.

"그런 일은 없을 거야. 내가 약속해."

"어떻게 장담해?"

"그렇게 되도록 내가 내버려두지 않을 거니까. 어서 집에 가봐, 안드레아. 지금 빌의 기분은 완전히 바닥일 거야. 이럴 때 옆에서 따뜻하게 위로해줄 사람이 필요해. 나도 출장서비스를 마치는 대로 너희 집으로 갈게. 그리고 어떻게 하면 빌의 결백을 증명할 수 있을지 같이 생각해보자."

"알았어."

한나가 뭔가 구체적인 방안을 제시해주자 안드레아는 한결 안도한 듯한 모습이었다.

"출장서비스가 몇 신데?"

"정오. 그러니까 늦어도 1시 30분에는 너희 집에 도착할 거야."

"좋았어."

안드레아가 자리에서 일어섰다.

"그럼, 내가 점심을 만들어놓을게. 땅콩버터와 젤리를 넣어서 구운 샌드위치로 말이야."

"맛있겠다." 한나가 대답했다.

안드레아의 요리솜씨라면 세계에서 둘째가라면 서러울 정도로 형편 없었지만, 땅콩버터와 젤리 샌드위치를 굽는 것은 고도의 요리 실력을 필요로 하지 않으니 다행이었다.

안드레아가 돌아가고 난 뒤 카페는 더욱 바빠져 홀에는 입석밖에 남지 않았을 정도였다.

한나와 리사는 손님이 뜸해지는 시간인 11시가 되기만을 기다렸다. 11시는 아침 쿠키를 먹기엔 너무 늦고, 점심 쿠키를 먹기엔 너무 이른 시간이었기 때문에 손님들의 발길이 뜸한 시간이었다.

마지막 손님이 자리를 뜨자 한나는 리사에게 두 사람이 즐겨 앉는 홀의 구석자리로 가자고 손짓을 보냈고, 빌의 얘기를 꺼내놓았다.

"농담하지 마세요!"

리사의 두 눈이 놀라 휘둥그레졌다.

"정말 마이크가 빌을 의심한단 말이에요?"

"안드레아의 얘기론 그렇다고 하는데……, 빌에게 정직처분을 내린 것으로 봐서는 사실인 모양이야."

"그렇지만 그건……, 그건, 정말 말도 안 돼요!"

리사가 흥분하며 소리쳤다.

"당연하지. 이 모든 게 그저 오해이길 바랄 뿐이야. 그러려면……."

"한나가 나서서 사건을 해결하고 빌의 결백을 증명해줘야죠."

리사가 끼어들었다.

"당연히 그래야 해요. 그것 말고 할 수 있는 게 뭐가 있겠어요? 빌을 구할 수 있는 사람은 한나밖에 없어요."

한나는 웃음을 터뜨렸다.

"그렇게 얘기하니까 내가 꼭 원더우먼이라도 된 것 같잖아."

"아마도요." 리사가 부끄러운 듯 미소를 지었다.

"어쨌든 한나는 사건 수사에는 소질이 있잖아요. 모두 인정하는 사실이기도 하구요. 카페라면 전부 저한테 맡기세요. 제가 잘 꾸려갈 수 있어요."

한나가 리사의 등을 두드리며 말했다.

"물론 리사가 나 없이도 잘 할 수 있다는 건 알아. 때론 너무 잘 하는 게 신기할 정도지. 리사같은 동업자는 어디 가도 못 구할걸. 혹시 그 이면에 무시무시하게 완벽한 결점 같은 게 있는 거 아니냐?"

"어떤 거요?"

리사가 일부러 음흉한 표정을 지으며 물었다.

"나야 모르지. 시간을 좀 줘봐 곧 알아낼 테니까. 그동안 비아트리스 시어머니의 비밀 재료가 뭔지 찾아봐 주겠어? 오늘 아침에 또 전화해서는 시어머니의 레서피가 책에 들어가지 못할까 봐 걱정하더라구."

"그럴게요." 리사가 약속했다.

"어젯밤에는 마시멜로 크림을 한 번 넣어봤는데, 반죽이 끈적끈적해져 버렸지 뭐예요. 짐 싣는 거 도와줄까요?"

"짐?"

"출장 갈 짐이요." 리사가 설명했다.

"1시간 안에는 도착하셔야 할 것 같아요."

한나는 손바닥으로 앞이마를 찰싹 쳤다.

"맞다. 그새 까맣게 잊고 있었어."

"그럴 만도 하죠. 지금 머릿속이 온통 복잡할 테니."

"그러게." 한나가 리사에게 미소를 지어 보였다.

"그나마 내가 작은 마을에서 사는 게 다행이지."

"왜요?"

"내가 도대체 뭘 하는 건지 모를 때, 그래도 누군가는 옆에서 내가 해야 할 일을 대신 해주니까 말이야."

한나가 마지막 쿠키 상자를 트럭에 막 싣는데 마이크의 경찰차가 주차장으로 들어오더니 한나의 트럭 바로 옆에 멈추어 섰다. 차에서 내리는 마이크의 모습은 영화배우처럼 멋있어서 한나는 금방이라도 달려가 그의 팔에 안기고 싶은 충동을 참느라 꽤 애를 써야만 했다.

하지만 그에게 안겨 키스하고 싶은 마음만큼 그가 제부인 빌을 살인 사건의 용의자로 지목했다는 사실을 기억해야 한다는 마음도 컸다.

"무슨 일 있습니까? 얼굴 표정이 꼭 장난감을 뺏긴 어린애 같군요."

마이크가 한나의 표정을 살피며 물었다.

"그러면 그렇지." 한나는 나지막이 중얼거렸다.

그녀는 여전히 마이크를 좋아한다. 그 사실은 쉽게 변하지 않을 것이다. 하지만 한나에게 있어 그보단 가족의 명예가 우선이었다.

"어떻게 빌을 의심할 수가 있어요! 정말 말도 안 돼요!"

"얘기 들은 겁니까?"

"당연히 들었죠."

"나도 일부러 그러는 게 아니에요, 한나. 어쩔 수가 없어요. 내 입장을 한 번 생각해 봐요. 빌에게는 살해 동기가 있어요. 선거에서 그랜트 서장님과 맞붙고 있단 말입니다. 게다가 어젯밤 빌이 퇴근하기 전에 그랜트 서장님과 심하게 말다툼을 했다고 증언한 사람들이 있었어요. 바바라 도넬리, 당신도 알죠? 그랜트 서장님의 비서 말입니다."

"알죠."

바바라 도넬리와는 수년간 알고 지낸 사이로, 그녀는 결코 없는 얘기를 지어낼 사람이 아니었다. 그녀가 마이크에게 빌과 그랜트 서장님 간에 다툼이 있었다고 말했다면, 그건 정말일 것이다.

"빌이 서장님 방에서 나올 때 바바라가 자기 자리에 있었는데, 안에서 그랜트 서장님이 '내가 죽기 전까지는 어림도 없어'라고 외쳤다더군요."

한나는 어이없다는 듯 한숨을 내쉬었다.

"그건 그냥 말일 뿐이잖아요. 바바라가 그런 얘기를 심각하게 받아들였다니 이해할 수 없네요."

"심각하게 받아들이지 않았어요. 단지 빌과 그랜트 서장님 모두 화가 단단히 나 있었다고 얘기했을 뿐이지요. 두 사람이 그 후에도 만났다면, 그 화가 폭발했을 수도 있습니다. 확실히 누군가는 그랜트 서장님의 머리를 박살 내버릴 정도로 화가 나 있었으니까요. 게다가 살인이 일어났을 시각에 대한 알리바이가 빌에게는 없기 때문에 어쩔 수 없이 그를 수사에서 제외할 수밖에 없었습니다."

한나는 마이크의 말에 일리가 있다는 걸 깨달았지만, 굳이 그것을 표현하진 않았다.

"살인사건이 일어났을 시각에 빌에게 알리바이가 없다고 했는데, 그게 몇 시죠?"

"저녁 8시에서 9시 30분 사이죠."

한나는 머릿속에 시간을 각인시켜두고는 무뚝뚝한 얼굴로 다시 마이크를 쳐다보았다.

"당신에게 정말로 놀랐어요, 마이크. 파트너는 항상 서로를 위하는 것이라고 생각했는데, 당신은 빌에게 일말의 신뢰나 믿음 같은 것도 없나요?"

"물론 있죠!"

한나의 질문에 마이크가 화를 내며 대답했다.

"빌은 내 가장 친한 친굽니다. 당신도 알잖아요. 하지만 내 사적인 감정을 살인사건 수사에 개입시킬 수는 없습니다. 빌이 내 파트너이자 친구이기 때문에 더더욱 그래요. 이번 사건은 더 엄격하게 규율을 따라야 할 필요가 있습니다. 혼자 하는 수사가 쉽지는 않겠지만 말이죠."

"수사를 혼자 해요?" 한나가 깜짝 놀라며 물었다.

"다른 경찰을 지목해서 돕게 하면 되잖아요."

"로니 머피 말고는 아무도 믿을 수가 없어요. 그런데 그는 2주 뒤에나 돌아온단 말입니다!"

한나는 혼란스러웠다.

"왜 로니말고는 아무도 믿을 수가 없죠?"

"로니는 신입이고, 그랜트 서장님은 신입에게 적어도 6개월간은 잘해주니까요. 그 후에는 좋은 시절 다 가는 거죠."

"무슨 뜻이에요?"

"6개월 정도 지나면 깐깐해지기 시작해요. 조서에도 일일이 꼬투리를 잡으니 경찰서에서 있는 사람 대부분이 서장님을 싫어할 만한 이유를 수천 개쯤 갖고 있습니다."

"이를테면?"

"승진의 지연, 시간 외 수당 미지급, 그리고 말도 안 되는 징계들."

마이크가 이유를 하나하나 손꼽아 매겼다.

"당신도 분명히 들어서 알고 있을 겁니다, 한나. 작년에 그랜트 서장님이 빌에게 특히 더 심했죠."

"알아요." 한나가 대답했다.

"밤새 야간근무를 하고 난 후였는데, 빌이 넥타이를 비뚤게 맸다는 이유로 그랜트 서장님이 징계를 내렸다고 안드레아가 그랬어요."

"바로 그런 것들입니다. 징계관련 파일을 훑어봤는데, 대부분이 말도 안 되는 이유였어요."

"그럼, 부당한 징계를 받은 누군가가 그랜트 서장님을 죽였다는 거예요?"

"꼭 그런 건 아닙니다. 사실 서장님을 죽일 만큼 제정신이 아닌 경찰관이 있으리라고는 생각하지 않아요. 그래도 일단은 일일이 다 확인해보는 것이 제 임무죠."

한나의 귀가 퍼뜩 열렸다.

"내부수사를 말하는 건가요?"

"맞습니다. 빌의 도움이 절실히 필요한 때이기도 하죠. 그러니 제발 내 상황을 이해해줘요, 한나. 빌을 의심하는 건 나에게도 몹시 괴로운 일입니다."

한나는 아무런 대답도 하지 않은 채 마이크를 쳐다보았고, 마침내 그가 시선을 아래로 떨어뜨렸다.

"그럼……."

마이크가 경찰차로 발걸음을 옮기기 시작했다.

"그만 가봐야겠습니다. 나중에 봐요."

'내가 당신을 먼저 보게 되면 도망가 버리고 말 걸요!'

중학생 정도의 나이였다면 혀를 날름거리면서 했을 대답을 한나는 그저 속으로만 생각했다. 그리고는 마이크가 차에 올라타 저 멀리 사라질 때까지 아무 말 없이 서 있다가 이내 트럭에 올라 출장서비스 장소로 향했다.

한나가 다시 트럭으로 돌아왔을 때는 오후 1시가 지난 시간이었다. 출장서비스는 물론 행사도 성공적으로 끝났다.

마지 비즈먼은 각 가정에서 더 이상 읽지 않는 책들을 모으는 일에 자원봉사로 활동할 사람들을 모았고, 레이크 에덴 커뮤니티 도서관의 숙녀 회원들은 한나의 체리 윙크스에 너무나도 열광하여 한나의 엄마까지 발 벗고 나서 한나를 도와야만 했다.

확실히 엄마는 사위의 위태로운 상황에 대해 모르고 계시는 것 같았다. 안드레아가 직접 나서서 얘기하기 전까지 한나도 잠자코 있는 편이 낫다고 생각했다.

안드레아와 빌의 집 앞에 차를 세우며 한나는 심호흡을 했다. 그 어느 때보다 세심함이 필요한 때였지만, 한나에게 그건 결코 쉬운 일이 아니었다.

빌은 자신이 의심받는 상황에 대해 단단히 화가 나 있을 것이고, 안드레아도 그녀가 준비한 점심에 대해 한나가 한 마디 핀잔이라도 할라치면 평소보다 몇 배 더 예민하게 대응할 터였다.

마침 안드레아의 볼보가 진입로 부근에 주차되어 있어 한나는 그 뒤에 트럭을 세우고 차에서 내린 후 현관 벨을 눌렀다.

집 안에서 울려 퍼지는 벨 소리를 들은 한나는 '씩' 하고 웃었다.

안드레아와 빌이 새로 바꾼 벨 소리가 다름 아닌 바이킹 전투 노래의 첫 네 소절이었기 때문이다.

안드레아가 미안한 듯한 얼굴로 문을 열었다.

"늦게 열어서 미안. 방금 토스트를 다 구웠거든."

"오."

한나가 안으로 발을 들여놓으며 코를 킁킁거렸다.

탄 냄새가 났다.

안드레아가 토스트를 태운 모양이었다.

"새로운 소식이라도 있어?"

"아니. 어서 들어와, 언니. 빌이 주방에서 언니를 기다리고 있어."

한나는 동생을 따라 복도를 지나 햇살이 환히 비치는 주방으로 들어갔다.

안드레아와 빌이 이 집을 처음 구입했을 때 가장 마음에 들었던 곳이 바로 이 주방이었다. 일명 '미식가의 주방'이라고 불리는 이 공간은 붙박이형 오븐 2대와 중앙에 그릴이 달린 아일랜드 탁자식 난로가 있었고, 그 삼면에는 푹신푹신한 벤치까지 달렸으니 손님들이 지켜보는 가운데 애피타이저로 꼬치용 케밥을 구워낼 수도 있었다.

핵심은 아직 말하지도 않았다. 꼬챙이가 달린 고기 굽는 회전식 기구가 달려 소고기 구이를 하거나 닭 한 마리를 통째로 꽂아 천천히 돌려가며 구울 수 있었고, 그 과정 역시 손님들이 즐겁게 지켜볼 수 있었다.

빌은 창가 의자에 앉아 창밖 너머로 뒷마당의 나무들을 응시하고 있었다.

인사를 하기 위해 빌에게 다가가며 한나는 빌과 안드레아가 얼마나 환상적인 커플인가를 다시 한 번 떠올렸다.

반짝이는 금발에 차이나 블루빛(코발트빛에 가까운 하늘색) 눈동자, 아담한 체구의 안드레아는 언제나 그렇듯 인형처럼 예뻤고, 임신 8개월에 접어드는 지금까지도 그 아름다움을 잃지 않고 있었다.

안드레아와는 정확히 반대로 빌은 짙은 갈색 머리에 갈색 눈동자, 미식축구팀의 쿼터백에 알맞은 체격을 갖고 있었다. 작년까지만 해도 배 주변에 두툼하게 살이 올라 있었지만, 마이크와 함께 아침 운동을 하게 된 이후로 그 살도 온데간데없이 사라져버렸다.

"좀 어때, 빌?"

"제법 괜찮아. 안드레아 말로 당신에게 좋은 생각이 있다고 하던데."

한나는 안드레아를 쳐다보았다.

하지만 안드레아는 카운터에서 샌드위치를 만드느라 분주했다.

"음……, 물론 좋은 생각이 있지. 우리가 어떻게든 방법을 찾을 수 있을 거야, 빌. 걱정하지 마."

"점심식사 대령이오!"

안드레아가 주방 탁자로 쟁반을 나르며 외쳤다.

"일단 먹고 나서 얘기하자고요."

"고마워, 여보."

빌이 탁자 의자에 앉으며 안드레아에게 미소를 보냈다.

한나도 빌을 따라 미소를 짓다가 접시 위에 한 무더기 놓인 샌드위치를 보고는 그만 멈칫하고 말았다.

안드레아가 미리 땅콩버터와 제리를 넣어 구운 샌드위치를 만들겠다고 말해주지 않았다면 도대체 이것의 정체가 무엇인지 알 수 없었을 것이다.

토스트는 한쪽 면이 까맣게 탔고, 내용물 역시 양상추만 제외하고는 까맣게 그을려 있었다!

"무슨 젤리야?"

한나가 샌드위치를 내려다보며 물었다.

"민트. 저장실에 포도 젤리가 많이 있는 줄 알았는데, 찾아보니까 민트밖에 없더라고. 마음껏 들어, 언니. 토스트가 아직 뜨거울 때 먹어야 맛있지."

한나는 실망한 듯 들리길 바라며 일부러 푹하고 한숨을 내쉬었다.

"고마워, 안드레아. 샌드위치 정말 맛있어 보인다. 근데, 점심은 그냥 건너뛰어야 할 것 같아."

"어째서?"

"바보 같은 짓을 하고 말았지 뭐야. 서비스 나갔을 때 쿠키를 너무 많이 집어먹었어."

"오, 언니!"

안드레아가 입술을 삐죽거렸다.

"언니를 위해서 만든 거란 말이야."

"미안해."

한나가 대답했다. 정말로 미안한 일이었다. 하지만 안드레아가 만든 땅콩버터와 민트 젤리 샌드위치를 한입이라도 맛본다면 미안한 마음마저 순식간에 사라져버릴 것 같았다.

"내가 점심 준비해놓겠다고 얘기했잖아."

"그랬지. 근데 별안간 엄마가 와서 잔소리를 하시는 바람에……."

"더 이상 말하지 마."

안드레아가 더 이상의 설명은 필요 없다는 듯 손사래를 쳤다.

"나도 엄마가 계시면 항상 많이 먹게 되니까 말이야. 편해서 그런 걸수도 있어. 꼭 우리를 꾸중하시던 어렸을 때로 돌아가는 것 같다니까."

"하시던?"

안드레아의 과거형 표현에 한나가 눈썹을 치켜들었다.

"그래, 적어도 내한테는 말이야. 난 엄마가 바라시는 대로 됐잖아. 결혼도 했고, 손녀도 안겨드렸고, 곧 있으면 손자도 안게 되실 테니 난 더이상 꾸중 들을 일이 없어. 잔소리는 모두 언니 몫이라니까."

"사실이야."

한나가 한숨을 내쉬며 말했다.

"엄마는 네게 잘 맞는 인생이 나에게는 맞지 않을 수도 있다는 사실을 모르고 계시는 것 같아."

"무슨 소리야, 언니에게도 잘 맞아. 단지 적당한 임자를 아직 못 만났을 뿐이지. 우리가 여태까지 그렇다고 생각했던 남자는 더더욱 임자가 아니고 말이야! 교활한 자식! 난 아직도 믿을 수가 없어, 어떻게 그가……."

"샌드위치가 정말 맛있는데, 여보!"

빌이 나서서 안드레아의 말꼬리를 흐려놓았다.

"민트 젤리가 정말 독특해. 내 입맛에 맞아."

"정말요?"

안드레아가 빌에게 환하게 웃어 보였다.

"당연하지."

빌이 한나를 돌아보며 말했다.

"점심은 건너뛴다고 했으니까 이제 말해 봐, 한나. 내 결백을 증명할 수 있는 좋은 방법이라도 있는 거야?"

"아마도. 적어도 몇 가지 정보는 알고 있거든. 어젯밤 8시에서 9시 30분 사이에 그랜트 서장님이 살해당했다고 들었어. 그리고 서장님이 서에서 나오기 전에 빌과 다툼을 벌였다는 것도 알고 있고 말이야."

"말다툼이 조금 있긴 했지."

빌이 인정했다.

"하지만 단지 그것뿐이었어. 그랜트 서장님이 선거유세를 그만두면 월급을 올려주겠다고 하잖아. 난 그렇게는 못하겠다고 했지."

"그래서 서장님이 당신이 죽기 전에는 빌이 절대 자기를 이기지 못할 거라고 소리 지른 거야?"

"그래, 물론 진심은 아니셨겠지. 그런 말씀은 평소에도 자주 하셨거든. 경찰서에 가서 아무한테나 물어보라고."

"널 믿어."

한나가 빌의 눈을 바라보며 말했다.

"경찰서에 있는 누군가에게 부탁해서 수사가 어떻게 진행되는지 알아보는 건 어때? 해줄 만한 친구들이 있지 않아?"

"물론 있지. 하지만 그런 부탁은 못해, 한나. 용의점이 있는 경찰은 어떤 방식으로든 현재 진행 중인 수사에 관여할 수 없어. 그건 규정에도 나와 있어."

빌이 대답했다.

"규정 같은 건 잊어버려. 그렇게라도 하지 않으면, 네가 저지르지도 않은 살인죄를 뒤집어쓰게 될지도 모른단 말이야! 설마 가만히 엄지손가락이나 빨고 앉아서 마이크가 범인을 잡아줄 때까지 기다릴 생각은 아니겠지, 그렇지?"

한나가 말했다.

"당연히 그런 건 아니야. 물론 마이크에게 쥐 죽은 듯이 있겠다고 약속했지만, 용의점이 있는 경찰 가족이 수사에 관여해서는 안 된다는 규정은 그 어디에도 없지."

빌이 말했다.

"이를테면 처형 같은 사람 말이지?"

한나가 대답하자, 빌이 씩 웃기 시작했다.

"바로 그거야. 내가 전면에 나설 수는 없지만, 너에게 조언을 해줄 수는 있어. 그러니까 어떤 것이든 사건에 대한 단서를 잡으면 나에게 알려줘. 같이 고민해 보자고."

"좋아! 이젠 네 알리바이를 증명하는 데 주력해 보자. 혹시 어젯밤 8시에서 9시 30분 사이에 전화받은 거라도 없어?"

한나가 물었다.

"두 통을 받긴 했는데, 소용없는 것들뿐이야. 광고 전화였거든."

한나가 손을 들어 빌의 말을 막았다.

"잠깐만, 광고 전화도 효용이 있을 수 있어. 대학시절 여름 방학 때 한 주 동안 텔레마케팅 회사에서 일한 적이 있었거든."

"한 주?"

안드레아가 알 수 없다는 듯 되물었다.

"그럼 언니, 잘린 거야?"

"아니, 내가 그만둔 거지. 내가 텔레마케팅에 꽤 소질이 있다는 걸 느끼게 되니까 겁이 나기 시작했거든. 남은 평생을 카펫용 청소기나 팔면서 보내고 싶진 않았어. 하지만 거기서 일하면서 내가 했던 모든 통화가 기록된다는 사실을 알았지. 몇 시에 어느 번호로 걸었고, 얼마나 오래 통화했는지도 기록한다구."

안드레아가 한나를 향해 엄지손가락을 치켜들고는 빌을 돌아보며 물었다.

"텔레마케터가 뭘 팔려고 했는지 기억해요, 여보?"

"처음 것은 기억나. 리조트의 공동소유권을 파는 거였어. 왜, 그런 것 있잖아. 처음에는 리조트 주말이용권에 당첨됐다고 하면서 막상 리조트에 가면 공동소유권을 팔려고 하는. 열대지역에서의 환상적인 휴가가 뭐 어쩌고 하던데, 끝까지 듣진 않았어. 그냥 관심 없다고 하곤 끊어버렸지."

한나가 안드레아와 눈빛을 교환했다.

"전화가 몇 시에 왔어?"

"확실히는 모르겠어. 시계를 보지 않았으니까. 안드레아가 나가고 그리 오래 지나지 않은 때였던 것 같아."

빌이 대답했다.

"좋아, 그럼 두 번째 전화는?"

"무슨 지붕회사였는데, 이름은 생각이 안 나. 우리 지역 지붕공사는 자기네들이 담당한다고 하던데. 다들 그렇게 얘기하잖아."

"이번엔 사실일지도 몰라."

한나가 지적했다.

"한 번 알아볼 가치는 있겠어. 이 동네에서 누가 새로 지붕을 얹었는지 잘 살펴봐야겠어."

"그건 내가 할게." 안드레아가 말했다.

"학교에서 트레시 데리고 오면서 주변에 새 지붕을 얹은 집이 없는지 차로 살펴볼게. 근데 리조트 전화는 어떻게 하지?"

"거스 요크."

"거스 요크가 리조트 공동소유권을 샀어?"

"내가 알기론 아니야. 어젯밤에 어마가 와서 말해줬는데, 거스가 매일 집에서 광고 전화를 기다린대. 텔레마케터들을 괴롭히는 데 일가견이 있다더라고. 광고 전화를 받으면 텔레마케터의 설명을 끝까지 듣고 있다가 온갖 종류의 질문들을 해댄다는 거야. 그리고는 결국엔 관심 없다면서 끊어버린대."

"거스라는 친구, 꽤 할 일이 없나 보군."

빌이 말했다.

"그래도 리조트 회사가 어딘지 알고 있을지 몰라."

안드레아가 초록색의 커다란 글씨로 '식료품'이라고 쓰인 수첩을 꺼내 페이지를 넘기기 시작했다.

첫 번째 페이지를 넘기고, 두 번째, 세 번째, 네 번째, 그리고 다섯 번째 페이지를 넘겼을 때 한나가 물었다.

"거스 요크에게 전화해 볼 것이란 메모만으로 수첩의 절반이나 채우는 거야?"

안드레아가 고개를 저었다.

"바보 같은 소리."

"그럼 뭘 쓴 거야?"

한나가 물었다.

"식료품 목록. 방금 포도 젤리랑 땅콩버터, 사과주스, 인스턴트커피랑 빵을 사야 한다는 생각이 갑자기 들었거든."

체리 윙크스

오븐을 190℃로 예열합니다. 틀은 오븐의 중앙에 놓습니다.

재료

녹인 버터 1컵 / 백설탕 1컵 / 거품 낸 계란 2개 분량(포크로 저으면 됩니다)

바닐라 1티스푼 / 베이킹파우더 1티스푼 / 베이킹소다 1/2티스푼

소금 1/2티스푼 / 잘게 썬 피칸 1과1/2컵 / 장식을 위한 마라스키노 체리 1병

밀가루 2컵(체질하지 마세요) / 잘게 부순 콘플레이크 2컵(부수기 전에 측량하세요)

마라스키노 체리주스(마라스키노라는 술에 담갔던 체리에 설탕을 가미해 만든 주스) 3테
이블스푼

만드는 법

1. 녹인 버터에 백설탕을 넣습니다. 그리고 거품 낸 계란을
넣고, 바닐라, 체리주스, 베이킹파우더, 베이킹소다, 그리고
소금을 넣은 뒤 골고루 섞어줍니다. 그런 뒤에 잘게 썬 피칸
과 밀가루를 넣고 잘 반죽합니다.
2. 콘플레이크를 잘게 부순 다음 작은 그릇에 담습니다(전
작은 비닐 팩에 넣은 다음 밀봉하여 부쉈답니다).

3. 껍질을 벗기지 않은 호두 크기로 반죽을 떼어내어 굴립니다(반죽이 너무 끈적거리면 30분 정도 식혀준 다음 시도해보세요). 굴린 반죽을 잘게 부순 콘플레이크가 담긴 그릇에서 다시 한 번 굴린 후, 기름칠 한 쿠키틀 위에 올려줍니다. 그리고 반죽이 굴러다니지 않도록 살짝 눌러주세요.

4. 체리를 네 등분하여 쿠키 위에 한 조각씩 올린 다음 손가락으로 살짝 눌러주세요.

5. 190℃의 온도에서 10~12분 동안, 혹은 쿠키가 먹음직스러운 갈색이 될 때까지 구워주세요. 굽기를 마쳤으면 틀 위에서 2분간 식힌 후, 선반으로 옮겨 나머지 식힘 과정을 마칩니다.

아주 예쁜 쿠키에요.

밸런타인데이 때 쿠키단지에서 불티나게 팔리곤 하죠.

크리스마스 때는 빨간색 체리와 초록색 체리로 장식을 해서 판답니다.

"나 왔어, 모이쉐."

한나가 아파트 문을 열고 손을 뻗으며 외쳤다.

평소와 다름 없이 오렌지와 흰색이 한데 뒤섞인 복슬복슬한 털 뭉치가 달려와 한나의 팔 위로 펄쩍 뛰어올라서는 맹렬하게 가르랑거렸다.

인생에서 결혼은 필수라고 누가 말했는가? 모이쉐의 환영인사는 서방님 못지않게 충분히 열정적이었다.

"배고팠어? 아니면 내가 보고 싶었어?"

둘 다 긍정의 답이라는 것을 알면서도 한나가 모이쉐에게 물었다.

한나는 발로 현관문을 닫고는 모이쉐를 소파에 내려놓고 코트를 벗어 문 앞에 놓인 의자 위에 걸쳐놓았다.

모이쉐는 울음소리를 내며 주방으로 총총히 달려갔고, 녀석이 원하는 것이 무엇인지 정확히 아는 한나는 그런 녀석의 뒤를 따라 주방으로 들어가 찬장 문을 열고 늘 먹이던 크런치를 꺼냈다.

사료그릇에 크런치를 부어주며 한나가 말했다.

"오늘은 수의사에게 들러서 사료 문제에 대해 조언을 들을 시간이 없었어. 그러니까 오늘 밤에만 특별히……"

갑자기 울려대는 전화벨 소리에 한나는 말을 멈추었다.

자동응답기가 받게 내버려 둘까 생각했지만, 오늘은 광고 전화에도 의욕적으로 응대해줄 수 있을 것 같았다.

"오, 언니! 집에 있어서 다행이야!"

"안드레아?"

한나는 주방 작업대 앞에 놓인 알루미늄 의자를 당겨 앉았다.

"목소리가 안 좋은데, 무슨 일이야?"

"나 좀 도와줘, 언니!"

"설마 아기가 나오려는……."

"아냐!" 안드레아가 가로막았다.

"이건 아기랑은 아무 상관이 없어."

안드레아의 음성은 꼭 벼랑 끝에 서 있는 사람 같았다.

한나는 가까스로 마음을 진정시켰다.

"무슨 일인지 얘기해 봐. 내가 손 써볼게."

"지금 당장 빌의 결백을 밝혀줘!"

안드레아가 당장에라도 숨이 넘어갈 듯 헐떡이며 외쳤다.

"그러려고 하고 있잖아, 안드레아. 대체 또 왜 그렇게 화가 난 거야? 나랑 같이 있었을 때만 해도 괜찮았잖아."

"사슴 스튜."

"뭐라고?"

"사슴 스튜 말이야! 트레시랑 같이 차를 타고 새 지붕을 얹은 사람이 있나 하고 동네를 도는 동안 시아버지께서 농장에 들러 우리 집에 오셨는데, 농장에서 고기랑 채소를 잔뜩 사 가지고 오셨지 뭐야. 근데 빌이 고기를 해동시켜서 글쎄, 사슴 스튜를 만들고 있더라고!"

"그거 잘 됐네."

"아니, 그렇지 않아! 정말 모르겠어, 언니?"

한나는 심호흡을 한 뒤 동생에게 보이지도 않을 어깨를 으쓱거렸다.

"모르겠는데. 사슴……, 그러니까 사슴고기 스튜가 뭐가 어때서?"

"이건 원칙의 문제야. 그게 중요한 거라고, 언니. 내가 어떻게 밤비(월트디즈니의 아기사슴 캐릭터)를 먹을 수 있느냐 말이야!"

"넌 밤비를 먹는 게 아니야. 밤비는 아기토끼 덤퍼와 아기스컹크 플라워와 함께 살아남았어. 스튜가 되는 건 밤비의 엄마야."

"그건 더 끔찍해! 트레시가 집에 없는 게 얼마나 다행인지 몰라."

새 화젯거리를 찾은 한나는 안도의 한숨을 내쉬었다.

"어디 갔는데?"

"캐런 던라이트의 생일이라 농장에서 하룻밤 자고 온대. 같은 반 여자아이들을 모두 초대했어. 그건 그렇고 스튜 말인데……, 언니, 어떻게 하면 좋을까?"

"채소만 먹고 고기는 남겨. 강아지를 키우지 않는 게 이럴 땐 안타깝다, 키웠으면……."

"무슨 말인지 알겠어." 안드레아가 한나의 말을 가로막았다.

"어쨌든 강아지 같은 건 안 키워."

"좋아, 그럼 앞치마를 매고 주머니에 비닐 랩을 미리 넣어둬. 그랬다가 빌이 보지 않을 때 고기를 주머니에 넣고 나중에 테이블 치울 때 몰래 버리는 거야."

"그러면 되겠다." 안드레아가 안도한 듯한 목소리로 말했다.

"그래도 여기서 벗어나고픈 마음뿐이야. 식사 후에도 집에 있기 싫단 말이야."

"어째서?"

"빌이 종일 집에 있잖아. 글쎄, 집안일을 돕겠다는 거야."

"그거 멋지네."

자신에게도 집안일을 대신 해줄 우렁 신랑이 있으면 정말 좋겠다고 생각하며 한나가 말했다.

"아니, 그렇지 않아. 주방을 싹 청소해 버렸다고."

"그게 어때서?"

"트레시의 과학 숙제를 창틀에 놓아두었거든. 감자 싹을 키우는 거였 는데 말이야."

"어-오."

어떤 일이 벌어졌을지 상상하며 한나가 신음 소리를 냈다.

"그걸 빌이 버린 거야?"

"그래. 내가 쓰레기통을 뒤져서 찾아내긴 했는데, 싹은 이미 어디로 달아나고 없더라. 처음부터 다시 해야 해. 트레시가 내일 집에 오면 한 바탕 난리가 날 텐데."

"아니, 트레시는 그러지 않을 거야. 그런 실수는 누구나 할 수 있는 거잖아. 나도 감자 싹을 그냥 버린 게 한두 번이 아닌걸."

"접시에 담아서 창틀에 놓아두었는데도 말이야?"

"그건 아니지."

"내 말이. 저녁식사 후에 언니가 나를 빼내줄 수 없을까? 빌의 꼴도 보기 싫어."

"그래, 이해해." 한나가 말했다.

"오늘 밤에 우리가 만나봐야 할 사람이 있을지도 몰라. 잠깐 수첩 좀 확인할게."

한나는 수첩을 들고 페이지를 넘겼다. 피해자 가족을 아직 만나보지 못했다. 그랜트 서장님의 부인인 네티에게 확실한 알리바이가 있는지 알아봐야 했다. 오늘 밤이야말로 알아보기에는 최적의 시간일 것이다.

"할 일이 있어."

한나의 대답에 안드레아가 안도의 한숨을 내쉬었다.

"빌이 어쩌지 못할만한 거야. 빌한테 나랑 같이 네티에게 위로 인사를 전하러 가기로 했다고 말해. 내가 곧 데리러 올 거라고 말이야."

"정말 그런 거야? 아니면 수사야?"

"둘 다."

"좋아! 준비하고 있을게, 언니. 집 앞에 도착하면 경적을 울려. 내가 내려갈 테니까."

한나는 안드레아 집 앞에 차를 세우며 커튼이 열린 거실 창문을 올려다보았다. 토드가(家)에서는 일이 그다지 잘 풀리고 있지 않은 듯했다.

결혼할 때 빌의 부모님이 선물하신 소파는 원래 있던 자리인 벽 쪽에 붙어 있지 않았고, 커다란 TV도 어디론가 옮겨진 상태였다. 자루걸레와 청소기로 무장한 빌이 가구 배치까지 새롭게 하는 모양이었다.

안드레아가 집 구조도를 보여주면서 세심하게 고르고 골라 구입한 가구들을 어느 곳에 배치할 것인지 신중하게 결정했던 때가 한나는 아직도 머릿속에 생생했다. 당장에라도 집에서 벗어나고 싶다고 구호 요청을 해온 것이 안드레아로서는 무리가 아니었다!

한나는 조심스럽게 경적을 눌렀고, 곧 안드레아가 나왔다. 그녀는 문을 열고 조수석에 올라타서는 다시 문을 쾅하고 닫았다.

"얼른 가자, 얼른. 빌이 두꺼운 코트를 들고 나오거나 장갑이나 모자 등을 잊고 갔다고 잔소리를 하러 나오기 전에."

"그렇게 안 좋아?"

한나가 시동을 걸고 차를 후진하여 거리로 나서며 물었다.

"안 좋은 정도가 아니야. 저녁을 먹으면서 내가 코를 좀 훌쩍댔거든. 그랬더니 내가 세상에서 제일 지독한 독감에라도 걸린 줄 알지 뭐야."

"감기 걸렸어?"

"아니, 그저 코 안에 먼지가 들어갔을 뿐이야."

"그래, 저녁식사는 어땠어?" 한나가 거리를 내달리며 물었다.

"우울했어. 채소는 덜 익어서 버석거리고, 당근이랑 감자를 껍질도 안 벗기고 넣은 거 있지. 그이는 정말이지 요리솜씨가 형편없어, 언니."

한나는 혀를 지그시 깨물고, '똥 묻은 개가 겨 묻은 개 나무란다.' 라는 속담에 대해서는 입도 뻥긋하지 않았다.

"그래도 언니가 얘기해준 앞치마 방법은 잘 먹혔어. 그리고 보니 생각난 건데……, 첫 번째로 보는 강아지 앞에 차를 세워줘."

"뭐라고?"

"아무 개나 보거든 차를 세워달라고. 코트 주머니에 사슴고기를 잔뜩 가지고 나왔거든. 지나가는 강아지에게 줘야겠어."

"알았어, 난 이미 쓰레기통에 버렸을 거라고 생각했는데."

"그러려고 했지. 근데 빌이 쓰레기를 버리다가 그걸 발견하게 되면 상처받을 거야."

한나는 안드레아를 쳐다보았지만, 그녀의 표정은 전혀 빈정대는 것으로 보이지 않았다.

안드레아는 빌이 상처받을 것을 진심으로 염려하고 있었다. 어쩌면 결혼생활이란 것이 그런 것일지도 모르겠다. 일종의 주고받기 말이다. 지금은 안드레아가 주는 쪽이지만 언젠가는 받는 쪽이 되기도 할 테지.

"그래도 넌 대단해, 안드레아. 누가 나 없는 사이에 쿠키단지에 들어와서 나한테 한마디 상의도 없이 테이블이며 의자 배치를 다 바꿔놓는다면 난 가만있지 않았을 거야."

"그런 일은 없을 거야." 안드레아가 미소를 지으며 말했다.

"빌이 복직하게 되면, 시부모님이 사주신 그 끔찍한 소파 다리를 몇 개 부러뜨린 다음 빌이 무리하게 옮기는 바람에 망가진 거라고 얘기할 참이거든. 그런 다음에 가구점에 가서 내 마음에 드는 소파로 새로 사다 놓을 거야."

20분 뒤, 길과 보니 서마 부부가 키우는 독일산 셰퍼드의 배를 두둑이 채워준 후 한나와 안드레아는 네티의 아파트 앞에 차를 세우고 헤드라이트를 껐다.

"뒷좌석에 있는 캐슈 쿠키 꾸러미 좀 꺼내줄래?"

"알았어." 안드레아가 뒤로 손을 뻗어 쿠키 꾸러미를 집었다.

"네티에게 갖다주는 거야?"

"빈손으로 오기가 뭣해서."

"난 지금 이런 때 이곳에 왔다는 것 자체가 어색해. 빌이 용의자로 의심받는 상황에 위로 방문이라니."

"그건 말도 안 돼." 한나가 안드레아의 손을 잡고 앞으로 끌었다.

"빌이 범인이 아니라는 사실을 네티도 알고 있을 거야. 게다가 그녀는 지금 혼자잖아. 누군가 옆에 있어줘야 한다고."

"혼자인지 어떻게 알아?"

한나는 길가를 가리키며 말했다.

"길가에 차들이 하나도 없잖아. 아마 오후에는 차들이 이중 주차되어 있을 정도였을 걸."

"네티가 너무 피곤해서 쉬고 싶어하면?"

"그럼 바로 자리에서 일어나야지. 하지만 분명히 우릴 보면 반가워할 거야. 특히 오늘 넌 저녁을 거의 못 먹었잖아, 나도 그렇고."

안드레아가 놀란 얼굴로 한나를 쳐다보았다.

"그게 무슨 상관인데?"

"분명히 네티의 친구들이 음식을 한 가지씩은 싸들고 왔을 거야. 그녀의 집 냉장고는 음식들로 가득 찼을 테니까 애피타이저를 들고 온 우리를 반기지 않을까 하는 거지."

"언니 말이 맞을 수도 있겠다. 사람들은 누군가가 죽으면 그 집에 제일 솜씨 좋은 요리를 들고 오니까. 아빠가 돌아가셨을 때도 그랬고."

"나도 기억나. 온갖 종류의 냄비 요리에 젤로에 케이크가 산더미처럼 쌓였었잖아. 우리 중 누군가 미소만 보였더라도 상갓집이 아닌 포트락에 온 것 같았을 거야."

캐슈(서인도제도의 옻나무과 나무의 열매) 쿠키

오븐을 176℃로 예열합니다. 틀은 오븐의 중앙에 둡니다.

재료

녹인 버터 1과 1/2컵 / 백설탕 2컵 / 바닐라 2티스푼

당밀 1/8컵 2테이블스푼 / 베이킹소다 1과 1/2티스푼

베이킹파우더 1티스푼 / 소금 1/2티스푼

거품 낸 계란 2개(포크로 저으세요) / 밀가루 3컵(체질할 필요 없습니다)

소금에 절인 캐슈를 잘게 다진 것 1과 1/2컵(철제 날이 있는 믹서에 간 뒤 측정하세요)

만드는 법

1. 버터를 전자레인지에 넣고 녹인 뒤 설탕, 바닐라, 당밀을 넣고 섞어줍니다. 잘 섞였으면, 베이킹소다, 베이킹파우더와 소금을 넣고 다시 섞어줍니다.

2. 캐슈를 믹서에 넣고 간 뒤에 정확한 양을 측정하여 여러 재료를 섞어둔 그릇에 넣고 저어주고는 다시 거품 낸 계란을 넣고 섞어줍니다. 마지막으로 밀가루를 넣은 다음 모든 재료가 골고루 잘 섞이도록 반죽합니다.

3. 반죽이 조금 굳을 때까지 몇 분간 그대로 놓아둔 다음 반죽을 호두 크기로 떼어내어 기름칠한 틀 위에 올려놓습니다 (반죽이 너무 끈적거리면 몇 분간 더 식혔다가 다시 시도해 보세요).

4. 오븐에 넣을 때 반죽이 굴러 떨어지지 않도록 주걱이나 손바닥으로 반죽을 살짝 눌러줍니다.

5. 176℃에서 반죽의 가장자리가 먹음직스러운 황갈색 빛을 띨 때까지 10~12분간 구워줍니다. 쿠키틀 위에서 2분간 식혀준 다음 선반으로 옮겨 나머지 식힘 과정을 거칩니다.

엄마는 이 쿠키의 중앙에 작은
밀크 초콜릿 조각을 올리는 게 좋다고 늘 강조하시죠.
엄마는 무조건 초콜릿이 들어간 것을 좋아하시니까요.

한나의 노크에 문이 열렸지만, 한나는 너무 놀라 자신도 모르게 뒷걸음질칠 뻔했다. 네티가 청바지에 밝은 분홍색 스웨터를 입고 있었던 것이다. 지금껏 네티는 이런 캐주얼 차림을 한 적이 한 번도 없었다. 그녀는 늘 디자이너가 만든 정장을 입고 다녔던 것이다.

하지만 그보다 더한 변화와 맞닥뜨린 한나는 그저 멍하니 서서 눈만 깜빡일 수밖에 없었다. 늘 흠잡을 데 없이 우아하게 굽실거리던 그녀의 갈색 머리카락이 지금은 여기저기 삐져나와 살짝 부스스한 상태로 높게 올려 묶여 있었다.

"네티?" 안드레아가 물었다.

안드레아 역시 슬픔에 빠져 있을 미망인과 취향은 다르나, 얼굴은 똑 닮은 친척이라도 방문하러 온 것인가 의아해하는 듯했다.

"네, 나예요."

네티가 살짝 미소를 보이며 안으로 들어오라는 손짓을 했다.

"둘 다 놀란 것 같군요. 내가 많이 달라 보이죠?"

"네, 그래요."

한나가 먼저 정신을 차려 대답했다.

"다음에 다시 올까요?"

"아니, 어서 들어와서 잠시 앉았다가 가요. 다른 사람들은 1시간쯤 전에 모두 돌아갔어요. 두 사람이 사탄의 저주에 빠진 나를 발견하고 말았군요."

"청바지 말인가요?"

네티를 따라 거실로 들어가며 한나가 추측했다.

"그래요, 짐은 내가 청바지 입는 걸 몹시 싫어했거든요. 경찰서장 부인의 복장으로는 옳지 않다면서요. 마지막으로 입어 본 것이 20년 전이었던가 그래요. 맞지 않을까 봐 걱정했는데, 다행히 아직도 잘 맞네요. 물론 짐과 처음 만났을 적에도 안드레아만큼 날씬한 몸매는 아니었으니까요."

"지금은 아니에요. 어제 나이트 박사님께 가서 몸무게를 재었는데, 두 달 전보다 9kg나 더 늘었는걸요."

안드레아가 소파에 풀썩 앉았다.

"아기를 낳고 나면 금방 또 빠질 거예요."

네티가 한나를 돌아보며 말했다.

"먹을 것 좀 줄까요? 손님들이 몇 달은 거뜬히 먹고도 남을만한 음식을 가져다주셨거든요."

"네, 그렇다면 조금만……, 많이요." 한나가 대답했다.

"어려워하지 말고 마음껏 가져다 먹어요."

네티가 미소를 지으며 말했다.

"빵이나 쿠키 같은 건 주방 카운터 위에 있고, 냉장고 안에는 젤로랑

고기도 가득 있어요. 스웬슨 부인이 오늘 오후에 우리 집에 들렀다고 말씀하시던가요?"

한나와 안드레아 모두 고개를 저었다.

"레전시 로맨스 클럽 회원들이 모두 왔었어요. 스웬슨 부인이 말하길 옛날 영국 미망인들은 적어도 1년 동안은 남편이 죽은 것을 애도하며 지내야 했다고 하더군요. 1년 뒤에는 절반 정도의 애도를 하고요. 그때 는 늘 회색이나 라벤더 색 옷만 입어야 한다나요."

"절반 정도의 애도는 얼마 동안 해야 하는 건데요?"

안드레아가 몸을 앞으로 내밀며 물었다. 네티의 얘기가 안드레아의 호기심을 돋운 듯했고, 그건 그다지 놀랄 일도 아니었다. 패션에 관한 것이라면 자다가도 벌떡 일어나는 안드레아니 말이다.

"스웬슨 부인의 말에 따르면, 절반 정도의 애도는 1년에서 2년 정도 한다고 해요. 하지만 그 후에도 밝은 색 옷은 절대로 입지 않는 여자들 도 있었다는군요. 물론 빅토리아 여왕처럼 평생을 애도 속에서 살았던 여자도 있었고요."

네티가 자신이 입은 분홍색 스웨터를 내려다보며 어깨를 으쓱해 보 였다.

"그런 문화가 더 이상 존재하지 않는다는 것이 다행이죠! 물론, 이렇 게 입고 밖에 나갈 수는 없지만요."

한나가 주방으로 갈 생각으로 자리에서 일어났다.

"주방에 먹을 것이 뭐가 있나 좀 볼게요. 네티도 뭣 좀 갖다줄까요?"

"햄 샌드위치로 부탁할게요. 로드 부인이 햄을 가져 오셨는데 얼마나 반갑던지. 코스트마트에서 파는 햄은 나선형으로 썰어서 파는데 정말 맛있어요. 내가 햄을 무척 좋아하거든요. 짐은 관심도 없었지만, 그가 야간근무일 때가 아니면 집에 사들고 오지도 못했어요."

"안드레아, 넌?" 한나가 동생에게 물었다.

안드레아가 사뭇 긴장한 것을 보니 네티와 단둘이 남게 되는 것이 어지간히 불편한 모양이었다.

"햄 샌드위치가 맛있겠는데, 나도 같이 갈게. 언니 혼자 다 들고 오기 벅차잖아."

"한나 혼자도 괜찮을 거예요." 네티가 안드레아의 팔을 잡았다.

"나랑 얘기 좀 해요, 안드레아."

네티의 주방은 거실과 연결되어 있었지만 칸막이 같은 것이 없는 오픈 형이었기 때문에 한나는 샌드위치를 만들면서도 네티와 안드레아의 모습을 볼 수 있었다.

"저기, 안드레아." 네티의 말소리가 들렸다.

"빌에 대해 얘기 들었어요."

"들으셨어요?"

주방에서도 안드레아의 당황하는 듯한 눈빛을 알아챌 수 있었다.

"그건 완전히 말도 안 되는 소리라는 얘길 해주고 싶었어요."

"그럼, 빌이 그랬을 리가 없다고 생각하시는⋯⋯."

"당연하죠!" 네티가 안드레아의 손을 잡으며 말했다.

"마이크가 왔을 때도 그렇게 얘기했어요."

살포시 미소까지 짓는 것을 보니 안드레아가 이제야 겨우 한시름 놓은 듯 보였다.

"사실 여기 오는 것도 마음이 좀 불편했어요, 네티. 위로의 말씀을 드리고 싶은 마음은 컸지만, 네티가 어떻게 생각할지 몰라서요. 그러니까……, 제 방문을 불쾌하게 생각하실 수도 있잖아요."

"겨자 넣을까요, 네티?"

그때 한나가 주방에서 외쳤다.

"네, 고마워요."

"안드레아는?"

"그래. 나이트 박사님이 자극적인 양념을 너무 많이 먹으면 안 된다고 하셨지만, 오늘은 그래도 컨디션이 제법 괜찮으니까."

한나는 햄 위에 겨자를 뿌리고, 양상추를 얹었다. 그리고는 다른 빵 조각으로 덮고서 도마 위에서 샌드위치를 네 조각으로 잘랐다. 샌드위치는 모두 같은 종류였기 때문에 한나는 샌드위치 조각을 접시 위에 올려놓고 냉장고에서 찾은 피클로 가장자리를 둘렀다.

"수프도 곧 완성될 거예요."

한나가 접시를 거실로 나르며 외쳤다.

"누구 마실 것 좀 줄까요? 카운터 위에 음료수가 많던데."

"다이어트 콜라 있으면, 그걸로 부탁해."

안드레아가 말했다.

"만약에 없으면 무가당으로 아무것이나 좋아."

"나도요." 네티가 한나에게 미소를 지으며 말했다.

"혹시 와인 좋아하지 않으면 말이에요. 마침 스웬슨 부인이 좋은 보르도산 와인을 한 병 갖다주셨거든요."

그러자 한나가 고개를 저었다.

"고맙지만, 전 운전을 해야 하고, 안드레아도 임신 중이라 안 될 것

94

같아요."

"우리가 안 된다고 해서 네티까지 못 마실 건 없죠."

안드레아가 재빨리 나서 말하고는 한나에게 윙크를 해 보였다.

"네티 혼자서라도 마셔요. 힘든 하루였을 텐데, 긴장을 조금 풀 필요가 있잖아, 안 그래, 언니? 네티 몫으로 와인 한 잔 따라와 봐."

한나는 안드레아가 보낸 윙크가 무슨 의미인지 잠시 혼란스러웠지만, 이내 눈치를 채고 말았다. 와인이 들어가면 네티가 솔직한 얘기들을 많이 해주지 않을까 하는 것이 안드레아의 의도였던 것이다.

한나는 거실 한 편에 놓인 바로 가서 와인을 한 잔 따라서는 네티에게 건네주었다.

"고마워요, 한나."

네티가 샌드위치를 내려놓고 와인잔을 받아 한 모금 마셨다.

"샌드위치를 다 먹고 나면 디저트도 많이 있어요. 케이크가 냉장고에 네 개나 들어 있고요. 카운터 위에도 다섯 개나 있답니다."

한나는 마침 자신이 가져온 디저트 생각이 나 꾸러미를 집어 네티에게 내밀었다.

"깜빡 잊고 있었는데……, 쿠키를 좀 갖고 왔어요. 워낙 먹을 것이 많아 오히려 짐이 될지도 모르겠지만."

"아니, 전혀요." 네티가 고개를 설레설레 저었다.

"쿠키를 가져온 사람은 아무도 없었어요. 게다가 난 케이크보다는 쿠키를 더 좋아하거든요. 무슨 쿠키에요?"

"캐슈 쿠키에요. 입맛에 맞으셨으면 좋겠는데."

"이 쿠키 아주 좋아해요."

네티가 꾸러미에서 쿠키를 하나 꺼내 한 입 베어 물었다.

"음, 역시 최고의 맛이에요. 한나가 이 쿠키를 처음 만들기 시작했을 때 사먹어 봤었는데, 그때도 너무 맛있어서 짐에게 지금껏 먹어본 쿠키 중 제일이라고 했다니까요."

"서장님이 쿠키를 한 번도 안 사다주셨어요? 일주일에 두 번 정도는 들러서 쿠키를 사가셨는데."

"오, 아마 대부분 사무실로 가져갔을 거예요. 어쨌든 캐슈 쿠키는 한 번도 사오지 않았어요. 짐이 캐슈를 별로 안 좋아하거든요."

안드레아와 한나는 서로 눈빛을 주고받았다.

"네티는 좋아하고요?"

"제가 좋아하는 견과류 중 하나에요. 그래서 캐슈 쿠키도 좋아하는 거예요."

한나는 샌드위치를 한 입 베어 문 뒤 생각에 잠긴 채 천천히 씹었다.

아무래도 네티가 뭘 좋아하고, 또 뭘 좋아하지 않는지는 그랜트 서장님의 관심사가 아니었던 것 같았다. 네티가 햄을 좋아하는 데도 햄을 집에 들이는 것조차 허용하지 않았고, 네티가 좋아하는 쿠키를 1년 동안이나 팔고 있었는데, 한 번도 집에 사온 일이 없었다니 말이다.

"무슨 생각하는지 알아요."

네티가 진지한 눈빛으로 한나를 쳐다보며 말했다.

"그래요?"

"지금 내 남편이 이기적인 사람이라고 생각하겠죠? 그래요, 한나 생각이 맞아요. 짐은 자신이 세상의 중심이라고 생각했어요. 다른 사람들은 자신의 주변을 도는 행성 같은 존재쯤으로 여겼고, 자신한테 쓸모가 있는 사람은 좋아했지만, 쓸모가 없는 사람은 몹시 싫어했죠."

네티의 볼 위로 눈물 한 방울이 또르르 굴러 떨어졌고, 한나는 그녀에게로 몸을 기울였다.

"괜찮으세요?"

"네, 한나만큼은 자기 남편이 죽었는데도 상실감 하나 느끼지 못하는 남자와 20년 동안이나 결혼생활을 한 나처럼 살면 안 돼요."

네티는 깊은 한숨을 내쉬더니 한나와 안드레아를 똑바로 바라봤다.

"좀 더 솔직한 얘길 해도 되겠어요?"

"그럼요." 한나가 대답했다.

"이미 눈치 챘겠지만, 짐과의 결혼생활은 그다지 좋지 못했어요. 쉽게 해결할 수 없는 문제들이 많이 있었죠. 짐이 죽기 전까지 특히 갈등이 심했어요."

"힘드셨겠어요."

"그랬죠. 대처 방법을 터득하기 전까지 거의 1년간은 상담을 다녀야 했을 정도니까요. 어쨌든 방법은 터득했어요. 물론 짐은 그런 노력조차 하지 않았지만요. 그래서 짐이 죽기 전 토요일에는 호위 레빈을 찾아갔었어요. 이혼에 대해 조언을 얻으려고요."

안드레아의 입이 떡 벌어졌고, 한나 역시 벌어지려는 입을 애써 꾹 다물었다. 그랜트 서장 부부가 이혼하려고 한 줄은 꿈에도 생각하지 못했다.

"두 사람 말고는 아무도 몰라요. 호위와 상담했던 것도 비밀에 부치기로 했거든요. 물론 머지않아 마을에 소문이 퍼지겠죠. 나한텐 알리바이도 없어서 남편 살해 용의자로 단번에 떠오를지도 몰라요."

그러자 한나의 귀가 퍼뜩 뜨였다.

"알리바이가 없어요?"

"없어요. 그날은 혼자 바느질 방에 앉아서 주문 들어온 아플리케(갖가지 형겊 조각을 모아 붙여 만든 장식)를 만들고 있었거든요."

"바느질 방이 어디에요?"

한나가 창문의 방향을 확인할 생각으로 방의 위치를 물어보았다.

서장님이 살해당한 날 밤에 이웃 사람이 우연히 네티의 집 근처를 지나가 그녀를 보았을 수도 있지 않은가.

계단을 올라 다시 복도를 지나는 네티의 뒤를 한나와 안드레아는 말없이 따랐다. 네티의 발걸음이 두 번째 방 앞에서 멈추었고, 그녀는 방문을 열고 한나 무리를 안으로 안내했다.

"여기가 내 바느질 방이에요. 짐이 살해당한 날 밤에 있었던 곳이기도 하고요."

한나는 온갖 바느질 도구들로 가득 찬 자그마한 방을 천천히 둘러보았다. 네티의 작업실이라면 상당히 넓은 공간일 거라고 생각했었다.

네티가 마을 사람들에게 주문받아 벽에 거는 장식용 아플리케를 만들기 시작한 지도 꽤 오래되었기 때문이다.

그녀의 작품은 잡지에 실릴 정도로 훌륭했으며 매년 미네소타 주 대회의 최고상은 그녀가 도맡아 차지하기도 했다. 작년에는 아주 유명한 실내디자이너가 네티의 작품을 몇 개 주문해 유명인의 집을 꾸미는 데 사용하기도 했다.

공영방송에서 그 집주인인 유명인과 함께 네티를 찾아와 네티가 만든 커다란 벽장식용 아플리케 앞에서 인터뷰를 하기도 했었다. 방송이

나간 이후로 전국 각지에서 비싼 돈을 주고서라도 네티의 작품을 사려는 사람들의 주문이 줄을 이었다.

"이거 너무 마음에 들어요, 네티!"

안드레아가 헝겊 조각이 흩어져 있는 탁자와 재봉 기계 사이를 지나 네티가 막 작업을 끝내고 벽에 걸어놓은 아플리케 앞에 가 섰다.

"소들이 꼭 진짜 같아요. 금방이라도 '음매' 하고 울 것 같은데요. 누가 주문한 거예요?"

"미네소타 낙농협회에서 본부에 걸 장식이라고 주문했어요."

한나도 벽에 걸린 아플리케를 쳐다보았지만, 가까이 다가가지는 않았다. 방이 너무 좁아서 조금이라도 가까이 다가갔다가는 안드레아를 넘어뜨리게 될 것 같았다.

"정말 마음에 들어요. 소들이 자기들끼리 농담을 주고받으며 즐기는 듯한 모습이에요."

"바로 그게 내가 표현하고자 했던 거예요. 사람들이 잘 알아챌 수 있을지는 모르겠는데."

네티가 한나를 향해 미소를 지어 보였다.

"협회 사람들은 오로지 아플리케에 미네소타에서 키우는 모든 품종의 소들이 다 들어가 있는지만 신경 쓰겠지만."

한나는 다림판을 지나 창으로 향했다.

커튼이 너무 짙은 색이라 밖에서 누가 지나가더라도 안에서 새어나오는 그림자조차 볼 수 없을 것 같았다.

"그날 밤에 커튼은 열어 놓으셨어요?"

"네. 무슨 추측을 하는지 알겠는데요, 한나. 소용없어요. 매쉴러 가족이 옆집에 사는데, 그날은 마침 외출을 했었다는군요."

"물어보셨어요?"

"마이크가 물어봤대요. 짐이 죽은 날에 내가 어디서 뭘 하고 있었는지 알려주려고 마이크한테 여기를 보여줬었는데, 그 후에 전화를 해봤대요. 제리는 케이트를 학교에 내려주고, 친구들 몇 명과 볼링을 치러 갔었고, 리치도 친구들과 외출을 했었다고 하네요."

"그럼 옆집에서 아무것도 듣지도 보지도 못했단 말이에요?"

"텔레비전 소리는 들었어요. 도둑이 들까 봐 아마도 켜놓고 나간 것이겠죠. 무슨 쿵푸 영화였는데, 고함과 온갖 소음이 시끄러워서 죽을 지경이었어요."

안드레아가 깜짝 놀란 표정으로 말했다.

"케이트가 텔레비전 소리를 그렇게 크게 키워두고 나갔다니, 정말 배려가 없네요."

"오, 그렇게 크진 않았어요. 창문을 닫았으면 들리지 않았을 테니까요. 내가 그때 마침 천을 자르던 중이라 먼지랑 섬유 조각들 때문에 창문을 열어두어야만 했어요. 그렇지 않았으면 계속 재채기를 해댔을 걸요. 작은 방이라 늘 먼지가 성가시죠."

"정말 좁긴 해요."

한나가 주변을 둘러보며 말했다.

"제일 작은 방이에요. 제이미가 죽고 나서 제이미가 쓰던 방을 작업실로 쓰려고 했었어요. 그 방이 여기보다 훨씬 크거든요. 근데 짐이 그 아이 방에 있는 어느 것도 건드리지 말라고 해서 옮기지 못했죠. 그 문제에 관해서 짐은 무척 고집스러웠어요, 나와는 달리요."

"그 말은 그럼······, 제이미의 방이 아직도 제이미가 살아있을 때 그 대로란 말인가요?"

"맞아요. 제이미 물건을 자선단체에 기부하자고 설득도 해봤는데, 아이 물건에 손도 못 대게 했어요. 심지어 옷장에 걸린 옷가지들까지도."

한나는 안드레아를 쳐다보았다.

안드레아는 매우 이상하다는 듯한 표정을 하고 있었는데, 무리도 아니었다. 죽은 아들의 방을 3년이 넘도록 정리하지 않은 채 그냥 내버려 뒀다는 건 아무리 생각해도 지나친 집착이었다.

"내가 청소하러 들어가는 것도 막았어요."

네티가 이야기를 계속했다.

"자기가 다 알아서 한다면서요. 밖에 나갈 때는 내가 들어가지 못하도록 방문까지 잠그고 다녔다니까요."

"서장님은 종종 들어가 보셨나요?"

안드레아가 어느새 정신을 차리고 질문을 했다.

"거의 매일 밤, 개인 서재처럼 사용했어요. 제이미의 물건들에 둘러싸여 있으면 꼭 그 애가 주변에 있는 것 같은 느낌이 든다나요."

네티를 따라 안드레아와 함께 계단을 내려오며 한나는 생각에 잠겼다. 같은 마을에 살면서 거의 매일 얼굴을 본다고 해서 그 사람에 대해 잘 알게 되는 것은 아니었던 모양이다. 그랜트 서장님의 경우만 봐도 한나가 몰랐던 면들이 너무 많지 않은가.

잠시 후, 세 여자는 다시 거실에 모여 앉아 로즈가 만든 유명한 코코넛 케이크를 먹었다. 클수록 좋다는 이론에 충실하여 한나는 카페에서 주문할 때 나오는 조각보다 더 크게 케이크를 잘랐다.

"로즈도 레이크 에덴 요리책에 들어갈 레서피를 줬나요?"

네티가 마지막 남은 케이크 조각을 입에 넣으며 물었다.

"아직." 한나가 씩 웃으며 대답했다.

"주겠다고 줄곧 얘기하긴 하는데, 아무래도 마음먹기가 쉽지 않은가 봐요."

안드레아가 생각에 잠긴 표정으로 말했다.

"코코넛 케이크 만드는 법을 사람들이 알게 되면, 장사에 마이너스가 될까 봐 겁내는지도 몰라."

"그런 일은 없을 거예요."

네티가 분명한 얼굴로 말했다.

"요즘 사람들은 제빵 같은 걸 할 시간이 없어요. 나 역시 한 번도 빵이나 쿠키를 구워 본 적이 없는 걸요. 지금에 와서는 조금 후회가 되지만요. 짐은 영화 같은 아내를 원했었는데."

"뭐 같은……?" 안드레아가 물었다.

"영화 같은 아내. 왜, 그런 타입 있잖아요. 훌륭한 어머니에 요리솜씨도 환상일 뿐만 아니라 컵 받침 하나를 다릴 때도 완벽한 화장에 의상까지 갖추는데다가 항상 남편이 우선인 아내요. 나도 짐이 원하는 아내가 되려고 노력했었고, 제이미가 살아있었을 때까지만 해도 어느 정도 성공했었던 것 같아요. 하지만 그 아이가 죽고 나자 점점 어리석은 짓이라는 생각을 하게 됐죠."

네티의 볼 위로 다시 눈물방울이 굴러 떨어졌고, 그녀는 손등으로 눈물을 훔쳐냈다.

"자, 나를 구워삶는 건 언제 시작할 생각이에요?"

안드레아가 숨을 죽였다.

"구워삶다니요?"

"두 사람, 남편의 살인사건을 수사하는 거죠?"

"네, 하지만……."

"그러려면 나부터 용의선상에 올려야 할 거예요. 그렇지 않고서는 제대로 수사할 수가 없어요. 난 짐의 머리를 내려치고 그를 덤프스터 안에 던져 넣을 만큼 힘이 세기도 할뿐더러 케이트 매쉴러, 그 고약한 영혼이 짐이 살해되던 날, 내가 그와 다투는 소리를 듣기까지 했거든요."

"무엇 때문에요?"

좀 더 공손한 문장으로 다듬기도 전에 한나의 입에서 저도 모르게 질문이 툭 튀어나왔다.

"그것에 대해선 정말 얘기하고 싶지 않아요, 한나. 지극히 개인적인 일 때문이었거든요. 짐의 살인사건과는 전혀 관련이 없거든요."

"알았어요." 한나가 말했다.

네티의 고집스러운 눈빛을 보아서는 그날 남편과 무슨 일로 다퉜는지 더 이상 얘기해줄 것 같지 않았다.

"두 사람에게 좀 더 유력한 용의자가 나타나지 않는 이상은 내가 유력한 용의자일 거예요."

안드레아가 우울한 눈빛으로 한나를 쳐다보았다.

네티가 솔직한 사람인 줄은 엄마에게 들어 알고 있었지만, 이 정도로 거침없을 줄은 상상도 못했다.

"당신도 용의자이긴 하지만, 당신이 그랬다고는 믿지 않아요."

"왜요?"

"굳이 누가 볼지도 모르는 학교까지 따라가서 남편을 죽일 리가 없으니까요. 아내의 짓이었다면 좀 더 은밀한 장소를 찾았을 거예요."

네티가 잠시 생각에 잠겼다.

"무슨 얘긴지 알겠어요. 그렇다면 누가 한 짓일까요?"

"당신에게서 바로 그 점을 알아내려고 했던 거예요."

안드레아가 나섰다.

"그랜트 서장님께 반감이 있을만한 사람이 있나요?"

네티는 잠시 생각하는 듯하더니 이내 깔깔거리며 웃음을 터뜨리기 시작했다. 조금 전까지 조용히 눈물을 흘렸던 사람이 짓는 웃음이라고 하기에는 너무나 이상했다.

그녀는 눈가에 눈물이 송골송골 맺힐 때까지 신나게 웃고 나더니 몸을 살짝 떨며 한숨을 내쉬었다.

"그 이름을 다 대려면 밤을 새워도 모자랄 거예요."

다음날, 한나가 세인트 주드회에서 한창 커피와 쿠키를 나르고 있
는데, 안드레아가 세인트 피터스 성당 지하실까지 찾아와서 코울타스
신부님까지 황급하게 제치고는 한나를 향해 달려왔다.

　안드레아는 숨이 턱까지 차오른 상태였지만, 얼굴에는 한껏 미소를
짓고 있었다. 심호흡 몇 번과 한나가 건네준 물을 몇 모금 마시고 난 뒤
에야 안드레아는 가까스로 입을 뗄 수 있었다.

　"거스 요크가 그 광고 회사 전화번호를 적어뒀대. 가스요금 고지서
뒤에 적었다는데, 회사 이름이 '태양 아래서의 유희'고, 본사가 플로리
다의 로더데일 요새에 있대."

　"그럼, 그 사람들이 너희 집에 전화했었는지도 확인했어?"

　한나가 커피를 따라 브리짓 머피에게 건네주며 물었다.

　"응."

　탁자 뒤로 돌아와 이멜다 기즈에게 차를 따라주며 안드레아가 대답
했다. 이멜라 기즈는 코울타스 신부님이 레이크 에덴으로 부임해 오셨
을 때부터 신부님 댁에서 가정부 일을 하고 있었다.

　"이 쿠키, 정말 맛있어 보인다. 무슨 쿠키야?"

"바나나 쿠키에요." 이멜다가 나서서 대답해주었다.

"한나가 나를 위해서 만든 거예요. 하나 들어봐요. 바나나에는 포타시움이 많이 들어 있기 때문에 몸에 좋답니다. 특히 그거 중일 땐 말이에요."

안드레아가 무슨 말인지 몰라 어리둥절한 표정을 짓자 한나가 안드레아를 쿡 찌르며 말했다.

"임신 말이야."

"오, 그렇구나." 안드레아가 쿠키를 집었다.

"언니가 이멜다를 위해 특별히 만든 쿠키라고요?"

"맞아요, 신부님께서 내가 만든 바나나 빵을 무척 좋아하시거든요. 거의 매주 구워드리곤 하는데, 이번에 새 오븐을 구입하는 바람에 물건이 도착할 때까지 시간이 좀 걸려요. 근데 마침 한나가 바나나 쿠키를 굽겠다고 하기에 너무 기뻤죠."

안드레아가 쿠키를 한 입 베어 먹더니 이내 미소를 지었다.

"너무 맛있다, 언니."

"이멜다가 만든 바나나 빵만큼이나 맛있지."

화술 좋게 던진 한나의 말 한마디에 이멜다는 흐뭇한 얼굴로 자리를 떴다.

그 후 몇 분간은 한나나 안드레아 모두 커피와 쿠키를 나누어주느라 정신이 없었고, 주드회 회원들이 저마다 커피나 쿠키를 갖고 자리로 돌아가고 난 후에야 간신히 얘기할 여유를 가질 수 있었다.

"그래, 빌한테 전화했던 것에 대해 그 회사에서는 뭐라고 하디?"

한나가 물었다.

"다시 연락 주겠다고 했어. 기록을 살펴봐야 하는데, 하루 만에는 안 된다면서. 하지만 늦어도 내일 오후까지는 연락을 줄 수 있을 거라고 했어. 기록을 찾는 대로 내 핸드폰으로 연락하기로 했지."

"잘 됐다."

한나가 안드레아를 향해 웃으며 말했다.

누군가 한나에게 광고 전화업체에서 유용한 정보를 가지고 다시 전화 주겠단 얘길 했다면 절대 믿지 않았을 것이다.

하지만 안드레아에게는 사람들에게서 필요한 정보를 얻어내는 나름의 요령이 있었다. 그렇다고 교묘한 속임수 같은 건 아니었다. 매 상황 때마다 사람들은 기꺼이 안드레아를 도우려 했으니 말이다.

"이 쿠키 정말 맛있어, 언니."

안드레아가 긴 탁자 위에 놓인 접시에서 쿠키를 또 하나 집었다.

"핼러윈에도 만들 거야?"

"아니, 이번에는 좀 더 축제에 어울릴만한 걸 고안해 볼 거야."

"작년에는 오렌지로 장식한 초콜릿 쿠키를 만들었었지?"

한나가 고개를 끄덕였다.

"딱히 생각나는 게 없으면 작년이랑 똑같이 하려고."

"핼러윈 얘기가 나와서 말인데,"

안드레아가 쿠키를 또 한 개 집으려다 말고 입을 열었다.

"언니도 유령의 지하실이랑 커뮤니티 센터에서 열릴 핼러윈 파티에 가는지 트레시가 물어봐 달라던데."

"당연히 가야지. 매년 가는걸."

"좋아, 트레시가 지금 핼러윈 때 입을 의상 때문에 아주 신이 났어.

언니가 와서 한 번 봐달라고 하네."

"올해는 뭘 입는데?"

늘 귀엽고 깜찍한 조카에게는 어떤 의상이든 다 잘 어울릴 거라고 생각하며 한나가 물었다.

"공주와 해적을 두고 아직도 고민하고 있어."

한나가 웃음을 터뜨렸다.

"서로 너무 틀리잖아! 트레시라면 분명히 공주 의상을 택할걸."

"아마도. 근데 해적 의상에 붙어 있는 앵무새가 꽤 마음에 드는가 봐. 어깨 부분에 붙어 있는데, 스위치를 누르면 말도 해. 공주 의상에는 지팡이밖에 없는데, 지팡이는 불도 들어오지 않거든."

"그 말하는 앵무새가 확실히 끌리긴 한다."

테이블 사이를 돌며 커피를 리필해주기 위해 주전자에 커피를 따르며 한나가 말했다.

"언니는 커피를 가지고 가. 난 뜨거운 물이랑 차 티백을 들고 따라갈게. 그런 다음 각자 쿠키를 나누어주자고."

"고마워, 안드레아."

한나가 인사를 건넸다. 출장서비스 일은 혼자보다는 둘이 하는 것이 훨씬 수월했다.

"앵무새가 뭐라고 말하는데?"

"왜 있잖아……, '제기랄!' 이라든가 '요-호-호' 라든가 '럼주 한 병 더!' 같은 해적들이 쓰는 말. 죽은 남자의 관 위에 남자들이 뭐 어쩌고 하는 것도 있었는데."

"'죽은 남자의 관 위에 열다섯 남자(로버트 루이스 스티븐슨이 쓴 소설 '보물섬'에

나오는 구절’ 겠지.”

“그래, 맞아. 그리고 ‘악마에게 술 한 잔, 나머지는 국물도 없어!’ 라는 것도 있어.”

“악마에게 술 한 잔을 어쩐다고요?”

마침 코울타스 신부님이 한나가 있는 테이블로 오다가 안드레아의 마지막 얘기를 언뜻 듣고는 물었다.

안드레아는 얼굴이 발그레해졌다.

“죄송해요, 코울타스 신부님. 언니한테 트레시가 입을 해적 의상에 달린 앵무새 얘기를 해주던 참이었거든요.”

“그 앵무새라면 나도 만나봤어요.”

코울타스 신부님이 말했다.

“이멜다의 손자가 작년에 그 의상을 빌려 입었었는데, 계속 ‘호’ 라고만 해대더군요. 미친 산타클로스처럼 계속 호호거리기만 했어요. 결국엔 이멜다가 신경쇠약에 걸릴 지경이 되어서 내가 건전지를 빼내버렸답니다.”

출장서비스 일이 끝난 후 한나가 남은 쿠키를 갖고 작업실로 돌아오자 리사가 회전문을 통해 쪼르륵 달려 들어왔다.

“하느님 감사합니다, 드디어 오셨군요!”

“무슨 일이야?”

홍조 띤 리사의 볼을 눈치 챈 한나가 물었다.

“무슨 일이 있는 건 아니고요. 제가 어쩌다 듣게 된 얘기가 있어서요. 한나에게 얘기해 주려고요. 잠깐만 기다리세요. 마침 허브가 와있으니까 잠깐 홀을 좀 봐달라고 얘기하고 올게요."

한나는 커피를 한 잔 따라 작업대 앞에 앉았다.

잠시 후 리사가 헐레벌떡 돌아와 한나의 맞은편에 앉았다.

"들은 얘기가 있다고?" 한나가 서둘러 물었다.

"네, 한나가 시킨 대로 일하면서 계속 귀를 쫑긋 세우고 있었는데, 월요일 점심때 그랜트 서장님이 점심을 먹으러 집에 들렀을 때 부인이랑 크게 다퉜단 얘길 들었어요."

한나의 눈이 휘둥그레졌다. 네티가 사적인 얘기라며 자세하게 얘기해주려 하지 않았던 그 다툼을 말하는 것이 분명했다.

"안 그래도 안드레아랑 같이 어젯밤에 네티를 만났어. 그랜트 서장님이랑 싸웠단 얘기는 했는데, 무엇 때문에 싸웠는지는 말해주지 않더라고. 근데 그 얘긴 누구한테 들은 거야, 리사?"

"케이트 매쉴러요. 근데 저한테 직접 얘기한 건 아니고, 베키 서머스에게 얘기하는 걸 제가 들었어요."

"투명 웨이트리스 역에 충실했던 거구나?"

"맞아요. 옆 테이블에서 커피를 리필해주고 있었어요. 내 존재는 별로 신경 쓰지도 않더라고요. 케이트가 그러는데, 서장님이 집 밖으로 나와 차를 탈 때까지 네티가 따라 나와서 지켜보았는데, 아주 단단히 화가 나 있더래요. 그렇게 화가 나 있는 모습은 처음 봤다면서요. 마침 케이트가 창문을 내렸는데, 네티가 서장님한테 집을 세 줄 거라면서, 결혼하기 전부터 아파트는 자기 소유였기 때문에 그럴만한 권리가 있다고 외치는 걸 들었대요."

"심각했던 것 같네." 한나가 말했다.

"그랬더니 그랜트 서장님이 뭐라고 했대?"

"그 소리 듣는 것도 지긋지긋하다며 그만 집어치우라고 했대요. 그리고 절대 그 사람들을 자기 집 지붕 밑에 들일 수 없다면서요."

"그들이 누군데?"

"모르겠어요. 거기까지만 얘기하고는 케이트와 베키가 자리를 떴거든요. 중요한 단서가 될까요, 한나?"

"아마도." 생각에 잠긴 채 한나가 대답했다.

만약 네티가 아파트를 다른 사람에게 세 주려고 했는데, 그랜트 서장님이 그 사람들한테 가서 절대 이사 들어올 수 없다고 말했다면 그건 살인으로 이어질 만한 원인이 되기에 충분했다.

"옆 가게에 한 번 가보세요, 한나. 케이트랑 베키가 자리를 뜰 때 조카 결혼식에 입을 옷을 사야 한다고 하는 얘길 들었거든요. 아마 곧장 클레어의 드레스샵으로 갔을 거예요."

한나는 즉시 문밖으로 나섰다. 엄마의 앤티크점에 들르는 것과 클레어의 드레스샵에 들르는 것은 차원이 달랐다.

한나의 좋은 친구이기도 한 클레어의 드레스샵에 방문할 때는 굳이 이유나 동기 같은 것이 필요 없기 때문이다. 게다가 루터교 목사인 크누드슨 목사님과의 연애는 무난히 흘러가고 있는지도 듣고 싶었다.

한나는 쌀쌀한 바람이 부는 주차장을 지나 부 몽드의 뒷문을 노크했다. 저 멀리서 겨울을 피해 남쪽으로 날아가는 거위 떼들의 울음소리가 들렸고, 한나는 음울한 회색빛의 하늘을 올려다보았다.

V자의 거위 행렬이 3번가에 늘어선 소나무의 끝머리로 막 사라지고 있었다. 노래 부르는 새들은 이미 마을을 떠난 지 오래였고, 이제 마지

막으로 거위들의 순서였다.

이제 곧 밝은 파란빛의 어치새나 붉은색의 홍관조, 초록빛과 노란빛의 동고비 같은 겨울새들만이 남아 소나무 가지가지마다 오색찬란한 보석을 걸친 듯 화려하게 수놓을 것이다.

"한나?"

클레어가 반가움과 놀라움이 섞인 표정으로 뒷문을 열어 한나를 맞이했다.

"추운데 어서 들어와요."

"혹시 손님이 있어요?"

"그림자도 없었어요, 오후 내내."

"안 됐네요."

한나가 안타까운 듯 말했다. 조그마한 사업을 꾸려나가는 사람들에게 경제 사정이란 늘 불안정하기 마련이다.

"오, 괜찮아요. 아침엔 그래도 장사가 좀 됐거든요. 베키 서머스가 와서 드레스를 세 벌이나 사갔어요."

"크누드슨 목사님은 잘 지내시죠?"

"그럼요, 한나."

클레어의 미소가 환하게 빛났다.

"그뿐만 아니라 크리스마스가 오기 전 일요일에 사람들에게 우리의 약혼을 발표하기로 했어요."

"청혼을 받아들였군요!"

한나가 활짝 웃으며 말했다. 사랑의 실패를 맛본 끝에 클레어는 마침내 평생 믿고 사랑할 수 있는 사람을 만난 것이다.

"발표 때 한나도 올 거죠?"

"그 기쁜 때를 놓칠 수야 없죠." 한나가 약속했다.

교회 사람들 앞에서의 약혼 발표가 클레어에게는 상당히 긴장되는 일일 듯도 했다. 한나와 안드레아, 그리고 노먼을 제외한 마을 사람들 대부분이 클레어와 바스콤 시장과의 과거 염문설을 사실이었다고 믿고 있었기 때문이었다.

"클레어를 힘들게 하는 사람이 있으면 언제든 얘기해요. 평생 마을에서 쿠키는 맛도 못 보게 해줄 테니까요."

그러자 클레어가 웃음을 터뜨렸다. 하지만 웃음은 곧 흐느낌으로 바뀌고 말았다.

"한나라면 기꺼이 그렇게 해줄 거라는 걸 믿어 의심치 않아요. 한나는 정말 좋은 친구에요."

"클레어에게서 정보를 얻으려는 친구이기도 하죠."

한나가 고쳐 말했다.

"빌에 관해 얘기 들었죠?"

"그럼요. 정말 말도 안 되는 얘기에요. 그의 결백을 밝히려고 동분서주하는 거죠?"

"네, 혹시 케이트와 베키가 그랜트 서장님과 네티와의 다툼에 대해 무슨 얘기 안 하던가요?"

"얘기했죠."

"그럼, 네티가 아파트에 세를 주려고 했던 사람들 이름, 혹시 들은 거 있어요?"

클레어가 고개를 저었다.

"그건 그 사람들도 모르고 있었던 것 같아요. 베키가 옷을 입어보는 동안 둘의 추측이 난무하더라고요. 케이트가 그러는데 아이가 있는 누군가일 거래요."

"정말요?"

한나의 귀가 퍼뜩 뜨였다, 이거야말로 수사망에 기름칠을 하는 격이었다.

"케이트는 왜 그렇게 생각했대요?"

"그랜트 서장님이 떠나기 전에 차창을 내리고는 내 집 지붕 아래 그 아이를 절대 들일 수 없다고 외쳤대요. 물론 정확히 '아이'라고는 말하지 않았다지만요."

"그럼 뭐라고 했는데요?"

"모르겠어요. 입에 담기 어려운 말이라고 케이트가 하는 걸 보니, 무슨 욕 같은 것이었나 봐요."

"클레어 생각은 어때요? 분쟁이 된 세입자들이 누군지 짐작 가는 사람 없어요?"

"네티의 친척일 수도 있지 않을까요? 작년에 조카들에게 줄 크리스마스 선물로 뭐가 좋을지 네티가 나한테 물어본 적이 있어요. 그때 난 아노카(미니애폴리스에서 북서쪽으로 32km 떨어진 곳에 있는 지역)에 있는 분홍 기린에서 만든 장난감을 추천하면서 다 좋은데 가격이 너무 비싸 망설여질 것이라고 했더니 네티가 가족에게 선물할 것이기 때문에 그런 건 별로 중요하지 않다면서 무엇이든 상관없으니 아주 특별한 선물을 주고 싶다고 하더군요."

한나는 놀라움을 금치 않을 수 없었다.

클레어는 두 가지 사실을 하나로 모아 아주 훌륭한 단서를 만들어주고 있었다.

"그래서 네티가 결국 무얼 샀는지 알고 있어요?"

"그럼요, 그 후로 가게에 한 번 왔었는데, 분홍 기린에서 곰 인형 모양의 아이 의자를 샀다더군요. 크리스마스 전까지 무료로 배송해주기로 했다면서요."

클레어의 도움에 감사의 인사를 전한 다음 한나는 뒷문으로 나와 주차장을 가로질러 다시 따뜻한 쿠키단지의 작업실로 돌아왔다.

그리고는 손을 씻은 뒤 손님들을 맞을 때 입는 앞치마를 매고 홀로 나가 리사를 안심시켰다.

"오, 한나! 드디어 왔군요!"

리사의 괴로운 표정을 본 한나가 물었다.

"이번엔 또 무슨 일이야?"

"한나의 어머님이요. 20분 동안 벌써 6번이나 전화하셨어요."

"어-오."

한나가 한숨을 내쉬었다. 리사의 괴로운 표정도 무리는 아니었다.

"잠깐 쉬어, 리사. 내가 카운터를 보고 있을게."

그러자 리사가 고개를 저었다.

"쉴 필요까진 없어요. 그러지 말고 스웬슨 부인이 또 전화하시기 전에 얼른 그래니로 가보세요. 마지막 전화 때는 의심하시는 것 같았다니까요. 제가 한나를 저장실에라도 숨겨놓은 줄 아시는 게 분명했어요."

"알았어."

한나는 앞치마를 벗어놓고는 앞문을 통해 밖으로 나가 엄마의 앤티크점 앞에 도착했다. 한나가 문을 밀고 들어서자 카운터 뒤에 서 있던 엄마가 고개를 들었다.

"한나! 때마침 잘 왔구나! 어서 이리 와라."

눈 한 번 깜빡일 새도 없이 엄마는 카운터를 돌아 나와 한나의 손을 잡고 커피를 마실 때 종종 이용하는 휴게실로 이끌었다.

"앉아라, 한나. 그리고 설명을 좀 해 봐라!"

"무슨 설명이요?"

한나가 도통 모르겠다는 표정으로 되물었다.

"왜 어제 도서관에서 만났을 때 얘기하지 않았느냐? 마을에서 엄마 혼자 사실을 모르고 있어서야 되겠니!"

한나는 재빨리 생각을 짚어보았다, 엄마가 빌에 대한 일을 알게 되신 것이 분명했다.

"물론 어제 말씀드릴 수도 있었지만, 그건 제가 나설 일이 아니었어요. 안드레아가 먼저 나섰어야 하는 문제였다고요."

"오, 그런 것이었다면 얘기가 다르지."

고집스러웠던 엄마의 눈빛이 조금 누그러들었다.

"그 애처로운 것이 내가 걱정할까 봐 얘기를 못했나 보구나."

"아마 그랬을 거예요, 엄마."

한나가 신중하게 대답했다.

"불쌍한 빌!"

엄마가 한숨을 내쉬더니 이내 고개를 저었다.

"불쌍한 안드레아! 이런 말도 안 되는 상황이 어디 있단 말이냐! 네가 마이크에게 얘기 좀 해 보면 안 되겠니? 설마 빌이 정말 사람을 죽였다고 믿는 건 아니겠지!"

"안 그래도 어제 마이크를 만나서 얘기를 해 봤어요, 엄마. 하지만 소용이 없어요. 완전 황소고집이라니까요."

"그 사실을 지금에라도 알았으니 얼마나 다행이냐. 그런 남자와 결혼한다고 생각하면 얼마나 끔찍한 일인지."

'너무 앞선 걱정 아닌가요.' 한나가 애써 말을 삼켰다.

"왜 그러니, 애야?"

"아무것도 아니에요, 엄마. 그냥 생각 좀 하고 있었어요."

"어쨌든 이번 일을 통해 적어도 마이크의 진짜 모습을 알게 되었으니, 그것만은 확실한 수확이구나."

"사실이에요."

"안드레아 말로는 네가 사건을 수사한다고 하던데, 나도 돕고 싶구나, 애야. 내가 뭐 도와줄 일이 없겠니?"

차차 생각해 보겠다고 대답하려는 순간 엄마가 해줄 수 있는 일이 한나의 머릿속에 떠올랐다. 분홍 기린에서 산 곰 인형 의자를 누가 받았는지 알아야 했고, 그걸 알아보기에는 엄마가 안성맞춤이었다.

"뭔데 그러니, 애야? 뭔가 생각난 모양이로구나?"

"네, 그러니까 상황이 이래요."

한나는 그랜트 서장님이 살해당하던 날 있었던 서장님과 네티와의 다툼과 더불어 네티가 아파트를 아이가 있는 가족에게 세 주려고 했다는 사실을 엄마에게 전부 설명해주었다. 그리고 마지막으로 분홍 기린에서 네티가 구입한 크리스마스 선물에 대해 설명한 뒤 질문을 꺼냈다.

"그 선물을 누가 받았는지 알아보실 수 있겠어요?"

"왜 어렵겠니!"

엄마는 자신이 도울 일이 있다는 사실에 무척 기뻐하는 듯했다.

"근데 네티에게 직접 물어봐도 되지 않니?"

"그건 별로 좋은 생각이 아니에요. 서장님과 다툰 일에 대해서도 물어봤는데, 사적인 일이라면서 말해주지 않더라고요."

엄마가 어깨를 으쓱해 보였다.

"벽에 부딪혔구나, 한나. 네티가 그렇게 말했다면야 하늘이 두 쪽 나도 스스로 얘기할 리 없지. 그래도 선물에 대해 알아보는 일은 식은 죽 먹기란다. 분홍 기린이라면 아주 잘 알거든. 트레시 선물은 항상 거기서 고르지 않니."

"그럼, 지금 전화해서 물어보실 수 있으세요?"

"지금 할 수도 있겠지만, 직접 찾아가서 얼굴을 보고 물어보는 편이 좋을 것 같구나. 얼굴을 보지 않고 얘기하는 건 별로 효과적이지 못하거든."

"엄마 말씀이 맞아요. 그럼 오후에 시간 내서 들러보시겠어요?"

그러자 엄마가 고개를 저었다.

"그것도 소용이 없단다. 분홍 기린은 수요일에는 낮에 쉬고 저녁 7시에 문을 열거든. 근데 오늘 저녁에는 시간이 안 나겠구나."

"왜요?"

"그게……, 일이 있단다."

"오?"

한나가 잠시 뜸을 들였지만, 엄마는 무슨 계획인지 순순히 털어놓지 않았다.

"무슨 일인데요, 엄마?"

"개인적인 일이다."

한나는 엄마의 대답을 묵묵히 받아들였지만, 더 이상 자세한 얘기가 나올 기미가 없어지자 왠지 걱정이 되기 시작했다.

"무슨 안 좋은 일이 있는 건 아니죠, 엄마?"

"이를테면 뭘 말이냐?"

"그러니까……, 나이트 박사님을 만나러 가신다든가 하는 일이요."

"당연히 그런 건 아니지!" 엄마가 킥킥거렸다.

"내가 어디가 아프거나 하면 곧장 너한테 먼저 알려주마. 이번 일은 그냥……, 사적인 거야. 별로 얘기하고 싶지 않구나."

굳은 표정을 하고 있는 엄마를 보자, 한나는 더 이상 졸라봐야 소득이 없을 거라고 생각했다. 역시 엄마의 고집도 네티 못지않다.

추궁을 포기한 한나는 화제를 돌렸다.

"그럼 내일 분홍 기린으로 직접 가보시겠어요?"

"그래, 유치원 아침반이 끝나는 대로 트레시도 데리고 가마."

한나는 씩 웃었다.

"그건 별로 좋은 생각이 아닌데요, 엄마. 위험할 거예요."

"무슨 말이냐? 장난감 가게에 가는 게 뭐가 위험하다는 게냐?"

"오, 엄마나 트레시의 신변에 위험이 있을 거란 얘기는 아니었어요."

한나의 미소가 더 크게 번졌다.

"트레시를 데리고 장난감 가게에 가는 건 엄마의 신용카드를 위험에 빠트리는 일이란 말이죠."

그러자 엄마가 웃음을 터뜨렸다.

"그래, 네 말이 맞구나. 하지만 가게도 무척 잘 되고 있고, 하나 있는 손녀가 갖고 싶어하는 것이면 뭐든 사줄 정도의 여유는 된다. 네티가 무얼 샀는지 클레어가 얘기하든?"

"네, 곰 인형 모양의 어린이용 의자를 샀대요. 크리스마스에 맞춰 배송해주기로 했대요."

"아무튼 그건 내가 분명히 알아볼 수······."

그때 문밖에서 쿵 소리가 났고, 엄마가 하던 말을 멈추었다.

"뭐지?"

"모르겠어요. 누가 무거운 걸 떨어뜨렸나 봐요. 뭔가 구르는 것 같은······."

"죄송해요."

그때 엄마의 조수로 일하는 루앤 행크스가 문틈으로 고개를 내밀며 말했다.

"청동 우선꽂이를 들고 가다가 제가 걸려 넘어졌어요. 걱정하지 마세요. 살펴봤는데 하나도 흠집이 나지 않았어요."

엄마가 루앤에게 다가가 그녀의 어깨에 다정하게 팔을 둘렀다.

"우산꽂이가 중요한 게 아니야. 루앤이 걱정이지. 떨고 있지 않니, 루앤. 얼굴도 유령처럼 창백하고. 어디 다친 데라도 있는 거니?"

"아뇨, 괜찮아요. 우산꽂이가 망가졌을까 봐 놀래서 그런가 봐요."

"바보 같은 소리! 그건 20달러도 채 안 나가는 거야."

한나는 바닥을 흘끗 살펴보았지만, 루앤이 걸려 넘어질 만한 것은 아무것도 없었다.

"오, 바닥엔 아무것도 없어요."

한나의 눈길이 어디에 머물고 있는지 눈치 챈 루앤이 말했다.

"그냥 제 발에 걸려 넘어진 거거든요."

"어쨌든 다친 데가 없어서 다행이야."

엄마와 루앤에게 작별인사를 하며 한나가 말했다.

그리고는 곧장 계단을 내려왔다. 한나가 기억하기엔 루앤은 고등학교를 중퇴하기 전까지 교내 체조반에서 활동을 했었다. 걸음걸이가 어느 누구보다 똑바르고 야무진 루앤이 자기 발에 걸려 넘어졌다는 건 의심스러운 일이 아닐 수 없었다.

문틈으로 머리를 내밀던 루앤의 모습은 잔뜩 겁에 질려 있었다.

그건 분명히 우산꽂이 걱정 때문이 아니었다.

루앤은 왜 그렇게 겁에 질려 있었던 것일까?

혹시 그랜트 서장 살인사건과 무슨 관련이 있는 것은 아닐까?

바나나 쿠키

오븐은 예열해 두지 마세요. 굽기 전에 반죽을 충분히 식혀야 하거든요.

재료

녹인 버터 1과 1/2컵 / 굵은 입자의 백설탕 2컵 / 베이킹소다 4티스푼

소금 1티스푼 / 밀가루 4컵(체질할 필요 없습니다)

거품 낸 계란 2개분(포크로 저어주면 됩니다)

잘게 다진 호두 혹은 피칸 2컵(다진 다음에 측량하세요)

나중에 사용할 굵은 입자의 백설탕 1/2컵

바나나 으깬 것 3/4컵(아주 잘 익어 거뭇거뭇하게 반점이 생긴 것을 사용하면 좋습니다)

만드는 법

1. 녹인 버터에 설탕, 거품 낸 계란, 베이킹소다와 소금을 넣고 섞어줍니다. 바나나를 부드러워질 때까지 으깹니다(손이나 믹서를 사용하면 됩니다). 먼저 섞어둔 것에 바나나 으깬 것을 넣고 다시 잘 섞습니다. 마지막으로 밀가루를 넣고 다진 호두나 피칸을 넣고 골고루 반죽합니다. 완성된 반죽은 비닐 랩으로 덮어 냉장고에 4시간 동안 보관합니다(밤새 보관하셔도 됩니다).

2. 구울 준비가 되었으면, 오븐을 176℃로 예열한 뒤, 틀은 오븐의 중앙에 둡니다.

3. 숙성된 반죽을 호두 크기로 떼어 손으로 굴러줍니다(비닐 장갑을 끼거나 젖은 손으로 굴리면 반죽이 손에 달라붙지 않습니다). 작은 그릇에 백설탕 1/2컵을 붓고 떼어낸 반죽을 굴려줍니다. 그다음 기름칠한 쿠키틀에 올려놓고, 틀을 오븐에 넣을 때 바닥에서 굴러다니지 않도록 반죽을 꾹 눌러줍니다.

4. 176℃의 온도에서 가장자리가 먹음직스러운 황갈색이 될 때까지 10~12분간 굽습니다. 다 구워졌으면 틀 위에서 2분가량 식히고, 선반으로 옮겨 나머지 식힘 과정을 거칩니다.

***이 쿠키들은 냉동이 잘 됩니다. 쿠킹호일에 담아 냉동용 비닐에 넣은 다음 냉동실에 보관하면 3개월가량은 거뜬히 먹을 수 있습니다. 물론 그때까지 쿠키가 남아 있다면 말이죠.

리사의 사촌인 베스는 핫 초코에 담가 먹으면 맛이 그만이라더군요. 로드 부인 역시 이 쿠키를 좋아하시는데, 중년 여성이 충분한 포타시움을 섭취하려면 매일 이 바나나 쿠키를 먹어야 한다고 말씀하세요(사실 로드 부인이 '중년 여성'이라는 표현을 썼을 때 전 무례한 말을 하지 않으려고 혀를 꽉 깨물어야만 했답니다. 부인은 55살이나 되셨는데, 중년 여성이라니요. 사람이 백살까지 살 수 있는 건 아니잖아요!)

목요일 아침 쿠키단지의 주차장에 차를 세우며 한나는 여전히 모이
쉐에 대한 생각에 잠겨 있었다.

오늘 아침 모이쉐 사료에 대해 또 다른 방책을 얻어온 참이었다. 수
의사는 열 개의 방책 중 하나는 효과를 볼 거라고 했지만, 모이쉐에게
는 어림도 없었다.

모이쉐가 새 사료를 먹지 않겠다고 결심한 거라면 그 고집은 한때 한
나 인생의 동반자가 될 뻔했던 마이크 킹스턴 저리 가라일 것이다.

"안녕, 리사."

뒷문을 열고 안으로 들어서며 한나가 아침인사를 외쳤다.

"늦어서 미안."

"괜찮아요. 더 늦게 오실 줄 알았는걸요."

홀 쪽에서 리사의 목소리가 들려왔고, 곧 모락모락 김이 올라오는 커
피를 한 컵 들고 리사가 모습을 보였다.

"모이쉐 문제는 잘 해결됐어요?"

"아니, 새 방책을 얻어오긴 했는데, 누가 고안했는지는 몰라도 모이

쉐를 몰라도 한참 모르는 사람이야."

"하긴. 새 사료에 개박하를 뿌려서 줘보면 어때요?"

"그게 바로 일곱 번째 방책이었어."

한나가 종이쪽지를 건네며 말했다.

"여덟 번째 방책이 참치 국물을 사료 위에 뿌려주는 거였고 말이지. 어떤 것도 통하지 않아."

리사는 잠시 골똘해졌다.

"모이쉐는 워낙 영리해서 그런 속임수에 넘어가지 않는가 봐요. 새 사료가 모이쉐에게 왜, 어떻게 좋은지 모이쉐에게 진지하게 얘기해 봤어요?"

"당연하지. 녀석이랑 같이 바닥에 쭈그려 앉아서 그런 얘길 한다는 게 스스로 얼마나 바보 같아 보이던지. 그래도 어쨌든 시도는 했어. 모이쉐가 내 얘길 이해한 것 같긴 해, 리사. 정말로 내 말을 유심히 듣고 있더라니까. 근데 얘기가 끝나고 내가 자리에서 일어서자마자 주방으로 쪼르륵 달려가서는 앞발로 새 사료가 담긴 그릇을 엎어버렸어."

"저런, 그거 정말 문제……."

뒷문으로 안드레아가 들어오는 것을 본 리사가 하던 말을 멈추었다.

"안녕하세요, 안드레아. 어서 들어오세요."

"고마워, 안이 따뜻해서 정말 좋다."

안드레아가 작업대 앞 의자로 와 앉았다.

"커피 마실래?" 한나가 물었다.

"좋아! 하루치 커피는 몽땅 여기서 충당하려고 계속 참고 있었어. 언니네 커피가 인스턴트커피보다 훨씬 낫거든. 이왕 마시려면 맛있는 걸 마셔야지."

한나는 커피 주전자로 향했다. 그녀가 손수 뽑아 내린 향긋한 커피를 어떻게 인스턴트커피 같은 것에 비하겠는가.

"여기."

한나가 동생에게 커피가 담긴 머그컵을 내밀었다.

"이렇게 일찍 어쩐 일이야?"

"그 회사에서 전화가 왔어. 기록을 확인해 봤대."

"'태양 속의 유희' 말이야?"

한나가 수첩을 집으며 물었다.

"그래, 텔레마케터 중 한 명이 빌에게 전화를 한 게 맞대. 약 1분간 통화했어."

"잘 됐다, 수첩에 적어둬야겠어."

"근데 말이야. 이 사실이 빌에게 그다지 큰 도움이 될 것 같지 않아. 집에서 학교까지 운전하면서 시간을 재봤는데, 20분 정도 걸리더라. 물론 빌이 살인을 한 건 절대 아니지만, 빌이 8시경에 그랜트 서장님을 죽이고 집에 돌아와서 전화를 받았을 수도 있어."

"틀려."

한나가 수첩의 페이지를 넘겨 찾던 페이지를 찾았다.

"마이크가 핏자국을 살펴볼 때 나도 학교 주차장에 같이 있었는데, 마이크 말로는 그랜트 서장님 차 근처에 핏자국이 더 짙은 것을 보면 차 옆에서 일이 벌어진 것 같다고 했어. 차에서 덤프스터까지 적어도 9m 정도는 되니까, 그랜트 서장님의 시신을 끌고 덤프스터 안에 던져 넣는 데까지 족히 몇 분은 더 걸렸을 거야."

"그럼 만약 빌이 죽인 거라면, 간발의 차로 텔레마케터의 전화를 받지 못했을 거라는 거지?"

"그렇지."

"고마워, 언니."

안드레아의 얼굴에 안도의 미소가 번졌다.

"지붕회사에서 왔다는 전화가 안성맞춤인 시각에 걸려왔다는 걸 밝혀낼 수 있으면 빌의 결백이 완벽하게 증명될까?"

"아마도. 너 그날 트레시랑 영화보고 저녁 9시 45분쯤 집에 돌아왔다고 하지 않았어?"

"맞아, 차에서 내리면서 시계를 봤거든. 평일 저녁에 트레시를 너무 늦게까지 데리고 다녀서 마음이 좀 안 좋았어. 트레시더러 얼른 집에 들어가서 아빠한테 뽀뽀하고 곧장 잠자리에 들라고 일렀지."

한나는 수첩의 새 페이지를 펼쳐 숫자를 끼적였다.

"두 번째로 걸려온 전화가 대략 9시 10분에 걸려왔다면, 시간의 범위가 좁긴 하지만, 그래도 빌의 결백을 확실하게 증명할 수 있을 거야."

"좋아! 그럼 난 다니면서 지붕 건을 좀 더 살펴볼게, 언니. 어느 지붕회사에서 두 번째 전화를 걸었는지 꼭 알아내야겠어."

"커피 가지고 가."

한나가 안드레아의 컵에 담겨 있던 커피를 일회용 컵에 옮겨주었다.

"고마워. 뭐라도 찾으면 다시 올게."

안드레아가 떠나자 리사가 한나를 돌아보며 물었다.

"지붕회사라니, 무슨 얘기예요?"

한나는 범행 추정시간대와 두 번째로 걸려온 광고 전화가 어떻게 빌의 결백을 증명해줄 수 있는지에 대해 리사에게 설명했고, 다행히 리사는 한나의 얘기를 곧잘 이해했다.

"바로 허브에게 전화해 볼게요." 리사가 약속했다.

"같은 광고 전화를 받았는지 확인해 보려고?"

"그건 소용없어요. 허브는 '편안한 저녁 시간 보내고 계십니까?'라는 말만 들리면 바로 전화를 끊어버리거든요. 그래도 매시간 순찰을 하니까 지붕공사 차량을 보지 못했을까 해서요."

한나가 특별 주문이 들어온 피칸 츄의 여분 반죽을 막 굽고 나자 전화벨이 울렸다. 리사가 받지 않는 것을 보니 한창 손님을 맞는 중인가 싶어 한나는 벽에 걸린 수화기를 들었다.

"쿠키단지에 한나입니다."

"마침 네가 받는구나, 얘야."

"안녕, 엄마." 한나가 재빨리 말했다.

엄마의 목소리는 몹시 숨이 찬 듯 헐떡거렸다.

"어디 계세요?"

"분홍 기린 밖 길가에 있는 공중전화란다. 크리스마스 선물로 그 곰인형 의자를 받는 게 누군지 맞춰 보아라!"

한나는 하늘을 향해 눈을 굴렸다.

"그랜트 서장님은 죽고, 빌은 유력한 용의자가 되어버렸고, 노먼은 지금 시애틀에서 예전 약혼녀와 치과용 드릴로 스핀놀이를 할지도 모르는데다가, 마이크와의 사이도 완전히 틀어져 버렸어요. 제 인생은 지금 이토록 암울한데……, 지금 저랑 스무고개라도 하시자는 거예요?"

"미안하다, 애야. 내가 사과 하마." 엄마가 미안한 듯 말했다.

"너무 뜻밖이라서 말이다. 분홍 기린에 있는 내 친구가 그러는데, 그 곰 인형 의자는 수지 행크스에게 배달됐다는구나!"

"루앤의 딸이요?"

"그래, 무슨 뜻일 것 같니?"

한나는 눈을 깜빡이고, 또 깜빡였다.

"모르겠어요. 어쨌든 알아봐야겠네요. 저한테서 별다른 얘기가 있기 전엔 아무에게도 말씀하시면 안 돼요, 아셨죠?"

"아니, 그게……, 그러면 말이다……."

엄마가 고장 난 모터처럼 말을 더듬었고, 한나가 그 틈을 타 재빨리 말했다.

"진정하세요, 엄마. 별일 아닐 수도 있어요."

"어떻게 별일이 아닐 수가 있느냐?"

한나가 재빨리 생각했다.

"네티가 자선단체 활동을 많이 하잖아요."

"그렇지."

"활동하는 단체 중 한 곳에서 어려운 아이들에게 크리스마스 선물을 나눠주는 것일 수도 있어요. 마침 수지 행크스가 연결된 걸 거예요."

"그럴 만하구나." 엄마가 생각에 잠겼다.

"그렇지만, 그렇다면 왜 클레어에겐 친척에게 줄 선물이라고 했을 까?"

"클레어의 가게에는 다른 손님들도 있었으니 아이의 이름을 알리고 싶지 않았나 보죠. 루앤이 동정받는 것에 얼마나 민감한지 엄마도 아시잖아요."

길고 긴 침묵이 흘렀다. 엄마가 뭔가를 깊이 생각하는 모양이었다.

침묵이 길어지면서 장거리 전화에서만 들을 수 있는 톡톡 튀는 잡음 소리만이 한나의 귀를 간질였다.

그리고 마침내 엄마가 목청을 가다듬더니 다시 입을 열었다.

"네 말이 맞는 것 같구나. 의자가 자선단체에서 보내온 것이라는 걸 루앤이 알게 되면 분명히 다시 돌려보낼 거란 걸 네티도 잘 알고 있었을 테니 말이다. 근데 정말로 그런 일이 있었던 걸까? 난 도저히 이해가 되지 않는구나!"

"이해하기 어렵겠지만, 가능성은 있어요."

스스로도 확신을 하려 애쓰며 한나가 말했다.

"우선 제가 따로 말씀드리기 전엔 아무에게도 말하지 마세요. 엄마 가게로 가서 루앤에게 직접 알아볼게요."

"루앤은 퍼거슨 농장의 경매에 갔단다. 정말 멋진 수동 재봉틀에다 예전부터 사야지 하고 생각했던 오크로 만든 버터 제조기도 나왔거든. 유리로 된 우유병도 있단다. 그게 얼마나 인기가 좋은지 너도 알잖니? 경매 중일 땐 절대 루앤을 방해하지 않겠다고 약속해라, 한나. 우선은 경매에 집중해야만 해."

"방해하지 않을게요. 사실을 알게 되면 엄마한테도 알려줄게요."

그러자 엄마가 괴로운 듯 신음소리를 냈다.

"가까운 친구들에게조차 얘기할 수 없다는 게 얼마나 힘든 일인지 넌 모른다. 그냥 털어놓고 조언이라도 들으면 어떨지……."

"그러기만 해봐요!"

한나가 경고했다.

"알았다, 안 그러마. 네가 얘기하기 전까진 입을 꾹 다물고 있을게. 하지만 서두르는 게 좋을 게야!"

리사에게 상황에 대해 설명을 한 뒤 한나는 퍼거슨 농장으로 향했다.

퍼거슨 농장은 노먼의 새 집터에서 1마일도 떨어져 있지 않았다. 마침 인부들이 자리를 비운 터라 한나는 길가에 차를 세우고 집이 얼마나 지어지고 있나 살펴보기로 했다.

"저것 봐, 이제 웬만큼 집 같아 보여."

한나가 마당에서 뭔가를 쪼고 있는 보라색 찌르레기에게 말했다.

토대도 잘 만들어졌고, 골격도 튼튼하게 올라갔을 뿐더러 외벽도 어느 정도 완성단계에 이르고 있었다. 여기에 지붕을 얹고 문과 창문을 모두 달면 당장 이번 겨울에도 끄떡없을 것 같았다.

평소 노먼이 한나에게 집이 보고 싶으면 언제든 보러 오라고 여러 번 말했었지만, 현관문을 열고 들어서려니 한나는 어쩐지 자신이 침입자가 된 것 같았다.

사실 현관문을 열고 들어가는 것도 조금 바보스러운 일이었다. 현관 옆으로 높다랗게 난 창은 아직 유리를 끼우기 전이라 그 사이로 사람이 드나들 수 있었기 때문이다.

하지만 '꿈의 집' 콘테스트에 출품하기 위해 노먼과 함께 설계한 '꿈의 집' 현관문 손잡이를 처음으로 돌려보는 것에 의미가 있었다.

"멋진데."

거실로 들어선 한나는 2층으로 이어지는 계단을 올려다보았다. 그리고는 계단을 올라 복도를 지나 아이들 침실이 꾸며질 곳으로 향했다.

지금은 그저 텅 빈 공간이지만, 천장에 비행기 모형이 달린 남자아이의 방과 창가에 아담하게 발코니가 꾸며진 여자아이의 방이 절로 상상이 되었다.

2층에는 그 외에도 개인 서재나 취미 공간으로 꾸밀 수 있는 방이 있었고……, 커다란 메인 침실이 하나 더 있었다.

침실로 들어선 한나는 턱 하니 숨이 멎고 말았다. 침실은 한나가 상상했던 그대로였다. 방에는 행복한 커플이 아침 햇살을 받으며 다정하게 커피를 마실 수 있는 발코니가 있었고, 발코니 너머로는 호수가 한눈에 내려다보였다.

또 강가의 돌을 이어 붙여 만든 벽난로가 있어 따뜻하고 로맨틱한 겨울밤을 보낼 수 있게 하였다. 한나는 목구멍으로 뭔가를 삼켜 내리며 한숨을 내쉬었다.

약간의 용기와 노먼의 프러포즈만 있다면, 완벽한 남편감에 가까운 남자와 함께 설계한 '꿈의 집'이 한나의 집이 될 터였다. 하지만 그 모든 것을 가로막는 것이 있었으니 그건 바로 한나의 우유부단함이었다.

마이크와의 관계를 완전히 끝낼 자신도 없으면서 어떻게 노먼의 프러포즈를 받아들일 수 있겠는가? 그리고 그 관계라는 게 도대체 뭐였나? 빌에 관하여 마이크와 벌였던 말다툼이 생각나 한나는 얼굴을 찌푸렸다.

비록 마이크가 빌을 충분히 믿고 신뢰하지 않는다는 것에 반감이 생겼음에도 불구하고 마이크에게 여전히 강한 매력을 느끼고 있음을 한나는 부인할 수 없었다.

'꿈의 집'에 살고 싶은 욕심이 생기면 생길수록 선택의 길은 더욱 멀게만 느껴졌다.

한나는 침실을 다시 한 번 둘러본 뒤 다시 계단을 내려왔다. 하루치 고민은 이미 정도를 넘었고, 루앤을 만날 일도 남아 있었다.

한나의 등 뒤로 현관문이 쾅하고 닫혀버렸고, 그녀는 그 소리가 얼마나 결론적인지 생각하지 않으려고 부단히 애쓰며 서둘러 트럭으로 향했다. 그녀의 연애사가 그 어느 때보다 문제로 떠오르고 있었지만, 한나로서는 당장 그것에 신경 쓸 겨를이 없었다.

노먼은 물론 마이크도 기다려줄 수 있다. 지금 당장 시급한 문제는 그랜트 서장의 살인사건을 해결하여 빌의 누명을 벗기는 일이었다.

퍼거슨 농장은 농장 한가운데 있는 농가 2층으로 올라가 바라봐도 끝이 보이지 않을 정도로 광대했다.

한나는 농가에 차를 세운 다음 안내 표지판을 따라 경매가 열리는 헛간으로 향했다. 가까이 다가가자 안에서 경매인인 척 갠즈의 말소리가 들려왔다.

숫자를 말하는 그의 말이 어찌나 재빠른지 꼭 외국어를 하는 것처럼 들렸다. 경매인이 되려면 세 가지가 필요하다고 척이 얘기해준 적이 있었다. 하나는 숫자를 잘 외울 수 있는 기억력이고, 다른 하나는 속사포처럼 빠른 말솜씨이며, 마지막 하나는 많은 사람 앞에서도 기꺼이 바보가 될 수 있는 용기라고 했다.

사람들이 이곳저곳에서 입찰을 하는 모습은 그야말로 놀라웠다.

한나는 열린 문 안으로 들어가 잠시 그 모습을 지켜보았다. 척은 사람들 무리의 반대편에 놓인 단상 위에 서서 쉴 새 없이 손짓하며 떠들었다. 머리부터 발끝까지 온통 검정 옷으로 갖춰 입은 그의 목 언저리에서 스스로 흐린 날의 햇살 같은 의미라고 주장하는 밝은 노란색 넥타이가 눈에 띄었다.

매번 경매가 시작될 때마다 그가 던지는 농담은 사실 그다지 우습지도 재밌지도 않았지만, 사람들은 모두 척을 좋아했기 때문에 그를 위해 웃어주었다.

"짙은 색 사냥 재킷을 입은 신사분께 83달러에 낙찰됐습니다."

척이 단상을 망치로 탕탕 내리치며 외쳤다.

"돌아가시는 길에 은행에 지불해주시기 바랍니다."

그때 사람들 무리 한가운데 앉아 있는 루앤이 한나의 눈에 띄었고, 마침 그녀 옆자리는 비어 있었다.

몇몇 사람들이 팔을 쭉 펴 기지개를 켰고, 척은 단상 뒤에 놓아두었던 커다란 보온병에서 커피를 머그잔에 따랐다.

한나는 접힌 의자들 사이로 난 중앙 통로로 걸어가 사람들의 무릎을 스쳐 지난 후 루앤의 옆 빈자리에 앉았다.

"안녕하세요, 한나."

한나가 옆에 앉는 것을 본 루앤이 깜짝 놀라며 인사를 건넸다.

"경매 물건을 사러 오신 거예요?"

"아니, 루앤이랑 얘기 좀 하려고 왔어."

한나는 정강이를 문지르며 말했다. 뾰족한 카우보이 부츠를 신은 남자가 한나가 막 지나려는 찰나 발을 움직여 뾰족한 끝에 그만 정강이를 긁히고 말았던 것이다.

"잠시만요."

루앤이 경매 안내책자를 내려다보았다.

"다음번 경매에 입찰해야 해요."

곧 다음 경매가 시작되었고, 입찰표지를 들어 올리는 루앤을 한나는 가만히 지켜보았다.

때맞춰 루앤의 표지를 본 척이 마치 노래 가락처럼 루앤의 번호를 읊었고, 루앤이 다시 표지를 들었지만 이번에 척은 그냥 고개만 끄덕일 뿐 다른 입찰자의 번호를 반복해 외쳤다.

한나가 주변을 둘러보니 여기저기서 입찰표지들이 올라오고 있었다. 루앤이 입찰한 물건이 아주 인기 있는 품목인 것 같았다.

경매는 천천히 시작하여 잠시 주춤했다가 빠른 흐름을 탔다가는 또다시 느릿느릿 진행되곤 했다.

경쟁구도를 한나가 제대로 파악하고 있는 것이라면 현재 루앤에게 가장 강력하게 대적하는 사람은 회색빛 정장을 입은 눈처럼 새하얀 백발을 한 노인이었다.

한나는 조심스럽게 노인을 뜯어보았지만, 한 번도 본 적이 없는 사람 같았다. 아마도 척이 얘기해준 '전문 경매꾼' 중 하나인 모양이었다. 경매가 열리는 곳마다 빠짐없이 쫓아다니며 싼값에 앤티크 가구를 사들여 비싼 값에 되파는 전문 경매인들 말이다.

척이 '더 부르실 분 안 계십니까?' 하고 외치자 루앤이 다시 표지를 들었다. 루앤은 무표정한 얼굴을 하고는 회색 정장의 노인을 향해 마치 '그다지 필요 있는 물건은 아니지만, 어쨌든 마지막으로 더 걸어보죠.' 라고 말하는 듯 어깨를 으쓱해 보였다.

회색 정장의 노인은 얼굴을 살짝 찌푸리더니 어쩔 수 없다는 듯 어깨를 으쓱하더니 들고 있던 표지를 내리고 루앤을 향해 고개를 끄덕였다.

"초록색 스웨터를 입은 예쁜 숙녀분께 팔렸습니다!"

척이 루앤을 가리켰다.

"좋았어!"

루앤은 한나에게 승리의 미소를 지어 보였다.

"한나 어머님이 이 앤티크 물레를 보시면 무척 좋아하실 거예요."

한나도 미소를 지었다.

루앤의 말이 맞았다. 앤티크 물레라면 엄마는 자다가도 벌떡 일어나실 분이니까. 하지만 앤티크에 대해 담소나 나누려고 여기까지 루앤을 찾아온 것은 아니었다.

"루앤과 꼭 얘기해야 할 것이 있어."

"알았어요. 다음 품목이 뭔지만 들어보고요."

척이 단상 뒤에서 또 다른 물건을 꺼내 들었다.

그는 망치로 단상을 탕탕 내리치고는 모두가 조용해질 때까지 기다렸다.

"신사숙녀 여러분, 품목번호 269번입니다. 이번 것은 하나의 묶음 품목이죠. 여섯 마리의 오리가 있는 연못 그림에 최상급 상태인 말코손 바닥 사슴머리, 볼링공 2개와 낚싯대, 미끼 한 상자입니다."

그러자 루앤이 다시 한나를 돌아보았다.

"이제 얘기해도 되겠어요. 가구류가 아니면 관심 없거든요. 로드 부인이 퍼거슨 부인의 시어머니께서 쓰셨던 썰매형 침대에 무척 흥미 있어 하셨어요. 스웬슨 부인은 50년대에 만들어진 옷장 세트를 원하셨고요. 단골 실내디자이너가 고객의 침실을 복고풍으로 꾸미는 데 그런 옷장 세트가 필요하다고 했나 봐요."

"난 복고풍이 싫어. 너무 촌스럽잖아."

"하지만 요즘에는 매우 인기가……."

한나의 난처한 미소를 눈치 챈 루앤이 하던 말을 멈추었다.

"오, 알았어요. 지루한 거군요, 한나."

"미안, 어쩔 수가 없네." 한나가 심호흡을 했다.

경매장이 사건 얘기를 꺼내기에 적합한 장소는 아니었지만, 사람들의 관심이 온통 경매에만 쏠려 있어 두 사람의 얘기를 듣지 않는 것이 다행이었다. 서둘러 곰 인형 의자에 대해 물어보아야 한다.

한나도 모르게 찌푸려지는 인상을 알아챈 루앤이 한나의 눈치를 살피며 물었다.

"무슨 일이에요, 한나? 표정이 안 좋아요."

"그럴만한 일이 있어. 작년 크리스마스 때 네티 그랜트가 왜 수지에게 곰 인형 의자를 선물했는지 알아야겠어."

"어머나!"

루앤은 너무 놀란 나머지 두 손을 들어 얼굴을 감쌌다. 불행하게도 루앤의 오른손에는 여전히 입찰표지를 들고 있는 상태였기 때문에 척은 루앤이 입찰한 것으로 착각하고는 그녀의 번호를 불렀다.

루앤과 한나가 당황한 나머지 얼굴을 잔뜩 찌푸리는 사이 척이 경매장 안을 거닐며 또 다른 입찰자가 없는지 찾았지만, 이번 품목은 아무도 사려고 하지 않았다.

그렇게 몇 분만에 척은 루앤을 지목하며 품목이 그녀에게 낙찰되었음을 알렸다.

"미안해, 루앤."

한나가 진심을 담아 사과했다, 이런 일이 생길 줄은 꿈에도 생각하지 못했다.

"괜찮아요. 첫 가격이 겨우 10달러였는걸요."

"그래서 얼만데?"

한나는 이번 일에 대해 책임질 각오로 루앤에게 물었다.

"40달러요. 그래도 사슴머리는 세 배나 더 가치가 나가고, 그림도 10달러는 더 받을 수 있을 거예요."

"그럼, 정말 괜찮은 거야?"

루앤이 고개를 끄덕였고, 한나는 안도의 한숨을 내쉬었다.

"나 때문에 또 엉뚱한 물건에 입찰하기 전에 얼른 여기서 나가자."

'실례하겠습니다.' 라는 말을 여러 번 합창하고 나서야 두 사람은 헛간에서 나와 바퀴자국 가득한 마당으로 나올 수 있었다.

밖은 헛간 안과는 달리 매우 황량했고 한나는 망설임 없이 농가 주방으로 향했다.

"의자가 하나도 없잖아?"

텅 빈 주방을 둘러보며 한나가 말했다.

"탁자랑 같이 모두 경매에 나갔어요."

루앤이 개수대 오른편에 서며 대답했다.

"제가 샀기 때문에 잘 알죠."

"흠……, 그래도 조리대는 항상 남아 있게 마련이지."

한나가 조리대 위에 훌쩍 걸터앉으며 말했다.

그리고 루앤도 한나를 따라 개수대 위에 올라앉았다.

"네티가 수지에게 선물을 사준 건 그녀가 수지의 친할머니이기 때문이에요."

루앤이 흔들림이 가득한 눈빛으로 한나를 바라보며 털어놓았다.

"제이미 그랜트가 바로 수지의 아빠죠."

"몰랐어."

"아무도 몰랐죠. 심지어 저희 엄마도요."

루앤이 깊은 한숨을 내쉬었다.

"지금까지는 그랬어요. 근데 한나가 이렇게 자세히 파고들어 오니 더 이상 비밀로 할 수 없겠어요."

한나는 어쩐지 죄를 지은 것 같은 기분에 눈을 깜빡였다.

"미안해, 루앤. 사적인 일인 거 알지만……."

"알아야만 하겠죠."

루앤이 한나의 말을 대신 이어 나갔다.

"괜찮아요, 한나. 정말 필요한 상황이 아니면 아무에게도 얘기하지 않으리란 걸 믿어요. 게다가……, 제가 이 얘길 쉽게 털어놓을 수 없었던 이유는, 그러니까, 이걸 어떻게 말해야 좋을지 모르겠는데……, 죽음 때문이었어요."

"그랜트 서장님?"

"네, 제가 사실을 얘기했을 때 일어날 일에 대해 저에게 으름장을 놓곤 하셨거든요."

루앤의 얘기가 한나의 추리 속 빈자리를 메워나가고 있었다.

루앤은 조단 고등학교 3학년으로 진급하기 전 여름 방학 때 엄마와 함께 경찰서에 청소하러 갔다가 대학에 다니다 방학을 맞아 집에 내려온 제이미를 만나게 되었다고 했다.

한나의 간헐적인 끄덕임과 함께 루앤은 늦은 여름밤 제이미를 만나기 위해 올드 베일리 로드를 걸었던 일과 어딘가 가고 싶으면 함께 쇼핑몰로 영화를 보러 가거나 에덴 호수에서 달밤의 수영을 즐겼던 일, 그리고 단둘이 있고 싶을 땐 제이미가 차를 가지고 나와 호수가 잘 보이는 길가에 세워두고 함께 시간을 보냈던 일에 대해 얘기했다.

대학생을 만난다는 사실에 루앤은 무척 흥분했고, 두 사람은 제이미가 대학으로 돌아가기 전 2주간 매일 밤마다 만났다고 했다.

"제가 어리석었다는 거 알아요."

루앤이 한숨을 내쉬며 인정했다.

"16살 소녀라면 다들 그래."

한나는 고등학교 시절 모교의 졸업생, 그러니까 대학생이 된 선배들이 방학을 맞아 집에 내려오기라도 하면 또래 친구들이 그들에게 얼마나 열광했는지 떠올렸다.

"임신한 건 언제 알았어?"

"제이미가 학교로 돌아간 후에요. 그래서 그에게 편지를 써서 아기를 낳고 싶다고 했어요. 제이미라면 나와 아기를 생각해 옳은 일을 할 거라고 믿었어요. 결혼까지는 못하더라도 어떤 방법으로든 그는 우리를 책임졌을 거예요. 편지를 보낸 날 그가 사고로 죽지만 않았어도……. 제이미는 제가 보낸 편지를 읽지도 못하고 죽었어요."

"편지는 어떻게 됐어?"

"기숙사에 같이 살던 제이미의 친구가 개봉하지 않은 우편물들과 함께 제이미의 물건을 모두 챙겨 그랜트 서장님께 보냈어요."

"그럼, 서장님 부부가 편지를 뜯어본 거야?"

"네, 두 분 다 읽으셨어요. 그랜트 서장님이 부인께 이 일을 절대 비밀로 하고, 아기는 절대 만나러 가지 말라고 신신당부하셨대요."

"어째서?"

한나는 충격을 받았다.

"제가 저급한 여자이기 때문에요……. 그랜트 서장님 표현으론 그랬어요."

루앤이 깊은 한숨을 내쉬며 자세를 고쳐 앉았다.

"제가 처음부터 제이미를 꾀어서 결혼할 작정으로 일부러 임신을 했다고 했어요."

한나는 콧방귀를 뀌었다.

"우선, 루앤은 저급한 여자가 아니야. 그리고 손뼉도 마주쳐야 소리가 나는 법이지."

"서장님도 그 사실을 알고는 있었지만, 인정하려 하지 않았어요. 저희 집까지 찾아와서는 이 일을 누군가한테 말했다가는 저를 평생 불행하게 만들어버리겠다고 협박까지 하셨죠."

"정말 무정하네."

한나가 잔뜩 찌푸린 얼굴로 말했다.

"무정한 분이시죠. 당신 아들에 대한 기억은 티 하나 없이 깨끗하고 순수하니 앞으로도 그런 기억만 하고 살겠다고 하셨어요. 제가 상황을 현명하게 판단해 이 일을 계속 비밀로 간직한다면, 공적인 일에 사적인 감정을 개입시키지 않겠다면서요."

한나는 혼란스러웠다.

"그게 무슨 뜻이야?"

"저희 엄마가 일주일에 세 번 경찰서 청소를 하시거든요. 그게 저희 집 주요 수입원이죠."

한나는 문득 메스꺼움을 느꼈다.

"루앤의 어머니를 해고하겠다고 협박하면서까지 입을 다물게 했단 말이야?"

"노골적으로 협박하신 건 아니었지만, 제가 느끼기엔 그랬어요."

"그래서 지금까지 수지의 아빠에 대해 전혀 얘기하지 않았던 거야?"

"몇 가지 이유 중 하나였어요. 그럴 수밖에 없었던 또 다른 이유는 이 건 죽은 제이미와 저만의 일이기 때문이었어요."

"그랜트 서장님의 일이기도 하지."

한나가 눈을 살짝 치켜뜨며 말했다.

"이제 더 이상 협박받을 일이 없으니 마음 놓아도 돼."

루앤이 힘들게 침을 삼켰다.

"그렇지 않아요. 제가 우산꽂이를 떨어뜨렸던 거 기억나요? 너무 무서워서 그랬어요. 전 지금 큰 위험에 처해 있어요, 한나. 곧 모든 일이 밝혀지고 말 거예요."

"수지의 아빠에 대해?"

"그건 일부분일 뿐이에요. 그랜트 서장님이 저를 협박했다는 사실이 알려지면 사람들이 저를 서장님의 살인범으로 지목하게 될 거예요."

"루앤이 죽였어?"

한나도 모르게 질문이 튀어나왔다.

"아뇨! 물론 난 죽이지 않았어요!"

"그럼, 걱정하지 마."

"어쩔 수가 없어요. 제가 서장님과 말다툼했던 걸 누구라도 알아내는 순간 전, 용의자가 되어버리고 말 걸요."

"말다툼?"

한나의 귀가 퍼뜩 뜨였다.

"언제? 어디서? 무엇 때문에 싸웠는데?"

루앤이 또다시 한숨을 내쉬었다.

"월요일 밤, 학교 주차장에서요. 서장님 부인이 제게 전화해서는 아파트의 절반을 세 주겠다고 하셨어요. 하지만 그랜트 서장님이 곧 이 사실을 알고는 학교 주차장에서 저를 기다리고 계셨죠."

"좋아."

이 정도면 케이트 매쉴러가 들었다는 네티와 그랜트 서장님 간의 싸움이 이해가 갔다.

"그래서 네티의 제안을 받아들였어?"

"아뇨, 마음은 그러고 싶었지만 서장님이 어떻게 나올까 걱정스러웠어요. 네티에게도 서장님만 괜찮다고 하신다면 이사 가겠다고 했고요."

그랜트 서장님이 격렬하게 반대했을 것은 뻔한 일이고, 아마 그것 때문에 네티와 말다툼을 벌였나 보다.

"그날 밤 주차장에서 있었던 일을 모두 얘기해 봐."

한나가 말했다.

"그날 한나의 수업을 들으려고 했어요. 근데 가게 문을 잠그려는데 손님이 찾아오는 바람에 시간이 조금 늦게 되었죠. 그래도 최대한 빨리 손님을 보내고는 곧장 학교로 달려갔어요. 하지만 주차장에서 그랜트 서장님이 저를 기다리고 있더군요. 저를 보자 차에 탄 채 이리로 오라며 손짓을 하시더라고요. 굉장히 화가 많이 나 있었어요."

"보기만 했는데 어떻게 알아?"

"그게……, 얼굴이 온통 붉으락푸르락한데다가 행동도 몹시 급해 보였거든요. 왜……, 실룩샐룩하는 것 같은. 서장님과 마주하고 싶지 않았지만, 그냥 무시하고 지나칠 수가 없었어요."

"이해해." 한나가 말했다.

"계속 얘기해봐."

"그래서 서장님 차로 갔어요. 그때 뭔가를 드시고 계셨는데……, 컵케이크였던 것 같아요. 어쨌든 제가 가니까 먹던 꾸러미를 내려놓고는 네티가 제게 아파트를 제안했다는 사실을 안다고 하시더군요."

"그래서 뭐라고 했어?"

"그 제안을 받아들이지 않았다고 얘기하려는데, 갑자기 제게 소리를 지르며 제이미를 그리워하는 순진한 네티를 이용하려 든다고 비난하는 거예요. 그러면서 제이미는 절대 수지의 아빠가 아니라며, 수지는 분명히 다른 남자의 애일 거라고 말하면서 수지를……."

"얘기 안 해도 괜찮아." 한나가 재빨리 나섰다.

"뭐라고 했을지 충분히 상상이 가니까. 그래서 루앤은 어떻게 했어?"

"목이 막혀서 아무 말도 할 수 없었어요. 정말 끔찍한 사람이라는 생각밖에 들지 않더라고요. 금방이라도 눈물이 나올 것 같아서 서둘러 차로 돌아가 학교를 빠져나왔어요."

"어디로 갔는데?"

"가게로 갔어요. 진정이 될 때까진 아무도 만나고 싶지 않았거든요. 어느 정도 마음이 가라앉은 다음 세수를 한 뒤 집으로 갔어요."

"도착했을 때가 몇 시였어?"

"9시가 조금 안 된 시간이었어요. 들어가서 주방 시계를 봤거든요."

"그럼, 루앤이 주차장에 있었을 땐 서장님이 멀쩡히 살아 있었단 말이지?"

"오, 그럼요."

루앤이 몸을 살짝 떨며 대답했다.

"차의 백미러로 봤는데, 차 옆에 서서는 저를 향해 주먹을 휘두르고 있었어요."

"그때가 몇 시였는데?"

"확실히는 모르겠지만, 제가 주차장에 들어섰을 때가 8시 5분 정도였어요. 차에서 내리면서 수업에 얼마나 늦었는지 손목시계를 확인했던 기억이 나거든요. 서장님과는 2, 3분 정도 얘기했나? 그러니까 대략 8시 10분 정도였을 거예요."

"거의 근접해."

한나는 루앤의 얘기를 머릿속 수첩에 기록해 두었다.

"혹시 그랜트 서장님과 같이 있는 걸 누가 본 사람 있어?"

루앤이 인상을 찌푸리며 고개를 저었다.

"아마 없을 거예요. 봤다면, 지금쯤 뭔가 얘기가 나왔겠죠. 주차장에 차들만 가득했던 걸로 봐서는 모두 학교 안에 있었던 것 같아요."

"그 정도면 됐어, 루앤."

한나가 조리대 위에서 미끄러지듯 내려왔다.

"솔직하게 얘기해줘서 정말 고마워."

"저기, 어……, 수지의 아빠에 대해 누구 또 다른 사람에게 얘기해야 하나요?"

"아니, 하지만 우리 엄마는 곧 사실을 알게 되실 것 같아."

"제가 두려웠던 게 바로 그거였어요."

루앤이 창백한 얼굴로 말했다.

"분홍 기린에 가셨단 거 알고 있어요. 아마 스웬슨 부인이라면 원하는 정보를 얻으셨을 거예요."

"사실 그랬어."

한나가 씩 웃으며 대답했다.

엄마 역시 안드레아처럼 별 노력 없이도 사람들에게 필요한 것을 얻어내곤 했다. 안드레아가 어디서 그런 능력을 물려받았겠는가. 한나는 자신에게도 그런 유전 요인이 있으면 얼마나 좋을까 생각했다.

"다른 사람에게 얘기하실까요?"

"엄마 말이지?"

한나는 아무 말 없이 불안한 눈빛으로 루앤을 쳐다보았다.

"신경 쓰지 말아요." 루앤은 조금 당황한 듯 보였다.

"스웬슨 부인이라면 저도 잘 아니까요. 사람들이 사실을 알게 되는 건 시간문제일 거예요."

"내가 따로 말씀드리기 전까지는 아무에게도 말하지 마시라고 했으니까 아직은 괜찮을 거야. 내가 만약 루앤이라면 서둘러 엄마와 로드 부인에게 전화해서 먼저 털어놓겠어. 그렇게 한다고 해서 얘기가 아예 밖으로 새어나가지 않는다고는 할 수 없지만, 그래도 만약을 대비해서 엄마와 로드 부인을 루앤 편으로 만들어놓을 순 있잖아. 그편이 도움될 거야."

"한나 말이 맞아요. 그렇게 하는 것이 현명하겠죠. 근데 수지의 아빠가 누군지 알게 되면 혹시나 저를 해고하진 않을까요?"

한나는 놀란 눈빛으로 루앤을 쳐다보았다.

"두 분이 루앤을 고용한 건 수지 아빠와는 전혀 상관없는 선택이었어. 사실을 안다고 해서 달라질 것이 뭐가 있겠어?"

"정말 괜찮을까요?"

"당연하지. 아마 네티의 집으로 이사 가라고 적극적으로 설득하실지도 몰라."

"부인이 이제 혼자가 되셨기 때문에요?"

"아니, 루앤이 시내에서 살면 더 늦게까지 일을 시킬 수 있잖아."

다음날 아침 한나는 모이쉐의 울음소리에 잠에서 깼다.

이른 아침 어스름에 한나가 간신히 눈을 떴을 때는 더욱 맹렬해진 울음소리와 함께 이글이글 불타는 두 개의 동그란 노란 눈이 한나를 내려다보고 있었다.

"알았어, 일어난다고."

한나는 끙 소리를 내며 자리에서 일어나 곧 있으면 시끄럽게 울려대기 시작할 알람시계의 스위치를 껐다.

모이쉐는 종종 이렇게 알람이 울리기 바로 전에 한나를 깨우곤 한다. 그나마 훨씬 더 일찍이 아닌 것이 다행이었다. 사실 녀석의 울음소리에 깨는 것이 날카로운 기계음에 의지해 잠을 깨는 것보다 훨씬 나았다.

한나는 침대 옆에서 가장자리에 털 장식이 달린 모카신을 찾아 신고는 복도를 따라 주방으로 향했다.

"이리와, 모이쉐. 오늘 아침에는 너랑 투닥거릴 기운도 없으니까 네가 좋아하는 걸로 아침을 줄게."

그러면 안 된다는 걸 알면서도 한나는 모이쉐에게 백기를 든 채 어젯밤부터 기존의 먹이를 다시 주고 있었다.

수의사에게서 받아온 여섯 번째 방책도 네 번째나 다섯 번째와 크게 다를 것이 없었다.

어젯밤에는 사료 위에 참치 국물을 뿌려주는 방법을 시도했었는데, 모이쉐가 다른 때와는 달리 사료그릇에 얼굴을 묻고는 사료를 맛있게 핥는 것을 보고 한나는 드디어 성공했다고 생각했다.

하지만 불행하게도 그것이 전부였다.

한나가 더 가까이 다가가 살펴보니 녀석은 참치 국물이 묻은 사료를 핥기만 할 뿐 한 알도 먹지 않았다.

커피가 다 끓자 한나는 커피를 컵에 따라서 한 모금 마셨다. 그리고는 예전 사료를 보관하던 벽장으로 가 모이쉐에게 사료를 부어주고, 물도 따라주었다.

한나는 여유 있게 나머지 커피를 즐긴 후 샤워를 하고 옷을 갈아입었다. 외출 준비라면 굳이 눈뜨지 않고서도 빠르게 해치워낼 수 있음을 자랑하는 한나는 오늘 아침도 예외 없이 단 15분 만에 모든 준비를 끝내고 다시 주방으로 돌아왔다.

잠기운은 완전히 달아나고, 머리카락도 뽀송뽀송하게 말랐을 뿐더러 청바지에 가슴께 'Take Life with a Grain of Chocolate(남의 말을 곧이 믿지 말라는 뜻)'이라고 쓰인 긴 소매 상의를 입은 채였다.

모이쉐의 사료그릇이 그새 깨끗이 비어 있었기 때문에 한나는 그릇을 한 번 채워주고는 커피 한 잔을 더 따라 테이블 앞에 앉았다. 그리고는 항상 지니고 다니며 사건에 대해 기록하는 초록색 줄무늬의 수첩을 꺼냈다.

이 수첩은 한나의 아파트 곳곳에 놓인 수첩들과 다를 것이 없었다.

한나는 이런 수첩을 집뿐만 아니라 쿠키단지의 작업실, 창고, 저장실, 심지어는 홀에까지 비치해 두고 있었다.

대학시절 내내 강의를 들으며 노트 필기를 하던 습관이 배서인지는 몰라도 한나에게는 펜과 종이 없이 사는 것이 쿠키 레서피에 버터 대신 마가린을 넣는 것보다 훨씬 더 죄스럽게 느껴졌다.

자, 그랜트 서장의 살인사건에 대해 지금까지 알아낸 사실은 뭐가 있을까?

한나는 수첩의 페이지를 넘겼다. 검시 결과에 따르면 서장님은 저녁 8시에서 9시 30분 사이에 죽었고, 사인은 둔기에 의한 머리 외상이었다. 공격을 당했을 때 서장님은 자신의 차에서 몇 미터 정도 떨어져 있었으니 범인이 서장을 공격한 뒤 학교 주차장에 있는 덤프스터까지 9미터 정도를 끌고 가 안으로 던져버린 것이 분명했다.

한나는 생각을 잠시 멈추고 수첩을 가만히 응시했다.

중요하지 않을지도 모르겠지만, 범인이 그랜트 서장님을 덤프스터 안으로 던졌을 때 서장님이 아직 살아 있는 상태였는지를 확인해야 할 필요가 있었다.

그건 안드레아가 알아봐 줄 수 있을 것이다. 그저 나이트 박사에게 전화해 임신에 대한 가짜 질문들을 막 늘어놓고서 자연스럽게 검시 결과에 대한 얘기로 화제를 옮기기만 하면 될 터였다.

한나는 해야 할 일 목록에 '덤프스터—죽었나, 살아 있었나?'라고 적은 뒤 수첩을 다시 재킷 주머니에 넣었다.

하지만 한나가 재킷 소매에 팔을 집어넣기도 전에 전화벨이 울렸다.

"엄마로군."

모이쉐의 그르렁 소리를 들으며 한나가 중얼거렸다.

엄마의 이름은 모이쉐의 선호자 명단에는커녕 그런대로 봐줄 만한 사람들 명단에도 포함되어 있지 않았다.

한나가 입으려던 재킷을 내려놓고 수화기를 들었다.

"안녕, 엄마."

"엄마가 아니라 나야."

안드레아의 목소리가 흘러나왔다.

"엄마 일 때문에 전화하긴 했지만. 도대체 엄만 문제가 뭐야?"

"문제라면 많지. 그럼에도 불구하고 엄마가 엄마인 것에는 변함이 없고, 그래서 우린 엄마를 사랑해야 하지."

"농담 마, 언니! 정말로 엄마에게 뭔가 문제가 있는 것 같아. 평소 엄마답지 않고, 그게 그러니까……, 아무튼 생각하느라 간밤에 온통 잠을 설쳤어. 그래서 이렇게 일찍부터 언니한테 전화한 거구."

"진정해, 안드레아. 흥분하는 건 태아한테도 좋지 않아. 엄마가 평소답지 않다는 게 무슨 말이야?"

"그게, 엄마가 트레시를 어떻게 생각하는지 언니도 알지? 엄마가 손녀를 얼마나 아끼는지 말이야."

"물론이지."

"트레시랑 같이 시간을 보내는 것도 무척 좋아하시고."

"그렇지."

"어젯밤에 엄마한테 전화해서 다음 주 토요일에 우리랑 같이 도서관에 가시지 않겠느냐고 물어봤어. 그날 조부모와 손자들을 위한 특별 프로그램이 있거든."

"엄마가 솔깃해하셨겠네. 그런 거 좋아하시잖아."

"나도 그럴 거라 생각했지."

안드레아가 한숨을 내쉬며 말을 이었다.

"근데 별로 흥미 있어 하시질 않는 거야. 게다가 프로그램 끝나고 트레시 데려가서 하루 재우겠느냐고 물어보니까 다른 약속이 있다고 하시지 뭐야."

한나가 얼굴을 찌푸렸다. 정말이지 그건 엄마답지 않은 모습이었다. 엄마는 트레시를 데리고 자는 걸 무척 좋아하셨고, 무슨 일에든 항상 손녀가 먼저였다.

"무슨 약속? 물어봤어?"

"당연히 물어봤지. 근데 내가 상관할 일이 아니래. 엄마에게도 엄마만의 인생이 있다나 뭐라나."

한나의 입이 떡 벌어졌다.

"엄마의 인생이 있다고?"

"그래, 설마 남자라도 생기신 걸까?"

"엄마가? 그럴 리 없어."

"그래도 알아보긴 할 거지? 추적하는 거라면 언니가 최고잖아."

"한 번 알아는 볼게."

한나가 마지못해 대답하고는 머릿속으로 해야 할 일 목록 중 '빌의 결백 증명하기' 다음인 동시에 '카페 잘 꾸려나가기', 그리고 '고집 센 모이쉐에게 새 사료를 먹이기' 위에 '엄마의 남자 알아보기'라고 적었다.

"뭔가 알아낸 게 있으면 바로 알려줄게."

"좋아. 내가 도울 일은 없어?"

'이런 식으로 숙제만 늘려주지 않으면 돼.' 라고 말하고 싶은 것을 한나는 꾹 참고, 수첩을 내려다보았다.

"나이트 박사님께 전화해서 살인범이 그랜트 서장님을 덤프스터 안으로 던졌을 때 살아있었었는지만 물어봐 줘."

"윽!"

"힘든 거 알지만, 마이크에게는 도움을 청하고 싶지 않고, 지금 빌도 어떻게 할 수 없는 상황이잖아."

안드레아가 한숨을 내쉬었다.

"알았어. 전화해 볼게. 오늘은 어제만큼 입덧이 심하지도 않으니까 검시 결과를 상세하게 다 알아낼게."

"박사님이 다 얘기해주실까?"

"물론이지. 난 부동산 중개인이잖아. 공부한 게 그거라고."

한나는 안드레아에게 고맙다고 말한 다음 전화를 끊었다. 그런 다음 모이쉐의 사료그릇과 물그릇을 다시 한 번 채워주고 수첩을 가방에 넣은 다음 막 나서려는데 또다시 전화벨이 울렸다.

한나는 이번엔 수화기를 들고 의자에 앉아 수첩을 꺼냈다.

"정말 빠른데! 박사님이 뭐라셔?"

"뭐가 빠르다는 게냐."

엄마의 목소리를 알아챈 한나가 끙 소리를 냈다.

"미안해요, 엄마. 안드레아인 줄 알았어요. 다시 전화하겠다고 했거든요."

"태아한테 무슨 문제라도 있는 게냐?"

"그건 아니에요, 왜요?"

"박사님 얘길 했잖니."

"아, 그렇지."

한나는 씩 하고 웃었다. 안드레아에 대한 엄마의 걱정을 조금 이용해 보는 것도 나쁘지 않을 것 같았다.

"사실 안드레아가 몇 분전에 전화했어요."

"임신한 지 아직 36주도 안 됐잖니!"

"알아요. 불면증이 좀 생겼나 봐요. 그래서 박사님께 전화해 보라고 했어요. 좋은 방법을 일러주실지도 모르니까요."

"좋은 생각이로구나. 그 불쌍한 것이 빌을 걱정하느라 그래."

"사실, 그건 아니고요."

한나가 심호흡을 한 뒤 작전을 시작했다.

"안드레아가 엄마 걱정을 많이 해요."

"내 걱정을? 어째서 내 걱정을 한다는 거냐?"

"안드레아가 다음 주 토요일에 트레시를 보내겠다고 했더니 엄마도 엄마 인생이 있다고 하셨다면서요?"

"오." 엄마는 잠시 아무 말이 없었다.

"그게……, 그게 그렇게 중요한 일이었다면 지금이라도 약속을 변경해서 트레시를 데리고 있으마."

"무슨 약속인데요, 엄마?"

"네가 상관할 일이 아니다, 애야. 내가 비록 네 엄마이긴 하지만, 나도 내 사생활을 가져야 하지 않겠니."

한나는 금방 두 손을 들고 말았다.

엄마는 모이쉐만큼이나 고집이 센 분이니까. 엄마가 한 번 입을 다물기로 한 일이라면 대통령 할아버지가 와도 알아낼 수 없다.

"알았어요, 이제 더 이상 그 문제에 대해선 얘기하지 않을게요."

"잘 생각했다. 넌 역시 센스 있는 딸이야, 한나. 물론 남자 문제에 있어선 좀 다르지만 말이다. 어떻게 마이크 킹스턴 같이 끔찍한 남자와 데이트를 했는지 모르겠다."

한나는 엄마의 미끼를 물지 않았다, 엄마와 투닥거리기엔 아직 시간이 일렀다.

"그만 나가봐야겠어요, 엄마. 뭐 더 하실 말씀 있으세요?"

"그래. 마침 상기시켜줘서 고맙구나, 애야. 그랜트 서장의 장례식이 일요일 오후 2시에 조단 고등학교에서 있을 예정이란 걸 말해주려고 전화했단다."

"학교에서요?"

"그래, 강당에서 하기로 했단다. 넓고 적당한 장소는 그곳밖에 없지 않니. 조문객이 많이 올 테니까. 너도 갈 거지?"

한나는 한숨을 내쉬었다, 장례식이라면 정말 질색인데.

"모르겠어요, 엄마."

"꼭 가야지 무슨 소리냐. 범인은 항상 장례식에 모습을 보이기 마련이거든."

"네?"

"영화에서 보면 항상 그렇잖니. 그리고 토요일 정오엔 시내 모든 상점들이 문을 닫기로 했단다. 죽은 서장을 추모하는 의미에서 말이다."

"정말요?"

한나는 깜짝 놀랐다, 금시초문이었다.

"그래, 상점 주인들이 곧 신문에서 기사를 보게 될 게야. 캐리와 내가 글을 썼거든. 로드가 꼭 신문에 실어주겠다고 약속했단다."

"알았어요, 엄마." 한나가 대답했다.

엄마와 로드 부인이 앞장선 일에 불참하는 상점이 하나라도 있다면 그 상점 주인은 신랄한 비난을 결코 피할 수 없을 것이다.

"안드레아도 꼭 장례식에 가야 한다." 엄마가 말을 이었다.

"빌은 용의자로 지목됐으니까 어쩔 수 없다고는 해도 가족 대표로 안드레아는 가야 하지 않겠느냐."

"그럼, 안드레아랑 같이 가실 거예요?"

한나가 사과모양의 벽시계를 올려다보며 물었다.

5분 내로 나서지 않으면 리사가 출근하기 전에 베이킹을 모두 끝내려던 계획은 수포로 돌아가고 만다.

"안드레아랑은 같이 못 간다, 얘야. 레전시 로맨스 클럽에서 아주 특별한 걸 준비하고 있거든. 레전시 로맨스 클럽 사람들이랑 함께 갈 거란다. 네티 바로 뒷자리에 다 같이 앉을 거야."

"멋지네요, 엄마."

한나가 신중하게 대꾸했다. 무슨 일이 벌어질지 듣지 않아도 대충 느낌이 왔다.

"그러니까 네가 안드레아를 데리고 가거라. 카페에 나가면 바로 안드레아한테 전화하거라."

한나는 자신부터 장례식에 가야 할지 말아야 할지 결정하지 못한 상황이라고 말하려 했지만, 한나가 채 입을 열기도 전에 엄마는 그럼 다음에 통화하자며 전화를 끊어버리고 말았다.

"또야."

한나가 귀를 뒤로 한껏 제치고는 수화기를 노려보는 모이쉐에게 말했다.

녀석은 자기가 싫어하는 사람이 전화를 걸어오면 이렇듯 단번에 알아차리곤 한다.

어쨌든 엄마는 이렇게 늘 마지막으로 말하고는 먼저 전화를 끊어버린다. 어떤 상황에서든 마지막 결정권자가 되고 싶어하는 엄마의 성격과 정말 잘 들어맞는 습관이 아닐 수 없다.

일요일 아침, 한나는 절망을 넘어 거의 좌절의 지경에 이르고 말았다. 모이쉐에게 온갖 방법을 다 동원하여 새 사료를 먹이려고 해 봤지만, 어느 것 하나 먹히지 않았던 것이다.

수의사인 밥에게 전화를 걸어 또 다른 방법은 없는지 알아보려 했지만, 당장은 손가락 하나 까딱할 기운도 없었다. 게다가 아침부터 네 발 달린 고양이 룸메이트와 투닥거릴 기운도 없었기 때문에 한나는 이번에도 자포자기로 예전 사료를 꺼내 들고 말았다.

모이쉐는 가르랑거림과 더불어 고맙다는 듯한 울음소리를 내더니 평소처럼 먹이에 바로 덤벼들지 않고 한나에게로 다가와 그녀의 발목에 비비적거렸다.

"고마워하지 않아도 돼." 한나가 커피를 한 잔 더 따르며 말했다.

"얼른 가서 먹기나 해. 난 잠시 앉아서 잠을 깨야 하니까."

모이쉐가 행복하게 사료를 오물거리는 동안 한나는 그랜트 서장 살인사건에 대해 골몰하고 있었다.

그다지 많이 진척되진 않았지만, 적어도 한 가지 의문점에 대해선 답을 얻었다. 나이트 박사님이 검시 결과 보고서를 직접 건네주진 않아도 결과에 대해 안드레아에게 비공식적으로 얘기해주었던 것이다.

그랜트 서장님은 한 번의 가격으로 즉사하고 말았다고 했다. 유력한 용의자는 없었어도 한나의 용의자 명단도 점점 늘어가고 있었다.

우선 마땅한 알리바이가 없는 네티, 그리고 마찬가지로 알리바이가 충분하지 않은 루앤. 물론 빌도 있긴 했지만, 한나는 명단에 이름을 추가하지 않았다. 두 번째로 걸려온 홍보전화를 제대로 추적할 수 있었다면 좋았으련만, 근방의 지붕회사에는 모조리 전화해 봤지만 홍보전화를 하는 곳은 한군데도 없었다.

안드레아 역시 트레시와 함께 마을 안을 샅샅이 돌아봤지만, 새로 지붕을 얹은 집도, 수리한 집도 전혀 없었고, 허브도 순찰을 돌면서 지붕업체의 트럭이 혹시라도 다니진 않는지 날카롭게 관찰했지만 이득이 없었다. 모두 최선을 다했지만, 레이크 에덴에서 활동하는 혹은 활동하지 않을지도 모르는 지붕업체는 여전히 익명이었다.

커피를 또 한 모금 들이킨 뒤 한나는 자리에서 일어나 기지개를 켰다. 이제 하루를 시작해야 할 때다. 일요일에는 쿠키단지를 열지 않지만, 베이킹 재료의 재고를 확인하러 카페에 나가야 했다.

재고 확인 작업은 몸에 먼지를 묻힐 필요도 없는 단시간의 노동이었기 때문에 한나는 장례식에 적합한 옷을 입고는 혹시나 모를 사고를 대비해 그 위에 앞치마를 둘러맸다.

"이럴 줄 알았어!"

작업실 안에서 전화벨이 울리자 한나는 계단식 걸상 위에 올라선 채 중얼거렸다. 그리고는 전화벨이 세 번 울리는 동안 한 손에는 코코아

캔을, 다른 한 손에는 코코넛 가루통을 든 채 저글링 하듯 비틀거리며 간신히 선반 위에 캔과 통을 올려둔 채 걸상에서 내려왔다.

전화벨 소리를 무시한다는 건 한나에게 불가능한 일이었다. 지금 꼭 받아야 하는 긴급 전화일지도 모르지 않는가.

안드레아가 아기를 낳으러 급히 병원에 갔다는 빌의 전화일 수도 있고, 노먼이 치의학협회 일정 중 전화를 건 것일 수도 있다. 아니면 살인 사건의 진범을 잡아 빌이 복직할 수 있게 되었다는 걸 알리는 마이크의 전화일 수도 있다. 물론 홍보전화일 수도 있다. 일요일에도 일손을 놓지 않는 부지런한 텔레마케터들 말이다.

한나는 서둘러 수화기를 들었다.

"쿠키단지의 한나입니다."

"오, 언니! 마침 전화를 받아서 다행이야!"

한나는 수화기를 더 가깝게 잡아 쥐었다.

기진맥진한 듯한 안드레아의 음성이 들려왔다.

"무슨 일이야, 안드레아?"

한나는 수화기에서 흘러나오는 소리에 귀를 기울였다.

가벼운 발걸음 소리가 들리더니 이내 쾅하고 문이 닫히며 잠기는 소리가 들렸다.

"안드레아?"

"괜찮아, 나 여기 있어."

안드레아의 음성이 더 나지막해졌다.

"여기가 어딘데?"

"욕실."

"왜 그렇게 속삭이는 거야?"

"지금 빌이 침실에 들어왔거든. 내가 하는 얘기 들으면 안 되잖아. 잠깐만, 언니. 그이가 지금 문을 두드리고 있어."

한나는 기다렸다. 달리 어쩌겠는가?

안드레아가 빌에게 뭐라고 얘기하는 것 같았지만 웅얼거리는 소리밖에는 자세히 들리지 않았다. 그리고 이내 수도를 트는 소리가 들렸다.

"안드레아?"

"아직 있어. 언니가 전화해서 전화기를 가지고 들어왔다고 했어. 언니 오늘 좀 일찍 와줄 수 있겠어, 응?"

한나는 문이 열린 저장실을 흘끔 바라보았다.

방금 재고확인 작업을 시작한 터라 여기서 멈추면 내일 아침에 일찍 나와서 일을 마쳐야만 했다. 아, 어쩌면 안드레아를 데려와서 한나가 불러주는 물품 명단이라도 적게 하면 일이 일찍 끝날 수도 있겠다.

"그래, 알았어. 근데 왜?"

"빌이 드디어 옷장 청소를 하기 시작했어. 이해해 보려고 노력했는데, 계속 잔소리만 해대고 있으니 도저히 못 견디겠어!"

이내 안드레아가 훅 소리를 내며 심호흡을 했다.

"정말 끔찍해, 언니. 작년 여름에 쇼핑몰에서 산 빨간색 나막신을 갖다버리라고 하지 뭐야, 글쎄."

그 나막신이라면 한나도 기억하고 있었다. 엄청나게 할인할 때 사서 거의 5달러도 안 되었다.

"어차피 그거 신으면 발이 아프다고 했었잖아. 절뚝거리면서 걷게 된다며."

"그래도 익숙해지면 괜찮을 거였어."

"신발을 고쳐 신겠다는 얘기야?"

"그런 건 아니고, 나막신은 나무잖아. 고쳐 신을 수가 없지. 언젠가는 발이 적응될 거야."

한나는 발이 신발에 적응하는 게 아니라 신발이 발에 적응되어야 하는 거라고 말해주고 싶었지만, 안드레아는 뭔가 반대되는 얘기를 하거나 하면 몹시 싫어하는 터라 꾹 참았다. 더구나 배가 남산만 해져 있는 동생에게 핀잔을 줄 수는 없었다.

"그럼 일찍 데리러 와줄 수 있지, 언니? 이 옷장 청소 소동을 얼마나 더 견딜 수 있을지 모르겠어."

"그래."

임신한 동생의 신경을 거스르는 말은 하고 싶지 않았던 한나가 즉시 대답했다.

"그럼, 15분 만에 준비할 수 있겠어?"

"그보다 더 짧은 시간 안에도 준비할 수 있어. 그러니까 서둘러줘, 언니. 그이 때문에 금방이라도 미쳐 버릴 지경이야. 이러다 후회할 말을 쏟아놓진 않을까 걱정된다고. 내가 그이를 얼마나 사랑하는지 언니도 잘 알잖아."

"알지."

한나는 변기 물 내리는 소리를 마지막으로 전화를 끊었다.

전화를 욕실에서 받을 수밖에 없었던 핑계를 좀 더 완벽하게 만드느라 분주한 안드레아였던 것이다.

"저기 엄마가 계셔."

조단 고등학교의 강당 로비로 들어서며 안드레아가 한나를 쿡 찔렀다. 30분이나 일찍 왔음에도 불구하고 강당 안은 이미 레이크 에덴 레전시 로맨스 클럽 회원들로 가득 차 있었다.

한나는 안드레아의 시선이 머무는 곳을 따라가다 엄마의 제스처를 눈치 채고 말았다.

"이런, 이리로 오라고 하시잖아."

"시키는 대로 하는 게 좋아."

안드레아가 한숨을 내쉬며 말하더니, 이내 엄마가 있는 곳을 향해 발걸음을 옮겼다.

"아마 언니 옷차림 때문에 부르시는 걸지도 몰라."

"내 옷이 뭐가 어때서?"

한나가 남색 드레스와 신발을 내려다보며 물었다.

"괜찮아. 그렇지만 엄마 눈에는 뭔가 또 띄었는지도 모르지. 내가 가서 엄마의 주의를 좀 흩뜨려놓을까?"

"그러면 고맙지. 할 수 있겠어?"

"물론이지. 보고만 있으라고."

안드레아는 스스럼없이 엄마에게 다가가 엄마의 귀에 대고 뭔가를 속삭였다.

엄마는 깜짝 놀라는 듯하더니 곧 귀가 입에 걸릴 정도로 흐뭇하게 미소를 지으셨다. 장례식장에는 도통 어울리지 않는 표정이었다. 두 사람은 뭔가를 또 속삭이더니 이내 안드레아는 다시 한나에게 돌아왔다.

"사람이 너무 많아서 넘어지는 줄 알았네. 엄마가 안부 전해 달라서.

얼른 자리를 옮겨 다른 사람들이랑 얘기나 하자. 엄마가 우리한테 무슨 얘길 하려고 했는지 기억하시기 전에 말이야."

사람들 틈에서 비아트리스 퀘스터가 보였다.

"저기 비아트리스와 테드가 있어. 테드 어머님의 컵케이크에 대해 물어볼 게 있는데."

"그 비밀 재료 말이야?"

"그래, 그러니까 얘기하는 동안 내 뒤에 꼭 붙어 있어."

한나는 사람들이 가득한 로비를 지나 비아트리스에게로 다가갔다.

언제나 그렇듯이 하얀 깃이 달린 짙은 목탄 빛 드레스를 입은 비아트리스는 티 하나 없이 깔끔한 모습이었다. 반면, 테드는 정장 소매를 아무렇게나 접어 올려 어쩐지 후줄근한 옷매무새를 하고 있었다. 차라리 견인할 때 입는 작업복 차림이 더 나았다.

"여기서 뵙게 되니 반가워요, 테드."

한나는 비아트리스와 먼저 인사를 나누고 나서 그녀가 안드레아와 대화를 나누기 시작한 것을 확인하고는 테드를 향해 인사를 건넸다.

"어째서지?"

테드가 양 눈썹이 맞닿을 정도로 험상궂게 인상을 찌푸렸다.

"테드 어머님의 컵케이크 레서피를 계속 연구하고 있었거든요."

"안 그래도 비아트리스가 집에서 엄청나게 연습을 해대더군. 그동안 그 맛없는 컵케이크들을 먹어치우느라 얼마나 고생했다구. 결국 때려치우라고 했지."

"오."

테드가 비아트리스를 향해 그 말을 내뱉었을 때가 상상이 되어 한나는 슬그머니 미소를 감췄다. 비아트리스는 거의 150㎝도 되지 않은 작은 체구인 데 비해 테드는 180㎝의 키에 아침식사로 소 한 마리는 거뜬히 잡아먹을 것 같은 풍채를 하고 있었다.

"어머님이 만들어주신 컵케이크 맛이 어땠는지 조금만 설명해주시면 도움이 될 것 같은데요."

"초콜릿, 한 입 먹으면 온통 풍부한 맛이 감돌았지. 무슨 말인지 알겠소?"

"네, 짙고 깊은맛이었단 얘기죠?"

"그렇지!"

테드가 은으로 덧씌운 이를 내보이며 씩 웃었다. 그가 진짜 치아용 법랑으로 이를 씌우려고 했었다는 노먼의 얘기가 떠올랐다.

"어머니가 만든 컵케이크를 한 동이 담으면 공기정화기만큼의 무게가 나갈걸."

한나는 웃음이 터져 나오려는 것을 간신히 참고 다른 질문을 던졌다.

"그것 외에 또 기억나는 건 없어요?"

"장식, 내가 맛본 것 중 최고의 퍼지 장식이었지. 정말 우리 어머닌 최고의 요리사였소!"

"그러셨던 것 같네요."

테드의 말에 적당히 대꾸하며 한나는 나중에 내 자식도 나에 대해 저런 칭찬을 해줄까 새삼스레 궁금해졌다.

"컵케이크에 뭔가 독특한 점은 없었어요? 아직 말하지 않은 다른……."

테드는 한참을 생각하더니 곧 고개를 끄덕였다.

"음, 종이받침이 금색 호일이었는데 시카고에서 주문한 거라고 하시 더군."

한나가 미처 다른 질문을 생각해내기도 전에 강당 문이 열리고 사람들이 안으로 들어가기 시작했다. 퀘스터 부부도 다른 문상객과 함께 줄을 섰다.

하지만 안드레아가 한나의 팔을 잡고는 사람들을 피해 문 옆쪽으로 데리고 갔다. 누군가, 분명히 레이크 에덴의 장례식 기획자인 디거 깁슨이겠지만, 부드러운 오르간 음악이 스피커를 통해 흘러나오고, 한나는 그 음악을 금세 눈치 채고 말았다.

"라르고."

디거는 한나의 아버지 장례식 때도 똑같은 음악을 틀었고, 한나는 이 음악만 들으면 슬픈 기억이 떠올라 참을 수가 없었다.

"난 정말이지 장례식이 싫어." 한나가 한숨을 내쉬었다.

"나도."

안드레아 역시 음울하게 말하고는 뒷자리로 한나를 이끌었다.

"언니가 두 번째 자리에 앉아. 난 복도 쪽에 앉을게. 그러면 이 줄을 완전히 우리 차지로 만들 수가 있어."

한나가 옆으로 몸을 트러 두 번째 자리에 앉았다.

"누군가 와서 우리보고 일어나달라고 한 다음 틈을 비집고 안으로 들어가지 않는다면 말이지."

"그런 일은 없을 거야."

안드레아가 복도 쪽 자리에 앉으며 앞 의자의 등판을 가리키며 말했다. 등판은 안드레아의 배와 채 몇 인치도 떨어져 있지 않았다.

"내 배가 이렇게 남산만 한데 누가 날 비집고 지나가려고 하겠어. 그거야말로 엄청난 실례지."

한나는 애써 웃음을 참으며 가방을 옆의 빈자리에 올려두었다. 임신도 확실히 득이 될 때가 있었다. 한나가 막 그 말을 안드레아에게 꺼내려는데 주유소 겸 편의점을 운영하는 션과 돈 쌍둥이가 급하게 강당으로 들어와 한나와 안드레아의 바로 앞자리에 와 앉았다.

"안녕하세요, 안드레아, 한나."

션과 돈이 인사를 건넸다.

각자의 이름이 새겨진 편의점 유니폼을 입지 않은 두 사람을 보니 한나는 누가 누구인지 전혀 알아볼 수가 없었다.

"안녕, 션."

어차피 50대 50의 확률이니 일단 추측으로라도 맞춰보자는 생각으로 한나가 씩씩하게 인사를 했다.

"난 돈이에요. 얘가 션이구요."

"어차피 50대 50이었어." 한나가 나지막이 중얼거렸다.

"미안해요. 내가 잘 구분하지 못하는 거 알잖아요. 근데 편의점은 누구한테 맡기고 왔어요?"

"아예 닫았어요." 션이 대답했다.

이제 누구인지 확실히 말할 수 있었다.

"우리가 그랜트 서장님께 나쁜 감정이 있는 게 아니라는 걸 경찰서 측에 증명해 보이기 위해선 꼭 와야만 했어요."

"반감이요?"

한나의 귀가 퍼뜩 뜨였다.

돈이 고개를 끄덕였다.

"서장님이 우리 편의점에서 코디얼(과일주스에 물, 설탕을 탄 음료) 초콜릿을 팔지 못하도록 했거든요. 아이들한테는 절대 팔지 않는다고 설명했는데도 그건 중요한 게 아니라며 그 안에 알코올이 조금이라도 들어가 있다면 주류 판매허가권을 갖고 있어야 한다고 했어요."

"우리 편의점에서 제일 잘 팔리는 상품이었는데 말이죠."

션이 불평했다.

"그래도 크게 반항하거나 하지 않았어요." 돈이 말을 이었다.

"그런데도 서장님은 진열대로 가서는 상자에 초콜릿을 몽땅 쓸어 담고는 압수품이라며 가지고 가버렸어요."

"소비자 제품 반환(하자가 없더라도 특정 기간 동안 소비자가 원할 때 반환해주는 제도)을 받았을 수도 있는데 말이죠."

"그거 합법적인 거야?"

한나가 안드레아를 흘끗 쳐다보며 물었다.

"모르겠는데."

안드레아는 어깨를 살짝 으쓱해 보이더니 이내 눈을 동그랗게 뜨고 말했다.

"정말 화가 많이 났겠어요."

"완전 열 받았었죠."

자신들에게 충분한 살해 동기가 있었음을 뒷받침해주는 대답인 줄도 모르고 돈이 한 술 더 뜨고 말았다.

"네, 정말 그랬어요."

션이 약간 수줍은 듯한 얼굴로 말했다.

"당장 경찰서로 가서 물건들을 되찾아오려고 했는데, 돈이 말렸죠."

"서장님 심기를 건드려봤자 좋을 게 없다고 했어요. 그리고 서장님이 살해당했다는 소식을 들었을 때 사실 더 이상 션을 설득하지 않아도 되게 되어서 다행이라고 생각했답니다."

"실은 저도 그랬어요."

다른 사람들이 안에 들어갈 수 있도록 자리에서 일어서던 션도 덧붙였다. 쌍둥이들이 새로 옆자리에 앉게 된 사람들과 잠시 얘기를 나누는 동안 안드레아가 한나를 쿡 찔렀다.

"알아챘어?"

"그래, 이건……, 살해 동기가 될 수도 있어. 월요일 밤에 근무했던 사람이 둘 중 누구지? 그리고 그때 다른 사람은 뭘 하고 있었을까?"

"내가 슬쩍 물어볼게." 안드레아가 약속했다.

"쌍둥이 각자에게 물어봐 줄 수 있는 사람들을 알고 있거든."

"좋아. 근데 아까 엄마에게는 뭐라고 한 거야?"

"오, 그거."

안드레아가 대수롭지 않다는 듯 어깨를 으쓱해 보였다.

"만약 태어날 아기가 딸이면 엄마 이름을 따라 짓겠다고 했어."

한나의 눈이 휘둥그레졌다.

"그렇지만 너, 너희 시어머니에게도 똑같이 얘기했잖아."

"그랬지."

"그럼……."

한나가 말을 멈추더니 이내 한숨을 쉬었다.

"그래, 네가 아들일 거라고 확신하는 거 아는데, 그래도 만약 딸이면 어떡할 거야? 두 분의 이름을 모두 쓸 순 없잖아. 두 분 중 한 분은 마음 상해하실 거야."

안드레아가 고개를 저었다.

"진정해, 언니. 분명히 아들이라니까. 테스트도 해 봤어. 그러니까 사람들에게 얘기만 하지 마, 알았지? 빌은 구식이라 깜짝쇼 같은 걸 좋아한다고."

장례식은 생각보다 길었고, 한나는 몸을 이리 비틀었다 저리 비틀었다 하며 불편한 모양새를 냈다. 평소 그랜트 서장님과 알고 지냈던 사람들은 모두 저마다 한 마디씩 애도의 말을 해주고픈 모양이었다.

한나는 이 길고 긴 시간을 슬픔에 젖은 동상처럼 우두커니 앉아 버텨 내야만 하는 네티 그랜트가 문득 가련해졌다.

왜 사람들은 뭐든 이렇게 나누어야만 한다고 생각하는 걸까?

한나는 간신히 그랜트 서장님이 언젠가 한 번 눈폭풍 속에서 도랑에 빠져버린 리디아 그라딘의 차를 꺼내줬던 일을 떠올렸다.

"관 뚜껑이 닫혀 있어서 다행이야."

안드레아가 한나 쪽으로 몸을 기대며 속삭였다.

"안 그러면 죽은 게 아니라 그냥 자는 것처럼 보일 테니까. 언제라도 벌떡 일어날 것 같단 말이지."

한나는 관 뚜껑을 왜 열어놓을 수 없는지 별로 설명하고 싶지 않았다.

그랜트 서장님을 처음 발견했을 당시 모습을 떠올려보면 아무리 실력 좋은 장의사라고 하더라도 말끔하게 모습을 복원시킨다는 것은 불가능할 것이란 생각이었다.

그랜트 서장님을 애도하는 사람들의 줄은 영영 끝나지 않을 것처럼 보였다.

한나는 손목시계를 내려다보았다. 어느새 1시간 30분이나 지나 있었다. 한나가 안드레아를 부추겨 아기를 낳으러 가는 연기라도 해서 장례식장을 빠져나가자고 하려는데 디거가 연단 위에 올라섰다.

"그랜트 서장님을 애도하여 그의 마지막 가는 길을 직접 배웅하고픈 여러분의 마음은 잘 알겠지만, 미망인께서 장례식 절차상 이만 장례식을 마무리해 달라고 요청하셨습니다."

간략한 추모사를 마지막으로 장례식이 끝나자 한나는 크게 안도의 한숨을 내쉬었다.

묘지 옆에서 짤막한 추모행사가 열릴 것이라는 안내 말을 들으며 한나와 안드레아는 사람들 무리에서 빠져나와 곧장 주차장으로 향했다.

"괜찮아?"

트럭의 잠금장치를 열며 한나가 물었다.

"괜찮아, 묘지까지는 가고 싶지 않을 뿐이야. 묘지는 음울하잖아. 엄마의 기분이 태아에게까지 영향을 미친다는 기사를 읽은 적이 있어."

안드레아가 대답했다.

"그래." 한나는 차의 시동을 걸었다.

"이따가 서둘러 널 집까지 데려다 줄게. 일단 난 묘지에 가봐야 할 것 같아."

"왜?"

"문상객들을 확인해야지. 범인이 끼어 있을 수도 있잖아."

"그럴 거라고 생각해?"

안드레아가 깜짝 놀라며 물었다.

"사실 엄마 생각이야. 영화에서 보셨대."

그러자 안드레아가 어깨를 으쓱해 보였다.

"나쁠 거 없지. 그래, 한 번 확인해 봐, 언니. 난 차에 앉아서 기다리면서 수상한 차가 들어오진 않는지 감시하고 있을게."

"고마워, 안드레아." 한나는 트럭을 몰고 주차장을 빠져나왔다.

"꼭 나한테 눈 한 쌍이 더 달린 기분이라니까."

"그러게. 톡톡히 빚진 거 알지?"

"그럴 줄 알았어." 한나는 뒷좌석을 가리켰다.

"뒤에 쿠키 꾸러미가 있을 거야."

"무슨 쿠키인데?"

"깜짝 쿠키. 리사의 창작인데 어제 출장서비스 나갔다가 좀 남겼어."

"뭔가 그렇게 놀라운데?"

"미리 말해주면 전혀 깜짝 놀랄 일이 없잖아."

한나가 꾸러미에서 하나를 집어 안드레아에게 건네주었다.

"먹어 보고 맛있으면 말해줘."

안드레아가 쿠키를 받아 한 입 베어 물고는 이내 미소를 지었다.

"맛있다, 언니. 특히 가운데 부분이 씹는 맛이 있어. 이거, 초콜릿 바른 땅콩이야?"

"그럴 수도 있고. 한 개 더 먹어봐. 리사가 가운데 부분에만 적어도 12개가 넘는 각기 다른 재료를 넣었거든."

"음."

안드레아가 다른 쿠키를 베어 물었다.

"이건 누가(설탕이나 아몬드로 만든 과자) 맛이 나는데. 이 쿠키 마음에 든다, 언니. 어떤 맛일지 모르고 먹으니까 더 재미있는 것 같아. 어떻게 만든 거야?"

"브릿지 믹스."

"뭐?"

"브릿지 믹스(초콜릿이 덮인 각종 견과류와 과일들을 담아 파는 상품). 너도 본 적 있 잖아, 안드레아. 초콜릿 캔디류를 담은 꾸러미. 빨간부엉이 식료품점에 서 팔더라고."

"무얼 말하는지 알겠다."

"리사가 그러는데, 만약 브릿지 믹스가 없으면, 핼러윈 때 많이 파는 캔디바 같은 걸 써도 된다고 했어. 그냥 잘게 조각내기만 하면 되거든."

"좋은 생각이야."

안드레아가 쿠키를 또 하나 꺼내먹으며 말했다.

"언니 쿠키는 정했어?"

"무슨 쿠키?"

한나가 브룩사이드 묘지의 정문을 지나 세심하게 세공된 철제 울타 리 밖에 트럭을 세우며 되물었다.

그랜트 서장님의 무덤이 보였지만, 아직 아무도 도착하지 않았다. 아 마 대부분의 문상객들이 네티에게 위로의 말을 전하느라 아직도 학교 에 남아 있는 듯했다.

"핼러윈 파티 때 쓸 쿠키 말이야."

"아직."

머릿속에 저장된 할 일 목록에 '핼러윈 쿠키 만들기' 라고 써넣으며 한나가 대답했다.

"정말 여기 혼자 있어도 괜찮겠어?"

"물론이지."

안드레아가 쿠키 꾸러미를 단단히 움켜쥐었다.

"이쪽에서 문상객들을 자세히 살펴볼 테니까 언니는 나랑 반대편에 서서 살펴봐. 그래야 완벽하게 관찰할 수 있잖아."

"좋은 생각이야. 또 다른 건 없어?"

"있어. 마지막 기도드리기 전에 빠져나올 수 있겠어? 관 내릴 때 혼자 있기 싫단 말이야. 난 그때가 제일 싫거든."

"나도 마찬가지야."

아빠가 돌아가셨을 때가 생각난 것이 분명한 안드레아를 한나는 꼭 껴안아주었다.

깜짝 쿠기

오븐은 예열해 두지 마세요. 반죽은 굽기 전에 충분히 숙성 시켜야 합니다.

재료

녹인 버터 1컵 / 백설탕 1컵 / 흑설탕 1/2컵 / 베이킹소다 1티스푼

거품 낸 계란 2개 분량(포크로 휘저어줍니다)

금 1/2티스푼 / 바닐라 1티스푼 / 밀가루 3컵(체질할 필요 없습니다)

물 2테이블스푼(아침에 먹고 남은 커피가 있다면 커피를 사용해도 좋습니다)

잘게 쪼갠 호두(피칸을 사용하셔도 됩니다)

브릿지 믹스 혹은 초콜릿 캔디류 1봉투***

*** 브릿지 믹스가 없으면 초콜릿 와퍼나 허쉬Hershey에서 나오는 미니 캔디바를 잘게 잘라 이용하셔도 됩니다. 큰 사이즈 캔디바도 잘게 조각낼 수만 있다면 사용할 수 있겠죠?

만드는 법

1. 녹인 버터에 설탕을 넣고 거품 낸 계란, 베이킹소다, 소금, 바닐라, 그리고 물(혹은 커피)을 부어줍니다. 마지막으로 밀가루를 넣은 다음 잘 반죽합니다. 완성된 반죽은 적어도 1시간 정도는 식혀줍니다(밤새 숙성시켜도 좋습니다).
2. 오븐을 190℃로 예열합니다. 틀은 오븐의 중앙에 둡니다.

3. 테이블스푼으로 반죽을 떠서 초콜릿 와퍼(혹은 캔디바 조각)를 가운데에 넣고 동그랗게 굴려줍니다. 그리고 위에 반으로 쪼갠 호두(혹은 피칸)를 얹고 기름칠한 쿠키틀에 올려놓습니다.

4. 190℃에서 가장자리가 먹음직스러운 황갈색으로 변할 때까지 10~12분간 굽습니다. 그리고 2분간 틀 위에서 식혀준 다음 선반으로 옮겨 나머지 식힘 과정을 거칩니다.

허쉬 미니 캔디바를 사용해서 쿠키를 구울 때면
엄마는 늘 엄마가 좋아하는 캔디바가 들어 있는 쿠키만 드시고,
그렇지 않은 쿠키는 저를 주시곤 한답니다.

묘지에서는 수상한 점을 전혀 발견할 수 없었다. 물론 예식 내내 눈한 번 깜빡이지 않고 그랜트 서장의 관을 뚫어지라 바라보던 버터 스트롭이 못내 이상했지만, 한나는 그녀가 그저 장례식 비용이 모두 얼마일까 궁금했을 뿐이라고 생각하기로 했다.

　안드레아 역시 의심스러운 것은 하나도 발견하지 못했다. 심지어 집으로 돌아오는 길에 한나는 엄마에게 조언을 얻어 볼까 하는 생각마저 했다.

　"안녕, 모이쉐."

　한나가 아파트 문을 열고 들어서며 외치자 오렌지와 흰색의 털 뭉치가 야구공처럼 풀쩍 날아와 한나의 팔에 안겼다.

　한나는 모이쉐를 주방으로 데려가 사료그릇 옆에 내려준 뒤 녀석이좋아하는 사료를 담아주었다. 그리고는 바로 침실로 들어가 평소의 휴일 복장으로 갈아입었다.

　5분 뒤, 청바지와 낡은 풀오버 스웨터 차림의 한나는 소파에 앉아 빈둥거렸다. 약간 배가 고프긴 했지만, 참을 만했다. 아무것도 관심을두지 않은 듯 그저 멍하니 앉아 시간을 보내고 싶었다. 이대로 뒹굴거나 꾸벅꾸벅 졸거나 그것도 아니면 그랜트 서장님이 살해당한 이후 맘 편히 청하지 못했던 잠을 보충할 수도 있을 것이다.

시끄럽게 울리는 전화벨 소리에 한나는 퍼뜩 잠에서 깨어났다. 텔레비전의 아나운서가 쇠똥구리의 짝짓기 습성에 대해 설명하고 있었다. 무심코 수화기를 들고 '여보세요' 하는데 문득 그냥 자동응답기가 받게 내버려둘 걸 하는 뒤늦은 후회가 밀려왔다.

"오, 언니! 마침 집에 있어서 다행이야!"

안드레아의 음성에 한나는 크게 신음을 냈다.

한나는 자신이 안드레아의 또 다른 가족 분란을 감당해낼 만한 여력이 남아 있는지 알 수가 없었다. 하지만 그깟 잠이나 식사, 모처럼의 휴식시간 따위는 자매간의 의리 앞에선 무력했다.

"무슨 일이야, 안드레아?"

"그랜트 서장님의 장례식에 다녀온 사이 빌이 냉장고 청소를 했는데, 내 손톱광택제를 모조리 갖다버렸어!"

한나는 자신의 청력에 이상이 있는 것이 아닌가 생각했다. 그게 아니라면 앞뒤가 맞지 않는 꿈속에서 아직 덜 깬 상태이거나 말이다. 하지만 맹세컨대 안드레아는 분명히 '손톱광택제' 라고 했다.

"빌이 뭘 버렸다고?"

"내 손톱광택제."

청력에 아무 이상도 없다는 사실에 한나는 잠시 안도했다.

그리고 안드레아의 말을 제대로 들었다는 건 곧 한나가 잠에서 완전히 깨어났다는 것을 의미하기도 했다. 하지만 꿈속이든 현실이든 안드레아의 대답은 여전히 혼란스러웠다.

"손톱광택제가 왜 냉장고에 있어?"

"그래야 오래가거든. 쓰고 남은 걸 그냥 두면 끈적끈적하게 굳어버리는 거 몰라?"

"몰라."

안드레아는 한나에게도 들릴만한 큰 소리로 한숨을 내쉬었다.

"어디 손톱광택제를 칠해 봤어야지. 언니도 이건 알고 있어야 해. 언니 손톱은 정말이지 엉망이야. 안 그래도 엄마랑 그 얘기를 했⋯⋯."

"됐어, 안드레아." 한나가 끼어들었다.

"나 같은 일을 하는 사람이 손톱광택제 같은 걸 발라봤자 채 5초도 안 가서 다 망가져 버리고 말 거야."

"그래, 그건 언니 말이 맞다. 어쨌든, 손톱광택제를 냉장고에 보관하면 마르지 않아서 좋아. 미용 기사에서 읽은 방법인데 정말 효과가 있더라고. 그래서 늘 냉장고 문쪽에 달린 조그맣고 동그란 컵 안에 보관했었는데⋯⋯."

"계란 보관함 말이야?"

"아, 그게 그렇게 쓰는 거였어! 뭐, 어쨌든 처음엔 채소 보관함에 뒀는데, 그 안에서 맘대로 굴러다녀서 계란 보관함으로 옮겨봤거든? 근데 효과만점이더라고."

"근데 빌이 그걸 다 갖다버렸단 말이지?"

"그게⋯⋯, 완전히 버린 건 아니지만, 거의 버린 거나 마찬가지야. 손톱광택제를 전부 꺼내서 상자에 따로 넣어놨다고 하더라고. 근데 그 상자를 어디에 뒀는지 기억이 안 난대. 찾고 나면 전부 끈적끈적해져 있을 거야. 그래서 일단 집에서 나가려는 거야. 그이한테 너무 화가 나서 마음을 좀 가라앉혀야 할 것 같아. 그리고 집에서 나가야 하는 이유가 또 하나 있어."

"뭔데?"

한나가 소파에 등을 기대어 앉으며 물었다, 아무래도 통화가 생각보다 길어질 것 같았다.

"빌이 오늘 밤에는 트레시도 없고 하니 다락방 청소를 하겠다고 나서지 뭐야."

"트레시가 어디 갔는데?"

"엄마 집에. 오늘 전화하셔서는 트레시 데리고 하룻밤 자도 되겠느냐고 물으시더라고. 지난번에 내 부탁을 거절한 것이 좀 미안하셨나 봐."

한나가 콧방귀를 꼈다.

"미안해? 엄마가?"

"그래, 그건 아니겠지? 어쨌든 빌이 다락방 청소를 같이하재. 근데 같이 청소하다 보면 뭘 버리고 뭘 버리지 말아야 할지를 두고 엄청 싸우게 될 것 같아."

"근데 만약 네가 바빠서 도와줄 수 없다고 하면 빌도 그냥 포기하고 텔레비전이나 볼지도 모른단 얘기지?"

"바로 그거야. 몇 시에 데리러 올 수 있어?"

한나는 머리를 맑게 하려고 몇 번 도리질을 한 뒤 시계를 올려다보았다. 벌써 저녁 8시 15분이었다.

"45분?"

"좋아, 빌에게는 대충 둘러댈 테니까 도착하면 경적을 울려. 바로 나갈게."

"네티가 준 의심스러운 사람들 명단을 가져왔어."

한나가 안드레아를 태우고 큰길로 나서는데 그녀가 말했다.

"같이 다니면서 한 사람 한 사람씩 방문해서 장례식에서 본 사람인지 확인해 보면 될 것 같아."

"좋아, 어디부터 갈까?"

"버티넬리 레스토랑으로 가자. 마침 피자도 먹고 싶고 말이야."

"저녁 안 먹었어?"

"당연히 먹었지. 근데 별로 많이 먹지 못했어. 빌이 닭요리를 했는데, 너무 맛이 없지 뭐야. 언니가 운전하는 동안 난 명단에 있는 사람들 중 몇 명에게 전화를 해 볼게."

한나는 손목시계를 슬쩍 내려다보았다.

어느새 저녁 9시 15분이었다.

"전화하기에 너무 늦은 시간 아니야?"

"여기야 그렇지. 하지만 이반 힐 같은 경우엔 캘리포니아에 사니까……, 지금 거긴 7시 15분이야."

한나는 시외로 빠지는 길로 접어들었다. 안드레아가 피자를 먹고 싶다니 먹으러 가야 하지 않겠는가.

"이반 힐이 누구야?"

"제이미가 사고 났던 차에 같이 탔던 남자애의 아버지."

"그렇군."

한나가 대답하며 고속도로로 빠져나갔다.

네티의 말이 모두 정확하다면, 이반 힐이 범인일 수도 있다. 그랜트 서장님은 시시때때로 힐 씨에게 전화를 걸어 당신 아들이 음주운전을 했다는 증거를 꼭 밝혀내고 말 거라면서 그를 괴롭혔으니 말이다.

사고 초기 보고서에 운전대를 잡았던 사람이 제이미였다고 기록되어 있음에도 그랜트 서장님은 틈만 나면 힐 씨에게 전화를 걸어 음주운전을 한 게 그의 아들이라는 증거를 찾아내겠다고 악을 썼다고 한다.

과학수사 연구실에서 사고 당시 제이미의 혈중 알코올 수치가 법정 수치의 세 배를 웃돌았다고 확인해주었는데도 그랜트 서장은 믿지 않았다. 그러니 네티 말로는 그랜트 서장님의 괴롭힘을 견디다 못한 이반 힐이 그랜트 서장을 죽였을 수 있다는 것이다.

한나는 시선을 앞에 두면서도 안드레아가 이반의 부인과 통화하는 소리에 귀를 기울였다. 그랜트 서장님이 죽었다는 얘기를 하자 통화는 일방적인 대화가 되어버리고 말았다. 한나가 들을 수 있는 소리라고는 "오, 그거 안 됐네요.", "정말 유감이에요." 같은 것들뿐이었다.

"휴, 시간 낭비였어."

안드레아가 전화를 끊고는 핸드폰을 가방에 던져 넣으며 말했다.

"이반 힐은 그랜트 서장님이 살해당하기 전날 밤에 심장마비를 일으켰대."

"그래서 죽었어?"

"아니, 회복할 수 있을 거래. 지금 관상동맥 우회로 수술을 받고 온갖 전깃줄에 매달려 누워 있다고 하네. 어쨌든 그는 아니야, 언니. 심장 수술을 받은 사람이 단 하루 만에 캘리포니아에서 미네소타까지 날아와 그랜트 서장님의 머리를 날려버릴 수는 없어."

"내 생각도 그래."

한나는 안드레아가 좋아하는 피자 가게 앞에서 차를 돌렸다.

버트램과 엘리 켄 부부가 운영하는 피자집이었는데, 둘 중 어느 누구도 이탈리아 혈통이 섞이지 않았지만, 둘의 이름을 붙여놓으니 나무랄 데 없이 완벽한 이탈리아 이름인 '버티넬리의 피자집'이 되어 그것이 영구적인 가게 이름으로 자리 잡게 되었다.

"더 이상 못 참겠어."

안드레아가 안전벨트를 풀고 차에서 내리며 말했다.

"음식을 기다리는 동안 몇 군데 더 통화해 볼게. 난 토핑이 전부 올라와 있는 엘리의 스페셜 메뉴가 좋을 것 같은데, 언니는 어때?"

"나도 괜찮아. 앤쵸비 소스도 추가하는 게 어때?"

한나도 주문에 한 발 나섰다. 몸의 균형에 문제가 있다고 불평하는 안드레아도 먹을 것에 관한 거라면 여느 때와 다름 없이 재빨랐다.

"잠깐만, 확인 좀 해 보고."

안드레아가 뒤뚱거리며 걷다 말고 자기 발목을 내려다보았다.

위넷카 카운티에서 제일가는 피자가게에서 흘러나오는 희미한 네온 사인의 불빛에도 안드레아의 부은 발목이 확연하게 드러났다.

"안 보는 게 좋겠어." 한나가 말렸다.

"지금 네 발목, 꼭 소시지 같아."

"나도 알아. 피자도 먹으면 안 되는데, 너무 먹고 싶어."

"그럼, 이렇게 하자." 한나가 제안했다.

"라지 사이즈 대신 미디엄 사이즈로 주문하는 거야. 그럼 먹는 양도 적어지겠지."

안드레아가 먹음직스러운 미소를 흘리며 가게 안으로 들어섰고, 갓 구운 피자의 향긋한 냄새가 두 사람을 맞아주었다.

"정말 그럴 수 있을까?"

5분 후, 두 사람은 주문을 마친 뒤 라지 사이즈의 다이어트 콜라와 파마산 치즈와 붉은 고추가 가득 든 유리병, 호일로 개별 포장이 된 물수건 바구니와 함께 뒤쪽 좌석에 자리를 잡았다.

"난, 정말 여기가 좋아."

안드레아가 동경이 어린 순수한 눈빛으로 주변을 둘러보며 말했다.

"피자는 이 집이 최고거든. 그리고 항상……."

"왜 그래?"

안드레아가 갑자기 하던 말을 멈추자 한나가 물었다.

안드레아가 심호흡과 함께 입을 열었지만 그녀의 목소리는 몹시 떨리고 있었다.

"그 사람이야!"

"그 사람이라니?"

문법적으로 좀 더 명확한 질문을 만들 수 없을까 고심하며 한나가 되물었다.

"마이크."

안드레아가 증오에 찬 목소리로 말했다.

"앞쪽 부스에 내가 모르는 사람이랑 같이 앉아 있어. 여잔데, 경찰서 유니폼을 입고 있는 걸 보니 어쩌면 새로 고용한……."

안드레아가 말을 멈추더니 침을 꿀꺽 삼켜 내렸다.

"……, 빌의 자리를 대신하려고?"

한나는 마이크의 모습을 더 잘 보려고 자세를 좀 더 곧게 고쳐 앉았고 그의 모습이 보이자 마음이 쿵하고 내려앉았다.

그는 여전히 멋있었고, 한나는 당장에라도 그에게 달려가 그와 화해하고 싶었다. 하지만 여전히 마이크는 6m 밖의 거리에 떨어져 있었고, 새로 부임한 여자 경찰관이 그러는 것처럼 그에게 따뜻한 미소도 지을 수도, 그의 손을 맞잡을 수도, 그리고…….

그때 여자가 이쪽을 돌아보았고 한나는 그만 입을 떡 벌리고 말았다.

"왜 그래?" 이번엔 안드레아가 물었다.

"언니 얼굴빛 진짜 웃긴 거 알아?"

"파랗게 질렸다는 게 맞을 거야."

"뭐라고?"

"아무것도 아니야. 그리고 마이크랑 같이 있는 여자는 경찰 아냐."

"그렇다면 다행이지! 그럼 누구야?"

한나에게는 전혀 다행한 일이 아니었다.

"쇼우나 리 퀸."

"이름하고는! 무슨 영화배우나 가수 이름 같잖아."

아니면 이국의 댄서 이름이거나, 하지만 실제로 말하진 않았다.

"경찰서의 행정직원이야. 그랜트 서장님의 비서들 중 한 명이 퇴직했을 때 새로 고용했어."

"언니가 어떻게 알아?"

"지난번 경찰서에 갔을 때, 그러니까 마이크랑 사이가 좋았을 때 그가 인사시켜줬어."

"오, 근데 마이크랑 뭘 하는 거지?"

한나는 한숨을 내쉬었다.

"뭐든."

"무슨 소리야?"

"아무것도 아니야. 야근하니까 마이크가 저녁이라도 사주나 보지. 서장 대리로 일하고 있으니까 충분히 가능한 일이야."

"확실히 매력적인 여자이긴 하네."

쇼우나 리가 재킷을 벗는 것을 지켜보던 안드레아가 말했다.

"옷도 제법 입을 줄 알고 말이야. 저거 진짜 비싼 스웨터인데."

'그래, 내 사이즈는 나오지도 않는 브랜드 말이지!'

한나는 고등학교 시절에나 읊조렸을 법한 냉소 섞인 농담을 중얼거렸다.

"오, 좋아, 좋아. 저기 우리 피자 나온다."

웨이트리스가 다가오는 것을 본 안드레아의 표정이 금세 환해졌다.

"반반씩 먹을까?"

"그래." 한나가 대답했다.

완벽한 몸매가 드러낸 쇼우나 리를 본 뒤 입맛이 싹 달아나버린 한나였지만 말이다. 처음 쇼우나를 소개받았을 당시 그녀가 예쁘다고는 생각했지만, 그날은 모든 것이 공적이었을 뿐더러 쇼우나에게서 마이크에 대한 그 어떤 호감도 눈치 챌 수 없었기 때문에 질투까지는 하지 않았다.

하지만 오늘밤은 다르다. 오늘 밤 그녀는 마치 마이크와 데이트라도 즐기는 듯 긴 속눈썹 아래로 그를 감미롭게 쳐다보며 간혹 그의 팔을 쓰다듬기도 하고 있었다. 어쩌면 정말 데이트를 하는 건지도 모른다.

아주 불가능한 일도 아니지 않은가. 어쨌든 먼저 마이크와 절교하겠다고 나선 건 자신이니 말이다.

"피자 먹어, 언니."

안드레아가 염려스러운 얼굴로 한나의 시선을 조심스럽게 살피며 말했다.

"마이크는 아니야, 그는 저질이라고. 빌에게 한 짓을 봐."

"알아."

"그리고 지금 보니까 둘이 똑같은 것 같아. 마이크가 메뉴를 보는 사이에 여자는 옆 부스의 남자를 힐끔거리더라고. 마이크랑 다를 게 없지, 뭐."

"그래."

"그러니까 피자나 먹고 마이크 같은 건 잊어버려. 오히려 지금이 더 잘된 거야. 저런 남자와 엮였다가는……."

그때 안드레아의 핸드폰이 울렸고, 안드레아는 급히 가방 안을 뒤져 핸드폰을 꺼냈다.

"여보세요?"

한나는 마이크를 한 번 더 슬쩍 쳐다보고서 피자를 집었다. 마이크 같은 사람 때문에 이토록 맛있는 피자를 쓰게 삼킬 수는 없는 일이다!

"안녕하세요, 박사님. 일요일에도 일하시는 줄 몰랐는데요."

한나는 피자를 베어 물고는 신중하게 씹었다. 나이트 박사님이 안드레아가 물어봤던 것을 대답해주려고 전화하신 모양이었다.

"지금 시간 괜찮아요. 먹으면서 말해도 개의치 않으신다면요. 지금 언니랑 피자를 먹던 중이었거든요."

한나는 피자를 또 한 입 베어 먹고는 얼굴을 찌푸렸다.

예전만큼 맛있지 않았다. 마지막으로 이곳에 왔을 땐 마이크와 함께였다. 자리도 지금 쇼우나 리와 함께 앉아 있는 바로 그 부스였다.

"오, 안 돼요!"

안드레아의 외침에 한나의 우울한 생각이 순식간에 날아가 버렸다.

"저에 대해 잘 아시잖아요, 박사님. 한 번도 빈혈을 앓아본 적이 없다고요. 그냥 하시는 말씀이죠?"

이쯤 되자 한나의 신경은 온통 안드레아에게 쏠렸다.

지금 안드레아는 몹시 당황하고 있었다.

"알았어요. 그렇게 할게요."

안드레아가 크게 한숨을 내쉬며 말했다.

"하지만 신경 써주셔야 해요. 이게 저한테 얼마나 끔찍한 일인지 모르실 거예요."

안드레아가 작별인사를 하고 전화를 끊을 때쯤 한나의 인상은 매우 일그러졌다.

"박사님이 뭐라고 하셨어? 너, 괜찮은 거지?"

"박사님이 시키는 대로만 하면 괜찮을 거야."

"뭔데?"

"빈혈에다가 부종이 있대. 둘 다 태아한테 안 좋대. 산부용 비타민도 하루에 두 알로 늘리고, 잠은 꼭 9시간 이상 자고, 소금기 있는 음식은 절대 먹지 말래."

"저런."

한나가 피자를 내려다보며 신음 소리를 냈다.

"그럼, 집에 가지고 가. 나도 더 이상은 못 먹겠어."

안드레아가 몹시 우울한 표정을 지었다.

"네 기분 알고도 남아."

한나가 웨이트리스에게 손을 흔들며 포장 상자를 가져다 달라고 손짓했다.

"아니, 언닌 몰라. 더 심각한 얘긴 아직 하지도 않았거든. 박사님이 아기를 낳을 때까지 병원에 입원하는 것이 좋을 것 같대. 물론 몇 가지 금지사항만 잘 지키면 그렇게까지 할 필요 없을 거라고 하셨지만."

"금지사항이 뭔데?"

"하루에 4시간 이상은 서 있으면 안 돼!"

"저런."

한나는 눈을 깜빡거렸다.

안드레아처럼 눈만 뜨면 어디든 돌아다니는 걸 좋아하는 사람에게 하루 4시간만 서 있으라는 명령은 고문과도 같았다.

"긍정적으로 생각해, 안드레아. 그래 봤자 고작 몇 주 동안이잖아."

안드레아가 마침내 입을 열었다. 그리고 그녀의 분노가 막 폭발하려는 불길한 조짐이 느껴지는 찰나 안드레아의 핸드폰이 다시 울렸다.

"핸드폰 덕분에 살았군."

안드레아가 통화하는 걸 지켜보며 한나가 나지막이 중얼거렸다.

"안녕, 여보."

안드레아가 애써 기운을 내며 말했다, 말하는 것을 들으니 빌인 모양이었다.

"해리 윌콕스? 당연히 기억하지! 잘 지낸대요?"

웨이트리스가 가져다준 포장 상자에 피자를 옮겨 담으며 한나는 안드레아의 대화에 귀를 기울였지만, 안드레아는 그저 다섯 번이나 연속으로 '그래, 알았어.' 라고만 말할 뿐이었다.

"가자, 언니."

통화를 마친 안드레아가 마침내 핸드폰을 가방에 넣고 자리에서 일어났다.

"빌이 방금 해리 윌콕스에게 전화를 받았는데, 우리더러 당장 집으로 오래."

위넷카 카운티 경찰서의 퇴직 경찰인 해리 윌콕스라면 빌이 경찰서에 들어간 지 1년쯤 되는 해에 한나도 만난 적이 있었다. 해리는 빌의 선배였을 뿐만 아니라 그의 첫 번째 파트너였다.

"해리랑 그의 아내는 모두 다 잘 지낸대?"

"응, 그랜트 서장 살인사건에 대한 소식을 듣고는 빌에게 전화를 거셨나 봐. 그가 왜 살해당했는지 알 것 같다고 하셨대."

"좋아, 난 준비됐어."

한나가 포장 상자를 들고 막 발걸음을 떼려는데 안드레아가 한나의 팔을 붙잡았다.

"마이크가 있는 부스 옆으로 지나가자. 그가 인사를 하면 일부러 싹 무시해 버리는 거야."

"진심이야? 안드레아!"

한나는 정말 놀랍다는 듯한 음성으로 말했다.

"그건 좀 유치하다고 생각하지 않아?"

안드레아는 잠시 생각해 보더니 이내 고개를 끄덕이며 말했다.

"조금 그런 것도 같네. 뭐, 꼭 그렇게 하진 않아도 돼."

"내가 언제 안 하겠다고 그랬어."

한나가 씩 웃으며 말했다.

"그냥 모르는 척 쓱 지나가 보자."

스웬슨 자매는 서로 팔짱을 낀 채 마이크의 부스를 향해 걸어갔다.

시선은 앞으로 향한 채 얼굴에는 일부러 한가득 미소를 머금었다. 하지만 마이크의 부스 옆을 지나며 흘끗 쳐다본 한나의 얼굴에는 미소가 싹 사라져버리고 말았다.

마이크는 쇼우나 리에게 너무나 집중한 나머지 스웬슨 자매를 알아채지도 못했던 것이다.

한나는 뒤돌아보지 않고 부스를 지나쳤다. 그리고 안드레아를 위해 가게 문을 열어주며 마이크가 분명히 자신의 뒷모습조차 눈치 채지 못했을 것이라고 확신했다. 이건 어쩐지 자업자득 같았다.

안드레아가 집에 다다르자 절망 섞인 한숨을 내쉬었다.

"빌이 또 그랬어!"

"뭘?"

"쓰레기통을 진입로에 가져다 놨잖아. 차가 들어갈 수 있게 내가 내려서 치울까?"

"그럴 필요 없어. 그냥 여기 빌의 차 뒤에 세우면 되니까. 주차 공간은 넉넉하잖아."

한나가 차를 주차하자, 안드레아는 현관으로 한나를 이끌었다. 그리고는 가방에 손을 넣어 열쇠를 찾았다.

"해리가 제시간에 전화했어야 할 텐데."

"제시간이 언젠데?"

"빌이 다락방 청소를 끝내기 전. 운이 좋으면 굴뚝 옆에 놓아둔 낡은 상자를 빌이 못 보고 지나칠 수도 있어. 그럼 왜 철 지난 패션 잡지들을 모아놓고 있었느냐는 잔소리는 듣지 않아도 되니까."

"안녕, 여보!"

두 사람이 집안에 들어서자 빌이 인사했다.

"한나랑 같이 얼른 주방으로 와. 내가 커피 끓여놨어."

한나는 안드레아를 따라 주방으로 들어가서 함께 탁자 앞에 앉았다. 한나는 두 손으로 머그컵을 감싸쥔 채 빌이 방금 끓여낸 커피의 감미로운 향을 마음껏 음미했다.

"이게 진짜 커피지!"

"프렌치 로스터(커피의 종류)야. 내가 직접 갈았어."

빌이 말하고는 안드레아를 돌아보았다.

"나이트 박사님이 전화하셨기에 당신 핸드폰 번호를 알려드렸는데, 별문제 없는 거지?"

그러자 안드레아가 한숨을 내쉬었다.

"간단한 문제는 아니에요. 빈혈이 있고 부종이래요."

"그런 건 줄 알았어. 마침 내가 집에 있으니 당신을 돌볼 수 있어서 얼마나 다행이야. 박사님이 처방은 내주셨겠지?"

"네."

안드레아가 빌의 등에 대해 두 눈을 굴렸고, 한나는 웃음이 터져 나오지 않으려 조심해야 했다.

"그 얘긴 나중에 하고, 해리가 뭐라고 했는지 말해 봐요. 언니도 늦지 않게 집에 가야죠."

"소파에 앉아서 발을 올려놓으면 얘기해줄게. 발목이 또 엄청 부었잖아. 어서, 한나도 커피 가지고 거실로 나와."

안드레아가 소파에 앉자 빌은 해리와 나누었던 얘길 들려주었다.

"그랜트 서장님이 그에게 모든 혜택이 포함된 조기 퇴직이랑 강등 중에서 선택하라고 했대. 그게 다 그가 맡은 사건 때문이었고."

"무슨 사건이었는데요?" 안드레아가 물었다.

"듀 드롭 여관 사건."

"오, 그거!" 안드레아가 외치더니 곧게 일어나 앉았다.

"언니도 기억나?"

"아니, 션과 돈이 그 여관 건물을 사들여서 편의점을 차렸다는 것만 알아."

"언니가 한창 대학 다닐 때였구나." 안드레아가 말했다.

"신문에도 났어. 그랜트 서장님이 불시단속을 해서 그 여관을 불법 도박과 주류 판매 혐의로 문을 닫게 해버렸거든."

"작년 선거 바로 전에 일어났던 일이지." 빌이 설명했다.

"신문에 아주 대서특필이 됐었어. 그 덕분에 서장님이 선거에서 압도적으로 승리를 거뒀고."

"당시 사람들 얘기로는 그랬지."

안드레아가 기억을 떠올리며 말했다.

"근데 해리 윌콕스가 그 사건에 관여했다는 기사를 읽은 기억은 없는데……"

"그야 그의 이름이 언급되지 않았으니까. 그랜트 서장님이 해리가 준비해 온 작전을 당일 날 인계받아 공을 모두 차지해 버렸어. 해리가 반항하자 그를 상사에 대한 반항 행위로 고소하고는 일찍 퇴직시켜버렸거든."

안드레아의 입이 떡 벌어졌다.

"어떻게 그럴 수가! 그랜트 서장님이 해리의 사건을 그런 식으로 강탈했다는 걸 믿을 수가 없어요!"

"하지만 사실이야. 그리고 해리가 하는 말이, 기록들을 뒤지면 증거를 찾을 수 있을 거라고 했어. 그랜트 서장님이 각종 선거에서 이기려고 가로챈 사건들이 아마 한둘이 아닐 거라고 말이지."

"말 되네, 훌륭한 살해 동기가 되기도 하고."

한나가 수첩을 꺼내 받아적으며 말했다.

그러자 안드레아가 살짝 얼굴을 찌푸렸다.

"무슨 말이야?"

"듀 드롭 여관 사건을 뺏긴 것에 대해 해리가 굉장히 불쾌해하지 않았어, 빌?"

"당연한 말씀! 일생일대의 성과였는데 그걸 빼앗아가 버렸으니 말이지. 그래도 당시엔 어쩔 도리가 없었대. 해리는 퇴직금이 필요했으니 다른 선택의 여지가 없었다는 거야."

"일생일대의 성과라." 한나가 중얼거렸다.

"정말 마음 아픈 일이었겠어. 몇 년이 지난 지금까지도 못 잊은 걸 보면 말이야. 죽이고 싶은 마음이 들었대도 무리가 아니었겠는데."

"해리가?" 빌이 깜짝 놀라며 말했다.

"그건 말도 안 돼, 한나. 해리가 어떻게 애리조나에서 여기까지 날아와 그랜트 서장님을 죽였겠어!"

한나는 커피를 한 모금 마셨다, 정말 향이 좋았다.

"딱히 해리를……, 말하는 건 아니야. 다른 사건에서 그랜트 서장님 때문에 피해를 본 누군가가 저질렀을 수도 있지. 그랜트 서장님이 다시는 그런 짓을 못하도록 말이야."

"그럼 같은 일이 반복되려는 걸 막으려고 그랬단 말이야?"

안드레아가 창백한 얼굴로 물었다.

"그래, 옛날 사건들을 잘 알고 있을만한 사람이 누가 있을까?"

빌이 어깨를 으쓱해 보였다.

"오래된 자료는 모두 다 저장되어 있을 거야. 물론 다 찾아내려면 몇 달은 걸리겠지만."

"그럴 필요 없어."

안드레아가 갑자기 신이 나 말했다.

"그럴 필요 없다고?" 한나가 물었다.

"당연하지, 관계자에게 직접 들으면 되잖아."

"하지만 그랜트 서장님은 이미 죽었잖아." 한나가 지적했다.

"또 다른 관계자 말이야, 비서."

안드레아가 말했다. 하지만 한나와 빌이 아무 말 없이 뚫어져라 자신을 쳐다보자 그녀는 곧 웃음을 터뜨리고 말았다.

"왜들 그래! 바바라 도넬리가 수년간 그랜트 서장님의 비서였잖아. 그녀라면 웬만한 사건은 다 알고 있을 거야. 안 그래?"

"똑똑해."

한나가 씩 웃었다. 남편이 살인 용의자로 몰린 만삭의 임산부 머리에서 나올 수 있는 아이디어치고는 꽤 명쾌했다.

"바바라라면 지난 선거에 대한 것들을 알려줄 수 있을 거야. 하지만 이번 건 모를 수도 있겠다. 그러니까 근래 큰 사건을 맡은 경찰이 누가 있는지 알아봐야 해. 그랜트 서장님이 이번 선거에서 이기기 위해 이용하려고 계획했을 법한 사건 말이야."

빌이 신음 소리에 가까운 한숨을 내쉬었다.

"의심받는 일은 정말 못 견디겠어! 지금이라도 당장 경찰서로 가서 동료와 몇 마디 얘기만 나눠보면 그런 일쯤은 단번에 알아낼 수 있을 텐데 그럴 수가 없으니 말이야."

"괜찮아요, 여보."

빌의 풀죽은 음성에 안드레아가 부드럽게 위로했다.

"지금으로도 충분한 도움이 되어주고 있잖아요."

"그래, 그렇지만 아직도 부족한 것 같아. 그래도 어쨌든 당신이 쉬는데 도움이 될 수 있으니 다행이지. 집 안팎 청소도 어느 정도 끝냈고. 그러니까 생각난 건데……, 다락방에 있던 오래된 패션 잡지는 상자 채로 갖다 버렸어. 당신이 올려놓고 잊어버린 모양인데, 잘했지?"

"다락방 청소를 다 끝냈단 말이에요?"

안드레아의 음성이 미세하게 떨렸고, 한나는 안드레아가 다락방에 잡지 말고 또 뭘 숨겨놓았던 걸까 궁금해졌다.

"그럼, 그 옛날 옷상자를 다 내놓고 나니 일은 한결 쉬웠어."

그러자 안드레아가 탄식했다.

"그건 트레시 의상놀이 할 때 주려고 보관했던 건데!"

"그렇게 많이는 필요 없을 거야. 열두 벌도 넘게 있던걸. 아버지께 전화했더니 와서 가지고 가셨어. 어머니가 그걸로 퀼트 하실 거래."

안드레아는 멍하니 천정만 쳐다보았다.

안드레아가 자신에게 중재자로 나서달라고 요청하는 것이 아닐까 하는 생각에 한나는 이쯤에서 그만 퇴장해야겠다고 결심했다.

"난 그만 가봐야겠어." 한나가 자리에서 일어서며 말했다.

"내일 아침 일찍 일어나야 해서 말이야."

"나도." 빌도 자리에서 일어났다.

"내일 벽에 페인트칠을 다시 할 생각이거든."

"오?"

할 말을 잃은 안드레아 대신 한나가 반응했다.

"아버지가 내일 철물점에서 페인트를 사다주시기로 했어. 밝은 노란 색으로 칠하면 좋을 것 같아, 에나멜도 좋고. 벽이 더러워지면 바로 지울 수가 있으니까 말이야."

한나는 빌을 살려야 할지 말아야 할지 심각하게 고민하는 듯한 안드레아를 물끄러미 바라보다 그녀 대신 배턴을 이어받아 대답했다.

"이번 주는 페인트칠하기 어려울 거야."

"어째서?"

"라디오 뉴스에서 이번 주는 비가 올 거라고 했거든. 습기가 많은 날에 에나멜 칠을 하면 완전하게 마르지 않아."

"정말이야?" 빌이 얼굴을 찌푸렸다.

"그런 얘긴 처음 듣는데."

"사실이야. 믿지 못하겠거든 우리 카페에 와서 작업실 창턱 아래를 만져봐. 2년 전 폭풍이 오기 전에 칠한 건데 아직도 진득진득해."

그때 안드레아가 한나에게 감사의 눈빛을 보내고는 빌에게 말했다.

"가서 재킷을 챙겨 입고 당신이 언니를 좀 차까지 바래다줘요. 살인범이 활개를 치고 있는데, 위험하잖아요."

빌이 재킷을 가지러 자리를 뜨자 안드레아가 한나에게 가까이 오라는 손짓을 했다.

"고마워, 언니. 에나멜에 대한 얘기는 정말 환상이었어."

"사실이기도 하지만, 어쨌든 다행이야."

"어쨌든 하루라도 빨리 빌의 결백을 밝혀내야만 하겠어. 그이랑 같이 종일 집에 있는 건 정말 고역이야. 불필요한 집안일을 해대고 나를 아기 다루듯 구는 건 정말이지 살인만큼 고약하다구."

한나는 안드레아의 말을 나름 심각하게 받아들였다. 서두르지 않으면 가정불화로 살인사건이 또 한 건 터질지도 모른다.

한나는 빌과 몇 분간 더 얘기를 나눈 뒤, 차에 올라탔다. 시동을 걸고 라이트를 켰는데, 들어올 때는 보지 못했던 것이 한나의 눈에 띄었다.

"빌?"

한나가 창문을 내리고 빌을 불렀다.

"왜? 한나."

"차에 미등은 언제 깨진 거야?"

"아, 그거."

빌이 대수롭지 않다는 듯 어깨를 으쓱해 보이며 말했다.

"아무래도 월요일 밤에 그렇게 된 것 같아. 화요일 아침에 출근하려고 보니 깨져 있더라고. 어쩔 수 없이 그대로 출근했다가 경찰서 검문에 걸려 수리 딱지를 끊고 말았어."

한나가 깜짝 놀라며 물었다.

"경찰서에서도 검문을 한단 말이야?"

"그럼, 일반 시민들을 훈련한 다음 경찰서 검문소에 배치해. 일종의 자원직인데, 경찰서 주차장을 들고 나는 모든 차들을 세워 검사하지."

한나가 이해했다는 뜻으로 고개를 끄덕였다.

"잠깐!"

그때 빌이 흥분된 음성으로 소리쳤다.

"월요일 저녁 퇴근할 때만 해도 검문소가 열려 있었는데, 내가 딱지를 끊지 않았다는 건 그때까진 미등이 멀쩡했단 얘기잖아. 월요일 저녁 6시부터 다음날 아침 7시 사이에 무슨 일이 있었던 게 분명해."

"그래."

한나가 자식이 자랑스러운 부모처럼 뿌듯한 미소를 지었다.

빌도 차차 논리적으로 생각하게 되었으니 말이다.

"홍보 전화업체에 대해 알아보고 있단 얘기 안드레아에게서 들었어. 내 차를 치고 달아난 사람을 찾을 수 있다면, 그리고 그 시간이 아주 적당한 때였다면, 나도 내 알리바이를 증명할 수 있을지 몰라!"

"빌의 말이 맞아. 가능성이 있어."

한나가 차에서 내려 미등을 살폈다.

"월요일 저녁에 차를 어디다가 주차했었어?"

"지금 있는 곳과 비슷해. 뒤에 차 한 대 세울 수 있을 정도 간격만 남겨뒀거든."

"손님이 오기로 되어 있었던 거야?"

"그런 건 아니고, 마침 안드레아가 트레시를 데리고 외출했던 때라 아버지더러 오시라고 해서 같이 TV 경기나 볼까 했었지."

"차라리 그랬으면 좋았을걸." 한나가 말했다.

빌의 아버지가 그때 빌과 함께 있었다면 자연히 알리바이가 증명되었을 것이다.

"그러게 말이야. 어머니가 이웃들을 저녁식사에 초대하는 바람에 외출하실 수가 없었어."

그때 거실 창문이 열리더니 안드레아가 머리를 내밀었다.

"무슨 문제 있어?"

"아니, 그 반대일지도 몰라."

한나가 빌과 미소를 교환하며 대답했다.

"월요일 저녁에 누군가가 빌의 차를 치고 갔어. 누가 그랬는지, 무슨 일이 있었던 것인지만 알아내면 알리바이를 증명할 수 있을지도 몰라."

"무슨 색 차가 치고 갔는데?"

한나가 허리를 숙여 미등을 가까이 살펴보았다.

완전히 부서져 가장자리만 간신히 매달려 있는 미등에는 어두운 노란색 페인트가 살짝 묻어 있었다.

"페인트가 조금 묻어 있는데. 황금색이야, 반짝이지 않는."

"그런 차라면 월요일 저녁에 본 것 같은데……."

안드레아가 소리쳤다.

"다시 들어와, 얘기해줄 테니. 창문을 계속 열고 있었더니 얼어 죽을 것 같아."

쿵 소리와 함께 창문을 닫아버린 안드레아를 보며 한나는 미소를 지었다. 고요한 밤공기는 그다지 차갑지 않았는데도 안드레아가 저러는 것을 보니 한 팀이라는 사실을 꽤 생색내고 싶은 모양이었다.

안드레아의 얘기를 다 듣는 데는 그리 오랜 시간이 걸리지 않았다. 한나 생각으로는 열린 창문으로 조금만 더 얘기했어도 될 만한 분량이 아니었나 싶었다. 하지만 안드레아는 자신도 함께 수사한다는 기분이

드는 것이 즐거운 듯했다.

안드레아의 얘기는 이랬다. 트레시와 함께 쇼핑몰에 갔다가 집으로 돌아오는데, 길에 차들이 가득 차 있어 황금색 벤츠 옆을 아슬아슬하게 스쳐 지나와야 했다는 것이다.

"황금색이 확실해?"

빌이 물었다.

"확실해요. 내가 만약 벤츠를 사게 된다면 적어도 저런 낡은 냉장고 색 같은 건 사지 않을 거란 생각마저 했으니까."

한나는 웃음을 터뜨렸다.

안드레아의 색 선호도는 확실했다. 60년대 말과 70년대 초에는 흰색과 더불어 황금색, 아보카도 색, 청동색 등이 가전제품에 유행처럼 사용되곤 했다. 그런 유행 지난 색들을 새 차에 입힌다는 건 안드레아에게는 미친 짓이나 마찬가지였다.

"그래서 그 벤츠는 누구 차야? 짐작 가는 사람 있어?"

"아니, 하지만 로나 쿠삭은 알고 있을 거야. 어젯밤 그 집에서 향초 파티가 있었거든. 그 때문에 길에 차가 그렇게 많았던 거야. 난 바빠서 가지 못했지만, 라스베리 향 같은 새 향초들이 많이 나왔었나 봐. 욕실에 두면 딱 좋을 것 같은데 말이지. 그럼 수건 색이랑 아주 잘 어울……"

"벤츠가 새 차였던 게 맞아?"

분명히 욕실 장식에 대한 수다로 이어질 것이 뻔한 안드레아의 얘기를 한나가 중간에서 잘랐다.

"분명히 새 차였어. 번호판도 아직 새것이었고, 내 말이 무슨 말인지 알지, 두 사람?"

그러자 빌이 씩 미소를 지었다.

"알아. 잠시만 집에 혼자 있어, 여보. 한나랑 같이 나가서 로나를 만나보고 올게."

"좋아."

한나도 빌을 따라 문으로 향했다.

레이크 에덴처럼 작은 마을에서 새 차를 샀을 때는 굳이 자랑하지 않아도 모두 알 수밖에 없었다. 로나라면 그 차의 주인이 누구인지 알고 있을 것이다.

"돌아와서 전부 얘기해줄게. 그리고 로나한테 라스베리 향초 남은 것이 있거든 그것도 하나 사올게."

5분 뒤, 빌은 베티 잭슨과 전화통화를 하고 있었다.

스피커폰으로 받고 있었기 때문에 상대방의 목소리를 한나와 안드레아도 들을 수 있었다.

안드레아가 새 향초의 향을 킁킁거리는 동안 한나는 다시 데운 커피를 홀짝이고 있었다.

"늦은 시간에 전화해서 미안해요, 베티. 정말 중요한 일이라서……."

"괜찮아요, 빌."

베티의 음성은 따뜻하고 친절했다.

"내일은 마침 휴가라 늦은 시간까지 TV 채널을 돌리고 있었어요. 새 케이블 시스템이 얼마나 놀라운지 글쎄 채널이 400개가 넘지 뭐예요. 그걸 전부 살펴보고 있었어요."

"스포츠도 있어요?" 빌이 물었다.

"남자들이 웬만큼 아는 스포츠 채널은 다 있어요."

베티가 슬며시 웃었다.

"심지어는 베마지(미국 미네소타 주 중북부 벨트래미 군의 군청소재지)에서 열리는 컬링(얼음 위에서 돌을 미끄러뜨려 표적에 맞히는 놀이) 중개도 한다니까요."

"와우! 그거 참 솔깃한데요."

빌이 인상 깊다는 듯 탄식을 했고, 안드레아가 발로 그를 쿡 찔렀다. 그러자 빌은 흠칫 놀란 듯하더니 이내 자신의 본분으로 돌아갔다.

"제 승진 소식은 들으셨어요?"

빌이 그녀의 새 차에 대해 미처 묻기도 전에 베티가 먼저 물었다.

"이젠 맥스의 조카가 운영하는 데일리의 대리가 되었어요. 코지 카우는 잘 돌아가고 있고, 예전에 제가 하던 일을 맡기려고 비서를 둘이나 더 고용했답니다. 하지만 그것 때문에 전화한 건 아닌 것 같네요. 아마 제 보험번호를 알고 싶어서 전화했겠죠. 월요일 밤에 빌의 차를 살짝 받았는데, 앞 유리창에 남긴 메모에 보험번호 적는 것을 깜빡했네요."

한나와 안드레아는 하이파이브를 했다. 하지만 아직 결론이 난 건 아니었다. 두 사람은 다시 가만히 자리에 앉아 빌의 결백을 밝힐 수 있는 결정적인 요인들이 더 나오기만을 기다렸다.

"아마 메모가 바람에 날려갔나 봐요, 베티. 유리창에 메모 같은 건 끼워져 있지 않았어요."

"정말요? 그럼 어떻게 알고 전화를……."

베티가 잠시 멈칫하더니 이내 당황스러운 웃음을 터뜨렸다.

"됐어요. 빌이 형사라는 걸 잠시 잊고 있었네요. 차주가 누구라는 것쯤은 쉽게 알아볼 수 있었겠죠. 빌의 차를 받은 건 정말 저조차도 화가 났어요. 거리 가늠을 그렇게 못 할 수가 있나요. 새로 산 벤츠가 예전에 몰던 VW(폭스바겐)보다 더 커서 헷갈렸나 봐요."

"괜찮아요, 베티. 이해합니다."

"그렇다면 고맙고요." 베티가 한결 안도한 듯 말했다.

"잠깐만 기다려요. 제 보험번호를 불러줄 테니까. 그래야 보상신고를 해요."

"그럴 필요 없어요."

베티가 수화기를 내려놓기 전에 빌이 재빨리 대답했다.

"그렇지만 제가 들은 보험은 꽤 괜찮아요. 물론 전부 보상해주진 못 하겠지만, 신청만 하면 금세……."

"괜찮아요, 베티." 빌이 또다시 가로막고 나섰다.

"테드 퀘스터의 창고에서 다른 미등을 가져다가 제가 바꾸어 끼면 되니까요."

"정말 괜찮겠어요?"

"그럼요. 보상신고를 하면 보험료가 더 오르게 되잖아요."

"좋아요, 빌. 이 방면에는 빌이 잘 알고 있을 테니까. 그럼 미등 값은 제가 낼게요. 얼마를 드리면 되죠?"

"그것도 제가 해결했어요. 그보다 제 차를 받았을 때가 몇 시였는지 기억하세요, 베티? 이건 정말 중요한 일이에요."

"기억해요."

베티가 자신감이 넘치는 목소리로 대답했다.

"저녁 9시 30분이었어요. 그날 고양이들 밥 주려고 로나의 집에서 9

시 5분쯤 나왔거든요. 그리고 집에 와서 빨래를 한 뒤 10시 뉴스를 봤
거든요."

"시간대가 확실한가요?"

"그래요, 차에 타면서 시계를 봤으니까요. 정말 보상이 필요 없겠어
요, 빌? 완전히 제가 잘못한 건데요."

"필요 없어요, 베티. 그저 다음번에 절 만나게 되거든 꼭 한 번 안아
달라고 말해줘요."

"빌의 차를 받은 것 때문에요?"

베티가 도통 모르겠다는 듯 물었다.

"그런 건 아니지만, 그 시간에 베티가 제 차를 받은 건 제 일생일대의
행운이에요."

수화기 속에서 잠시 침묵이 흐르더니 베티가 여전히 알 수 없다는 음
성으로 입을 열었다.

"좋아요. 그렇게까지 얘기한다면야."

"조금 있다가 마이크 킹스턴이 베티에게 전화해서 지금 얘기한 것을
다시 확인할 텐데, 괜찮겠어요?"

"아니."

베티가 의심스럽다는 듯 말했다.

"설마……, 그러니까, 저를 경찰에 신고하려는 건가요?"

"그런 게 아니고 그저 제 차를 받았을 때가 몇 시였는지만 말해주면
되는 거예요. 그때 제 차가 제 집 밖에 주차되어 있었다는 걸 마이크가
확실히 알 수 있도록 말이죠."

"오, 그래요. 그거라면 할 수 있어요."

베티는 뭔가 더 물어보고 싶은 듯했지만, 더 이상의 질문은 하지 않았다.

"20분 후에 영화를 봐야 하는데, 그전에 전화하라고 해주겠어요?"

빌은 그러겠다고 대답한 후 전화를 끊었다. 그리고는 바로 마이크의 핸드폰 번호를 눌러 그에게 베티의 전화번호를 알려주고 나서 안드레아와 한나를 끌어안았다.

"두 사람 다 도와줘서 정말 고마워. 다시 일할 수 있게 되다니!"

"그러게 말이에요."

빌의 결백이 밝혀진 것이 누구보다 기쁜 안드레아가 밝은 얼굴로 대답했다.

"마이크가 축하의 의미로 우리한테 아침을 사겠대."

빌이 한나를 돌아보며 말했다.

"난 내일 아침 6시까지 경찰서에 나가 이번 사건의 진척 정도를 파악해야 하니까 7시 30분에 코너 테번에서 만나기로 해."

안드레아의 얼굴에 미소가 활짝 폈다.

"오, 잘 됐어요! 나, 거기 팬케이크 정말 좋아하는데."

"당신은 말고, 여보."

빌이 안드레아에게 말했다.

"당신은 발을 올리고 좀 쉬어야 해. 언니가 포장해서 가져다줄 거야. 그렇지, 한나?"

무척 실망하는 안드레아를 보며 한나가 그러겠다고 대답했다.

어쨌든 빌과 온종일 한 집에 앉아 그의 잔소리에 시달리지 않아도 되니 그나마 다행이 아닌가. 그러한 사실을 안드레아에게도 상기시켜줘야 할 것 같았다.

"긍정적으로 생각해, 안드레아. 빌이 다시 일하게 되었잖아. 이제 마음 편히 잘 수 있다고."

"맞아."

한결 기운 차린 모습으로 안드레아가 대답했다.

"알람시계를 아침 8시 30분으로 맞춰놓을게, 언니. 그럼 언니가 팬케이크 포장해서 도착할 때쯤 일어날 거야. 어떤 걸 사올지 지금 얘기해줄까?"

"그래." 한나가 수첩을 들고 빈 페이지를 펼쳤다.

"팬케이크, 블루베리 시럽, 그리고 노른자를 살짝 익힌 계란에 베이컨, 또……."

"소금은 안 돼."

한나가 안드레아의 말을 막았다.

"알았어, 그럼 베이컨은 빼고 프라이를 먹을게. 버터가 들어가지 않은 곡물 빵이랑 젤리, 사이드 메뉴로는 고기 말고, 설탕을 조금 뿌린 토마토 정도."

한나는 얼굴을 찌푸렸다. 안드레아와 미셸은 둘 다 엄마를 닮아 토마토에 설탕을 뿌려 먹는 것을 좋아했다. 반면 한나는 아빠를 닮아 토마토에 소금을 뿌려 먹는 것을 더 좋아했다.

"그럼, 음료는?"

"초콜릿 쉐이크, 쉐이크에는 소금이 들어가지 않으니까."

"좀 이상한데."

빌이 살짝 얼굴을 일그러뜨렸다.

"아침으로 초콜릿 쉐이크를 마시는 게 말이에요?"

"어?"

빌이 어리둥절한 표정으로 되물었고, 한나는 그가 안드레아의 주문에 귀를 기울이지 않았다는 걸 알아챘다.

"뭐가 이상하다는 건데, 빌?"

한나가 재킷을 집으며 물었다. 이미 밤 11시가 넘은 시각이라 서둘러 집에 돌아가지 않으면 잠자리에 드는 시간이 더 늦어질 것 같았다.

"마이크랑 통화하는데 음악 소리가 들렸어. 마이크의 오디오는 고장 났다고 했는데."

한나와 안드레아는 서로 눈빛을 교환했다.

마이크와 쇼우나 리가 같이 있는 것을 본 두 사람으로서는 지금 마이크와 쇼우나 리가 그녀의 집에 같이 있다는 걸 어렵지 않게 추측할 수 있었다. 그리고 그건 곧 한나가 마이크를 멀리하는 동안 그가 한눈을 팔았다는 것을 의미했다.

월요일 아침은 한나의 예상보다 빨리 찾아왔다.

새벽 4시 30분, 한나는 침대 위에 뭔가가 굴러다니는 것을 느끼고는 눈을 떴다. 그건 모이쉐가 밤새 녀석의 사료그릇에서 가져다 나른 사료들이었다.

"알았어. 내가 포기다."

한나는 한숨을 내쉬며 일어나 침대 옆에 놓인 램프를 켜고는 슬리퍼를 꿰어 신었다. 모이쉐는 여전히 기존 사료를 고집하고 있었다. 그 정도면 의사표현은 충분했다.

어떻게 생각하면 모이쉐 덕분에 이렇게 일찍 일어나게 되었으니 고마워해야 할 일인지도 모른다. 이제 걸음걸이가 제대로 걸어지고, 새벽 5시쯤 운전할 수 있을 만큼 잠이 깨고 나면 마이크와 빌과의 아침식사 약속 전에 카페에 나가 오븐 작업을 모두 끝낼 수 있을 것이다.

한나는 모이쉐에게 예전 사료를 부어준 뒤 할머니가 스웨덴 플라즈마라고 불렀던 짙은 커피를 두 잔째 비우고, 다시 침실로 들어가 모이쉐의 사료 조각에 거의 묻혀버린 침대 시트를 벗겨 냈다. 그리고 침실 창문을 열고는 시트를 단단히 붙잡고 모이쉐와는 달리 새 사료를 싫어하지 않을 거리 고양이들에게 먹이를 던져주듯 툭툭 털어버렸다.

 "무엇으로 하겠어요, 한나?"

마이크가 탁자 맞은편에서 미소를 지으며 물었다.

 '쇼우나 리와 도대체 어떻게 된 건지나 설명부터 해봐요.'

한나가 속으로 생각했지만 실제로 말하진 않았다.

 "메이플시럽을 뿌린 팬케이크랑 노른자를 익힌 계란이요."

 "커피 드시겠어요?"

웨이트리스가 환한 미소로 한나에게 물었다.

 "네, 가득 부탁할게요. 어젯밤에 잠을 별로 못 잤거든요."

 "저도요."

마이크의 대답에 한나는 입을 꾹 다물었다, 어째서 잠을 못 잤느냐고

차마 물어볼 수가 없었다!

 빌이 나서서 말했다.

 "난 갓난아기처럼 아주 잘 잤어. 압박감에서 해방돼서 그런가 봐. 결

백을 증명하는 일이 꽤 힘들었거든."

 "프랑스가 아닌 걸 다행으로 생각하라고."

마이크가 커피 주전자를 들어 한나의 컵에 커피를 따라주며 말했다.

 "거기 시스템은 결백이 증명될 때까지 용의자를 감옥에 가두거든."

 한나는 또다시 입을 꾹 다물었다. 위넷카 카운티 경찰서도 프랑스의

시스템과 크게 다를 바 없어 보였다. 빌도 결백을 증명할 때까지 살인

범으로 지목받았으니 말이다.

 20분 뒤 주문한 음식이 나오고 세 사람은 열심히 접시를 비웠다. 그

리고 빌이 안드레아에게 가져다줄 음식을 포장하는 동안 한나는 마이크와 단둘이 부스에 남았다.

마이크가 한나를 향해 환하게 웃더니 그녀의 손을 잡았다.

"지난 2, 3일 동안 얼마나 보고 싶었는지 몰라요, 한나."

'2, 3일이 아니라 일주일이었어요.'

한나는 표현을 최대한 중화시키려 노력하면서 속으로 생각했다.

물론 마이크의 말을 조목조목 따져 물을 수도 있다. 어떻게 버티넬리의 레스토랑에서 쇼우나 리 퀸과 함께 즐겁게 지냈으면서 동시에 한나가 그리웠단 말인가?

"특히 어젯밤엔 한나의 도움이 무척 절실했었죠."

"오, 그래요?"

한나의 눈썹이 치켜 올라갔다. 어젯밤 마이크의 모습은 그 누구의 도움이라도 절실한 듯 보였다!

"무엇 때문에요?"

"지난번 한나가 경찰서에 왔을 때 인사했던 비서 기억해요?"

한나는 기억을 떠올려 보는 척했다.

"새로 온 비서 말인가요? 이름이 샤론 리였던가 그 비슷한 이름이었던 것 같은데."

"쇼우나 리. 미니애폴리스 경찰서에 있었을 때 함께 근무했었죠."

한나는 흥미롭다는 표정을 지어 보였다.

"그 얘기도 들은 것 같네요."

"여기로 온 지 한 달 정도 됐는데, 레이크 에덴에 아직 아는 사람이 없어요. 그녀에겐 친구가 필요해요."

'적은 어때요? 그거라면 내가 해줄 수 있는데.'

한나는 속으로 생각하고 밖으로 내뱉진 않았다. 질투처럼 궁색한 감정은 마음 깊숙이 묻어두는 것이 좋다.

"곧 생기겠죠. 마을 사람들 모두 친절하니까요."

"그건 사실이에요. 한나에게 전적으로 맡기려고 한 건 아니지만 한나가 누군가를 소개해주면 좋을 것 같아요. 그러니까……."

"로니." 한나가 마이크의 말을 가로막고 나섰다.

"뭐라고요?"

"로니 워드요."

한나는 레이크 에덴 비키니 수영복 심사대회에서 세 번이나 우승을 차지한 레이크 에덴의 제일가는 바람둥이 아가씨 이름을 말했다.

"로니가 아직도 경찰서에서 에어로빅 수업을 하나요?"

"네, 하고 있죠. 경관들 사이에 인기가 아주 좋아요."

"그럴 거예요. 쇼우나 리도 거기에 등록하면 어때요? 로니랑 나이도 비슷하고 공통점이 많을 것 같은데."

"고마워요, 한나."

마이크의 미소에 한나의 혈압이 마구 상승했다.

"한나라면 좋은 생각이 나올 줄 알았어요. 한나는 정말 좋은 사람이에요. 해결사이기도 하구요."

한나는 그 두 여자를 붙여주면 서로의 바람둥이 기질이 조금은 중화되지 않을까 생각했다.

그때 빌이 다시 부스로 돌아오는 모습이 보였다.

알리바이 하나가 만들어내는 차이란 정말 놀랍지 않은가. 다시 복직한 빌은 몸을 곧게 펴고 자신감 있게 걸어오는데다가 얼굴에는 내내 미소가 떠나지 않고 있었다.

"안드레아의 음식은 10분 내로 준비해서 한나에게 갖다 줄 거야. 마이크랑 나는 이만 가봐야 해. 오늘 할 일이 많거든."

"한나랑 더 이상 얼굴 붉히고 지내지 않게 돼서 좋군요."

마이크가 한나를 부스 밖으로 에스코트하더니 이내 그녀의 뺨에 키스를 했다. 한나는 순간 고개를 돌려 그의 입술을 훔치고픈 마음이었지만, 빌이 보고 있으니 그만두기로 했다.

"한나도 이제야 한시름 놓은 듯 보여요."

마이크가 씩 웃으며 말했다.

한나는 마이크의 말이 무슨 뜻인지 좀처럼 알 수 없었다.

"한시름 놓다니요?"

"빌이 다시 복직을 했으니 이제 사건에서 손을 떼도 되잖아요."

"맞아." 빌이 한나에게 미소를 지어 보였다.

"지금까지 도와준 건 정말 고마워. 하지만 이제 사건은 전문가들에게 맡기고 한발 물러서 있는 편이 좋겠어."

한나의 입이 떡 벌어졌다가 이내 다시 닫혔다.

"그러니까, 음……, 내가 수사에서 손 떼기를 바란단 말이지?"

"그래." 빌이 재킷의 지퍼를 올리며 대답했다.

"걱정하지 마, 한나. 이젠 전문 잠복근무 요원을 투입시켜서 상황을 자세히 관찰할 거야."

'얼마 전까지만 해도 안드레아의 밝은 푸른빛 거실을 발랄한 노란색 에나멜로 칠하려고 했던 경관에서 투입된 잠복근무 요원 말이지!'

한나의 기운 빠진 모습을 눈치 챈 마이크가 얼굴을 살짝 찡그렸다.

"우리 사건에 관여하지 말았으면 좋겠어요. 그렇게 할 거죠, 한나?"

한나는 마이크를 가만히 바라보았다.

누가 그의 말을 농담으로 듣겠는가. 하지만 지금 시점에서 사건 수사를 그만두는 것은 아직 부풀지 않은 케이크를 오븐에서 꺼내는 격이나 마찬가지였다. 그런데도 마이크와 빌은 상당히 심각했고, 그런 그들에게 일을 중도에 그만두는 것은 체질에 맞지 않는다는 얘길 하는 건 아무런 도움도 되지 않을 듯했다.

"당연히 그만둬야죠." 한나가 대답했다.

"생각보다 어리석은데."

안드레아가 팬케이크에 머리를 묻으며 말했다.

"우리가 정말로 그만두길 바라는 거야?"

"적어도 얘기론 그랬어. 그래서 그러겠다고 했고."

"그러겠다고 했다고?"

안드레아의 손에서 포크가 쨍 소리를 내며 떨어졌다.

"거짓말한 거지?"

"완전히 거짓말은 아니야. 난 진담 반 농담 반인 얘길 즐기니까. 수사를 그만두겠다고 했지만, 언제 그만두겠다고는 안 했어."

"그렇다면 달라지지."

안드레아가 안도의 미소를 지으며 말했다.

"그래서 어떻게 할 거야?"

"네가 많이 돌아다닐 수가 없으니, 일단 여기에 우리 사무실을 차려

216

야지."

"사무실을 차린다고?" 안드레아가 기뻐하며 물었다.

"사실 이미 그렇게 하는 거나 마찬가지잖아."

"좋아, 그럼 운영은 내가 맡을게. 네티가 준 명단에 있는 사람들 중 나머지한테도 모두 전화해 볼까? 알리바이가 있는지?"

"그래 주면 좋지. 화술이라면 네가 최고니까."

"당연한 말씀, 난 부동산중개인이니까. 그럼 언니는 뭘 할 거야?"

"경찰서에 가서 바바라 도넬리를 만나 보려고. 만나서 그랜트 서장님이 훔쳤을 법한 예전 사건들을 알아볼 거야. 또 간 김에 업무 스케줄도 확인해야지. 그러면 사건 당일 그랜트 서장님이 무엇을 했는지, 또 누구를 만났는지 추측해볼 수 있을 테니까."

"타임라인(시간대에 따른 행적)."

안드레아가 점잖게 고개를 끄덕이며 말했다.

"범죄영화에서 보면 형사들이 그렇게 말하더라. 그 타임라인이 아직 우리에겐 별 도움이 되지 못하고 있지만 말이야."

"그러게."

한나가 푹하고 한숨을 내쉬었다.

사건 당일 그랜트 서장님의 타임라인을 짜는 일은 장례식장에서 수상한 사람을 찾았던 일만큼이나 소용없이 끝나버릴지도 모른다.

"뭐든지 다 처음은 있는 거니까."

낙관론자인 안드레아가 한나가 디저트로 사다준 메이플 바를 집어 한 입 크게 베어 물며 말했다.

"좋아, 난 이만 갈게."

한나가 안드레아의 베개를 내려놓고, 전화기를 그녀의 손 가까이에 두고 펜이 다 닳을 때를 대비해 새 펜도 옆에 준비해주며 말했다.

그리고는 작별인사를 하고는 밖에 세워둔 쿠키단지 트럭으로 향했다. 우선 리사에게 들러 허브가 지붕공사 차량을 알아보는 일을 그만둬도 된다고 전하고, 수의사에게 들러 모이쉐에게 새 사료를 먹일 수 있는 또 다른 방편을 알아보고는 마지막으로 경찰서까지 가는 길에 쿠키를 배달할 계획이었다.

경찰서의 칙칙한 초록색 복도를 거닐다 우연히 쇼우나 리라도 만나게 된다면 마이크를 유혹하려는 그녀의 계획을 아주 정중하게 훼방 놓을 셈이었다.

"한나? 한나, 맞아요?"

경찰서 별관을 지나던 한나를 발견한 쇼우나 리가 미소를 지으며 말했다.

"마이크가 당신 얘길 해줬어요. 얼마나 친절한지. 이제 한 번 만났을 뿐인데 벌써 친구처럼 느껴져요!"

한나는 애써 기쁜 표정을 지었다. 거짓 표현을 지어낼 수 있는 것도 하루치의 한계가 있었다. 쇼우나 리에게 한 번 더 사용하고 나면 마이너스 상태가 되어버릴 터였다.

"안녕하세요, 쇼우나 리. 바바라는 휴가인가요?"

"아니요."

쇼우나 리가 무척 우울한 표정으로 대답했다.

"정말 슬픈 일이에요, 한나. 바바라가 휴직계를 냈어요. 일종의 특별

휴직 같은 거 있잖아요. 무한정 길어지면 안 될 텐데."

"그게 무슨 소리예요?"

"언제 돌아올지 모른다는 거죠."

한나의 질문에 쇼우나가 글자 그대로 대답해주었다.

"바바라가 그랜트 서장님과 굉장히 오래 동안 같이 일했잖아요. 이제 서장님이 안 계시니 일할 맛이 안 난다고 하더군요. 두 사람은 일종의 동료의식이 강했으니 말이죠. 무슨 말인지 알죠?"

"물론이죠." 한나가 말했다.

"그래서 바바라가 돌아올 때까지 당신이 바바라의 자리를 대신하는 건가요?"

쇼우나 리의 고갯짓에 맞춰 그녀의 금발 곱슬머리가 아래위로 흔들 거렸다. 그러더니 쇼우나가 한나에게 가까이 다가오며 말했다.

"이건 비밀인데요, 바바라는 복직할 것 같지 않아요. 그랜트 서장님 이 살해당했단 얘기를 듣고 몹시 상심했었거든요. 보고서도 잘못 철했 을 정도니까요."

"그랬어요?" 한나가 놀라며 물었다.

사람들에게 나무랄 데 없는 비서라고 늘 칭찬받는 바바라가 그런 실 수를 했다는 건 그녀답지 않았다.

"보고서에 무슨 내용이 들어 있는지 혹시 알아요?"

"전혀요. 내용은 별로 신경 쓰지 않았거든요. 그냥 잘못 정리된 보고 서를 찾아 제자리에 다시 철했을 뿐이에요. 거의 1시간이나 걸려 정리 했는데, 서류 하나를 도저히 못 찾겠어요. 시간이 나는 대로 다시 한 번 일일이 찾아볼 생각이에요."

"좀 이상한데요." 당당한 미소를 곁들이며 한나가 말했다.

"내용은 신경 쓰지 않았다면서 서류가 없어졌다는 것을 어떻게 알았죠?"

"그거야 파일 폴더를 보고 알았죠."

"무슨 파일 폴더요?"

"캐비닛에 아무것도 없는 파일 폴더가 하나 있었거든요."

"오, 바바라가 평소에 파일 폴더를 그렇게 보관하는 건 아니고요?"

그러자 쇼우나 리가 고개를 저었다.

"그건 아니에요. 캐비닛에 비어 있는 파일 폴더는 딱 한 개뿐이었거든요. 나머지 아직 사용하지 않은 새 파일 폴더들은 비품을 넣어두는 서랍에 따로 보관되어 있고요. 그러니까 보고서 하나가 없어진 게 맞아요, 확실해요."

"흠, 꼭 찾게 되길 바라요." 한나가 몸을 돌리며 말했다.

쇼우나 리는 자신이 아는 모든 사실을 한나에게 얘기한 듯 보였다. 어쩌면 그 없어진 보고서가 중요한 단서가 될 수도 있겠다.

한나는 바바라 도넬리를 하루빨리 만나 얘기를 나눠보고 싶어졌다.

"마침 이렇게 들러줘서 얼마나 반가운지 몰라요, 한나."

"그래요?"

한나가 다시 쇼우나 리를 향해 돌아섰다.

"네, 동생분은 좀 어떤가 물어보고 싶었거든요. 이제 빌도 복직을 했으니 한시름 놓았겠어요. 동생분이 지금 쌍둥이를 임신하신 거 맞죠?"

"아니에요."

"정말요?" 쇼우나 리가 깜짝 놀라며 말했다.

"지난번에 경찰서에 왔을 때 봤는데, 배가 어마어마하게 부르던 걸요. 물론 임신하면 다 그렇긴 하지만. 남산만 한 배는 도통 매력이 없으니까요."

"그거야 안드레아가 알아서 할 일이구요."

한나가 새침하게 대꾸했다.

쇼우나 리에게 안드레아를 비평할 권리는 없었다.

"귀여운 임부복을 많이 가진 것 같던데, 그래도 얼른 원래 몸매로 돌아가고 싶을 거예요. 빌도 그러길 바랄 테고요."

"어째서요?"

쇼우나가 또다시 가시 돋친 말을 해올 거라 각오하며 한나가 물었다.

"풍선만 한 부인한테 가까이 가고 싶은 남자가 누가 있겠어요."

한나가 전혀 웃지 않는다는 것쯤은 전혀 개의치 않는 듯 쇼우나가 가볍게 웃음을 터뜨렸다.

"동생분과 빌한테 인사 전해줘요. 난 꽤 실력 있는 비서예요. 하루빨리 빌 밑에서도 일해 보고 싶네요. 요즘 선거 준비로 바쁠 테지요."

한나는 나름 미소를 지어 보였지만, 전혀 상냥해 보이지 않는 미소가 흘렀다.

"잘못 생각하고 있어요, 쇼우나 리. 빌은 차기 서장이 되지 않을지도 몰라요."

"왜요? 그랜트 서장님도 죽고 없으니 이제 단독 후보일 텐데."

"그렇죠. 하지만 투표용지에 그랜트 서장님의 이름이 적힌 채로 이미 인쇄가 끝났잖아요."

쇼우나 리의 입 모양이 완벽한 동그라미를 그리더니 이내 얼굴을 찌푸리며 말했다.

"그럼, 사람들이 이미 죽은 사람에게 표를 던질지도 모른단 말인가요요?"

"아주 생소한 일은 아니에요."

한나가 순간의 기쁨을 만끽하며 퉁명스럽게 대꾸했다.

"그렇게 해서 그랜트 서장님의 표가 과반수를 넘으면 마이크가 서장 대리를 계속 맡아야 하겠죠. 위넷카 카운티 행정위원회에서 다시 선거를 계획할 때까지 말이에요."

쇼우나 리가 거만한 표정으로 한나를 잠시 응시하더니 이내 미소를 지으며 말했다.

"그렇게 되면 저한텐 더 잘된 일이죠. 현재 모시는 상관도 마이크고 또 전 그를 무척이나 좋아하니까 말이에요. 사실 이건 한나니까 말하는 건데, 저를 여기로 불러 비서직에 지원하게 했던 것도 마이크였어요."

"정말 내가 풍선 같다고 했단 말이야?"

안드레아의 눈이 이글이글 불타올랐다.

"끝이야. 내 눈에 흙이 들어가기 전엔 빌의 비서가 되지 못할걸!"

"네가 그렇게 말할 줄 알았어." 한나가 말했다.

"그래서 지금은 마이크 밑에서 일한다는 거야?"

"그렇대."

한나의 우울한 목소리에 안드레아의 눈썹이 치켜 올라갔다.

"걱정하지 마, 언니. 그 여잔 내가 알아서 해결할게."

"어떻게 하려고?"

"언니도 협력해야 해."

"뭔데?"

"바바라 도넬리에게 전화해서 만나자고 할 거야. 그럼 언니가 나가서 복직을 설득해. 그래야 그 여우가 다시 타이핑만 하는 따분한 자리로 돌아갈 거 아냐."

"물론 상부 부서에서는 물러나겠지만, 그래도 여전히 경찰서에서 근무하는 거잖아."

"오래 일할 순 없을걸." 안드레아가 킥킥거리며 말했다.

"그 성격에 강등당한 것 같은 대접을 받고 오래 버틸 수 있겠어? 분명히 금방 때려치우고 말 거야."

"그래도 계속 일하면?"

그러자 안드레아가 어깨를 으쓱해 보였다.

"그럼 다른 직장을 물어다주는 건 어떨지 모르겠네. 언니도 부동산중개인 일을 해 보면 알게 될 거야. 얼마나 흥미 있는 직업들이 많은지, 늘 유혹을 받는다니까."

15분 후, 한나는 하얀색 봉투를 들고 레이크 에덴 동물병원 밖을 나섰다. 봉투 안에는 오늘 아침 코너 테번에서 마이크가 산 아침식사 값보다 네 배는 더 비싼 무언가가 들어 있었다. 그래도 제대로 효과만 본다면 돈이 아깝지 않았다.

수의사가 나이 든 고양이에게 먹이는 비타민 한 병을 처방해준 것이다. 이 비타민을 매일 밤 모이쉐에게 먹이면 굳이 녀석에게 새 사료를 먹일 필요가 없었다.

한나는 차에 올라탄 뒤 봉투를 조수석 앞 서랍에 넣었다. 혹시 거리의 고양이들이 트럭 안까지 침범해 비싼 비타민을 훔쳐가지는 않을까 걱정스러웠던 것이다.

한나는 차를 몰고 리사를 만나기 위해 곧장 쿠키단지로 향했다.

"안드레아가 전화했었어요."

카페로 들어서는 한나를 리사가 맞아주었다.

"바바라가 오늘 오후 3시에 다니엘 왓슨이 하는 댄스 교습소에 간대요. 손녀딸이 연습하는 걸 보러 간다나 봐요."

"고마워, 리사. 잠깐 쉬겠어? 카운터에는 내가 있을게."

"아뇨, 괜찮아요. 오늘은 과학수업을 빼먹고 온 여학생 몇을 빼면 그렇게 바쁘지 않았는걸요. 쿠키 먹으면서 본다고 MTV(음악방송 채널)를 틀어달라고 하더라고요. 우리 카페에는 그 채널이 안 나온다고 하니까 어찌나 실망하던지. 지난 월요일 밤에 MTV에서 큰 콘서트 방송이 있었는데, 그날 동네 케이블 선에 문제가 있어서 오늘 아침에 다시 방송해주기로 했는데, 이번에도 놓치게 됐다고 속상해하더라고요."

리사의 얘길 듣던 한나의 머릿속에 뭔가가 스쳐 지나갔다.

"월요일 밤에 케이블 방송이 끊겼던 게 확실해?"

"확실해요. 그날 아빠가 영화를 보려고 하셨는데, 케이블 방송이 안 나와서 비디오 대여점에 가서 비디오테이프를 빌려왔거든요."

"마을 전체가 다 그랬어?"

"방송국에 녹음된 메시지로는 그랬어요. 레이크 에덴과 그 주변지역이라고 하던데요? 청구서에서 하루치 비용은 빼야겠어요."

"좋은 생각이야." 한나가 수첩을 꺼내 페이지를 넘겼다.

"리사가 유용한 얘길 해줬어. 근데 말이 안 되는 얘기가 하나 있네."

"네?"

"여기."

리사가 카운터로 다가오자 한나가 말했다. 홀에는 손님이 여럿 있었지만, 두 사람에게 신경 쓰는 사람은 아무도 없었다.

"네티에게 알리바이가 없어. 그날 밤 바느질 방에서 창문을 활짝 열고 혼자 바느질을 했다고 했거든. 옆집에 사는 매쉴러 가족이 혹시 네티를 보거나 네티의 소리를 듣지 않았을까 했더니 저녁에 모두 외출해서 그러지 못했을 거라고 하더라고. 그리고 케이트가 무술영화를 크게 틀어놓은 채 외출해서 무척 시끄러웠다고 했었어."

"그게 몇 시였는데요?"

"저녁 7시에서 9시."

그러자 리사가 고개를 저었다.

"그건 불가능해요. 케이블 방송이 없으면 채널이 겨우 네 개밖에 안 되는데 그 시간에 영화를 방송한 채널은 한 군데도 없었거든요. 비디오 대여점에 가기 전에 몇 번이고 확인해 봤으니까 확실해요, 정말로."

"그럼……, 테이프였단 얘긴데."

한나가 얼굴을 살짝 일그러뜨렸다.

"하지만 케이트가 비디오테이프를 넣어놓은 채 외출했을 리 없어."

"그렇죠. 근데 케이트한테 십대 아들이 있지 않아요?"

"리치. 근데 케이트가 마이크에게 그날 리치는 친구들이랑 놀러 나갔다고 했다던데."

"아니에요. 리치는 그날 친구들이랑 집에 있었을 거예요. 부모님한텐 얘길 안 했겠죠. 네티가 들었다는 소리는 그 녀석들이 보던 테이프였을 걸요. 케이트랑 제리가 집에 돌아오기 전에 얼른 본 거죠."

"비디오를 보면서 술을 마셨기 때문에 거짓말한 것일지도 모른다는 거지?"

"거기까지 눈치 채다니, 한나가 그렇게 나이 든 사람이 아니라는 사실이 새삼 반가워요."

리사가 한나의 등을 토닥였다.

"술이 아니면 여자아이들이었을 거예요. 그러면 영화는 별로 눈에 들어오지도 않았을 걸요."

"맞아. 그럼 리치랑 얘기를 해봐야 할까?"

"그럼요. 한나보다 더 어리고 십대의 정신세계를 잘 이해할 수 있는 다른 누군가가 대신 만나 봐주기를 바라는 게 아니라면요."

그러자 한나가 씩 웃었다.

"리사 말이야?"

"내가 될 수도 있죠. 마침 오늘 카페에 왔던 여학생들 중 한 명이 노트를 두고 갔어요. 학교에 전화해서 찾아가라고 할 참인데, 카페에 오면 리치 매쉴러가 누구랑 데이트를 하고 있는지 물어볼게요. 그렇게 해서 여자친구가 누구인지 알아내면 월요일 밤에 무슨 일이 있었는지 정확하게 알아볼 수 있어요."

한나는 빨간부엉이 식료품점 건물 한쪽으로 난 현관문을 열고는 2층으로 향하는 계단을 올랐다.

최근에 새로 깐 계단의 카펫 위를 밟으며 한나는 다니엘이 벽에 장식한 알록달록한 발자국 스텝 모양을 보며 감탄했다. 댄스 교습소에 한 발걸음씩 가까워질수록 희미하게 들리던 음악 소리가 점점 커졌고 마침내 2층에 도달하자 빠르지 않은 감미로운 음악이 한나를 맞아주었다. 한나는 다니엘의 교습소 모습을 가만히 바라보았다.

벽 하나를 사이로 뒷방과 붉은색 융단카펫이 깔린 공간으로 나누어져 있었는데, 영화관에서 볼 수 있는 폭신폭신한 의자 몇 개가 놓여 있고 공들여 광을 내 반짝반짝 빛이 나는 나무 마루와 전면 벽에 거울이 깔려 있었다. 거울이 없는 벽은 거리를 향해 난 창이 있었는데 높고 넓은 그 창은 안드레아가 처음 이 공간을 보여주었을 때 다니엘이 제일 마음에 들어 했었다.

머리를 젖혀 올려다본 천장에는 선로 같은 것이 달렸는데, 한나는 그것이 무언지 몰라 잠시 혼란스러웠다. 하지만 이내 창 위 오목한 곳에 매달린 붉은색 벨벳 커튼을 확인하고는 선로를 따라 커튼을 치면 다시 여러 공간을 나눌 수 있도록 장치해놓은 것이라는 걸 깨달았다.

"생각 잘했네."

한나가 다시 선로를 올려다보며 중얼거렸다.

이런 선로는 병원의 병실에서도 많이 볼 수 있다. 입원한 환자의 사생활을 보호하려고 침대 주변으로 치는 커튼 같은 것 말이다.

그때 한나가 문 앞에 서 있는 것을 본 다니엘이 달려나왔다.

"이렇게 보니 정말 반가워요, 한나! 트레시도 수업을 얼마나 잘 따라와 주는지 몰라요."

"그렇다니 다행이네요." 한나가 따뜻한 미소를 지으며 답했다.

다니엘은 정말로 좋아 보였다. 지난날 그녀의 얼굴에 늘 드리워 있던 근심과 겁먹은 토끼 같던 표정은, 남편의 폭력 때문에 어쩔 수 없이 사용해야만 했던 분장용 짙은 화장품과 함께 온데간데없이 사라지고 없었다.

"교습소 일은 잘돼요, 다니엘?"

"생각보다 잘 되고 있어요. 댄스 교습소를 내겠다고 하면 보이드는 늘 콧방귀를 뀌곤 했거든요! 레이크 에덴같이 작은 마을에서 댄스 교습소 같은 것이 잘될 리 없다면서요."

"보이드의 생각이 틀렸던 것 같네요."

한나가 마음속으로 몇 단어를 더 덧붙였다, 그 외에도 많은 부분에서 말이죠!

"수강인원도 다 찼고, 지금은 저녁에 반을 맡아줄 보조 선생님을 찾고 있어요. 그래야 좀 더 다양한 반을 만들 수가 있잖아요. 혹시 누구 추천해줄 만한 사람 없어요?"

한나는 쇼우나 리를 추천하고픈 마음이 간절해졌다. 일을 두 개나 갖게 되면 너무 바빠서 마이크와 데이트할 시간도 없겠지? 하지만 다니엘은 한나의 가까운 친구였다. 그런 친구에게 몹쓸 장난은 할 수가 없어 한나는 쇼우나 리 추천 건은 그만두기로 했다.

"생각나는 사람이 있으면 연락할게요." 한나가 말했다.

"좋아요. 조만간 볼룸댄스 반도 만들 생각인데, 벌써 대기자가 꽉 찼답니다."

한나는 깜짝 놀랐다.

"아이들이 볼룸댄스에 그렇게 관심 있어 할 줄 몰랐는데요."

"아이들도 몇 명 있긴 하지만 대부분은 어른들이에요. 그들과 함께 일하는 게 좋아요, 한나. 대부분 기초는 이미 알고 오죠. 몇 가지 기술만 익히고 연습만 하면 돼요. 치어리더팀도 있는데, 정말 재밌어요. 핼러윈 파티 때 선보일 안무를 연습 중인데, 퍼비스 씨가 연습을 위해 특별히 수업을 빼주신답니다. 남아서 보고 갈래요?"

"그러려고 왔어요. 바바라 도넬리를 만나야 하거든요. 얘기할 게 있어서요."

"그렇겠어요. 스웬슨 부인한테 한나가 사건을 수사한단 얘길 들었어요. 비서는 상관에 대해 많은 걸 아는 법이죠. 바바라는 지금 탈의실에서 여자애들 머리 손질을 도와주고 있어요. 그녀가 저기 의자에 코트랑지갑을 놓고 들어갔으니까 그 옆에 앉아요."

치어리더들이 연습할 준비가 되었는지 살펴보려 다니엘이 자리를 뜨자 한나는 바바라의 옆 자리에 앉았다.

의자는 매우 푹신해서 꼭 베개 위에 앉는 듯한 기분이었다. 의자가 얼마나 안락하고 편안한지 한나는 거의 잠들 뻔했다. 어젯밤 집에 늦게 들어온데다가 새벽부터 모이쉐의 새 사료 위를 굴러다니느라 고작 해야 4시간밖에 자지 못한 것이 화근이었다. 4시간 수면은 결코 충분하지 않다. 한나 눈가에 다크 서클은 거의 턱밑까지 내려와 있었다.

다니엘이 틀어놓은 음악은 경쾌했다. 한나는 음악을 좀 더 깊이 있게 감상하려고 쿠션감이 좋은 등받이에 기대어 눈을 감았다. 이런 음악에 맞춰 춤을 추면 정말 재미있을 것이다.

한나에게는 같이 춤출 남자가 둘이나 있다. 노먼도 댄스 수업을 들어 이제는 제법 잘 추었다. 적어도 한나가 리드하지 않아도 되었으니 말이다. 그리고 마이크는……, 흠, 마이크와 춤추는 것은 마치……, 지금으로선 상상하면 안 되는 일이었다.

한나의 어깨에 따뜻한 손이 느껴지자 한나는 미소를 지었다.

마이크가 와서 한나에게 춤을 신청하고 있다.

그는 조금 늦었다. 음악이 이미 흘러나오고 있었던 것이다.

아마 그는 바빠서 그랬을 것이다. 마이크가 한나의 어깨를 부드럽게 잡으며 그녀의 이름을 불렀고, 한나는 눈을 뜨려고 안간힘을 썼다.

여전히 음악이 흘러나오는 가운데 그가 다가와……, 다가와…….

"한나? 일어나요."

아니, 마이크가 아니었다. 이건 여자 목소리였다. 대학시절 룸메이트인가? 아니, 대학 졸업한 지가 언제인데 룸메이트일 리 없다.

"한나? 어서요, 한나."

"응?"

한나의 눈이 번쩍 떴고, 자세를 고쳐 앉았다. 그런 후 바바라 도넬리를 올려다보며 눈만 껌벅거렸다.

'내 침실에서 바바라가 뭘 하는 거지?'

"깨워서 미안해요. 한나가 코를 골기에……."

바바라가 씩 웃으며 말했다.

"음악 소리가 그렇게 큰데도 잠들다니 놀랐어요."

한나는 고개를 저었다.

"자지 않았어요. 그냥 눈만 감고 있었던 건데."

"물론 그랬겠죠."

한나는 몸이 뻐근했다. 눈은 따끔따끔했고, 의자 사이에 끼어 있던 팔은 피가 통하지 않아 찌릿찌릿 쥐가 났으며 입에는 온통 스웨터 털이 묻어 있었다.

이쯤 되면 부인할 수 없겠다. 한나는 정말 잠이 들었었다.

"바바라 말이 맞네요. 내가 진짜 잠들었었나 봐요. 그렇지만 코는 안 골았어요."

"그것도 물론 그랬겠죠."

바바라가 자리에 앉았다. 큰 키에 우아한 몸매, 검은 머리를 높게 올려 묶은 그녀의 모습은 마치 프리마돈나 같았다.

"그랜트 서장님에 대해 나랑 얘기하고 싶다고 했다면서요?"

"그래요."

"그 친구들은 한나가 여기 온 줄 모르겠죠?"

한나는 씩 웃었다, 바바라는 역시 재빠른 사람이었다.

"어젯밤 빌의 알리바이가 증명됐어요. 그래서 빌은 바로 경찰서에 복직했고요. 마이크가 축하의 의미로 오늘 아침을 샀죠. 그러면서 저더러 이제 안심해도 된다고 더 이상 수사에 관여하지 말라고 하더군요."

"마이크는 참 똑똑한 친군데, 여자 문제에는 바보가 되어버려요."

바바라가 한나와 미소를 주고받았다.

"물론 그랜트 서장님도 마찬가지였고요."

"제가 들은 바로도 그런 것 같아요. 혹시 네티가……."

바바라가 알아서 숨은 질문을 알아채고 답해주기를 기다리며 한나가 말끝을 흐렸다.

"절대로요."

바바라가 고개를 저으며 매우 단호한 어조로 말했다.

"결혼생활이 늘 꿈처럼 행복했던 건 아니었지만, 그래도 네티는 남편을 사랑했어요. 이혼했을 수는 있어도 죽였을 리는 만무해요."

"저도 그렇게 생각해요. 그럼 누구 짓인지 짐작 가는 사람 없어요?"

바바라는 잠시 생각하더니 이내 한숨을 내쉬었다.

"별로요. 물론 서장님을 싫어하는 사람은 많지만, 그들 중 누군가라고 생각하기는 참 어려워요."

그때 커튼이 움직이기 시작했고, 한나와 바바라는 동시에 천장을 올려다보았다. 30초쯤 후, 드리워진 커튼을 사이로 무대가 분리되었으며 두 사람은 탈의실에서 여자아이들이 나와 무대에서 자리를 잡고 준비하는 소리를 들을 수 있었다.

"시작하는군요." 바바라가 한나를 향해 미소를 지으며 말했다.

"2주 동안 이걸 서른 번도 넘게 본 것 같은데, 그래도 질리지가 않아요. 크리스타가 얼마나 잘하는지. 한나도 보면 좋아할 거에요."

"네, 좋을 것 같아요."

마음 한구석이 찡해 오는 것을 느끼며 한나가 대답했다.

바바라는 한나가 워싱턴 초등학교 1학년이었을 때 첫 추수감사절 학예회에서 방랑자 역을 맡아 연기했을 때 한나를 보러 오셨던 할머니와 똑같은 미소를 얼굴에 한가득 담고 있었다.

그때 할머니는 한나가 대사를 잊어버렸을 경우를 대비해 한나가 외워야 하는 대사들을 애써서 전부 외고 계셨다. 그리고 그 연극이 커튼콜(공연이 끝난 후 박수갈채로 배우들을 무대로 불러내는 것)을 받은 것에 대해 두고두고 자랑스러워하시곤 했다.

음악 소리가 점점 커지더니 이내 차이콥스키의 '백조의 호수'가 흘러나왔다. 인기 있는 공포영화 몇 편의 배경음악으로 사용되기도 했으니 핼러윈 음악으로는 안성맞춤이었다. 몇 마디가 연주되고 나자 커튼이 열리더니 치어리더들이 나왔는데, 한나는 하마터면 큰 소리로 웃음을 터뜨릴 뻔했다.

"정말 사랑스럽지 않아요?" 바바라가 속삭였다.

사랑스럽다는 표현은 이런 의상을 두고 하는 말은 아니었다. 검정 발레복과 검정 스타킹, 그리고 검은색 커다란 박쥐 날개를 어깨에 단 치어리더들은 '백조의 호수'의 암흑 버전 같았다.

한나와 바바라가 지켜보는 가운데 한 소녀가 무대 중앙으로 나와 정말 날기라도 하는 듯 떨어졌다 뛰어오르며 독무를 추기 시작했는데, 한나의 눈에 어딘가 모르게 낯이 익었다. 그리고 이내 그 소녀가 누구인지를 알아채고는 바바라를 향해 속삭였다.

"크리스타가 언제 저렇게 자랐어요?"

"눈 깜짝할 사이죠. 며칠 전만 해도 푸우 동화책을 읽고 있었던 것 같은데 말이에요. 크리스타 옆에 레아 퀘스터도 있어요."

"비아트리스의 손녀 말이죠?"

"맞아요. 비아트리스가 오늘 오지 않은 게 이상하네요. 지난주 월요일 밤을 빼고는 빠뜨린 적이 없었는데."

"제빵 교실에 왔었어요." 한나가 말했다.

"알고 있어요. 그때 우리 둘 다 연습에 오지 못하게 되어서 테드에게 연습이 끝나면 아이들을 반 친구의 생일 파티에 대신 데려다 달라고 부탁했었죠. 하지만 다시는 테드에게 부탁할 일은 없을 거예요!"

"왜요?"

"바빠서 그랬는지 어쨌는지 옷도 갈아입지 않고 학교에 들러 비아트리스의 차로 바꿔 타고 갔어야 했는데, 그러지도 않았거든요. 아이들을 테드의 작업용 트럭에 그냥 태우는 바람에 크리스타가 새로 산 파티 드레스에 얼룩이 묻었어요."

"저런." 한나가 동정 어린 대꾸를 했다.

"그런데 우리 며느리 태도가 정말 기가 막히지 뭐예요. 깨끗이 세탁해서 얼룩을 지워보려고도 하지 않고, 쇼핑몰에 가서 새 옷을 사야겠다고 하니, 원!"

"성급했네요." 한나가 조심스럽게 말했다.

"그나마 크리스타가 우리 쪽 가문의 기질을 많이 물려받았으니 망정이지! 다행히 크리스타가 그 드레스를 마가리타와 클라라 홀른벡 자매에게 가지고 갔어요."

한나는 바바라의 말이 무슨 뜻인지 금방 알아들었다.

마가리타와 클라라는 항상 교회 제대보 같은 것을 도맡아 새하얗게 세탁했으니 얼룩 없애는 방법에 대한 조언을 얻을 수 있었을 것이다.

"그래서 얼룩을 어떻게 지우는지 알려줬대요?"

"크리스타가 찾아갔을 땐 막 마을을 떠나려던 참이었대요. 이번 주말에 돌아올 거라면서요. 드레스는 일단 갖고 있으라고, 돌아오거든 봐주겠다고 했대요."

소녀들이 중앙의 스포트라이트 아래에서 한 바퀴 도는 것으로 춤은 끝이 나고 커튼이 다시 드리워졌다.

그러자 리허설을 보러 왔던 부모와 할아버지, 할머니들이 모두 박수를 쳤고, 한나도 그들을 따라 힘차게 박수를 쳤다.

"좋았어요?" 바바라가 물었다.

"훌륭했어요. 핼러윈 때 선보이면 아이들이 무척 좋아할 것 같아요. 잠시 시간 좀 내주실 수 있겠어요, 바바라? 몇 가지 물어볼 게 있어요."

"시간이라면 얼마든지 내줄 수 있어요. 아이들은 바로 학교로 돌아갈 테니 남은 일이라곤 그저 아래층으로 내려가 장을 보는 것뿐이거든요."

한나는 수첩과 펜을 꺼내 들고 그랜트 서장님이 살해당하기 전 그의 한 주간 업무 일정에 대해 물어보았다. 그리고는 바바라가 불러주는 대로 모두 적기는 했지만 딱히 이상하다고 생각될만한 것은 없었다.

"바바라가 생각하기에 조금이라도 이상했던 점은 없었어요? 이상한 전화가 걸려왔다던가? 낯선 사람이 방문했다던가?"

"없었어요." 바바라가 고개를 저으며 대답했다.

"휴가 첫날부터 계속 생각해 봤는데 이상한 점이라곤 없었어요."

"서장님이 사무실 밖에서 근무할 때가 많았다고 하셨는데……?"

"맞아요. 하지만 그것도 이상하다고 할 순 없어요. 그랜트 서장님은 솜씨 좋은 정치인이기도 했거든요. 그래서 선거 전에는 늘 큰 사건에 관여하시곤 했죠."

"큰 사건이라고요?"

바바라의 말뜻을 제대로 알고 있으면서도 한나가 물었다.

"선거에서 승리하는 데 도움이 될 만한 유명하고 큰 사건 말이에요."

"그럼 매번 선거 때마다 그러셨단 말이에요?"

"한나가 무슨 생각을 하는 건지 알겠는데, 그것에 관해서라면 난 아는 게 하나도 없어요. 그랜트 서장님은 사건에 대해선, 언론에 발표하기 전까지 나를 포함해 어느 누구와도 얘기하지 않으셨으니까요."

"좋아요. 마침 얘기가 나와서 말인데, 예전 사건들에 대한 얘길 해주세요. 자신이 맡아서 수사하던 사건을 뺏겨서 그랜트 서장님을 죽이고 싶었을 정도로 미워했던 경찰이 누가 있을지?"

바바라는 흠칫 놀라는 듯하더니 이내 미소를 지었다.

"한나는 정말 실력 있는 형사로군요! 그건 어떻게 알았어요?"

"해리 윌콕스요, 그가 전화로 빌에게 그런 일들이 살해 동기가 됐을지도 모른다고 알려줬어요."

"어떻게 보면 그 말이 맞을 수도 있겠네요. 그런 일들이 살해 동기가 되었을 수도 있죠. 하지만 사실은 그렇지 않아요. 휴가가 시작되기 전에 그런 사건들을 확인해 봤는데 그것 때문에 서장님을 죽일만한 사람은 아무도 없었어요."

"왜요?" 한나가 물었다.

"한 명은 작년에 사고로 죽었고, 또 한 명은 아내랑 유럽에 있어요. 마지막 한 명은 손녀 생일을 축하해주러 시카고에 갔거든요."

"해리도 확인해 보셨어요?"

"물론이죠. 직접 전화해서 부인이랑 통화했어요. 그날 밤에는 저녁식사 파티에 갔었다고 하더군요."

"고마워요, 바바라."

한나는 들은 얘기를 모두 수첩에 적어두었다. 바바라가 해줄 수 있는 얘기는 모두 들었으니 이제 슬슬 다음 화제로 넘어갈 차례였다.

"경찰서에 갔다가 쇼우나 리를 만났는데, 그녀가 바바라의 자리를 대신하더라고요."

바바라가 깜짝 놀란 눈빛으로 한나를 쳐다보았다.

"그래요?"

"네, 마음에 들지 않으세요?"

바바라의 얼굴은 매우 불편해 보였다.

"쇼우나 리가 일을 못하는 게 아니에요. 그녀는 실력 있는 비서니까요. 단지 그녀의 사람 대하는 기술이 조금, 그러니까……, 저라면 그녀를 뽑지 않았을 거라고만 얘기해 두죠. 만났을 때 뭐라고 하던가요?"

"잘못 철해놓은 서류들을 찾아 제자리에 정리하고 있다던데요."

그러자 바바라가 얼굴을 찌푸렸다.

"내가 실수한 거라고 사람들에게 떠벌리진 않을까 걱정이네요."

"사람들에게 말하고 다녔는지 어쨌는지는 잘 모르겠지만, 바바라의 실수라고 생각하는 건 확실했어요. 하지만 그럴 만도 하다며 수긍하는 듯했어요. 그랜트 서장님과 오랫동안 같이 일해 왔으니 서장님이 살해당한 것에 대해 충격이 컸을 거라면서요."

"그건 사실이에요." 바바라가 말했다.

"하지만 서류들을 잘못 철해놓은 건 내가 아니라 서장님이에요. 퇴근할 때면 항상 서류를 몇 개씩 집에 가져가곤 했거든요. 그러고는 꼭 본인이 직접 제자리에 정리해 두겠다고 말씀하시고는 엉뚱한 곳에 넣으시곤 했었죠."

"그렇게 비밀스럽게요?"

"오, 네. 자신이 무슨 일을 하는지 얘기하고 싶어하지 않았어요. 심지어는 나한테까지도요. 그래서 난 그를 제임스 본드라고 부르곤 했죠."

한나는 잘 생기고 매너 좋은 제임스 본드와 너무도 대조적인 자그맣고 땅딸막한 체격의 그랜트 서장님의 모습을 그려보고는 씩 웃었다.

"설마 서장님한테도 그렇게 얘기하진 않으셨겠죠?"

"아니요, 했어요. 후한 칭찬으로 여기던 걸요. 제임스 본드 역에 무척이나 빠져계셨죠. 자신이 마치 위대한 스파이라도 되는 듯 말이에요."

기억을 떠올리며 바바라가 킥킥거렸다.

"내가 그 서류들에 대해 모를 거라고 생각하셨나 봐요."

"알고 있었어요?"

"세상에, 당연하죠! 잘못 철해놓은 서류만 찾으면 무슨 서류를 가지고 가셨는지 알 수 있는 걸요."

한나는 웃음을 터뜨렸다. 하지만 문득 뭔가가 떠올라 마음속으로는 냉정을 가다듬었다.

"혹시 그 서류들이 서장님이 선거 때 이용하셨던 큰 사건들과 무슨 관련이 있지 않을까요?"

"오, 그건 아니에요. 직접 수사할 생각이었다면 계속 보관하고 계셨을 테니까요."

천천히 호흡을 가다듬던 한나의 머릿속에 퍼뜩 쇼우나 리가 했던 말이 떠올랐다.

"쇼우나 리 말로는 서류가 하나 없어진 것 같다고 하던데요."

"왜요?"

"캐비닛 안에 아무것도 없는 파일 폴더가 하나 덩그러니 있었대요."

"그렇다면 쇼우나 리의 말이 맞네요. 서류가 들어 있지 않은 파일 폴더는 절대 캐비닛에 넣지 않으니까요."

"바바라가 직접 살펴보면 어떤 서류가 없어진 건지 알 수 있을까요?"

그러자 바바라가 고개를 저었다.

"미안해요, 한나. 파일 폴더에는 라벨이 붙여져 있지 않거든요. 아마 내가 봐도 모를 거예요."

한나는 자리에 앉은 채 생각에 잠겼다. 없어진 서류가 그랜트 서장 살인사건에 중요한 단서가 되어줄 것이 분명한데, 그것을 어떻게 찾아야 할지 도통 방법이 떠오르지 않았다.

"영화에서는 정말 쉽던데."

"그렇죠! 좀 더 흥미진진하고 로맨틱하기도 하구요."

"로맨스에 대해선……, 글쎄요."

버티넬리의 레스토랑에서 쇼우나 리가 마이크에게 보였던 유혹적인 몸짓을 떠올리며 한나가 말했다.

"조만간 그만둘 거란 얘기가 있던데, 아니죠?"

"글쎄……, 이 정도면 오래 일하기도 했고, 급여도 그렇게 좋은 편이 아니라서. 조기 퇴직을 생각 중이에요."

"그만두지 마세요." 한나가 얼굴을 찌푸리며 말했다.

"왜요?"

"한 단어로 축약해서 말할 수 있어요, 쇼우나 리. 빌이 만약 선거에서 이긴다면, 그녀가 빌의 비서가 될 거예요. 그렇게 되는 건 안드레아가 정말로 원치 않거든요. 안드레아도 바바라를 만나면 비서직을 그만두지 말아달라고 부탁해 달라고 했어요."

"무슨 얘긴지 알겠어요. 그런데 만약 빌이 선거에서 진다면요?"

"그럼 마이크가 서장 대리를 계속 맡게 되겠죠. 위원회에서 새 서장을 선출할 때까지 말이에요. 그럼 쇼우나 리가 마이크의 비서가 될 테고요."

"그런 상황은 또 하나가 원치 않고?"

"그렇죠. 그러니, 바바라? 우리를 실망시키지 않을 거죠?"

"흠……." 바바라가 살짝 한숨을 내쉬었다.

"새 서장이 선출될 때까지는 계속 근무할 수 있을 것도 같네요."

그러자 한나가 미소 짓기 시작했다.

"고마워요, 바바라. 한 달 이상은 일하셨으면 좋겠어요. 그동안 안드레아가 쇼우나 리에게 계속 다른 직장을 소개해줄 거거든요."

"다른 직장이라니요?"

바바라가 영문을 모르겠다는 표정으로 물었다.

"네, 나라 밖으로 나가야 하는 일 말이죠. 우주 밖이면 더욱 좋고요."

"들어오시는 소리 들었어요."

리사가 작업실로 통하는 회전문 사이로 머리를 내밀며 말했다.

"홀이 바쁜 것 같네."

홀에서 들려오는 사람들의 왁자지껄한 소리에 한나가 말했다.

"가득 찼어요. 매쉴러가 와 있거든요."

"그래?"

한나는 재킷을 벗어 뒷문에 달린 고리에 걸어놓고는 호기심에 찬 얼굴로 리사를 쳐다보았다.

"준비되면 홀로 나오세요. 미리 말씀드릴게요. 사람들이 마이크에 대한 소문을 여기저기 퍼뜨리고 다니는데, 한나가 그들의 궁금증만 풀어주면 우리한테 관심은 끊을 거예요."

"마이크에 대한 소문이라니? 그리고 무슨 궁금증?"

손을 씻다 말고 한나가 재빨리 물었다.

"어젯밤에 마이크가 자신의 지프에 금발머리 여자와 함께 있는 것을 밥스 듀빈스키가 봤대요. 마이크의 아파트로 향하는 고속도로를 타더라는데요? 머리 하러 미장원에 가서는 사람한테 그 얘길 했나 봐요. 모두 이리로 달려왔어요."

"왜?"

이미 이유는 알 것 같았지만 한나는 물어보았다.

"한나가 금발머리 여자가 누군지 알고 있으면 그게 누군지 알고 싶은 거고, 모르고 있다면 제일 먼저 한나에게 얘기해주고 싶은 거겠죠."

"힘을 주소서." 한나가 한숨을 내쉬며 중얼거렸다.

"그냥 리사가 내가 이제 알았다고 얘기해줘."

그러자 리사가 고개를 저었다.

"그건 좋은 생각이 아니에요. 그 사람들한테 호기심 거리를 던져주지 않으면 절대 자리를 뜨지 않을 테니까요."

"알았어." 한나는 잠시 생각에 잠겼다.

"확실히는 모르겠지만, 그 금발머리는 아마도 마이크의 임시 비서인 쇼우나 리 퀸일 거라고 했다고 전해줘. 그녀가 왜 마이크의 지프를 타고 그의 아파트로 갔는지는 전혀 아는 바가 없다고도 말이야."

"그 정도면 되겠어요. 누구인지 알았으니 당장 미용실로 돌아가서 그 얘길 나누느라 서로 바쁠 테니까요. 일단 그들이 돌아가고 상황이 종료되면 얘기해줄게요."

"고마워, 리사."

한나는 아무렇지도 않은 척 최대한 마음을 가라앉히며 대답했고, 리사가 홀 밖으로 사라지자 다시 손을 씻기 시작했다. 필요 이상으로 아주 힘차게.

마이크와 쇼우나 리 사이에 무슨 일이 벌어지는 건지 알아봐야겠다. 다음번에 마이크를 만났을 때, 그가 한나에게 적극적으로 나오지 않는다면 당장 컷 앤 컬 미용실로 달려가 버티와 그녀의 손님들이 마이크에 대해 마음껏 입방아를 찧도록 할 테다!

상황이 종료되기까지는 꽤 시간이 걸렸고, 한나는 기다리는 동안 내일 쓸 당밀 크래커의 반죽을 만들었다. 완성된 반죽이 담긴 그릇을 막 냉장실에 넣고 나자 리사가 다시 회전문 사이로 머리를 내밀었다.

"다들 갔어요. 이제 나오셔도 돼요."

한나는 망설임 없이 회전문을 통과해 홀로 나갔다. 작업실에 있는 내내 자신이 겁쟁이 같다는 생각이 머릿속에서 떠나지 않았던 것이다.

한나는 카운터 뒤의 쿠키 진열장을 보고는 입이 떡 벌렸다.

"쿠키가 전부 어디 간 거야?"

"버티랑 그녀의 손님들이 모두 네 개씩 사가지고 갔어요."

"소문 거리만큼 입맛을 돌게 하는 것도 없나 봐."

한나는 커피를 따라서 리사 옆인 카운터 뒤 높다란 의자에 앉았다.

홀에는 뒷자리에 앉은 네 명의 숙녀를 제외하고는 텅 비어 있었다. 숙녀들은 그들만의 대화에 빠져 있었다.

"리치 매쉴러에 대한 얘기를 해주면 내가 진열대를 채워놓을게."

"왠지 아부성 멘트인 것 같은데요."

리사가 한나를 향해 장난꾸러기 같은 미소를 지어 보이며 말했다.

"아부성 멘트 맞아. 리치랑은 얘기해 봤어?"

"아뇨, 셰릴 쿰스와 얘기했어요."

한나의 눈살이 찌푸려졌다.

"셰릴 쿰스는 왜?"

"직접적인 관련은 없지만, 그녀의 딸인 앰버가 리치랑 만나는 사이래

243

요."

"그렇구나." 한나가 대답했다.

"그럼 월요일 밤에 앰버가 어디에 있었는지 세릴에게 물어본 거야?"

"네, 그날은 세릴이 늦게까지 일하는 날이었고 앰버는 원래 집에서 대수 공부를 하기로 되어 있었대요."

"근데 앰버가 외출을 했고, 그런 앰버를 세릴이 잡은 거야?"

"현장에서 걸려버린 거죠. 세릴의 사장이 마침 일을 일찍 끝내줘서 집에 돌아와 보니 앰버가 집에 없었던 거예요."

"저런." 한나가 대꾸했다.

"그래서 앰버는 몇 시에 집에 들어왔는데?"

"9시 45분이요. 세릴이 집에 돌아오기로 한 시간에서 정확히 15분 전이었대요."

"리치랑 같이 있었다고 했대?"

"리치네 집에서 같이 쿵푸 영화를 봤다고 했대요. 바로 옆집에서 네티가 바느질 방 창문을 열어놓은 채 작업을 하고 있었기 때문에 단둘이 있었던 건 아니라고 했지만, 세릴이 그 말을 믿지 않고 앰버의 핸드폰을 압수했다나 봐요."

"그게 벌이야?" 한나가 깜짝 놀라서 물었다.

한나에게는 핸드폰을 쥐어주는 것이 오히려 더 벌로 느껴질 것이다. 그렇게 되면 엄마가 밤낮이 전화를 걸어올 테니 말이다!

"외출금지보다 핸드폰을 압수당하는 게 더 가혹하죠."

리사가 입가에 미소를 머금은 채 말했다.

"여자애들이 전화로 수다 떠는 걸 얼마나 좋아하는지 잘 아시잖아요."

"여자애들뿐만이 아니지."

한나가 '장시간 통화의 여왕'이라고 할 수 있는 엄마를 떠올리며 한숨을 내쉬었다.

"어쨌든 수고했어, 리사. 진열대는 내가 채워놓을게."

"좋아요. 그럼 카운터는 계속 제가 보고 있을게요. 마이크가 찾아오면 어떻게 할까요?"

한나의 눈썹이 치켜 올라갔다.

"왜 마이크가 찾아올 거라고 생각해?"

"소문에 불이 붙었잖아요. 머지않아 누군가 마이크한테도 그 얘길 해줄 걸요."

한나는 잠시 골똘해졌다.

지금쯤 버티와 그녀의 손님들이 벌써 몇 사람에게 전화로 그 소문을 퍼뜨렸을 것이다. 그 몇 사람에 분명히 엄마도 포함되어 있을 테지. 엄마가 그 소문을 들었다면 안드레아에게 전화했을 것이고, 안드레아는 또 빌에게, 빌은 마이크에게 얘기했을 것이다, 그리고……

"그래, 맞아."

한나가 생각의 틀 속에서 스스로에게 외쳤다.

"마이크가 올지도 모르겠다. 만약 오거든 돌려보내."

"어떻게요?"

그러자 한나가 어깨를 으쓱해 보였다.

"몰라, 그냥 바쁘다고 해. 사실이기도 하니까."

"사실일지 몰라도 왜 보지 못할 정도로 바쁜지 궁금해 할 텐데요."

"그러네."

한나가 잠시 생각하더니 결국 두 손을 들고 말았다.

"뭐라고 해야 할지 모르겠다. 리사는 수석 졸업생이었으니까 뭔가 좋은 핑곗 생각해낼 수 있겠지."

문 닫기 한 시간 전, 쿠키단지는 남은 쿠키들을 먹으러 오거나 꾸러미나 상자로 포장해서 집에 가져가려는 사람들로 붐볐다. 그렇게 북적이던 사람들이 모두 돌아가고 오직 세 테이블만 남을 동안 리사는 열심히 쿠키를 포장하고 한나는 카운터를 지켰다.

"난 작업실로 가서 내일 구울 쿠키 반죽을 할게."

한나가 리사에게 말했다.

"그건 제가 할게요, 한나. 오늘 제빵 수업이 있잖아요."

"괜찮아, 가는 길에 햄버거 같은 걸 사서 차 안에서 먹으면 되거든. 집에 가면 옷을 갈아입고, 모이쉐 밥 주고, 녀석에게 비타민 먹이는 일밖에 없으니까."

"비타민이요?" 리사가 염려스러운 얼굴로 물었다.

"알약이에요? 고양이한테 알약 먹이는 것 힘든데. 보지 않을 때 바로 뱉어버리거든요."

"스포이트가 달린 액체야. 녀석의 입을 벌리고 방울을 떨어뜨리기만 하면 돼. 정말 쉽지."

"그렇게 쉽기만 하면 좋게요."

리사는 뭔가 더 말하고 싶은 듯했지만, 그때 앞문이 열리고 비아트리스 퀘스터가 들어왔다. 그녀는 마분지로 된 상자를 카운터 위에 내려놓앉고, 그걸 본 리사는 알쏭달쏭한 표정을 지었다.

"이게 뭐예요, 비아트리스?"

"한나가 수업 때 내주었던 과제야. 드레싱 세 개랑 상추 한 봉지, 그리고 종이 접시 묶음이 들어 있어. 손님들에게 어떤 드레싱이 제일 맛있는지 평가 좀 해달라고 부탁할 수 있을까?"

"좋은 생각이네요."

한나가 리사를 돌아보며 말했다.

"손님들에게 평가하도록 하는 거야. 그렇게 나온 결과를 종합해서 제일 인기가 좋은 드레싱을 레이크 에덴 요리책에 싣는 거지."

"이건 뭐예요?"

리사가 소스 병을 하나씩 집어 흔들어보며 물었다.

"러시안, 블루치즈, 그리고 프렌치. 테드랑 난 프렌치가 제일 좋던데, 우리만 그런 것일 수 있으니까."

"병이 마음에 들어요." 리사가 말했다.

"샐러드드레싱을 담기에 딱 맞는 크기인 것 같아요. 어디서 사셨어요?"

"어머님이 지하실에 이런 병을 세 개 선반이 가득 찰 정도로 많이 보관하고 계셨어. 내가 그걸 챙겨오는 걸 보고 테드는 미친 짓이라고 했지만, 여러모로 쓸모 있게 사용하고 있답니다."

"고마워요, 비아트리스."

한나가 따뜻한 미소를 지어 보였다.

"오늘 밤에도 수업에 오실 거죠?"

"가야지. 드레싱을 많이 만들었으니 전부 맛볼 수 있을 거야."

"좋아요. 저도 조금 일찍 가서 컵케이크 연구를 계속해 볼게요. 혹시 새로 알아낸 사실이라도 있으세요?"

"아직……." 비아트리스가 대답하며 인상을 찌푸렸다.

"어젯밤에 어머님의 옛 친구분들께도 전화를 해봤는데, 아는 사람이 한 분도 없지 뭐야. 그 중 한 분은 그 레시피가 너무 갖고 싶어서 누워 계시는 시어머님께 물어보기까지 하셨대. 이대로 사라져서는 안 된다면서. 그런데 어머님은 컵케이크 레시피는 자신만의 비밀이니 무덤까지 가지고 갈 거라고 하셨대."

그랜트 서장님은 얼마나 많은 비밀을 무덤까지 가져갔을까 생각하며 한나는 몸을 살짝 떨었다. 그 비밀들 중 하나로 인해 자기 자신도 죽음을 맞이하게 됐을 것이란 가설은 꽤 유력해 보이니 말이다.

"왜 그래, 한나?"

비아트리스가 걱정스러운 얼굴로 물었다.

"자기 무덤이라도 본 듯한 얼굴을 하고 있잖아."

"어쩌면요." 한나가 대답했다.

"드레싱 평가하는 거 리사를 도와서 나도 같이할까?"

비아트리스가 물었다.

"시간이 괜찮으면 그래도 좋겠는데요."

"시간은 괜찮아. 6시 30분까지는 폐품장에 나갈 필요가 없으니까. 마침 테드가 오늘은 늦게까지 일하니까 저녁을 가져다줘야겠네."

"매주 월요일은 일찍 문 닫으시는 줄 알았는데요."

폐품장 앞을 지날 때 보았던 팻말을 떠올리며 한나가 물었다.

"때때로 그렇게 해. 근데 오늘처럼 내가 수업이 있을 땐 테드도 일하는 게 낫겠다고 생각하는가 봐. 폐자동차는 정말 돈이 되거든."

"그렇다니 다행이네요." 한나가 말했다.

"사업이 꽤 잘 되고 있어. 분쇄기도 하나 새로 들였는데, 예전에 쓰던 것보다 훨씬 빨라. 자동차 한 대가 통째로 들어가서는 고철 덩어리가 되어 나오는 걸 지켜보는 것도 꽤 흥미진진하다니까."

"그렇겠어요."

한나는 화제에서 빠져나올 궁리를 하면서 예의 바르게 응대해주었다. 오늘의 비아트리스는 평소답지 않게 수다스러웠다.

"직접 봐야 믿을 걸. 언제 시간 날 때 들러서 구경하지 않을래?"

"그럴게요."

마침 비아트리스가 던져준 탈출의 실마리를 잡아 작업실로 달아날 구실을 만들며 한나가 말을 이었다.

"시간 얘기가 나와서 말인데요, 수업 때문에 학교에 일찍 가려면 서둘러 나가야겠어요. 그럼 이따가 봐요, 비아트리스."

한나가 주차장에서 막 차를 빼려는데 경찰차가 들어와 한나의 차를 가로막았다. 사이드미러로 보니 마이크는 경찰차에서 내려 한나의 트럭을 향해 걸어오고 있었다.

한나의 사이드미러에는 '사물이 보이는 것보다 더 가까이 있습니다.'라고 쓰여 있었는데, 지금 상황에서는 '사물이 보이는 것보다 더 화가 나 있습니다.'라고 해석해야 할 것 같았다.

한나의 트럭 조수석 문을 열고 옆자리에 훌쩍 올라탄 마이크는 머리끝까지 화가 난 듯 보였다.

"왜 마을 사람들한테 내가 금발머리 여자 때문에 한나를 버렸다고 했습니까?"

마이크의 눈동자가 이글이글 불타고 있었다.

"안 그랬어요."

"안 그랬다구요?"

"내가 그런 게 아니에요. 밥스 듀빈스키가 어젯밤 당신이 금발머리 여자를 태우고 집으로 가는 걸 봤대요."

"쇼우나 리였어요. 집에 데려다 주는 길이었구요."

"쇼우나 리랑 같이 살아요?"

"당연히 아니죠! 그저 같은 아파트에 사는 것뿐입니다. 그게 다예요. 쇼우나의 차가 고장 났는데 식료품점에 가야 한다기에 거기까지 갔다가 데려다 준 겁니다."

"오."

한나가 반가운 기색을 애써 감추며 말했다.

마이크에게 왜 식료품점 나들이가 버티넬리의 레스토랑으로까지 이어졌는지도 물어보고 싶었지만 그러지 않았다.

"쇼우나 리가 감사의 뜻으로 날 저녁식사에 초대했지만 그녀의 요리 솜씨는 믿을 만한 것이 못되기 때문에 피자를 먹으러 갔었죠."

의심이 짙었던 한나의 마음이 마이크의 얘기에 눈 녹듯이 사라져버렸다. 하지만 쇼우나 리의 요리 솜씨가 형편없다는 사실은 어떻게 알았을까 하는 의문이 생기자 한나의 마음엔 또다시 의심의 그림자가 드리워졌다.

"쇼우나 리가 요리를 못 한다는 걸 어떻게 알았는지 궁금하겠죠?"

그때 마이크가 한나의 마음을 읽기라도 한 듯 먼저 말을 꺼냈다.

"솔직히……, 그래요." 한나가 인정했다.

"경찰서에서 포트락(여러 사람이 각자 음식을 조금씩 준비해 와 즐기는 파티)을 한 적이 있었는데, 그때 쇼우나 리가 참치 요리를 가지고 왔었는데, 정말 끔찍했죠."

"오, 정말요?"

한나는 뒷목에 곤추서 있던 신경이 가라앉는 것을 느끼며 한결 편안해졌다. 마이크가 한나의 경쟁자가 결코 아니라고 말하는 여자가 적어도 요리 솜씨에는 한나를 따라올 수 없으니 말이다.

"그래도 한 가지 예외는 있어요. 브라우니는 정말 기가 막히게 만들더군요."

"멋지네요."

마이크에게 절대 브라우니는 만들어주지 말 것을 머릿속에 각인시키며 한나가 대답했다.

"내가 브라우니를 무척 좋아하거든요."

더 깊은 수렁을 파고 있다는 사실을 깨닫지 못한 채 마이크가 말을 이었다.

"거기에 쇼우나 리가 만든 브라우니라면 정말 환상이죠. 지난 목요일에는 그녀가 미니 사이즈의 마시멜로와 피칸을 넣어서 브라우니를 구워 왔는데, 입안에서 아이스크림처럼 녹더군요. 한나도 언제 한 번 먹어봐요. 카페에 내놓아도 정말 잘 팔릴 겁니다."

여름 햇살 아래에서 다정하게 손을 잡고 산책하는 상상이나 겨울날 높다란 소나무 아래에서 추위가 단번에 사라질 정도로 따뜻한 키스를 나누는 상상에서나 볼 수 있을법한 가슴 저리도록 매혹적인 마이크의 미소가 한나의 눈앞에서 빛을 발하고 있었다.

하지만 이내 마이크가 지금 쇼우나 리가 구운 브라우니를 한나의 카페에서 팔아보라고 제안했다는 것을 깨닫고는 한나는 분노하기 시작했다. 생각하면 할수록 화가 났다.

당장에라도 마이크의 정강이를 차주고 싶었다. 한나는 두 발을 바닥에 단단히 붙들어 매어두려고 안간힘을 써야만 했다.

"그럼 이제 우리, 괜찮은 거죠?"

"뭐가요?"

이 현역 경찰을 얼마나 오랫동안 괴롭힐 수 있을까 고심하던 한나가 생각 속에서 퍼뜩 깨어났다.

"내가 쇼우나 리와 함께 식료품점에 갔다가 버티넬리의 레스토랑에 갔던 것에 대해 말입니다."

"그럼요." 달리 뭐라고 대답하겠는가?

"이것도 한나가 다른 사람에게 듣기 전에 내가 먼저 말하는 게 좋을 것 같군요. 피자를 먹고 나서 쇼우나 리의 집에 가서 음향시스템을 장착해줬어요."

"이웃 간에 정이 넘치네요."

한나의 마음에서는 불꽃이 넘실거렸다.

"내가 얘기하면 그 브라우니 레시피를 한나에게도 알려줄 것 같은데, 얘기해줄까요?"

눈앞에까지 넘실대는 불꽃을 물리치느라 한나는 눈을 몇 번 깜빡거렸다.

"고맙지만, 됐어요. 브라우니는 내가 알아서 할 수 있을 것 같네요."

"한나 것도 내가 맛을 봐줄게요. 쇼우나 리가 구운 것만큼 맛이 좋은지 말이죠."

"그래요."

간단히 대꾸한 후 한나는 현역 경찰을 모욕하는 말이 튀어나올까 봐 안간힘을 다해 두 입술을 꾹 다물었다.

"빌이 기다리고 있잖아요. 이만 가 봐요."

한나가 미처 저항하기도 전에 마이크가 팔을 뻗어 그녀를 품에 안았다. 곧 마이크의 입술이 한나의 입술에 닿았고, 자신이 감성의 노예가 되어버렸다는 사실을 알면서도 한나는 마이크를 뿌리칠 수 없었다. 마이크의 키스는 분노의 불꽃과는 또 다른 열기와 잔잔함이 있었다.

"당신이 정말 그리웠어요, 한나."

한나를 좀 더 가까이 잡아당기며 마이크가 속삭였다.

덕분에 한나의 한쪽 발이 브레이크 페달 밑에 끼어버리는 우스꽝스러운 자세가 되어버렸지만, 마이크의 포옹은 여전히 가슴 떨렸다.

더없는 기쁨의 시간이 한참 지난 후에야 마이크는 마침내 한나를 풀어주었다. 한나는 고르지 못한 호흡을 가다듬느라 떨리는 한숨과 함께 심호흡을 했다.

"이번 주에 며칠 밤 같이 시간 보낼까요?"

마이크가 조수석 문을 열며 물었다.

"네?"

"이번 주에 며칠이나 저녁식사를 같이할 수 있냐고요. 여유가 생기면 시간 정해서 전화할게요."

"그래요."

한나가 대답했다, 하지만 엄마가 알려주었던 데이트 매너가 머릿속에 퍼뜩 떠올랐다.

"정말 멋진 생각이에요, 마이크. 물어봐 줘서 고마워요."

마이크는 한나의 볼을 어루만진 뒤 다시 경찰차로 돌아갔다.

마이크가 사라진 후에도 한나는 여전히 눈을 깜빡거리며 몇 번이고 심호흡을 했다. 아무리 콧대 높은 여자라도 해도 마이크 같은 남자 앞에서는 어쩔 도리가 없을 것이다.

불타올랐던 분노는 우주 밖으로 사라져버린 지 이미 오래였다.

마이크는 여전히 한나의 무릎을 후들후들 떨리게 하고, 맥박을 요동치게 하며 심장을 발끝 아래로 떨어뜨려 버리는 힘을 지니고 있었다.

한나는 안전벨트를 매고 시동을 건 후 백미러로 마이크와 빌이 완전히 사라졌는지 확인한 후 거리로 차를 몰았다.

차의 유리창은 한나와 마이크의 열기로 뿌옇게 되어 있었다. 추운 겨울날 주차장에 세워둔 차의 뿌연 유리창 안에서 연인과 키스를 나누는 십대들의 경험을 나이 서른이 되어서야 해 보다니.

"이리 와, 모이쉐. 수의사 선생님 말씀이 네 입맛에 꼭 맞을 거라고 했어. 아주 맛있다니까."

한나가 한 손으로 모이쉐를 안고 다른 한 손으로는 비타민이 든 스포이트를 쥔 채 녀석의 입을 벌리려고 애쓰고 있었다.

"잠깐 입만 벌리면 끝난다니까."

모이쉐는 원망스러운 눈빛으로 한나를 쏘아보며 굳게 입을 다물고 있었다. 평소에는 집 안을 어슬렁어슬렁 돌아다니며 잘도 야옹대고 가르랑대더니만 한나의 손에 든 스포이트를 포착한 순간부터 입을 굳게 다문 채 묵비권을 행사하다니.

"나 수업 가야 해. 시간 없어."

한나가 스포이트를 좀 더 힘입게 찔렀다.

"이것만 눈 딱 감고 삼키면 네가 좋아하는 사료를 먹을 수 있다구."

모이쉐는 목으로 가르랑 소리를 낼 뿐 여전히 입은 다문 채였다.

그 어떤 엄포나 회유도 녀석에겐 소용이 없었다. 계속해서 스포이트를 찔러 넣는 한나 손길에 녀석의 가르랑 소리를 점점 커지더니 어느 순간 녀석은 번개처럼 빠른 속도로 한나의 손에서 벗어나 카펫 위로 펄쩍 뛰어내려 침실을 향해 달아나기 시작했다.

"이런."

모이쉐를 쫓으며 한나는 앞으로 닥칠 최악의 상황이 머릿속에 그려져 신음 소리가 절로 났다. 아니나다를까 침실로 들어가 보니 녀석은 한나의 손이 닿을 수 없는 침대 밑으로 깊숙이 들어가 버렸다.

"거기 들어가면 내가 못 잡는다는 걸 너도 알고 있구나."

무릎을 굽혀 침대 밑을 살피며 한나가 투덜거렸다.

"얼른 나와 약 먹어, 모이쉐. 다른 고양이들은 다 좋아한다 말이야."

하지만 벽과 맞닿아 있는 침대 밑 어둠 속에서는 날카로운 울음소리만 들려올 뿐이었다.

한나는 바닥에 배를 깔고 누워 침대 밑으로 최대한 멀리 손을 뻗어보았다. 하지만 잡히는 것이라곤 휴지 뭉치와 발가락 부분에 구멍이 난 낡은 양말 한 짝, 그리고 볼펜이 전부였다.

한나가 다시 손을 뺄 때까지도 녀석의 울음소리를 계속되었다.

마침내 한나는 한숨을 내쉬며 바닥에서 일어섰다.

"그래, 그런 식이란 말이지. 내가 스포이트를 들고 있을 땐 입 한 번 꿈쩍 안 하더니, 이젠 마음껏 울어대는구나!"

한나의 제빵 수업을 듣는 다섯 그룹의 사람들이 모두 강의실에 들어오자 한나는 비아트리스에게 손짓해 미리 구워둔 컵케이크를 올려둔

틀로 가까이 다가오게 했다.

"하나 먹어봐요. 이번엔 장식을 안 했는데, 그래도 맛을 보면 맞게 구웠는지 알 수 있을 거예요."

"내 생각도 그래."

비아트리스가 컵케이크를 하나 집어 종이를 벗겨 내며 말했다. 그리고는 한 입 베어 물더니 조심스럽게 씹어 삼키고는 곧 고개를 저었다.

"미안해, 한나. 이것도 아닌 것 같아. 어머님의 컵케이크가 아주 짙은 맛이긴 했는데 이렇게 짙진 않았거든. 이거 혹시 땅콩버터 아니야?"

"네, 비아트리스의 시어머님께서 뭘 쓰셨는지는 몰라도 이렇게 뻑뻑한 느낌이 드는 건 아니었나 봐요. 반죽할 때부터 느낌이 좋지 않았지만, 이왕 반죽한 거 한 번 구워봤어요."

"어머님 것과는 다르지만 그래도 나름 맛은 좋아."

비아트리스가 또 하나를 집으며 말했다.

"이걸로 새 레시피를 만들어도 좋겠어, 한나."

"제 쿠키 레서피 중 이렇게 해서 탄생한 게 몇 가지 있어요. 어떤 맛을 낼까를 먼저 생각하고서 기본 쿠키 반죽을 하고 거기에 그 상상의 맛에 맞을 것 같은 재료들을 더 첨가하는 거죠. 때로는 엉뚱하게 실패해 버리기도 하지만요. 예전에 한 번은……."

"한나? 문제가 생겼어."

그때 위니 헨더슨이 한나를 향해 손을 흔들어 보였고, 한나는 하던 말을 멈추었다.

위니는 무엇 때문인지 무척 괴로운 표정을 짓고 있었는데, 그건 정말 흔치않은 일이었다. 그녀의 정확한 나이는 모르지만, 네 명의 남편을 먼저 떠나보내고 각각에게서 두 명의 자녀를 낳아 그들의 손자들과 증손자들이 거의 36명에 가까울 정도로 대가족을 이루는 연륜 있는 부인이었다.

그리고 위니의 손자와 증손자들은 세계 2차 대전 때 여성 야구팀의 선수로 활약했던, 그리고 지금도 때때로 공원에서 홈런을 날리곤 하는 정정한 위니와 함께 시간을 보내는 것을 좋아했다.

"나머지 얘기는 나중에 해줄게요."

한나가 비아트리스에게 말하고는 서둘러 위니의 작업대로 달려갔다.

"무슨 일이세요, 위니?"

위니가 재료를 섞는 그릇을 가리키며 내용물을 저었다.

"이 바나나 빵 때문에. 향은 좋은데, 반죽이 돌처럼 굳어버렸어. 내 말을 못 믿겠거든 한나가 한 번 저어 봐."

"아니, 괜찮아요." 위니가 숟가락을 건네자 한나가 고개를 저었다.

"위니 말이 맞네요. 반죽이 너무 굳어서 구워도 제대로 부풀지 않겠어요. 재료를 모두 정확히 측량해서 넣으셨어요?"

그룹에서 재료 측량을 담당하는 제럴딘 궤츠가 재빨리 고개를 끄덕였다.

"물론 그렇게 했어요. 루앤이 옆에서 지켜보기까지 했으니까 전부 두 번씩 확인한 거나 진배없죠."

"밀가루는요? 체질하셨어요?"

"아뇨." 이번엔 롤리 크래머가 대답했다.

"일부러 체질하지 않은 밀가루를 넣었어요. 한나가 시킨 대로요."

그러자 한나가 미소를 지었다.

"그러면 맞게 하셨네요, 롤리. 측량도 정확하게 했고, 재료도 모두 들어갔는데도 반죽이 이상하다면, 이건 레시피가 잘못된 거겠죠. 누구의 레시피죠?"

"레지나 토드."

위니가 레시피의 복사본을 한나에게 건네주었다.

"전화해서 레시피에 뭔가 빠진 부분이 없는지 물어볼까?"

"그럴 필요 없어요. 레지나의 레시피라면 뭐가 문제인지 뻔하니까요. 사용했던 계란을 보여주세요, 팻시."

한나의 요청에 팻시 베링거가 냉장고를 열어 계란 상자를 꺼내 한나에게 건네주었다.

"이걸 사용했는데, 괜찮은 거죠?"

"레지나의 레시피가 아니었다면 괜찮았을 거예요."

마침내 문제의 답을 찾은 한나가 안도의 한숨을 내쉬며 말했다.

안드레아의 시어머니인 레지나의 레시피를 레이크 에덴 요리책에서 빼면 사돈 간에 원수가 질 것이 분명했다.

"레지나의 레시피는 뭐가 다르지?"

위니의 질문에 한나는 자신이 아직 대답해주지 않았다는 사실을 깨달았다.

"레지나는 직접 암탉을 길러서 낳은 계란으로 요리를 해요. 근데 그 계란이 일반 식료품점에서 파는 계란에 비해 세 배는 더 크거든요. 그러니까 레지나가 계란 세 개라고 말할 때는 그녀의 집에서 나는 계란 세 개를 말하는 거예요, 일반 계란이 아니라."

무슨 말인지 알겠다는 듯 위니의 눈빛이 차분해졌다.

"계란을 더 넣으면 확실히 반죽이 더 부드러워지겠네. 근데 계란을 정확히 몇 개 더 넣어야 하지?"

"아마 이걸 알면 놀라실 걸요. 레시피에 정확한 계란 크기가 나와 있지 않다면, 항상 중간에서 가장 큰 크기에 있는 계란을 사용하세요. 중간에서 가장 큰 크기까지 어느 것이든 깨뜨리면 정확히 1/4컵이 나오거든요."

"그럼, 계란 세 개는 곧 3/4컵을 말하는 거로군."

위니가 놀라며 말했다.

"그렇게 되겠죠."

한나가 계란 상자를 다시 롤리 크래머에게 건네주었다.

"그럼 한 번 시험해 볼까요. 계란을 두 배로 넣으면 바나나 빵 반죽이 조금 부드러워질 것 같네요. 측량컵에 계란 세 개를 더 깨뜨려 넣으세요, 롤리. 그리고 포크로 잘 저어주고요. 그런 다음에 반죽이 어떤지 함께 보도록 해요. 이미 한 차례 반죽이 끝난 뒤니까 잘 섞어야 할 거예요."

롤리가 측량컵에 계란 세 개를 깨뜨려 넣은 뒤 고른 색이 날 때까지 잘 휘저어주었다. 그런 다음 측량컵을 다시 작업대 위에 내려놓고 내용물이 잠잠해질 때까지 기다렸다가 측량 수치를 읽었다.

"3/4컵이에요."

롤리는 수치를 알려주고는 그룹의 다른 사람들이 와서 확인할 수 있게끔 뒤로 물러났다.

"늘 이런 방법으로 계란을 측량해요, 한나?"

그러자 한나가 고개를 저었다.

"특별히 작거나 큰 크기의 계란이 아니면 측량하지 않아요. 그냥 눈

260

짐작으로 더 넣고, 덜 넣고 하는 거죠."

작은 체구에 비해 힘이 넘치는 위니가 풀어놓은 계란을 반죽에 넣고 다시 섞었고, 그룹 사람들이 다시 머리를 맞댔다.

"이번엔 느낌이 좋은데."

위니가 마지막으로 반죽을 휘저어준 뒤 한나에게 숟가락을 건넸다.

"한나가 직접 봐."

한나는 반죽을 저어보았다.

"이제 된 것 같아요. 반죽을 팬에 붓고 구워보세요. 제대로 구워지면 책에 실릴 레시피에 계란 여섯 개라고 수정하면 되겠어요."

완성된 반죽을 구울 때가 되자 다른 그룹 사람들도 한나에게 여러 가지 질문을 던졌고, 강의실은 어느새 달콤하고 향긋한 빵과 쿠키 냄새로 가득 찼다.

애플파이와 피칸 바, 레몬 양귀비 씨 케이크뿐만 아니라 한나의 레시피인 독일식 초콜릿 케이크 쿠키와 안드레아 시어머니의 레시피인 바나나 빵 향도 풍겼다. 한꺼번에 풍겨오는 아찔한 달콤함에 모두의 입에는 절로 침이 고였다.

한나는 이쪽 그룹에서 저쪽 그룹으로 다니며 수강생들의 질문에 답해주고, 도움이 필요한 곳에는 아낌없이 조언을 해주었다. 특히 도나 렘크가 그녀의 그룹에서 만드는 레몬 양귀비 씨 케이크를 언제 오븐에서 꺼내야 할지를 묻는 말에 한나는 전문가의 경험을 살려 성심껏 대답해주었다.

굽기 과정이 끝나고 빵과 쿠키를 식히는 동안 한나는 자리에 앉아 수강생들에게 과제로 내어줄 레시피를 분류했다. 수강생들이 자기들끼리 얘기를 나누고 있는데도 커다란 강의실 안은 꽤 고요했다.

한나는 잠시 의아해하다가 이내 지난주에 비해 다른 것이 있다는 사실을 깨달았다. 옆 강의실에서 들려오던 마이크의 수업, 즉 외침과 호루라기 소리가 더 이상 들리지 않는 것이다.

호신술 강사 역을 마이크 대신 릭 머피가 이어받았는데, 한나에게 미리 수업의 마무리 단계에는 수강생들을 밖으로 데리고 나가 주차장에 세워둔 차로 걸어가거나 어두운 공원을 걷는 등 현장 실습을 해 볼 것이라고 했었다.

한나의 수강생들은 과제물을 부여받고 완성된 빵이나 쿠키를 그룹 사람들끼리 사이좋게 나눈 뒤 모두 집으로 돌아갔다. 마지막 수강생마저 자리를 뜨자 한나는 작업대를 돌며 뒷정리가 잘 되어 있는지 꼼꼼하게 확인했다. 확인 작업을 모두 마치고 이제 남은 일은 쓰레기를 밖으로 내놓는 것뿐이다.

한나는 쓰레기봉투를 들고 밖으로 통하는 문으로 향했다. 그리고는 문을 열고 덤프스터 쪽으로 한 걸음 내디딘 후 그 자리에 멈춰 서고 말았다. 바보 같은 줄은 알지만, 죽은 그랜트 서장이 발견됐던 덤프스터로 다가가는 게 어쩐지 으스스했다.

"한나?"

한나의 뒤에서 별안간 남자의 목소리가 들려왔다.

그녀는 하마터면 쓰레기봉투를 떨어뜨릴 뻔했다. 돌아보니 릭 머피가 서 있었고, 한나는 그제야 안도의 한숨을 내쉬었다.

"깜짝 놀랐잖아요, 릭!"

"미안해요. 좀 더 일찍 오려고 했는데, 수강생 중 한 명이 집에서 쓸 수 있는 방어책을 알려달라고 하는 바람에요. 쓰레기는 저한테 주세요. 제가 대신 버릴게요."

"괜찮아요. 나도 할 수 있어요, 릭. 팔이 부러지거나 한 것도 아닌데요, 뭐."

한나가 혼란스러운 듯 물었다.

"알아요. 하지만 마이크가 저한테 수업이 끝나면 한나 대신 쓰레기를 버려달라고 부탁했어요. 그리고 차까지 데려다 주는 것도요. 마이크가 직접 올 수가 없으니 한나 혼자 다니게 하지 않게 저를 보낸 거죠."

5분 후, 한나는 차를 타고 집으로 향했다.

얼굴에는 에덴 호수의 공식 크리스마스트리를 모두 밝히고도 남을 만큼 환한 미소가 단단히 자리한 채였다.

나를 그토록 염려해서 릭까지 보내다니. 정말 자상하고 달콤한 남자가 아닐 수 없다. 쇼우나 리의 완벽한 몸매와 환상적인 브라우니를 모두 잊게 할 만큼 말이다……, 물론, 아주 완전히는 아니지만.

아침에 모이쉐에게 비타민을 먹이려다 긁힌 상처를 보호하려고 쿠키단지 작업실의 싱크대 앞에 선 한나는 장갑을 꼈다.

그때 리사가 회전문 사이로 머리를 내밀고 말했다.

"전화 왔어요, 커트 호위에요."

"알았어. 내가 금방 받겠다고 전해줘."

한나는 한숨을 내쉬며 전화기로 향했다. 오늘 아침 일이 일종의 징조 같은 것이라면 화요일인 오늘은 그다지 좋은 날이 되지 못할 것이다.

새벽 5시부터 모이쉐가 화장실에서 낚시질을 즐기는 소리에 한나는 잠에서 깨고 말았다. 전에 딱 한 번 같은 일이 벌어진 적이 있었는데, 그땐 모이쉐를 집에 데리고 온 지 얼마 지나지 않았을 때였다.

모이쉐는 영리한 녀석이었다. 어떤 행동이 한나를 언짢게 하는지 깨달은 이후로는 고인 물을 보면 장난질이었다. 물론 자기가 마실 물은 털끝 하나 건드리지 않고 말이다.

침대에서 일어나 모이쉐가 욕실 바닥에 뿌려놓은 깜짝 놀랄 정도로 많은 양의 물을 청소한 후 한나는 비타민을 먹이려고 했던 것 때문에 녀석이 일부러 이런 짓을 한 것이라는 결론을 확신하기에 이르렀다.

생존을 이어가기에 충분한 양의 커피를 섭취하고 나서 한나는 좀 전의 결론을 일종의 피해망상이라도 치부한 뒤 녀석에게 또다시 비타민을 먹이려고 시도해 봤지만, 역시나 한나에게 남은 것이라곤 깊게 긁힌 상처뿐이었다.

"여보세요, 커트."

고무 라텍스 장갑 밑에서 상처가 욱신거리기 시작하자 한나가 눈을 찡그리며 전화를 받았다.

커트는 레이크 에덴 요리책을 출간할 출판사에서 일하고 있었다.

"안녕하세요, 한나. 요리책에 어떻게 진행되어 가는지 궁금해서 전화했어요."

"잘 되고 있어요. 저녁에 학교에서 제빵 수업을 하고 있는데, 수강생들이랑 같이 레시피를 전부 시험해 보고 있거든요. 조만간 마을 사람들 전부를 초청하는 큰 규모의 포트락을 열어서 어느 레시피가 요리책에 실리면 좋을지 투표할 거예요."

"정확히 언제요?"

커트의 질문에 한나는 놀라고 말았다. 커트가 책의 출간 일정에 대해 관심을 보인 적이 없었는데 말이다.

커트도 레이크 에덴에서 와서 레시피를 맛보고 투표하고 싶은 걸까?

"아직 날짜는 정하지 않았는데, 추수감사절이 끝나고 하면 좋을 것 같다고 생각하고 있어요. 커트도 시간이 되면 오세요."

"가도록 해 볼게요. 제 비서에게 전화해서 날짜랑 시간만 알려주세요. 근데 정말 놀라운 소식이 있어요, 한나. 편집장을 설득해서 요리책이 좀 더 일찍 출간되도록 했어요. 홀리데이 시즌에 맞춰 출간하면 연휴 선물로 정말 잘 나갈 거예요."

"크리스마스 말이에요?"

"크리스마스, 하누키야(유대인의 기념 명절), 크완자(미국 흑인들의 축제일), 뭐든지요. 뷔페 레시피나 마찬가지잖아요."

"흠……, 뷔페 레시피라고도 부를 수 있긴 하지만 레이크 에덴에서는 그냥 포트락이라고 하죠."

"개인적으로도 포트락이 더 낫다고 봐요. 뭔가 좀 더 맛있다고 해야 할까요. 하지만 편집장은 책 제목에 '홀리데이'와 '뷔페'라는 단어를 꼭 넣어야 한다고 하시네요. 그래도 괜찮겠어요?"

"흠……."

"뉴욕이나 로스앤젤레스 같은 대도시에서는 그런 제목이 더 먹힐 거라더군요."

한나의 눈썹이 거의 천장에 닿을 듯 치켜 올라갔다.

커트가 처음으로 요리책을 제안해 왔을 때 한나가 생각한 판매 범위는 작은 지역 내, 혹은 기껏해야 주 단위 정도였다. 전국에 출간되리라는 생각은 꿈에도 하지 못했다.

"한나? 마을 사람들의 투표를 통해 책 제목을 이미 '그린 젤로, 레이크 에덴 포트락 요리책'이라고 정한 건 알고 있어요. 하지만 편집장은 전국적으로 봤을 때 그런 제목은 먹히지 않을 거라고 하네요. '홀리데이 뷔페'가 훨씬 낫겠다는데요. 근데 한나가 그 제목이 정말 마음에 들지 않으면 제가 다른 제목으로 다시 말해 볼게요."

"아뇨."

한나가 애써 목청을 가다듬으며 말했다.

"아니에요. 편집장님이 어련히 알아서 잘하시려고요. 포트락보다 뷔페가 더 세련된 단어인 건 사실이니까요. 근데 레시피는 모두 간단한 것들뿐인데, 괜찮을까요?"

"어떤 것들이 있는데요?"

"흠……, 우선 에드나의 으깬 감자 요리가 있어요. 매번 포트락, 아니 뷔페를 열 때마다 만들어 오는 요리죠. 그리고 저희 엄마가 만드신 하와이식 항아리 로스트도 있고, 그 외 미네소타 주에서 유명한 핫-디쉬(뜨겁게 만들어서 먹는 요리)들 몇 개요."

"먹음직스럽게 들리는데요. 갑자기 배가 고프군요, 한나."

"공감이에요."

역시나 살짝 배고픔을 느낀 한나도 대답했다.

"근데 편집장님이 세련된 제목을 원하신다면 레시피 제목도 세련된 것으로 바꾸길 바라지 않을까요?"

"이를테면?"

"이를테면……, 미네소타 핫-디쉬 대신 미네소타 카술레(강낭콩과 여러 가지 고기를 오랫동안 쪄서 만든 프랑스 요리) 같은."

"아뇨, 핫-디쉬도 좋아요. 핫-디쉬가 가족이나 친구들과 함께 오붓한 저녁식사를 상상하게 되거든요. 그러니 레시피 제목은 그냥 그대로 두도록 하죠, 한나. 뭔가 다른 의견이 있거든 그때 가서 다시 한 번 의논해 봅시다."

"마감일은 여전히 같은 거죠?"

그러자 커트가 웃음을 터뜨렸다.

"안 됐지만 그렇지 않아요. 사실은 그것 때문에 전화한 거예요. 한나가 서둘러줘야겠어요."

"얼마나요?"

한나는 숨을 삼켰다, 커트의 대답이 흔쾌히 들릴 것 같지 않았다.

"3주 내로 전부 마쳐야 해요."

"3주라구요?!"

한나는 너무 놀라 수화기를 떨어뜨릴 뻔했다.

"원래 석 달이었잖아요!"

"알아요. 하지만 정말 굉장한 기회예요, 한나. 한나의 요리책을 베스트셀러로 만들려고 편집장이 가능한 모든 노력을 다 퍼부으려고 해요. 마감일이 너무 촉박해져서 갑자기 일이 많아져 버린 건 잘 알겠지만, 마을 사람들이 자신의 레시피가 책에 실린 것을 보며 뿌듯해 할 것을 생각해 봐요."

"생각 중이에요. 생각 중이라구요."

한나가 대답했다, 사실이기도 했고 말이다. 누군가 도와줄 사람이 있다면 가능할지도 모르겠다.

"편집장에게 한나가 수락했다고 전할까요?"

한나는 심호흡을 했다. 그리고는 이미 초과하여 넘치는 한나의 접시에 반드시 도움의 손길을 받아야만 할 문장을 내뱉었다.

"네, 커트. 그렇게 전해줘요."

1시간 뒤 한나는 레이크 에덴 약국의 카운터로 향하고 있었다.

존 워커에게 찾아가 상처 난 곳에 항생 연고라도 바르라며 리사가 고집을 부렸던 것이다. 모이쉐가 할퀸 상처가 어느새 부풀어 올라 만질 수도 없을 만큼 쓰라렸다.

"안녕, 한나. 손은 왜 그래?" 존이 한나를 맞아주었다.

"모이쉐가 할퀴었어요."

한나는 존이 볼 수 있도록 손을 앞으로 내밀었다.

"리사가 항생 연고라도 바르면 나을 것 같다고 하기에."

"똑똑한 아가씨군. 고양이한테 할퀸 건 위험할 수도 있어요. 고양이 열병이라고 못 들어봤어?"

"저희 아버지가 차고에서 틀어놓으셨던 옛날 로큰롤 가사에서 딱 한 번 들어본 적 있어요. 담쟁이덩굴 독에 관한 얘기도 있었는데."

"악성 고양이 열병은 병원에 입원해야 할 정도야. 하지만 걱정하지 말아요, 한나. 이런 경우는 수백 번도 넘게 봐왔으니까. 감염을 막으려면 항생제를 먹어야 하는데⋯⋯, 우선 연고부터 줄게. 처방전을 받는 데는 시간이 좀 걸릴 거예요. 오후 쉬는 시간에 내가 한나 카페에 잠깐 들러서 전해줄게. 사례는 쿠키 몇 개면 돼."

"쿠키라면 얼마든지요. 근데 처방전까지는 필요 없는데⋯⋯."

"나이트 박사님께 전화하는 즉시 처방전이 필요해질 걸. 여기 연고 있어요. 아침, 오후, 저녁 이렇게 세 번 바르고, 긁힌 곳이 물에 닿지 않게 해요."

5분 후, 한나는 다시 쿠키단지 안으로 들어섰고 마침 리사는 전화를 받고 있었다. 그녀는 한나에게 손짓을 해보였고, 한나는 카운터 뒤로 들어가 리사 옆에 섰다.

"안드레아예요." 리사가 말했다.

"작업실에서 받아요. '그것'에 대해 새로운 정보가 있다는데요. 한나가 수화기 들 때까지 끊지 않고 있을게요."

한나는 작업실로 들어가 여유 있게 항생 연고를 듬뿍 바른 뒤 수화기를 집었다.

"내가 받았어, 리사."

"그럼 전 끊을게요."

리사가 대답하고는 찰칵 소리와 함께 수화기를 내려놓았다.

"안녕, 언니." 안드레아가 반갑게 인사했다.

"선과 돈에게 지난 월요일 밤에 대한 완벽한 알리바이가 있다는 걸 얘기해주려고 전화했어. 그날 고속버스가 저녁 8시 전에 도착했는데, 타이어에 구멍이 났었대. 그래서 선이 운전사를 도와 타이어를 교체하는 동안 돈은 다른 승객들과 함께 버스 안에서 기다리고 있었대."

"좋아, 기억해 둘게."

"그리고 네티의 명단에 오른 사람들에게 전부 연락해 봤는데, 다들 알리바이가 있었어."

한나는 깜짝 놀라 침을 꿀꺽 삼키고 말았다.

"전부 말이야? 정말 많았잖아!"

"아니, 별로. 경찰서의 각 부서에 개인적으로 연락해서 마이크와 빌이 확인해놓은 자료를 손에 넣었거든."

"역시."

한나가 안드레아에게는 보이지도 않을 엄지손가락을 올리며 말했다.

"같은 일을 두 번 반복할 필요 없지. 알리바이를 다 적어두었으니 나보고 선별하라는 거야?"

"아니, 그것도 내가 이미 다 했어."

"네가? 언제 시간이 나서?"

"이건 부동산 학교에서 배운 협상의 비밀이야. 그 옛날 향수 광고 생각나? '그녀에게 무엇이든 약속하라, 하지만 아르페주를 선물하라.' 라고 했던?"

"아니."

"흠, 향수 냄새를 한번 맡아보면 생각날 거야. 그러니까……, 생각의 차이란 얘기야."

"알았어."

한나는 답보다는 질문을 더 많이 산출해내는 안드레아의 설명을 재빨리 끝내기 위해 대충 대꾸했다.

"자, 이젠 뭘 할까? 난 완전히 소파에 묶여 있는 신세야. 할 수 있는 일은 이미 다 했고, 이대로 계속 앉아 있기만 하면 미쳐버릴 것 같아."

"그다지 할 일이……."

한나가 안타까운 대답을 던지려는 순간 안드레아의 지루함을 한 번에 날려버릴 수 있는 묘안이 퍼뜩 떠올랐다.

안드레아의 타이핑 속도는 확실히 한나보다는 빠를 터였다. 커트 호위가 갑작스레 당겨버린 마감 일정 탓에 그 많은 량의 원고를 언제 다 타이핑해야 하나 고민했었는데 정말 잘된 일이지 않은가.

"뭐야?" 안드레아가 물었다.

"내가 해줄 수 있는 일이 생각난 거지?"

"그래, 네 노트북 쓸 수 있어?"

"안 그래도 지금 쓰고 있어. 뭐가 필요한데?"

"나 대신 타이핑 좀 해줄래? 정말 중요한 일인데."

"무슨 타이핑?"

"레이크 에덴 요리책에 들어갈 레시피. 이제 더 이상 '레이크 에덴 요리' 책이라고 부를 수 없게 됐지만 말이야. 이젠 '홀리데이'나 '뷔페'가 들어간 제목으로 불러야만 해. 그래도 레시피 타이틀은 바꿀 필요가 없으니 다행이지 뭐야."

수화기 건너편에서 잠시 침묵이 흘렀고, 마침내 안드레아가 근심스러운 목소리로 다시 입을 열었다.

"언니, 처음부터 다시 설명해 봐. 지금 무슨 소릴 하는지 하나도 못 알아듣겠어."

한나는 커트 호위의 전화와 마감 일정이 당겨진 사연에 대해 안드레아에게 전부 설명해주었다.

"그럼, 홀리데이 시즌에 맞춰 출간된다는 거야?"

안드레아가 물었다.

"그렇대."

"그렇다면 당연히 타이핑해줄게. 얼른 가져와, 바로 시작하게."

한나는 시계를 쳐다보았다.

"여기서 11시쯤 출발할게. 네 점심도 사다주고 말이야. 뭐 먹고 싶어?"

"피자. 하지만 염분이 너무 많아서 먹을 수 없어."

"그럼 먹을 수 있는 게 뭐가 있는데?"

"여기 목록이 있어."

수화기에서 종이가 부스럭거리는 소리가 들리더니 이내 안드레아의 목소리가 흘러나왔다.

"지금 내 식단표를 보고 있는데, 뭐든 맛이 없는 거면 전부 먹을 수 있는 것 같아."

한나는 웃음을 터뜨렸다. 안드레아는 가끔 이렇게 무심한 듯 사람을 배꼽 잡게 한다.

"주방장 특선 샐러드 같은 건 어때? 드레싱이 곁들어진. 가는 길에 로즈의 카페에서 사 갈게."

"좋은 생각이야. 근데 디저트는? 쿠키도 좀 가져다줘."

"그래. 어떤 쿠키로 가져갈까?"

"초콜릿이랑 피칸이 든 것으로. 내가 초콜릿에 깜빡 넘어가는 건 언니도 알지? 피칸도 내가 제일 좋아하는 견과류고. 근데 새로 쿠키를 구울 시간은 없겠지?"

"시간 있어."

안드레아만을 위한 스페셜 쿠키의 레시피를 이미 머릿속에 그려두는 한나였다.

안드레아를 위한 피칸 디바인즈

오븐은 176℃로 예열합니다. 틀은 오븐의 중앙에 두세요.

재료

녹인 버터 2컵 / 백설탕 3컵 / 흑설탕 1과1/2컵

바닐라 4티스푼 / 베이킹소다 4티스푼 / 소금 2티스푼

거품 낸 계란 4개 / 밀가루 5컵(체질할 필요 없어요)

초콜릿칩 3컵 / 잘게 다진 피칸 4컵

만드는 법

1. 버터(전자레인지에 넣고 녹이면 간편해요)를 녹인 후 백설탕과 흑설탕을 넣고 섞습니다. 거기에 바닐라와 베이킹소다, 소금을 넣고 다시 한 번 섞어줍니다. 그런 후 거품 낸 계란을 넣고, 밀가루 분량의 반과 초콜릿칩, 잘게 다진 피칸을 넣은 다음 잘 저어줍니다. 마지막으로 남은 밀가루를 모두 넣고 잘 섞습니다.

2. 쿠키틀에 기름칠을 합니다. 만약 반죽이 너무 끈적거리면 잠시 식혀두었다가 다시 시도해 보세요. 틀 위에 일정한 모양으로 반죽을 배열했으면 쿠키가 먹음직스러운 황갈색이 될 때까지 10~12분간 오븐에서 구워줍니다.

3. 쿠키틀 위에서 2분 정도 식힌 다음 선반으로 옮겨 나머지 식힘 과정을 거칩니다.

안드레아는 지금껏 맛본 쿠키 중 최고라며,

제가 자신의 목숨을 살렸다고 하던데요.

쿠키단지의 금전등록기 뒤에 놓인 높다란 의자에 앉아 자신만의 세상을 관망하는 한나는 기분이 아주 좋았다.

테이블마다 손님들로 가득 차 저마다 커피나 차와 함께 쿠키를 먹으면서, 바쁘고 분주하게 자신들만의 대화를 즐기는 것이다.

진열대의 쿠키도 든든하게 채워놓았고, 카운터도 이보다 더 반짝일 수 없었으며 테이블마다 놓인 설탕과 크림, 인공감미료도 모두 가득 채워져 있었다.

안드레아에게 레시피와 함께 로즈의 가게에서 포장한 주방장 특선 샐러드도 가져다주었으니 리사가 점심을 먹고 돌아올 때까지 할 일은 아무것도 없었다.

"안녕, 한나!"

그때 존 워커가 카페 안으로 들어와 카운터 앞 자리에 앉았다.

"여기 처방전을 가져 왔어. 나이트 박사님이 두 알은 지금 바로 먹고, 나머지 한 알은 오늘 밤 자기 전에 먹으라고 하시네. 그리고 내일부터는 한 번에 한 알씩 하루 세 번 먹고."

"고마워요, 존."

한나는 하얀 종이봉투를 건네받아 카운터 밑에 넣어두었다. 그리고는 존이 가장 좋아하는 오트밀 당밀 쿠키 세 개를 집어 냅킨과 함께 건넨 후 따뜻한 커피를 한 잔 가득 따라주었다.

"직접 뽑은 거예요. 개인적인 부탁을 들어줘서 고마워요."

"별거 아닌데 뭐. 박사님이 처방해준 경구용 항생제는 원래 비싼 건데, 한나에겐 특별히 할인가에 줄게. 한나의 보험이 약품에는 적용되지 않는다는 걸 알고 있으니까."

"얼마나 비싼데요?"

한나가 숨을 참으며 물었다.

이번 달 재정이 적자는 아니었지만, 그래도 여유가 있지는 않았다. 모이쉐의 예방접종과 진료비, 거기에 사람이 먹는 것만큼이나 비싼 비타민까지 사느라 예상 외로 지출이 많았던 것이다.

"봉투 안에 영수증을 넣어두었어."

한나는 약 봉투 안에서 영수증을 꺼내 금액을 확인했다. 조그마한 약한 병이 80달러라니!

"구매가격에 따른 쇼크sticker shock로군."

존이 안타까운 듯 말했다.

"테드 퀘스터도 똑같은 표정을 짓더라고."

"테드도 이 약을 샀어요?"

"더구나 처방전을 받자마자 약국에 있던 모든 사람들에게 가격을 얘기하는 바람에 할인도 못 해줬어. 지난주에 일하다가 날카로운 금속에 팔을 베었나 보던데. 그 자리에서 바로 소독을 했으면 됐을 텐데, 그러지 않아서 상처가 감염됐더라구."

"저런, 안됐군요. 잠깐만요, 존. 가방에서 수표책을 꺼내올게요."

잠시 후, 돈 계산이 끝나고 존이 커피를 홀짝이는 동안 한나는 다시 자리에 앉았다.

"이번 핼러윈 때도 약국을 장식할 건가요?"

한나가 물었다.

"안 그래도 여직원들이 준비하고 있어요. 미치광이 과학자처럼 분장하고서 카운터 뒤에서 별안간 튀어나와 비커에 든 수상하게 끈적이는 액체를 휘휘 휘젓는 퍼포먼스가 없다면 아이들이 크게 실망할 테니까."

"상점 주인들의 분장이 정말 볼만 하죠. 리사는 지금 창가에 장식할 호박을 조각하고 있어요."

"어떤 의상을 입을 건데요?"

"리사는 검은 고양이 분장을 할 거예요. 지난주에 저한테 의상도 보여줬어요."

"리사가 입으면 귀여울 것 같네요. 근데 난 한나를 물어본 건데."

그러자 한나가 고개를 저었다.

"전 그냥 작업실에 있을 거예요. 그러면 의상을 입지 않아도 될 테니까요. 근데 만약 홀에 나와 있어야 한다든가 하는 일이 생길 때는 작년에 입었던 의상을 입을 거예요. 쿠키의 유령 의상 말이에요."

"그래도 커뮤니티 센터에서 열릴 파티에는 올 거지?"

"빠질 수 없죠. 더구나 그날 안드레아는 종일 다리를 높이 올린 채 집에 있어야 해서 제가 트레시를 데리고 가야 해요."

"아기 때문에?"

"나이트 박사님의 명령이시죠."

"그럼 파티 때 쿠키도 가져 올 건가요?"

"물론이요. 늘 그랬던 것처럼 240개 정도로 준비할 거예요. 근데 문제는 어떤 쿠키를 가져갈지 아직 정하지 못했다는 거죠. 핼러윈에 걸맞게 특별한 걸 준비하고 싶은데……."

"옥수수 쿠키는 어때요? 인디언 보호 거주지에 살 때 우리 어머니께서 핼러윈 때마다 구워주셨는데."

"옥수수 쿠키요?"

한나는 혼란스러웠다.

옥수수 쿠키는 지금까지 한 번도 들어본 적이 없었다. 물론 아메리카의 본래 거주인인 인디언들이 주식으로 옥수수를 먹었다는 사실은 알고 있었지만 말이다.

핼러윈에 옥수수 쿠키를 굽는 것은 어느 한 인디언 부족의 전통인 듯하지만, 한나에게는 생소하기만 했다. 사실 인디언 문화에서 핼러윈이 도대체 무슨 기념이 된단 말인가.

"왜 그래요, 한나? 옥수수 쿠키에 대해 들어본 적 없어요?"

"네, 없어요."

다음 말을 어떻게 이으면 좋을까 한나는 잠시 고민했다.

"그게, 음……, 옛날 인디언들의 레시피인가요?"

존은 고개를 뒤로 젖히고 배꼽이 빠져라 웃어대기 시작했다.

테이블에 앉아 있던 몇몇 사람들이 놀라 그를 쳐다봤을 정도였다.

웃음이 간신히 잦아들자 그가 애써 입을 열었다.

"옛날 인디언들의 레시피? 어쩌면 한나 말이 맞을 것도 같군요. 우리 어머니도 옛날 인디언이니까."

"그런 뜻이 아니었어요!"

한나도 존과 함께 킥킥거리며 맞받아 쏘아주었다.

"어쨌든 어떤 쿠키인지 정말 알고 싶어요. 그럼 옥수수 쿠키는 민족적 성격이 짙은 건가요, 아니면 부족적? 그것도 아니면 정치적으로 뭐라고 해야 하죠?"

그러자 존은 어깨를 으쓱해 보였다.

"나도 잘 모르겠군요. 내가 아는 한 우리 지역에서 옥수수 쿠키를 구운 건 우리 어머니뿐이셨으니까."

"생옥수수를 쓰셨어요? 아니면 통조림 옥수수를 쓰셨어요?"

한나가 물었다.

핼러윈용 쿠키로 구워보아도 좋겠다는 생각이었지만, 존은 또다시 웃음을 터뜨렸다.

"둘 다 아니에요. 진짜 옥수수를 쓴 게 아니거든요, 한나. 우리 어머니는 호박 쿠키를 구워서 그 위를 옥수수 캔디로 장식했어요."

한나는 굳은 결심으로 아파트 계단을 올랐다. 이번에야말로 모이쉐에게 비타민을 먹이리라.

카페 손님들에게 고양이에게 약을 먹이는 방법에 대한 조언도 여럿 들은 뒤라 그 중 몇 개는 확실히 효과가 있을 것 같았다. 우선 두껍고 긴 소매의 셔츠를 입어야 한다.

이 점에 대해서는 모두의 의견이 일치했다. 그리고 할큄이나 물릴 것에 대비해 장갑도 껴야 한다.

트루디 슈먼은 모이쉐를 단단히 묶어서 움직일 수 없도록 한 뒤 두 손을 사용해서 약을 먹여야 한다고 했는데, 심지어 모이쉐의 두 발을 두꺼운 테이프로 꽁꽁 감아두라고까지 했다.

하지만 한나는 그런 조언은 한 귀로 듣고 한 귀로 흘려버렸다. 트루디가 고양이를 싫어한다는 사실은 누구나 다 알고 있으니 말이다.

번 크레인슈미트는 모이쉐를 진정시키고 나면 비타민을 먹이는 일이 쉬워질 거라고 했지만, 그 얘길 하는 순간 진정제를 먹이지 않고서야 모이쉐를 진정시킬 수 없다는 커다란 단점을 깨닫고 말았다.

리사는 고양이의 공격에 대한 방어책을 내놓았는데, 한나는 그 방법을 써볼 참이었다.

커다란 수건으로 모이쉐를 돌돌 감싸 할퀼 수 없도록 한 다음 한나와 얼굴을 마주 보는 방향으로 녀석을 다리 사이에 끼운다.

그렇게 되면 두 손을 자유롭게 쓸 수 있으니 한 손으로 모이쉐의 코를 막아 입으로 숨을 쉬게 한다. 그렇게 하면 녀석이 어쩔 수 없이 입을 열게 될 테니 바로 그때 비타민을 투여하는 것이다.

"나 왔어."

한나가 아파트 문을 열고 안으로 들어서자, 평소 같으면 천둥처럼 달려들어 한나의 팔에 안겼을 오렌지와 흰색의 털 뭉치가 보이지 않았다.

오늘 아침 한나를 할퀸 것에 대한 죄책감으로 어딘가에 몸을 숨긴 것이 분명했다.

"모이쉐? 어디 있니?"

한나는 가방을 내려놓은 뒤 재킷을 문 옆에 걸쳐놓고 사라져 버린 모이쉐를 찾기 시작했다. 소파 밑을 포함해 거실에서 녀석이 숨어 있을 만한 곳은 전부 살펴봤지만, 어디에도 모이쉐는 없었다.

한나는 주방 불을 켜고 냉장고 옆의 협소한 공간도 살피고, 포마이카 테이블 밑도 들여다보고, 쓰레기통 뒤도 뒤져보았다. 심지어는 모이쉐가 한 번도 올라가 본 적이 없는 냉장고 위까지 봤지만, 녀석은 없었다.

세탁실도 마찬가지였고, 손님방도 마찬가지였다.

한나는 침실로 들어가 다시 한 번 녀석을 불러보았다. 여기가 아니면 이제 더 이상 있을 곳이 없었다.

침실 안을 샅샅이 살펴보는 데 어디선가 애처로운 울음소리가 들렸다. 그리고는 마침내 침대 밑에서 녀석이 모습을 보였다.

모이쉐를 보는 순간 한나의 심장이 쿵 소리와 함께 떨어져 버렸다.

한나의 가련한 고양이는 거의 움직이지 못할 정도로 부들부들 떨며 배를 깔고 간신히 기어 나오고 있었던 것이다.

"이리 온, 아가."

한나는 조심스럽게 녀석을 팔에 안으며 나직하게 속삭였다.

어딘가 다친 곳이 있을지도 모른다고 생각하며 모이쉐를 녀석이 가장 좋아하는 오리털 베개 위에 내려놓았다.

모이쉐는 금방이라도 눈물을 훔쳐낸 것 같은 표정으로 물끄러미 그녀를 바라보다가 한나에게 다가와 그녀의 손을 핥았다.

"불쌍한 것."

한나가 모이쉐의 머리에 코를 묻으며 중얼거렸다.

"누가 널 놀라게 한 거니?"

모이쉐는 또다시 울음소리를 내며 여주인에게서 좀 더 부드러운 토닥임을 바라기라도 하듯 한나의 손에 머리를 비벼댔다.

한나는 모이쉐가 바라는 대로 여기저기 쓰다듬어주며 어디 상처 난 곳이 없는지 살폈다. 하지만 다친 곳은 없는 듯했다. 그렇게 몇 분간 녀석을 쓰다듬어주고 보듬어주자 모이쉐는 다시 안정을 되찾았다.

오늘은 모이쉐가 좋아하는 연어 맛 크런치를 줘야겠다고 결심한 뒤 한나는 모이쉐를 놀라게 한 것이 무엇인지 탐색하기 시작했다.

창문은 굳게 닫혀 있었고, 문도 잠겨 있었다. 다른 방들에서도 없어진 것은 없었다. 마지막으로 욕실로 들어가 보았다.

그리고 그곳에서 무슨 일이 있었는지에 대한 단편을 얘기해주는 단서를 발견하고 말았다. 주방 작업대 위에 두었던 액체 비타민이 변기통에 빠져 있었던 것이다.

"어—오."

한나는 신음 소리를 냈다.

모이쉐가 부들부들 떨며 침대 밑에서 기어 나왔던 것도 무리가 아니었다! 녀석은 자신이 큰 잘못을 저질렀다는 것을 아는 것이다.

녀석에게 벌을 주어야 할까?

한나는 잠시 골몰하다 재빨리 그 생각을 접었다.

모이쉐는 이미 거리 생활을 통해 수많은 핍박과 학대를 받았다. 지금의 생활이 녀석에게는 천국과도 같을 텐데 그간 한나와 돈독하게 쌓아온 믿음을 무너뜨리게 할 순 없었다. 게다가 모두 애완동물이 잘못하는 것이 있으면 그 현장에서 바로 혼내지 않으면 소용이 없다고들 하니까.

모이쉐가 부들부들 떨며 침대 밑에서 기어 나온 것은 녀석도 자신이 잘못을 저질렀다는 것을 충분히 인식하고 뉘우친 것이라고 봐도 좋을 듯싶었다.

한나는 비타민 병을 건져 싱크대 밑에 있는 캐비닛에 넣어두었다. 비싸게 주고 산 약을 차마 버릴 수는 없지만, 다시는 사용하지 않을 생각이었다.

이건 한나와 모이쉐에게 있어 너무나도 큰 고난이었다. 둘 사이를 헤치지 않고 문제를 해결할 수 있는 좀 더 좋은 방법이 분명히 있을 것이다. 오늘 밤 한나는 모이쉐에게 예전 사료를 주기로 했다.

오늘은 이미 한나도 모이쉐도 지칠 대로 지쳐버렸으니 말이다. 그리고 내일 아침 날이 밝는 대로 동물병원에 찾아가 수의사에게 한 번 더 조언을 구해 볼 생각이다.

"새로운 쿠키 레시피에요?"

다음날 아침 리사가 갓 뽑은 커피를 한나에게 가져다주며 물었다.

한나와 리사는 제빵을 모두 마치고 카페 문을 열 때까지 늘 즐겨 앉는 자리에 앉아 여유 시간을 가지는 중이었다.

"새로운 레시피이긴 한데, 쿠키가 아니야. 오늘 아침 동물병원에 들러서 모이쉐가 새 사료 수난을 끝낼 수 있는 레시피를 얻어왔거든."

"저런." 리사가 얼굴을 찌푸렸다.

"제 기가 막힌 계획도 모이쉐에겐 소용이 없었나 보죠?"

"소용이 있었을지 없었을지는 나도 모르겠어. 시험해 보지도 못했거든. 어젯밤에 집에 들어가 보니 모이쉐는 침대 밑에 숨어 있고, 비타민 병은 화장실 변기통에 둥둥 떠다니고 있지 뭐야."

"모이쉐의 의견은 확실히 알겠네요."

"그렇지." 한나가 씩 웃으며 대답했다.

"어쨌든 사이좋은 관계를 유지하면서 문제를 해결할 수 있는 방법을 시도해 보려고 해. 녀석의 먹이를 직접 만들어 보는 것도 그렇게 어려울 것 같지 않고 말이야."

"어디 봐요."

리사가 한나의 어깨너머로 타이핑된 레시피를 들여다보았다.

"매일 아침, 저녁으로 생간을 끓인다구요?"

"적어도 비타민은 먹이지 않아도 되잖아."

"다른 재료들은요? 이것들도 전부 요리해야 하는데요."

리사가 재료 목록을 쭉 읽어보더니 진저리를 쳤다.

"전부 끔찍한 것들뿐이에요. 특히 아침식사 부분에는 더욱이요."

"그렇게 나쁘지 않아, 리사. 이를테면 오믈렛 같은 거잖아."

"아침에 일어나자마자 이런 재료들을 떠올리다니, 생각조차 하고 싶지 않아요. 그런데 이 마지막 재료는 뭐예요? 탄산칼슘?"

"계란껍질에 들어 있는 성분이야. 수의사가 그러는데 계란껍질을 곱게 갈아서 모이쉐의 음식에 더해주면 크런치 간 오믈렛 같은 메뉴가 탄생할 거라고 했어."

"윽, 생각만 해도 속이 울렁거려요. 간이나 계란껍질이나 끔찍한 재료이긴 마찬가지네요. 모이쉐가 정말 그걸 먹을까요?"

"먹을 것 같아. 특히 내가 양념을 조금 곁들여주면 잘 먹을 거야. 소금이랑 후추가 들어가지 않은 오믈렛은 상상도 할 수 없는 걸. 마늘파우더도 조금 넣고."

"하지만 동물들이 먹는 음식은 양념을 안 하게 되어 있을걸요."

"누가 그래? 그건 애완동물 사료를 한 번도 맛보지 못한 사람들 얘기야. 내가 만약 고양이나 강아지였다면, 양념을 해주는 걸 더 좋아할걸. 뚜껑 여는 법만 터득하고 나면 끼니마다 케첩까지 뿌려 먹었을 거야."

리사가 점심을 마치고 돌아오면서 한나에게 빨간부엉이 식료품점에서 가져 온 봉투를 건네주었다.

"여기요, 한나. 옥수수 사탕 한 봉지 샀어요. 어디에 둘까요?"

"작업실, 싱크대 옆 작업대에."

리사가 작업실에 들어가 봉투를 내려놓고 손을 씻는 동안 한나는 커피 주전자를 들고 홀을 한 바퀴 돌았다. 리사가 다시 홀로 나왔을 때 그녀는 머리카락을 한데 묶어 망으로 모아주고, 동네 수선집에서 만들어 준 예쁜 앞치마를 두른 채였다.

"커뮤니티 센터를 한 번 보셔야 하는데." 리사가 말했다.

"노인분들이 합세해서 핼러윈 장식을 하고 있거든요. 정말 멋져요."

"유령의 지하실은 어떻게 돼가고 있어?"

"거의 다 끝났어요. 제가 들렀을 때는 한창 가구를 옮기던 걸요? 마침 에드나가 주방에서 아이들에게 줄 간식 주머니를 만들고 있었는데, 비아트리스 시어머니의 컵케이크 비밀 재료에 대해 좋은 생각이 있다고 했어요."

"그게 뭔데?" 한나가 물었다.

에드나라면 거의 반세기 동안 제빵을 한 전문가이니 재료가 무엇인지 알만도 했다.

"걸쭉한 액체 종류일 거라던데요."

"그건 나도 동의해." 한나가 말했다.

"구체적인 재료는 얘기 안 하고?"

"얘기하기는 했어요. 근데 아닐 수도 있대요."

"뭔데?"

한나는 궁금함을 참을 수 없었다. 설사 맞는 재료가 아니라고 할지라도 새로운 시도를 해 본다는 점에선 충분히 가치가 있었다.

"농축 우유요."

"그럴 수도 있겠다! 농축 우유에는 설탕이 더 많이 들어가니 짙은 맛을 낼 수도 있어. 근데 왜 에드나는 이게 틀릴 수도 있다고 생각한 거야?"

"비아트리스의 시어머니가 지독한 짠순이라는 걸 알고 계시거든요."

"농축 우유를 사용하기엔 너무 비싼 재료란 말이지?"

"딱히 그런 건 아니고요. 에드나 말로는 농축 우유를 사용했을지도 모르지만, 나머지 분량을 그냥 버리진 않았을 거란 얘기죠."

"무슨 말인지 알겠어." 한나가 미소를 지었다.

"레시피 분량으로는 반만 사용하면 되는데 살 때는 한 통을 다 사야 한단 말이지. 그렇다면 레시피 분량의 두 배를 넣었을 수도 있겠는데."

그러자 리사가 고개를 저었다.

"에드나도 그 생각을 했어요. 하지만 두 배로 늘린다고 해도 여전히 1/4컵가량이 남아요. 에드나 말로는 비아트리스 시어머니의 성격에 그걸 가만두진 않았을 거라고 했어요."

"에드나의 말이 맞을지도 몰라."

한나는 컵에 커피를 다시 채우며 말했다.

"바스콤 시장님한테 당밀 쿠키를 더 갖다 드리고, 제섭 부인에게는 피넛 버터 멜츠를 포장해 드려. 집에 가져가실 거래. 그리고 홀이 바빠지면 불러. 난 이제부터 옥수수 쿠키 반죽을 해볼 테니까."

처음으로 만들어본 옥수수 쿠키의 장식을 막 끝내려는데 뒷문에서 노크소리가 들렸다.

한나는 쿠키틀을 다시 선반에 올려놓고 서둘러 문쪽으로 달려갔다.

"방해해서 미안해, 한나."

바바라 도넬리가 골목을 휘감아 도는 날카로운 바람 속에서 몸을 부들부들 떨고 있었다.

"한나가 꼭 알아야 할 것이 있어서."

한나는 창백한 잿빛 하늘을 올려다보았다. KCOW에서는 오늘 눈이 오지 않을 거라고 했는데, 잘못된 예측일지도 모르겠다.

"어서 들어와서 몸을 녹여요, 바바라."

"눈이 올까?"

바바라가 따뜻한 작업실 안으로 들어와 감미로운 쿠키 향을 맡으며 물었다.

"어쩌면요. 여기 앉아 계세요. 제가 커피를 갖다 드릴게요. 마침 옥수수 쿠키를 구워 봤는데, 맛을 봐주세요."

"그런 역할이라면 기꺼이 하지."

한나가 건네주는 쿠키를 받으며 바바라가 말했다.

"핼러윈 때 쓸 건가 보네. 귀여워요, 한나. 특히 위에 얹은 옥수수 사탕 장식이 마음에 들어."

바바라가 쿠키를 한 입 베어 무는 것을 지켜보던 한나가 중요한 질문을 던졌다.

"맛있어요?"

"아주 맛있어. 파티 때 내놓기 딱이겠어."

바바라가 또 한 입 베어 먹었다.

"아무래도 그가 가져간 것 같아요, 한나."

"누가 뭘요?"

한나가 대학시절 저널리즘 교수님께 배웠던 보고서를 작성할 때 기본이 되는 6하 원칙에서 언제와 왜, 어떻게가 빠진 질문을 던졌다.

"그랜트 서장님 말이야. 없어진 서류에 대해 생각해 봤는데, 아무래도 서장님이 가져간 것 같아. 캐비닛 열쇠는 딱 두 개뿐인데, 하나는 내가 가지고 있고, 다른 하나는 그랜트 서장님이 갖고 계셨거든."

"그런데 바바라는 서류가 없어진 줄 모르고 계셨어요?"

한나가 수첩을 펼치며 물었다.

"캐비닛을 열어야 할 일이 없으면 모르지. 매일 자료들을 살피진 않으니까."

"그럼, 서장님이 서류를 언제 가져갔는지 전혀 모르시겠네요?"

"전혀." 바바라가 고개를 저었다.

"근데 어디에 있는지는 알 것 같아."

한나는 꼭두각시를 부리는 사람이 한나의 머리에 실을 달아 잡아당기기라도 한 듯 벌떡 고개를 들었다.

"어디 있는데요?"

"서장님의 서류가방 안에 있을 거야. 중요한 서류는 항상 거기 넣고 다니셨거든."

"그렇지만……, 그랬다면 마이크가 이미 발견하지 않았을까요?"

그러자 바바라가 또다시 고개를 저었다.

"서류가방 안에 비밀의 공간을 열 줄 모르면 발견하지 못했을걸. 그랜트 서장님이 서류가방 안에 그런 곳이 있다는 건 아무에게도 말하지 않으셨을 거야."

"무슨 비밀의 공간이요?"

"내가 작년 크리스마스 때 선물했던 제임스 본드 서류가방에 있어. 난 늘 제임스 본드의 소지품 같은 것을 선물하곤 했거든. 그 가방도 카탈로그에서 보고 주문했지."

"거기에 비밀 공간이 있다는 거군요." 한나가 수첩에 메모를 했다.

"어떻게 생겼는데요, 바바라?"

"비밀의 공간이?"

"아뇨, 서류가방이요."

"그냥 평범한 가죽으로 된 갈색 가방이야. 사실 그래서 더 특별한 거지. 겉으로만 봐서는 잘 모르거든."

"그래서 마이크가 서류가방을 찾아서 안팎으로 뒤져봤어도 비밀의 공간은 찾지 못했을 거란 말씀이시죠?"

"그랬을 가능성이 커. 그런 공간이 있다는 것을 모르고 보면 입구를 전혀 찾을 수가 없거든. 공간을 여는 특별한 방법이 따로 있어."

"바바라는 그 방법을 알고 있나요?"

"물론 알고 있지. 그랜트 서장님께 가르쳐 드리기까지 했는걸. 그냥……."

"저는 모르고 있어도 될 것 같아요, 바바라."

방법을 설명하려는 바바라의 말을 한나가 가로막고 나섰다.

"서류가방이 손에 들어오게 되면, 바바라에게 열어달라고 할게요. 가방은 어디서 찾을 수 있을까요?"

바바라는 잠시 생각에 잠겼다.

"그의 경찰차에 있지 않으면, 서장님 댁 서재에 있을 걸."

"경찰서에 있는 집무실은요?"

"내가 확인해 봤는데, 없었어."

금방이라도 터져 나오려는 한나의 질문에 바바라가 손을 들어 제지했다.

"걱정하지 말아요, 쇼우나 리는 아무것도 모르고 있으니까. 그저 그 랜트 서장님의 서류가방이 사무실에 있을지도 모르니 찾으면 마이크에게 주라고 했어."

한나는 바바라의 얘기에 대해 곰곰이 생각해 보았다.

"서류가방이 경찰차에 있었다면, 마이크가 분명히 손에 넣었을 거예요. 하지만 서장님 댁 서재에 있다면 마이크가 손도 대지 못했겠죠. 네티에게 가서 확인해 봐야겠어요."

"그건 어려울 거야."

"왜요?"

"그랜트 서장님 댁 서재는 지금 테이프로 둘려 있거든. 네티가 떠나기 전에 내게 말해줬어."

"네티가 떠났어요?"

"어제 아침에 위스콘신으로 떠났어. 서장님의 막내 동생이 오빠의 죽음을 쉽게 받아들이지 못하는가 봐. 막내 동생도 위로하고 아이들도 돌볼 겸 해서 간다고 하던데. 한 주나 두 주 정도 있다가 올 거래."

바바라가 떠난 뒤 한나는 나머지 쿠키 반죽을 모두 구웠다.

오븐에서 쿠키가 구워지는 동안 한나는 어떻게 하면 네티의 집에 들어가 그랜트 서장님 댁의 서재를 살펴볼 수 있을까 생각에 잠겼다. 하지만 쿠키가 다 구워질 때까지도 명쾌한 해답은 떠오르지 않았고, 리사와 손님들이 맛볼 수 있도록 쿠키를 접시에 담으며 한나는 푹하고 한숨을 내쉬었다.

그녀가 회전문을 막 통과하려는데 전화벨이 울렸고, 한나는 접시를 작업대 위에 내려놓고 수화기를 들었다.

"쿠키단지의 한나입니다."

"오, 마침 네가 전화를 받아 다행이구나, 얘야!"

한나는 신음 소리를 냈다.

지금은 정말이지 엄마와 통화할 기분이 아니었다. 하지만 엄마는 엄마였고, 어쨌든 그것만으로도 나름의 특혜가 있었다.

"안녕, 엄마. 이번엔 또 뭘 도와 드릴까요?"

"그것 참 당돌한 질문이로구나, 한나. 내가 너한테 뭘 바라고 전화했다고 생각하는 거니? 바라는 게 아무것도 없다면 어쩌겠니?"

"그렇다면 죄송해요." 한나가 재빨리 말했다.

"그래, 그래야지."

엄마가 한결 누그러진 목소리로 대답했다.

"근데 사실은 말이다, 네 말이 맞구나. 실은 네게 부탁이 있어서 전화했단다."

"그럼 이번에야말로 뭘 도와 드리면 좋을까요?"

한나가 웃음을 터뜨렸고, 엄마도 함께 웃음을 터뜨렸다. 모녀가 이렇게 같이 즐거운 웃음을 터뜨리는 건 정말로 드문 일이었다.

"오후 5시쯤 유치원에 가서 트레시를 데려다 호박 의상실에 가서 의상 빌리는 걸 도와주겠니? 원래 안드레아에게 내가 해주겠다고 했는데, 갑자기 일이 생겨서 말이다."

"그럴게요."

한나가 잊어버리지 않도록 수첩에 적으며 대답했다.

"무슨 의상을 살 거래요?"

"해적 의상. 안드레아가 미리 전화로 예약해 놨다. 그리고 간 김에 네 것도 하나 고르렴. 너도 핼러윈 때 트레시 데리고 여기저기 다녀야 하지 않니."

"알았어요."

한나는 엄마를 기쁘게 하기 위해 순순히 대답했다.

두 눈이 뚫린 멋지고 으스스한 유령 의상이 이미 있는데 굳이 새 의상을 고를 필요가 있겠는가.

"고맙다, 애야. 흔쾌히 부탁을 들어주니 정말 다행이구나. 외출했다가 6시 전에 들어오려고 생각하면 정말 지옥이지 뭐냐. 옷을 차려입을 시간도 없고 말이다!"

"왜 옷을 차려입으시는데요?"

한나가 호기심 어린 목소리로 물었다, 그녀가 알기에는 수요일 밤에는 모임이 없는데 말이다.

"윈슬롭과 볼룸댄스를 추러 간단다."

"윈슬롭이요?" 되묻는 한나의 음성이 불규칙하게 메아리쳤다.

"윈슬롭이 누군데요?"

"오, 정말 놀랍도록 세련된 남자란다! 꼭 케네스 브래너(영국의 유명한 배우 겸 감독)를 닮았지 뭐냐. 춤도 정말 잘 춘단다."

"윈슬롭이라구요?"

"그래, 얘야. 케네스 브래너랑 춤을 춰보다니 말이다."

"윈슬롭과 추신다면서요?"

"물론이지. 지난 수요일 밤에도 왈츠를 췄는걸."

"어디서요?" 한나가 물었다.

"빨간부엉이에서."

한나는 번개처럼 뻗어나가는 생각의 경로를 잠시 멈추고 심호흡을 했다.

"잠깐 정리 좀 해 볼게요, 엄마. 그러니까 빨간부엉이에서 춤을 추셨단 말씀이시죠?"

"그래, 얘야. 윈슬롭이 또 왈츠를 얼마나 잘 추는지 말이다. 그렇게 즐거운 기분은 정말 오랜만이었단다!"

"그렇군요……."

적당한 대꾸를 찾느라 한나는 잠시 머뭇거렸다. 하지만 마땅한 말이 떠오르지 않자 생각나는 대로 말했다.

"식료품점에서 손님들을 위해 음악을 크게 틀어놓는다는 건 알고 있지만, 다른 사람들이 있는 곳에서 복도를 오가며 춤을 추셨다니 정말 믿어지지가 않아요. 복도 중앙에 피라미드 모양으로 쌓아놓은 토마토 수프 통조림 더미에 깔리지도 않으시고 말이에요!"

잠시 침묵이 흐르고, 별안간 엄마가 웃음을 터뜨리기 시작했다.

어찌나 심하게 웃으시는지 한나가 웃지 않는다는 사실은 그냥 묻혀버릴 정도였다.

"식료품점에서 춤을 춘 게 아니란다, 한나."

웃음이 어느 정도 잦아들자 엄마가 간신히 입을 열었다.

"식료품점 위에 있는 다니엘의 교습소에서 췄단다. 정말 재미있구나, 얘야. 어서 가서 윈슬롭에게 얘기해줘야겠다."

한나는 순간 바보가 된 듯한 기분이 들었다.

다니엘이 그녀의 댄스 교습소를 빨간부엉이 댄스 스튜디오라고 이름 지었던 것을 까맣게 잊고 있었으니 말이다. 엄마는 분명히 이 일을 가지고 윈슬롭이라는 남자와 오붓하게 호탕한 웃음을 나눌 테지.

하지만 지금 시점에서 중요한 것은 그것이 아니었다.

"윈스롭이 누구인지 아직도 말씀 안 해주셨어요, 엄마."

"같이 댄스 수업을 듣는 학생이란다, 얘야. 캐리랑 같이 볼룸댄스 반에 신청했거든. 지난주 수요일이 첫 시간이었지. 불쌍한 캐리는 얼 프렌스버그와 짝이 됐는데, 난 윈슬롭과 짝이 됐단다. 정말 기가 막힌 행운 아니니?"

"행운이시네요."

한나는 그런 상황을 두고 행운이라고 말할 수 있는 건가 의심하며 대답했다.

모종의 뒷거래가 있었던 건 아닐까. 윈슬롭이 엄마가 묘사한 것처럼 정말로 그렇게 잘 생기고 춤도 잘 춘다면, 그를 짝으로 두기를 염원하는 수많은 경쟁자를 물리치기 위해 엄마는 온갖 장애를 헤쳐 나가야 했을 것이다.

도대체 어떤 수단을 쓴 것이냐고 묻고 싶었지만 어차피 엄마는 말해주지 않을 것이 뻔했기 때문에 한나는 그저 한숨만 내쉬며 마무리 인사를 건넸다.

"좋아요, 엄마. 오늘도 윈슬롭이란 분과 즐거운 왈츠 시간 보내시길 바라요."

"오, 오늘은 탱고란다, 얘야. 그래서 옷을 갖춰 입을 시간이 필요해. 양옆이 시원하게 터진 아주 예쁜 의상도 샀단다. 볼룸댄스 반 여자들이 무척이나 부러워할 게야."

"음."

한나는 정작 하고 싶었던 말의 극히 일부분만을 중얼거렸다.

그렇게 엄마에게 작별인사를 하고 수화기를 내려놓으며 한나는 안드레아의 질문에 대한 답을 이미 손에 넣었다는 사실을 깨달았다.

역시 엄마에게 남자가 있었다, 볼룸댄스 반에서 만난.

다시 접시를 들고 리사가 있는 홀로 나가며 한나는 머릿속에서 장미를 입에 물고 탱고를 추는 엄마의 모습을 쉽사리 털어낼 수가 없었다.

옥수수 쿠키

오븐을 190℃로 예열합니다. 틀은 오븐의 중앙에 놓습니다.

재료

백설탕 2컵 / 버터 1컵 / 계란 1개 / 소금 1티스푼

으깬 호박 통조림 15온스(420g)짜리 1개 / 잘게 다진 호두 1컵

노란 건포도 1컵 / 시나몬 1티스푼 / 카다몸(생강과의 열매) 1/2티스푼

바닐라 2티스푼 / 베이킹소다 2티스푼 / 옥수수 캔디 한 봉지

베이킹파우더 2티스푼 / 밀가루 4컵(체질할 필요 없어요)

만드는 법

1. 버터를 녹인 후 설탕을 넣고 섞습니다. 실온에서 잠시 식혔다가 계란을 넣고 잘 저어줍니다. 그런 후 밀가루를 제외한 모든 재료를 하나씩 넣으며 섞습니다. 마지막으로 밀가루를 한 번에 한 컵씩 넣고 골고루 잘 반죽합니다. 완성된 쿠키 반죽은 5분간 휴지시킵니다.

2. 기름칠한 쿠키틀 위에 반죽을 떼어 올려놓고(반죽이 너무 끈적거리면 냉장고에 잠시 넣어두었다가 사용하면 됩니다) 역시 기름칠한 주걱으로 꾹 눌러줍니다. 그리고 8~10분간 오븐에서 구워줍니다.

3. 쿠키틀을 오븐에서 빼자마자 바로 쿠키 위에 옥수수 캔디 장식을 합니다. 시간을 지체하지 말아야 옥수수 캔디가 쿠키 위에 잘 붙을 수 있어요. 그런 다음 쿠키를 충분히 식힙니다.
4. 쿠키는 틀 위에서 2분간 식혀준 뒤 선반으로 옮겨 나머지 식힘 과정을 거칩니다.

***오븐에서 갓 꺼내 아직 뜨거운 때 옥수수 캔디 올리는 것을 실패했다면, 나중에 설탕장식을 풀처럼 이용해서 붙여도 됩니다.

트레시의 친구들이 아주 좋아하는 쿠키에요.
다음번에는 모두 와서 장식을 도와주기로 했답니다.

"그럴 리가!"

한나가 트레시의 의상을 옷장에 걸어놓고 다시 돌아올 때까지도 안드레아는 흥분하고 있었다.

"사실이야. 엄마의 표현을 그대로 빌리자면, 놀랍도록 세련된 남자래. 케네스 브래너의 약간 나이 든 모습 같다고도 하셨어. 아닐 수도 있긴 한데, 내가 보기엔 엄마가 완전히 빠지신 것 같아."

"빠지셨다구? 그러니까……, 사랑 같은 거 말이야?"

"사랑인지 어떤지는 모르겠지만, 단순한 호감 이상인 건 확실해."

그러자 안드레아가 절망 섞인 한숨을 내쉬었다.

"정말이지 이토록 무기력감을 느껴본 적은 내 인생에 지금껏 없었어. 엄마가 그런 제비랑 동네를 돌아다니는 동안 난 그저 멍청한 두꺼비처럼 멍하니 소파에 감금된 채 앉아있어야만 하다니!"

"제비가 뭐야, 엄마?"

마침 거실로 들어오던 트레시가 안드레아의 말을 듣고는 물었다.

"트레시! 네가 거기 있는 줄 몰랐구나. 그러니까……."

안드레아는 절박한 눈빛으로 한나를 쳐다보았다.

"한나 이모가 설명해줄 거야."

"사람들과 금방 친해지는 남자들을 말하는 거야. 특히 여자들하고 말이지."

"오!" 나이에 비해 영리한 트레시가 말했다.

"윈슬롭 할아버지 말이지."

"그 사람을 알아?"

한나와 안드레아가 거의 동시에 질문을 던졌다.

"아니, 근데 지난번에 할머니 집에 있을 때 전화가 왔었어. 되게 웃긴 얘기를 해줬나 봐. 할머니가 얼굴이 빨개지면서 킥킥거렸어."

"엄마가 킥킥거렸단 말이지."

한나가 안드레아를 쳐다보며 중얼거렸다.

"그 할아버지 성이 뭔지 알아?"

"해링턴, 나 철자도 알아."

"정말 똑똑하구나, 우리 아가." 안드레아가 말했다.

한나는 이미 가방을 뒤적이며 수첩을 찾고 있었다.

마침내 수첩을 손에 쥔 한나는 몇 가지 질문을 더 던졌다.

"철자는 어떻게 알았어?"

"꽃에 쓰여 있었어."

"무슨 꽃?" 이번에도 한나와 안드레아가 동시에 입을 열었다.

"할머니가 받은 꽃. 엄마 화났어? 나 여기저기 기웃거리지 않았어."

한나는 안드레아를 쳐다보았다.

안드레아는 아무렇지도 않은 듯한 표정을 애써 지어 보였다.

"엄만 화나시지 않았어. 근데 그런 것을 읽으면 나빠. 남자가 여자에게 카드를 보냈을 때 그 카드 내용은 굉장히 개인적인 거란다."

"나도 알아요." 트레시가 한숨을 푹 쉬었다.

"윈슬롭 할아버지가 할머니 돈 보고 쫓아다니는 게 아닐까 해서지."

안드레아는 충격을 받은 듯했다.

"왜 그런 생각을 했니?"

"텔레비전에서 봤어, 엄마."

"그래서 윈슬롭 할아버지를 범죄자처럼 생각했단 말이야?"

한나가 물었다.

"몰라요. 그냥 카드를 읽었어요. 뭐라고 쓰여 있었는지 얘기하면 안 되는 거겠죠?"

"꼭 그렇진 않아." 안드레아가 급하게 나섰다.

"그러니까 엄마 말은, 윈슬롭 할아버지가 정말 그런 사람이라면 한나 이모랑 엄마가 할머니를 지켜줘야 하잖아."

트레시는 알쏭달쏭한 표정을 지었다.

"그럼 어떨 때는 여기저기 기웃거려도 되는 거야?"

"그래." 안드레아가 한나를 올려다보며 말했다.

"이것도 한나 이모가 설명해줄 거야."

한나는 머뭇거렸다. 솔직하게 얘기한다면야 한나 이모와 엄마가 원할 때면 언제든지 기웃거려도 되는 거라고 말해야 할 것이다.

"안 되는 것이 때로는 될 때도 있어. 그건 매우 복잡한 거라 지금은 설명해줄 수 없단다."

"그럼 나중에 내가 이만큼 크면 알게 돼요?"

"그렇지."

"알았어요." 트레시가 대답했다.

"꽃에 있었던 카드에는 내가 모르는 단어가 두 개 있었어요."

"그래?" 한나는 깜짝 놀랐다.

트레시는 작년에 읽기를 모두 마쳤기 때문에 읽지 못할 단어는 거의 없었다.

"달moon이랑 체리cherries의 철자를 잘못 쓴 것 같았어요."

"몽 쉐리(Mon Cherie: '내 사랑'이라는 뜻의 프랑스어)!"

안드레아는 한나와 눈빛을 교환한 뒤 다시 트레시에게로 고개를 돌렸다.

"그건 친밀한 사람이란 뜻의 프랑스어야. 나머지 말도 프랑스어로 적혀 있었어?"

"읽을 수 있었으니까 그건 아니야. '당신이 없는 내 품 안은 공허하기만 해요.'라고 되어 있었어."

"오, 세상에!" 한나가 인상을 구기지 않으려 애쓰며 중얼거렸다.

"네 할머니가 정말로 그런 문구에 넘어갔단 말이야?"

그러자 트레시가 어깨를 으쓱해 보였다.

"할머니가 카드를 읽으면서 금방이라도 울 것처럼 우스운 얼굴을 했어요."

"이런!" 이번엔 안드레아 쪽에서 탄식이 터져 나왔다.

"그 밖에 다른 건 없었니, 아가?"

"이름만 있었어, 윈슬롭 해링턴. 그리고 이름 뒤에 11이라고 적었어."

"11?"

안드레아가 혼란스러운 표정으로 되물었다.

"그게 무슨 뜻이지?"

한나 역시 아리송한 표정으로 한참을 고심하다가 이내 웃음을 터뜨렸다.

"뭔지 알 것 같아. 그게 줄 위나 밑에 쓰여 있지 않았어, 트레시?"

"맞아요! 어떻게 알았어요, 한나 이모?"

"2세를 뜻하는 로마식 표기법이야. 그건 그 사람 아버지 이름도 똑같이 윈슬롭 해링턴이었다는 거지."

"그런 걸 무엇 하러 그렇게 적었을까?"

"그거야 모르지."

한나는 간략하게 대꾸하며 안드레아와 은밀한 시선을 주고받았다.

엄마는 레전시 시대 때부터 내려온 윈슬롭 해링턴의 오래된 가문과 작위에 완전히 마음을 빼앗겨 버린 것이 분명했다.

"할머니가 그 해링턴 씨랑 통화할 때 낯선 작위 같은 것은 말씀하시지 않던?"

안드레아가 물었다.

"작위?" 트레시가 혼란스러운 표정으로 되물었다.

"책에 나오는 주인공 이름 같은 거 말이야?"

그러자 한나는 고개를 저었다.

"아니야, 네 엄마는 백작이나 자작, 공작 같은 걸 말하는 거야."

"아니⋯⋯."

트레시가 얼굴을 찡그리며 대답했다.

"근데 나쁜 말을 했어요."

"뭔데?"

"할머니가 욕을 했어요. 내가 앞에 있었는데두."

한나는 충격에 휩싸였다. 엄마는 손녀딸 앞에서 욕을 하느니 차라리 뜨거운 불길 위를 걸어갈 사람인데 말이다.

"뭐라고 했는데, 트레시?"

"교회 밖에서는 절대 얘기할 수 없어요."

"교회라구?"

안드레아는 어리둥절한 표정을 지었다.

"네 엄마가 이번 한 번은 봐주실 거야."

대화가 매우 낯선 방향으로 흘러가는 것에 대해 몹시 불안해하는 트레시를 향해 한나 미소를 지어 보이며 말했다.

"너를 혼내려고 물어보는 게 아니야, 트레시. 엄마랑 이모가 정말로 알아야 해서 그래."

트레시는 잠시 고민했다.

"알았어요. 할머니가 '로드(Lord: '하느님' 혹은 '경'이라는 호칭)'라고 했어요."

"어—오, 그거 좋지 않은데."

한나가 신음 소리를 내며 말했다.

하지만 잔뜩 겁에 질린 트레시의 얼굴을 보고는 얼른 조카의 손을 잡아주었다.

"네 얘기가 아니란다, 트레시. 그런 때 말하는 '로드'는 욕이 아니야. 영국에서 작위를 가진 사람을 '로드', 즉 '경'이라고 부른단다."

"아." 그제야 트레시는 안도하는 듯했다.

"이제 알겠어요. 안나 크린클스가 블르노즈 경을 만났다고 할 때처럼 말이죠?"

"음……."

한나가 어깨를 으쓱해 보이며 안드레아를 향해 원조의 눈빛을 쏘아 보냈다.

"그래, 아가."

그러자 안드레아가 한나를 흘끗 쳐다보며 말했다.

"지금 트레시가 읽는 도서관 대여 책이야. 얼른 들어가서 책을 마저 읽어, 트레시. 오늘 저녁에 도서관에 새 책이 들어온 게 없는지 아빠가 같이 가주신다고 했으니까."

트레시가 자기 방으로 사라지자 한나와 안드레아는 잠시 아무 말 없이 서로를 쳐다보기만 했다.

마침내 먼저 입을 연 것은 한나였다.

"그러니까 원슬롭은 영국인이고, 작위가 있고, 환상적으로 춤을 잘 추는 사람이로군. 케네스 브래너를 닮기까지 했고 말이야. 현실을 직시하자, 안드레아. 그가 당장이라도 북극으로 이주할 일이 없는 한 엄마는 이제 완전히 넘어간 거야."

"아뇨, 아직 안 먹었어요, 마이크."

한나가 왼손으로 수화기를 잡고 오른손으로 끓는 물에 소의 생간 조각을 떨어뜨리며 말했다.

"지금 모이쉐의 저녁을 만드는 중이에요."

그녀의 말을 증명이라도 하듯 모이쉐가 다가와 한나의 왼쪽 발목에 비비적거렸다.

한나는 녀석을 흘끗 내려다보고는 마이크의 말에 대꾸했다.

"정말이에요. 모르는 게 좋아요. 평생 입맛을 잃을 수도 있다니까요."

한나는 구멍 뚫린 숟가락으로 어렵사리 간을 꺼내려고 했지만, 한 손으로 하려니 좀처럼 쉽지 않아 자신도 모르게 신음 소리를 냈다.

한나의 신음에 모이쉐와 마이크 둘 다 반응을 보였다.

모이쉐는 한나의 수고에 감사하기라도 하듯 좀 더 다정하게 한나의 발목에 머리를 비비적거렸고, 마이크는 무슨 일이냐고 다급하게 물어온 것이다.

"별일 아니에요." 한나가 대답했다.

"20분 내로 준비할게요. 아파트 정문에서 초인종 누르면 내가 내려갈게요."

전화를 끊은 후 한나는 다시 간 요리에 신경을 집중했다. 칙칙한 회색빛이 감도는 간은 냄새도 꼭……, 삶은 간 같았다. 결코 향기롭다고 말할 수 없는 냄새를 맡으며 한나는 마이크를 밖에서 만나기로 하길 잘했다고 생각했다.

"이리 와, 모이쉐."

한나가 프라이팬을 꺼내 불 위에 올리며 말했다.

그리고는 가스불을 켜고 모이쉐에게 적당한 분량의 기름을 두르고 나서 삶은 간과 이미 요리해 둔 흰 쌀을 넣었다. 그리고는 믹서에 계란 껍질을 넣고, 날카로운 칼날에 껍질이 잘게 부서질 때까지 돌린 후, 내용물을 꺼내 프라이팬에 넣었다.

"아주 좋아."

단번에 입맛이 달아나버릴 덩어리들이 어느 정도 익을 때까지 프라이팬을 휘휘 저으며 한나는 한숨을 내쉬었다.

양념을 하는 게 도움이 될 수도 있겠지만, 확인해 본 결과 리사의 말이 맞았다. 고양이는 양념한 음식을 먹을 수 없었다.

한나는 완성된 식사를 모이쉐의 사료그릇에 부어서 바닥에 내려놓고는 녀석을 향해 억지로 활짝 웃어 보였다.

"보나뻬띠(Bon Appetit: '많이 드세요' 라는 뜻의 프랑스어)."

모이쉐는 꽤 오랫동안 킁킁거리며 냄새를 맡았다.

한나는 자신이 직접 요리한 수제 음식이 또 모이쉐의 마음에 들지 않으면 어쩌나 슬슬 걱정이 되기 시작했다. 하지만 어느 순간 녀석은 가르랑 소리를 내며 머리를 숙이고 한 입, 두 입 먹기 시작했다.

"맛있어?"

한나는 전국 학생요리 경연대회에 출전에 최우수상을 노리는 학생이 된 듯한 기분으로 물었다.

모이쉐는 고개 한 번 들지 않고 열심히 먹이를 먹었다. 지난 며칠간 사료에 입도 대지 않은 채 냄새만 맡던 녀석으로서는 입맛이 돌기 시작하자마자 몰려왔을 허기를 감당할 수 없었을 것이다.

"하느님, 감사합니다!"

한나가 크게 안도의 한숨을 내쉬며 나직하게 중얼거렸다.

드디어 모이쉐가 먹을 수 있는 것을 찾은 것이다. 그것도 모이쉐가 좋아하는 메뉴로 말이다.

미식의 세계에 흠뻑 빠져버린 모이쉐를 내버려둔 채 한나는 접시에 세제를 뿌려 자동세척기에 넣어두고, 환기가 될 수 있도록 창문을 모두 활짝 열었다. 그리고 엄마가 지난번 집에 오셨을 때 가져다주었던 공기청정기를 켰다.

그런 후 시계를 흘끗 쳐다보고는 마이크와의 저녁식사 데이트에 나가기 위한 외출복으로 갈아입기 위해 서둘러 침실로 달려갔다.

"이런 어니언링은 여기서밖에 맛보지 못할 겁니다."

마이크가 테이블 중앙에 놓인 바구니에서 두툼하고 바삭바삭한 황금색의 어니언링을 집으며 단언했다.

"사실이에요."

한나 역시 자신의 몫으로 남은 어니언링의 마지막 조각을 경쾌한 동작으로 입 안에 넣으며 동의했다.

"또 하나 시켜서 같이 나눠 먹을까요?"

"좋죠. 오늘 밤은 일에서 완전히 풀려날 겁니다. 어젯밤에 빌과 거의 자정 무렵까지 일했거든요. 그 전날에는 밤 11시까지 일했고요. 잠시라도 좋으니 사건에서 좀 벗어날 필요가 있어요."

마이크가 웨이트리스를 불러 어니언링을 주문하는 것을 지켜보며 한나는 사건 얘기가 나왔을 때부터 물어보려던 질문을 던졌다.

"용의자는 있어요?"

"그렇기도 하고 아니기도 해요."

"무슨 뜻이에요?"

"용의자가 있긴 한데, 유력한 사람은 없단 얘기죠. 빌 역시 그런 부분에 있어선 그다지 감각적이지 못하고 말입니다."

과거의 경험으로 비추어 보건대, 마이크는 한나가 자세하게 물어오기 전에는 결코 먼저 얘기해주는 법이 없었다. 그리고 설사 얘기해준다고 해도 중요한 것은 쏙 빠뜨리기 마련이었다.

"현재 물망에 올라 있는 용의자가 누군데요?"

"안 돼요, 안 돼."

마이크가 한나를 향해 씩 웃으며 말했다.

"한나 먼저 말해 봐요."

그러자 한나는 무슨 말인지 도통 모르겠다는 듯한 표정을 가장하며 말했다.

"나요? 나한테 왜 용의자 같은 게 있을 거라고 생각해요? 사건에서 손 떼라고 했던 건 마이크였잖아요, 기억하죠?"

"좋아요. 그럼 질문을 이렇게 고쳐보죠. 사건에서 손 떼기 전에 생각해 두었던 용의자로는 누가 있습니까?"

한나는 한숨을 내쉬었다. 마이크에게 먼저 마중물(펌프질을 하기 전 미리 붓는 물)을 붓지 않으면 얻는 것도 없을 것 같았다.

"네티 그랜트요."

"뭐라고요?"

"어떤 용의자가 있었느냐고 물었잖아요. 네티 그랜트가 용의자였어요. 지금은 용의선상에서 지워졌지만."

"그랬어요?"

마이크의 음성은 눈에 보이지 않는 녹음기의 테이프를 갈아 끼우는 듯한 느낌이 들게 했다. 물론 불가능한 일이긴 했지만, 한나의 말 하나하나를 전부 기억해 둘 수는 있다.

"좀 더 얘기해 봐요."

마이크가 한나 쪽으로 몸을 숙여 그녀를 응시하며 말했다.

"한나가 내게 빚졌으니까요."

"뭘요?"

"저녁식사 말입니다. 왜 네티 그랜트를 용의자라고 생각했죠?"

한나는 한숨을 내쉬었다, 이 정도까지는 얘기해주어도 괜찮겠지.

"네티는 이혼을 원했지만, 그랜트 서장님은 그 문제에 대해 극구 반대했을 테니까요. 만약 서장님을 죽인다면 네티는 저절로 미망인이 되고 여타 문제들도 자연히 해결되었겠죠."

"한나가 생각한 이유가 맞아요." 마이크가 말했다.

"근데 이혼에 관한 건 어떻게 알았습니까?"

"네티가 말해줬어요. 물론 자신이 남편을 죽이지 않았다는 얘기도 했고, 난 그 말을 믿어요."

마이크가 살짝 얼굴을 찌푸렸다.

"나도 네티가 서장님을 죽였다고는 생각하지 않지만, 딱히 믿음이 가는 알리바이가 없어……."

"네티에겐 알리바이가 있어요."

한나가 활짝 웃으며 마이크의 말을 가로막았다.

"리사가 확인해줬어요."

"리사가요? 뭡니까?"

"내가 모르는 얘기를 알려주면 말해줄게요."

마이크가 눈을 무섭게 치켜떴다. 연행한 용의자들을 대할 때 그의 눈빛이 얼마나 날카로울지 한나는 상상할 수 있었다.

하지만 감사하게도 한나에게 그런 눈빛은 전혀 통하지 않았다.

한나는 고집스러운 얼굴로 마이크와 서로 몇 분간을 뚫어져라 쳐다보기만 했다.

둘 다 매우 단호했다.

긴장이 점점 높아갈 무렵 한나가 마침내 입을 열었다.

"옆집에 사는 누군가가 네티가 바느질 방에 있는 걸 봤어요."

그리고 거의 동시에 마이크도 입을 열었다.

"나이트 박사님이 덤프스터 뚜껑에서 다른 사람의 핏자국을 발견했습니다."

"그렇다면 그랜트 서장님을 덤프스터에 넣을 때 범인도 어딘가를 긁혔단 말이군요."

한나가 말하자 역시나 거의 동시에 마이크가 항변했다.

"이웃들 전부를 만나봤지만 집에 있었던 사람은 없었는데요."

마이크와 한나는 잠시 서로를 쳐다보다 한꺼번에 웃음을 터뜨렸다.

"마이크 먼저요." 한나가 말했다.

"아닙니다. 한나 먼저 해요."

마이크가 말했다.

한나는 한숨을 내쉬었다. 이러다간 밤을 새워도 모자랄 것이다. 한나는 덤프스터 뚜껑에서 발견됐다는 혈흔에 대해서 알고 싶었고, 그걸 알기 위한 가장 빠른 방법은 네티의 알리바이를 얘기해주는 것뿐이었다.

"리치 매쉴러가 부모한테는 그날 밤 외출할 거라고 했는데, 실은 집에 있었어요. 여자친구를 불러서 같이 영화를 보고 있었대요."

"확실한 겁니까?"

"리치 여자친구의 엄마가 리사에게 얘기한 거예요."

"좋아요. 그럼 네티는 용의자 명단에서 빠지게 됐군요. 한나가 결백을 밝혀주게 되어서 정말 다행입니다."

"나도 그렇게 생각해요. 네티는 정말 좋은 사람이니까요. 자, 이제 덤프스터의 핏자국에 대해 얘기해 봐요."

"덤프스터 뚜껑에 날카로운 부분이 있었는데, 범인이 거기에 상처를 입은 것 같습니다. 그게 서장님의 셔츠에 묻어 있던 혈흔과 일치하면 범인의 윤곽이 나오는 거죠."

"DNA 테스트를 보냈어요?"

"그럼요. 몇 주 정도 걸릴 겁니다."

"결과가 나오면 그걸 증거로 범인에게 유죄를 선고할 수 있는 거구요?"

"물론이죠. 하지만 그보다 먼저 범인을 잡아야죠."

그러자 한나는 얼굴을 살짝 찌푸렸다.

"DNA가 나오면 훨씬 도움이 되지 않아요?"

"그렇지 않을 거예요. 물론 가지고 있는 자료들을 모두 체크해 보겠지만 말입니다."

"일치하는 게 나오지 않을 거란 얘기예요?"

마이크가 하는 말의 뉘앙스를 눈치 챈 한나가 물었다.

"어지간히 운이 좋지 않고서야 힘들어요. 이번 사건은 치밀하게 준비해 온 사람의 소행도 아니지만, 우발적으로 저지른 것 같지도 않거든요. 그랜트 서장님을 평소 잘 알던 사람이 미움이나 분노의 감정으로 서장님을 죽인 것 같습니다."

"그럼……, 범인이 우리 마을 사람이란 말이에요?"

"내 추측으로는 그래요. 물론 완벽한 세상에서는 추측 같은 것은 금기시해야 할 테지만요. 누구의 DNA와 일치하는지 마을 사람들 모두를 대상으로 시험해 볼 생각입니다.”

“완벽한 세상에서는 살인도 일어나지 않을 거고, 그렇게 되면 당신의 밥줄도 끊길 텐데요.”

“그렇군요.”

마이크가 씩 웃었다.

“그래서 내가 당신을 사랑하는 겁니다, 한나. 당신은 뭐든지 객관적으로 판단하니까요.”

한나는 숨을 크게 들이마시고는 두 입술을 꾹 다물었다.

마이크가 말한 ‘사랑’의 뜻이 단순히 좋아한다는 의미인지 아니면 글자 그대로 사랑한다는 의미인지 물어보기가 왠지 겁이 났다.

갑자기 조용해져 버린 한나의 모습은 전혀 아랑곳하지 않고 마이크는 테이블 앞으로 몸을 기대어 한나의 손을 잡고는 그의 두 손으로 따뜻하게 감쌌다.

“이제 디저트 먹을까요? 아니면 뭐라도 포장해서 한나의 아파트에서 같이 먹을까요?”

한나의 가슴은 마구 뛰었다.

오늘 밤은 일에서 완전히 놓여날 것이라고 하더니 지금 한나의 아파트로 가서 같이 시간을 보내자고 하지 않은가. 혹시 프러포즈를 하려는 건 아닐까?

“한나?”

마이크가 미소를 지었다.

한나도 답례로 미소를 지어 보였다. 마침 앉아 있는 것이 다행이었다. 무릎이 후들후들 떨려 어쩌지 못하고 있었던 것이다.

"애플파이를 먹어요." 한나가 말했다.

그런 후 마이크가 디저트를 주문하고 계산을 할 동안 한나는 마음속으로 엄마가 준 공기청정기가 부디 제 역할을 충실하게 다 해주었기를 간절히 빌며 손가락을 꼬았다(미국에서는 행운을 빈다는 의미를 상징할 때나 거짓말을 할 때 중지를 꼬아서 집게손가락 위에 포갠다).

"그러니까 그랜트 서장 살인사건에 대해 새로 알게 된 사실이 아무 것도 없단 말이죠?"

마이크가 애플파이와 함께 나온 아이스크림을 떠먹으며 물었다.

"별로요."

한나는 포크를 들지 않은 왼손으로 손가락을 꼬며 사실을 부인했다.

수지 행크스가 그랜트 서장님의 손녀딸이라는 것과 그 문제 때문에 서장님이 살해당했던 날 학교 주차장에서 루앤과 다툼이 있었다는 사실은 매우 중요한 얘기들이었지만, 마이크에게는 말하지 않았다.

"빌의 결백을 밝혀내는 데 바빠서 사건에는 별로 신경을 못 썼어요. 마이크는 어때요? 그랜트 서장님의 집이랑 차를 수색했을 텐데, 뭐 건 진 것이라도 있나요?"

그러자 마이크가 고개를 저었다.

"전혀요."

"그럼 서장님이 살해당했을 당시 수사하던 사건도 모르겠네요?"

"네, 사건을 수사 중이라는 소문만 있을 뿐 경찰서 어느 누구도 자세히 아는 사람이 없더군요."

마이크의 두 눈이 살짝 둥그레졌다.

"한나도 아무 얘기 못 들었죠?"

"중요한 얘기는 별로. 내가 아는 사실은 서장님이 선거 전에는 항상 큰 사건을 수사하셨다는 것뿐이에요. 그렇게 해서 사건을 해결하면 사람들의 인기를 등에 업고 매번 선거에서 당선이 되셨죠. 그러니 아마 이번에도 큰 사건을 수사 중이었을 거예요."

마이크가 물었다.

"그런 생각은 어떻게 하게 됐습니까?"

"엄마의 친구분 중 한 분이 알려주셨어요."

이번에는 손가락을 꼽 필요가 없었다. 바바라 도넬리는 엄마와 같은 레이크 에덴 역사회의 회원이었으니 말이다. 두 사람을 가까운 친구 사이라고는 할 수 없어도 어쨌든 친구인 건 맞았다.

"그에 대한 자료가 서장님의 책상이나 서류가방 같은 데 남아 있었을 것 같은데……."

그러자 마이크가 고개를 저었다.

"사무실에는 아무것도 없었습니다. 서장님 댁 서재도 텅 빈 서류가방 몇 개를 제외하고 아무것도 없었고요. 수사하던 사건이 있었다면, 분명히 메모나 노트가 어딘가에 남아 있었을 겁니다."

"마이크의 생각이 맞을지도 모르죠."

한나가 대답했다. 그리고는 자신도 모르게 하나마나 한 부탁을 했다.

"내가 직접 그랜트 서장님 댁 서재를 살펴볼 수 있으면 좋을 텐데요. 마이크가 뭔가 빠뜨리고 못 본 것이 있을지도 모르잖아요."

그러자 마이크가 우유 푸딩처럼 달콤한 미소를 지으며 말했다.

"전문가는 나예요, 한나가 아니라. 수색하는 방법쯤은 아주 잘 알고 있다고요. 내가 놓친 것은 아무것도 없습니다."

"어-오."

한나는 작은 소리로 혼자 중얼거렸다.

마이크의 신경을 건드리고 말았으니 그를 다시 좋은 분위기로 몰아가려면 상당한 노력이 필요할 것이다.

"내 파이도 마저 먹을래요? 너무 커서 나 혼자 다 못 먹겠어요."

"음……, 그러죠."

마이크가 신경을 살짝 누그러뜨리며 대답했다.

하지만 고작 파이 몇 조각 갖고 마이크의 마음을 모두 누그러뜨릴 수 없다는 사실을 한나는 잘 알고 있었다.

"같이 영화 볼래요? 최근 출시된 경찰 스릴러물을 하나 빌려뒀는데."

그러자 마이크가 또다시 달콤한 미소로 한나를 쳐다보았다. 이번엔 날카로움이 배제된 따사로운 미소였다.

"왜 내가 그런 영화를 좋아할 거라고 생각하죠?"

"글쎄요."

한나가 어깨를 으쓱해 보였다.

"마이크가 하는 일이 그런 것들이니까요."

"그런 것들이 뭔데요?"

"있잖아요……. 첨단 무기를 갖고 덤벼오는 나쁜 놈들을 모두 때려잡는 냉철한 사나이."

마이크는 고개를 뒤로 젖히며 호탕하게 웃었다.

"한나는 영화에 대한 고정관념이 있군요. 나쁜 놈들이 아무리 총을

쏴도 주인공은 절대 맞지 않죠. 온갖 소음과 화려한 액션들이 카메라 화면상에서는 정말 멋져 보여요."

"사실이에요."

마이크의 날카로웠던 신경도 어느새 누그러진 것도 사실이었다.

"그래서 내가 그런 영화를 좋아해요. 영화에 나오는 음모나 계획 같은 것들을 보면서 어떤 허점이 있는지 찾는 게 재밌거든요."

"나도요. 그래서 무슨 영화를 빌렸는데요?"

10분 후, 마이크와 한나는 사이좋게 소파에 앉아 전자레인지에 돌린 팝콘을 먹으며 영화 속에서 찾아낸 허점들에 대해 웃으며 얘기하고 있었다.

마이크의 한쪽 팔은 한나의 어깨를 다정하게 감싸고 있었고, 다른 한쪽은 모이쉐가 꼭 붙어 앉아 영화의 볼륨을 더욱 높여야 했을 만큼 큰 소리로 가르랑거리고 있었다.

한나의 주의는 두 군데로 분산되어 있었는데, 하나는 당연히 마이크에게로였다. 아늑한 집에서 그의 옆에 이렇게 꼭 붙어 앉아 있는 것이 얼마나 안정적이고 편안하게 느껴지는지 말이다.

그리고 다른 하나는 영화에 집중되어 있었는데, 경찰이 딸이 살해당한 후 어느 것 하나 건드리지 않은 죽은 딸아이의 방으로 들어가 살인범을 꼭 잡겠다고 맹세하는 장면이었다.

"정말 이상해."

자신도 모르게 큰소리로 중얼거린 한나를 마이크가 어리둥절한 표정으로 쳐다보았다.

"죽은 사람의 방을 살아 있을 때 그대로 둔다는 게 이상해요. 그랜트 서장님도 제이미 방을 그대로 뒀거든요."

마이크가 일시정지 버튼을 누르고는 다시 한나를 쳐다보았다.

"어떻게 알았습니까?"

"아, 그것도 예전에 네티가 말해줬어요."

한나는 '예전'을 강조하여 대답했다. '예전'이라고 해봤자 며칠 전의
일이긴 하지만 말이다.

"제이미의 방을 정리하려고 했는데, 그랜트 서장님이 손도 못 대게
했대요."

"안 그래도 집 안을 살펴보면서 봤어요. 3년이 넘은 제이미의 학교
과제가 의자에 그대로 쌓여 있더군요. 옷장의 옷들도 그대로고."

"이상하다고 생각하지 않았어요? 그러니까, 아들이 살아 있을 때 그
대로 둔다는 게요. 서재 같은 것으로 다시 꾸며도 됐을 텐데."

그러자 마이크가 어깨를 으쓱해 보였다.

"사람마다 생각은 다르기 마련이죠. 아직 슬픔이 남아 있는 건지도
몰라요. 나도 아내가 죽고 나서 그녀의 옷장을 정리하는 데 거의 1년이
걸렸어요. 그것도 내 옷을 걸어둘 공간이 부족해졌을 때야 간신히 정리
를 했어요. 그래도 화장대는 결국 치우지 못하겠더군요. 그건 지금도
그대로 갖고 있어요."

"여기에요? 레이크 에덴에?"

"네, 손님방에 두니까 그런대로 보기가 괜찮더군요. 아직 손님방에
누굴 재워본 적도 없고. 아내와 함께했던 시절이 얼마나 즐거웠는지 추
억을 떠올릴 수 있을만한 물건 하나 정도는 간직하고 싶었어요."

한나는 은근슬쩍 질투심이 발동했다.

그럼 지금 마이크의 인생은 전혀 즐겁지 않단 말인가? 하지만 마이크가 솔직하게 그의 마음을 보여주는 이때 질투는 옳지 못했다.

마이크를 처음 만나기 시작할 때, 마이크는 아직도 죽은 아내에 대한 마음이 남아 있어 쉽사리 재혼을 생각할 수 없다고 고백하지 않았는가.

그런 그를 한나도 이해한다고 했었고 말이다.

"그런 마음은 이해해요."

한나가 말했다.

"하지만, 네티가 제이미의 물건을 정리하고 그 방을 다른 용도로 꾸미려 했다고 해서 그녀가 그랜트 서장님보다 덜 슬펐던 건 아니라고 생각해요. 삶은 계속되는 거예요. 그러니까 산 사람은 계속 살아야죠. 죽음도 삶의 일부분이니까요."

"한나는 나보다 훨씬 더 현실적이군요. 내가 만약 내일 죽는다면 한나는 내가 크리스마스 선물로 주었던 로켓을 쏘아버리고, 카운티 페어에서 같이 찍었던 사진도 전부 없앤 다음 당장에 날 잊어버리겠어요."

"그렇지 않아요."

한나가 그의 볼을 어루만지며 말했다.

"기억할만한 물건을 가지고 있지 않아도 당신을 잊지 않을 거예요, 마이크."

한나의 예상대로 두 사람은 감미롭게 키스를 나눴다. 그리고 그 키스는 또 다른 키스를 불러왔다.

두 사람의 애정행각에 모이쉐는 방어적인 울음소리를 내다 좀 더 안락한 곳을 찾아 소파에서 훌쩍 뛰어내려 버리고 말았고, 그런 모이쉐의 모습에 두 사람은 동시에 웃음을 터뜨렸다.

마이크가 다시 한나를 품에 안으려는 순간 경쾌한 벨소리가 울려 퍼졌다.

마이크는 신음 소리를 내며 한나를 풀어주었다.

"핸드폰이에요."

마이크가 재킷을 집으며 말했다.

"긴급 상황일 때만 전화하라고 했는데."

마이크의 말에 한나는 한 문장의 답을 마음속에 새겼다.

그는 경찰이다. 휴일이건 아니건, 중요한 순간에 처해 있든 아니든 경찰서에서 부르면 바로 응답해야만 했다.

"헤이, 쇼우나 리."

마이크의 말에 한나의 귀가 퍼뜩 뜨였다.

잠시 후 마이크가 한나를 피해 소파 구석으로 자리를 옮겨 통화하자 한나의 눈에 경고의 불빛이 마구 반짝이기 시작했다.

"그럼, 다 끝낸 겁니까?"

한나는 텔레비전 위에 놓인 시계를 바라보았다.

밤 9시가 넘은 시각이었다.

쇼우나 리는 이 늦은 시간까지 경찰서에서 일을 하고 있단 말인가?

"그건 걱정하지 말아요. 다 끝나면 전화하라고 한 건 나니까요. 15분 내로 가겠습니다. 로비에서 기다려요."

마이크가 핸드폰을 다시 재킷 주머니에 넣고 한나를 돌아볼 때까지 한나는 줄곧 얼굴을 찌푸리고 있었다.

조금 전까지만 해도 열정으로 달아올랐던 그녀가 지금은 불만과 불평으로 가득 달아오르고 있었다.

"쇼우나 리가 한나와의 데이트가 끝날 때까지 경찰서에서 기다리겠다고 하네요. 그녀의 차가 고장이 나는 바람에 내가 집까지 태워다주겠다고 약속했거든요."

"잠깐만요."

한나가 마음속으로 이를 바드득 갈며 말했다.

"나랑 데이트가 끝나면 집까지 바래다주겠다고 쇼우나 리에게 약속했단 말이에요?"

"그럼요. 어차피 내일 아침에 나도 그렇고 한나도 그렇고 일찍 출근해야 하니까 늦게까지 있진 못하지 않습니까. 그래서 쇼우나 리에게 자료 정리가 다 끝나면 전화하라고, 내가 데리러 가겠다고 했어요."

"'데이트'라는 말의 정의가 뭔지 모르는군요."

한나가 마이크를 쏘아보며 중얼거렸다.

"왜 그래요? 그냥 집까지 태워다주는 것뿐입니다. 정말 그것뿐이라고요."

"이건 어때요?"

한나가 두 손을 엉덩이에 끼운 채 그를 정면으로 바라보았다.

"조금 전까지만 해도 우리 두 사람, 소파에서 굉장히 다정했다구요. 적어도 난 그게 뭔가 의미가 있다고 생각했어요."

그러자 마이크가 한나의 손을 잡았다.

"의미가 있어요, 한나."

"하지만 당신은 쇼우나 리가 이 순간을 방해하도록 내버려뒀잖아요."

마이크는 잠시 생각하는 듯하더니 롤러코스터를 탄 듯 한나의 마음을 울렁이게 하는 따뜻한 미소로 말했다.

"오늘 밤에 같이 있자는 건가요?"

"절대 그렇지 않아요!"

한나가 쏘아붙였다.

"쇼우나 리와 약속을 했으니 약속은 지켜야죠!"

마이크는 한동안 말이 없더니 이내 한숨을 내쉬었다.

"내가 만약 그 약속을 하지 않았다면요?"

"그야 모르죠."

한나는 그에게 마구 소리를 지르거나 잘생긴 얼굴에 찰싹 따귀를 날리거나 그것도 아니면 야구방망이로 그를 저 우주까지 날려버리고 싶은 심정이었지만, 실제로 행동에 옮기진 않았다.

그저 아무렇지도 않은 듯 체면을 지키며 그에게 재킷을 건네주었을 뿐이다.

"적어도 내 약속이 먼저인데 말이야!"

한나가 모이쉐에게 거실로 따라 나오라고 손짓했다. 그리고는 커피 테이블 위에 요구르트가 담긴, 엄마가 3년 전에 크리스마스 선물로 준 값비싼 컷글라스 디저트 접시를 내려놓았다.

"요구르트는 건강에 좋은 음식이니까 너한테도 좋을 거야."

모이쉐가 행복하게 요구르트를 할짝거리는 동안 한나는 다시 주방으로 돌아가 냉장고에 요구르트 병을 집어넣고 백포도주를 한 잔 따랐다.

마을에 또 한 건의 살인사건이 발생하기 전에 쇼우나 리와 마이크에 대한 분노를 가라앉혀야만 했다.

한나는 다시 거실로 나와 소파의 늘 앉던 자리에 앉아 팔 밑에 가장 좋아하는 베개를 끼고는 포도주를 홀짝이며 날카로워진 신경을 달래줄 만한 채널을 찾아 TV 리모컨을 마구 돌렸다.

해달에 대한 다큐멘터리 프로그램에 채널을 막 고정하는 데 노크소리가 들렸다.

만약 마이크가 돌아온 것이라면 절대 문을 열어주지 않으리라. 쇼우나 리를 집까지 데려다 주고 다시 돌아오는 마이크를 결코 집 안에 들일 수 없다.

"누구세요?"

한나가 현관문 손잡이에 손을 얹고 물었다.

"나에요. 돌아왔어요. 문 열어요, 한나."

노먼의 목소리와 많이 닮아 있었다.

계단참에 달린 전등은 현관문에 나 있는 구멍 반대편에 있어 구멍으로 내다보았자 사람의 윤곽만 보일 뿐, 별 도움이 되지 않는다는 것을 알면서도 한나는 구멍으로 문밖을 내다보았다.

"노먼이에요?"

한나가 문을 열며 물었다.

그러자 포근하고 든든한 실루엣의 노먼이 눈앞에 서 있었다.

노먼은 마이크만큼 여자에게 인기가 좋은 타입은 아니었지만, 한나는 기뻤다. 가슴 떨리는 만남은 오늘 하루 저녁으로도 충분했다.

"안녕, 한나."

노먼이 씩 웃었고, 한나의 마음은 기쁨으로 요동쳤다.

노먼이 정말 보고 싶었다.

"어서 와요, 노먼."

한나가 문을 활짝 열며 말했다.

노먼이 빠른 걸음으로 모이쉐를 지나쳐 들어와 거실에 우뚝 섰다. 그리고는 모이쉐를 번쩍 안아 아기처럼 어르며 녀석의 볼을 어루만져 주었다.

"네가 보고 싶었어, 녀석."

"나는요?"

한나가 참지 못하고 물었다.

"나는 안 보고 싶었어요?"

"그거야 당연하구요. 내가 너무 늦게 얘기한 건 아니죠?"

"늦은 타이밍 같은 건 없어요."

노먼의 재킷을 받아 문 뒤의 의자에 걸쳐놓으며 이 말을 평생의 모토로 삼으면 어떨까 한나는 잠시 생각했다.

"마실 것 좀 줄까요? 커피도 있고, 포도주도 있고, 주스도 있고요, 뭐든지 말만 해요."

"무카페인이면 아무거나 좋아요. 비행기에서 커피를 너무 많이 마셔서요."

한나가 주방에서 노먼의 주스를 가지고 나왔을 때 그는 무릎에 모이쉐를 올려놓은 채 소파에 앉아 있었다.

모이쉐는 이번엔 확실히 녀석만의 권리를 누리는 듯 보였다.

한나는 주스를 커피 테이블 위에 내려놓고는 늘 앉던 소파의 반대편 자리에 앉았다.

"어떻게 이렇게 일찍 돌아왔어요?"

"한창 학회 중이었는데, 안드레아가 그랜트 서장님이 돌아가셨다며 내게 연락을 했어요. 나이트 박사님 명령으로 안드레아가 거의 집 밖으로 나오질 못한다기에 한나에게 도움이 필요할 것 같아서 달려왔죠."

"그래 주다니 정말 고마워요. 정말로 노먼이 필요했어요."

한나가 활짝 웃으며 말했다.

"다행이에요."

한나의 말에 노먼도 기뻐하는 듯했다.

"내가 어떻게 도우면 될까요?"

한나는 심호흡을 한 뒤 그랜트 서장님 댁 서재에 있을 빈 서류가방에 대해 얘기했다.

"네티 그랜트, 알죠?"

"그럼요. 작년에 매복된 어금니 때문에 고생하셨는걸요."

"마침 네티가 위스콘신에 있는 친척집에 가서 지금 집이 비어 있는데, 몰래 들어가서 단서를 찾아봐야 할 것 같아요. 도와줄 거죠?"

"그거 불법 아니에요?"

"네, 하지만 꼭 잡아야 할 범인이 있는데 그 정도 위법이야 문제 될 것 없잖아요. 도와줄 거죠?"

노먼은 숨을 크게 들이마시더니 이내 다시 내쉬었다.

"그래야 할 것 같네요. 당신을 혼자 내버려둘 순 없으니까요. 언제 할 건데요?"

"빠를수록 좋아요. 오늘 밤에 하면 좋겠지만, 낮에 하는 게 더 나을 것 같네요. 낮에 들어가면 손전등을 사용하지 않아도 되니 괜히 이웃들 눈에 띄는 일이 없을 거 아니에요. 내일 아침, 어때요?"

노먼은 완전히 내키지 않은 듯 보였지만, 이내 동의했다.

"알았어요."

"좋아요. 노먼이 예정보다 일찍 돌아와 줘서 정말 다행이에요. 그것 때문에 학회 일에 지장이 있는 건 아닌지 모르겠네요."

"괜찮아요. 어차피 지루하기만 한 걸요."

"오."

지루하다는 표현이 노먼의 전 약혼녀까지 포함하여 말한 것일까 궁금해하며 한나가 대답했다.

"뭣 좀 먹을래요? 기내식이 입맛에 맞지 않았을 텐데."

"마침 얘기하는군요. 배가 좀 고픈데, 나가서 햄버거라도 먹을까요?"

그러자 한나가 고개를 저었다.

"고맙지만 난 이미 먹었어요. 그러지 말고 내가 만들어줄게요. 홀인원 어때요?"

"그게 뭔데요?"

"대학 시절 밤새 공부할 때면 룸메이트에게 만들어줬던 간단한 요리에요. 원칙적으로 부르자면, 계란 프라이와 팬에 구운 토스트 요리죠."

"맛있겠는데요. 내가 도와줄까요?"

"아뇨, 이건 한 사람이 해도 충분해요. 노먼은 그냥 소파에 앉아 TV나 보고 있어요. 내가 금방 만들어 올 테니까."

주방으로 들어서며 한나는 미소를 지었다.

노먼이 돌아온 것이 이렇게 반가울 수가 없었다. 갑자기 모든 문제들이 쉽게만 느껴지고 어깨를 무겁게 짓누르던 중압감도 반으로 줄어버렸다.

결혼한 주부들이 남편과 함께 슬픔과 기쁨도 함께 나누고 헤쳐나간다고 말하는 것이 바로 이런 걸 뜻하는 건가? 그럼 이제 마이크는 잊어버리고 노먼에게만 집중해야 할까?

홀인원 요리를 만드는 데는 그리 오랜 시간이 걸리지 않았다.

한나가 요리를 들고 다시 거실로 나왔을 때 노먼은 아까 한나가 마이크와 함께 보고 있던 비디오를 돌려보고 있었다.

"여기요, 노먼."

"영화가 정말 재밌는데요!"

노먼이 일시정지 버튼을 누르고는 환하게 미소 지으며 말했다.

"정말 그렇죠? 나도 가끔 한 번씩은 이런 영화를 빌려 봐요. 근데 노먼도 경찰물을 즐겨보는 줄 몰랐네요."

"즐겨보진 않아요."

노먼이 수줍게 웃으며 말했다.

"근데 이건 너무 형편없는 게 오히려 더 재밌는 것 같네요."

"그럼 같이 봐요."

한나는 노먼 옆에 앉아 비디오의 재생 버튼을 눌렀다. 앞부분은 이미 마이크와 함께 본 것이지만 한나는 전혀 개의치 않았다.

대사들은 진부했고, 장면마다 폭력성이 넘쳤으며 영화의 핵심이라고 할 수 있는 음모는 전혀 현실성이 없어 보였을 뿐더러 등장인물의 캐릭터 역시 공상적이었지만, 그럼에도 한나는 영화에 집중할 수 있었다.

마이크와 이미 한 번 본 적이 있는 장면들이기에 일종의 데자뷰 현상처럼 즐길 수 있기 때문인지도 모르고, 배우들이 시시한 대사 한 마디

에도 아이처럼 재미있어 하며 웃음을 터뜨리는 노먼 때문인지도 모르
겠다.

한나가 만들어준 요리를 다 먹고 난 노먼은 한나에게 가까이 다가앉
아 그녀의 어깨에 친근하고 다정하게 손을 둘렀다.

"끝났네요."

영화가 끝나자 노먼이 말했다.

"드디어!"

한나가 한숨을 내쉬며 말했다.

"지금까지 본 것 중에 제일 재미없는 영화였어요."

"한나가 없는 시애틀만큼이나 시시하네요. 재밌는 것을 볼 때마다 한
나에게 얘기해주고 싶었지만 시애틀에는 당신이 없더군요."

"나도 그랬어요."

노먼의 키스는 그다지 놀랍지 않았지만, 한나는 자신의 열정적인 반
응에 놀라고 말았다.

그의 팔에 안겨 있는 것이 너무나 좋았다. 노먼과 함께 있으면 늘 이
렇게 편안하고, 따뜻하고, 만족스러운 기분이 들곤 한다.

모이쉐가 가련한 울음을 울어대자 노먼이 한나를 풀어주었다.

녀석은 소파 뒤에 앉아 생각을 알 수 없는 노란 눈으로 두 사람을 노
려보고 있었다.

"이 녀석, 질투하는 건가요?"

노먼이 물었다.

"아닐 걸요."

남녀의 애정행각에 이미 퇴출당한 적이 있던 모이쉐가 또다시 그런

일이 생길까 봐 두려워서 그러는 것이라고는 차마 말할 수 없었다.

"아마 피곤하니까 얼른 잠자리를 봐달라는 걸 거예요."

"피곤하단 얘기가 나와서 말인데, 나도 마찬가지군요."

노먼이 손목시계를 내려다보며 말했다.

"어머니께 전화해서 내가 왔다는 걸 말씀드리는 편이 좋겠어요. 그러지 않으면 날 침입자로 생각해 몽둥이를 휘두를지도 모르니까요."

"지금쯤이면 이미 주무시고 계시지 않을까요?"

한나가 물었다.

"아닐 거예요. 지금이 9시 30분인데, 어머닌 10시 전에는 절대 잠자리에 드시는 법이 없거든요."

"지금은 11시 30분이에요, 노먼."

한나가 텔레비전 위에 놓인 시계를 가리키며 말했다.

"손목시계가 아직 시애틀의 시간에 맞춰져 있나 봐요."

"아, 그렇군요. 바꾸는 걸 깜빡했어요. 어머니한테 전화하기에 이미 늦어버렸네요. 들어갈 때 너무 놀라시면 안 될 텐데."

"무엇 하러 그렇게 해요? 그냥 여기서 자고 내일 아침에 가요."

그러자 노먼이 환한 얼굴로 돌아보며 물었다.

"그러니까……, 여기서 밤을 보내라고요? 한나랑 같이?"

"물론이죠. 손님방에 침대도 마침 정리해놓았거든요."

"오!"

대답하는 노먼의 표정은 아까만큼 환하지 못했다.

"고맙지만, 그래도 집에 가는 게 좋겠어요. 아침에 내가 한나의 집에서 나오는 걸 이웃사람들이 보기라도 하면 분명히 오해할 테니까요."

노먼이 떠나자 한나는 늘 잠자리에 들기 전에 행하는 의식처럼 문을 잠그고, 창문이 잘 잠겼는지도 여러 번 확인한 후 불을 껐다.

잠옷으로 갈아입으며 한나는 만약 노먼에게 손님방 얘기를 하지 않았더라면 그가 한나의 집에서 자고 갔을까 궁금해졌다.

마이크와는 달리 노먼은 한 번도 한나의 집에서 같이 시간을 보내자는 등의 얘기를 꺼낸 일이 없지만, 말하지 않는다고 해서 원하지 않는다는 것은 아니니까.

한나는 한숨을 내쉬며 홀로 침대에 올랐다.

대략 3초 정도는 완벽하게 혼자였던 것 같다. 매트리스의 진동과 함께 모이쉐가 펄쩍 뛰어올라 한나가 녀석에게 베개를 뺏기지 않기 위해 따로 마련해준 비싼 오리털 베개에 몸을 비볐다.

"너라도 있으니 위안이 되는구나."

한나가 손을 뻗어 모이쉐를 딱 세 번만 토닥여주었다.

더 이상 손길을 뻗었다가는 금세 침대 발치로 달아나 버리는 까다로운 녀석이니 말이다.

한나는 거실에서 저녁나절 나름의 유희를 즐겼던 두 남자를 생각하며 이불 안으로 기어들었다.

두 남자 모두 한나에게 키스를 했고, 서로 느낌은 다를지언정 한나는 둘 다 만족스러웠다.

노먼과의 키스는 급강하가 심한 비행기에서 내린 뒤 공항에서 택시를 잡아타는 것과 같은 기분으로 매우 편안하고 안정감이 느껴진다.

반면 마이크와의 키스는 최고 기록을 깨버리기 위한 쾌속질주를 하는 것처럼 매우 흥분되고 스릴이 넘친다.

흥분과 스릴보다는 편안함과 안정감을 택해야 하는 걸까?

베개에 머리를 묻으며 한나는 한숨을 내쉬었다.

둘 다 좋은데 어떻게 하나만 선택할 수 있겠느냐 말이다.

홀·인·원

재료

빵 1장(어떤 종류든 상관없어요)

계란 1개 / 부드러운 버터 / 쿠키틀 혹은 주스 잔

만드는 법

1. 프라이팬에 눌어붙는 걸 방지해주는 스프레이를 뿌립니다.

2. 빵의 한쪽 면에 버터를 바른 뒤 버터를 바른 쪽을 밑으로 향하게 하여 프라이팬에 올려놓습니다. 그리고 위로 올라온 부분에 버터를 바릅니다(주걱 같은 것을 사용하면 더 쉽게 바를 수 있어요).

3. 쿠키틀이나 주스 잔 등을 이용해 빵 한가운데를 동그랗게 구멍 냅니다. 떼어낸 빵 조각은 꺼내지 말고 빵 옆으로 빼내어 같이 구워줍니다.

4. 중간 정도의 불에서 빵이 바삭하게 익을 때까지 굽습니다. 그런 다음 계란을 동그랗게 구멍이 난 부분에 깨뜨려 넣습니다(배가 많이 고플 때는 두 개도 좋아요). 계란에 소금과 후추를 조금 뿌립니다. 계란의 밑부분이 어느 정도 익었으면 빵과 함께 전체를 뒤집어줍니다. 물론 따로 떼어낸 동그라미도 같이 뒤집어줘야겠죠? 그렇게 계란이 다 익을 때까지 굽습니다.

트레시에게 이걸 아침식사로 만들어주면
무척 좋아한답니다. 트레시는 덜 익힌 계란 노른자에
구운 빵을 찍어 먹곤 하는데,
역시 고모를 닮아서 식성도 창의적이에요.

"이거 한 상자, 따로 포장해서 노먼에게 환영 선물로 주기로 해요."

선반에서 오렌지 스냅스가 담긴 쿠키틀을 미끄러지듯 꺼내며 리사가 제안했다.

"좋은 생각이야. 안 그래도 노먼이 돌아온 게 얼마나 반가운지."

"혹시 오늘 우리가 특별히 해야 할 일이 있나요?"

"사실……, 있어."

한나는 예민해질 대로 예민해진 신경을 진정시키려 심호흡을 했다.

노먼과 함께 네티의 집을 염탐할 거란 얘기는 범죄행위에 동조자로 만든 것에 왠지 모를 죄책을 느껴 아직 리사에게 말하지 못했다.

하긴 이제 와서 죄책감을 느낀다는 것이 조금 우습기도 했다. 지금껏 줄곧 합법적이지 않은 방법으로 단서들을 수집해오지 않았던가.

하지만 이번엔 조금 달랐다. 예전처럼 막무가내로 서두르지 않고 하룻밤을 꼬박 생각하며 만약 일이 잘못되었을 경우까지 모두 떠올려 보았던 것이다.

할머니는 늘 행동하기 전에 충분히 생각해야 한다고 말씀하시곤 했다. 하지만 모든 사람들이 그 교훈에만 충실하게 된다면 사소한 행동

하나에도 수많은 장점과 단점들을 분주히 오가며 고민만 하느라 실천은 뒷전이 되어버릴 것이다.

"뭔데요?"

"뭐가?"

생각에 집중한 나머지 한나는 그만 대화의 끈을 놓쳐버리고 말았다.

"오늘 해야 할 특별한 일이라는 게 뭐냐구요."

"아, 그거."

한나는 또다시 심호흡을 한 뒤 와르르 말을 쏟아놓았다.

"아침에 몇 시간만 혼자 카페 좀 봐줘. 노먼이랑 같이 네티 집에 가기로 했거든."

"네티 집엔 아무도 없을 텐데요."

"알아. 창문도 모두 꽁꽁 닫고 갔다면, 열쇠를 따야 할 거야."

"왜요?"

"그랜트 서장님이 쓰시던 서재를 살펴봐야 하거든."

"아니, 그게 아니라요. 저한테 열쇠가 있는데 무엇 하러 문을 따고 들어가냐고요."

"열쇠가 있어?!"

고등학교 때 자신을 알토 파트에 앉혔던 음악 선생님의 판단이 틀렸다는 것을 한순간에 증명할만한 높은 톤의 음성으로 한나가 되물었다.

"집에 있는 화초에 제가 대신 물을 주겠다고 했더니 네티가 저한테 열쇠를 맡기고 가셨어요."

리사의 생각을 눈치 챈 한나가 믿을 수 없다는 듯 고개를 설레설레 저었다.

"네티 집을 살펴보고 싶어할지도 모른다고 생각해서 일부러 자청한 거야?"

"네." 리사가 활짝 웃으며 대답했다.

"한나가 억지로 문을 부수고 들어가는 건 원치 않거든요."

"전에도 말했지만, 한 번 더 얘기해야겠어. 리사는 정말이지 내게 보석 같은 존재야."

"이왕이면 첫물에서 탄생한 다이아몬드라고 해주세요."

한나가 놀란 눈빛으로 쳐다보자 리사가 킥킥거렸다.

"보니 서마가 다음번 레전시 클럽 모임에 낼 쿠키를 주문하고 갔는데, 초청강사를 그렇게 부르더라구요. 그래서 제가 무슨 뜻이냐고 물어 봤죠."

"그랬더니 뭐래?"

"성품을 뜻하는 건데 보통 숙녀들을 지칭한대요. 그중에서도 첫물의 다이아몬드라면 외모도 빼어나고, 예절도 바르게 갖추었을 뿐더러 혈통까지 좋은 사람을 말한대요."

한나는 잠시 생각에 잠겼다.

"그거 말 되네. 다이아몬드는 물로 세공을 하니까 가장 크고 값진 다이아몬드도 첫물에서 탄생할 거 아니야. 그러니 갓 세공된 다이아몬드가 제일 값질 수밖에 없겠지. 리사처럼 말이야."

"고마워요." 한나의 칭찬에 리사의 볼이 발그레해졌다.

"들어가실 때는 뒷문으로 들어가시는 게 좋을 거예요. 네티 집 담장이 높아서 뒤로 들어가면 아무도 보지 못할 테니까요."

"좋은 생각이야."

"그리고 무엇을 하든 화초들은 절대 건드리면 안 돼요."

한나는 혼란스러웠다.

"화초를 건드릴 일은 없겠지만, 그건 왜?"

"한나의 손이 닿으면 죽어버릴지도 몰라요. 그러면 빌과 마이크도 눈치 채지 않겠어요? 화초를 죽이는 데는 한나가 선수니까요."

"카메라를 가져왔어요?"

네티 집 뒷골목에서 노먼을 만난 한나가 그의 목에 걸린 카메라를 보고는 물었다.

"사진을 찍어두면 나중에라도 기억하기에 더 쉬울 것 같아서요."

"생각 잘했네요. 차는 어디에 주차했어요?"

한나가 문을 열고 담장으로 둘러쳐진 뒷마당으로 노먼을 재촉하며 물었다.

"두 블록 떨어진 곳에요, 한나는요?"

"난 걸어왔어요. 혹시 내 트럭이 눈에 띌까봐서요."

"붉은 애플캔디 빛인데다가 번호판에는 '쿠키'라고 쓰여 있고, 양쪽 문에는 '쿠키단지'라고 적혀 있어서요?"

"맞아요."

어젯밤보다 더 든든하게 느껴지는 노먼을 보며 한나가 웃음을 터뜨렸다.

"당신이 돌아와서 정말 좋아요, 노먼. 노먼이 없었다면 쉽게 용기를 내지 못했을 거예요."

한나의 말을 칭찬으로 들은 노먼이 미소를 지으며 한나를 가볍게 안았다. 그런 다음 그는 함께 네티 집 뒷문으로 향하는 계단을 올라 조그만 가죽 케이스를 하나 꺼냈다.

"치과 장비들이에요." 그가 지퍼를 열며 설명했다.

"문을 여는 데 도움이 될 것 같아서요."

"효과만점일 것 같지만, 이제 필요가 없게 됐어요."

한나가 리사에게서 건네받은 열쇠를 주머니에서 꺼냈다.

"열쇠가 있거든요."

"오, 그렇군요."

열쇠로 문을 여는 한나의 곁에서 노먼은 어쩐지 실망한 듯 보였다.

한나가 집 안을 발을 들여놓고는 뒤를 돌아 노먼을 쳐다보았다.

그는 여전히 얼굴을 찌푸리고 있었다. 아무래도 노먼은 그의 도둑 자질을 이번 기회에 시험해 보고 싶었던 모양이다.

"장비는 계속 가지고 있어요. 혹시 서재 문을 열 때 필요할지도 모르니까요."

"좋아요."

한나를 따라 계단을 올라 복도를 걷는 그는 아까보다 훨씬 행복한 얼굴이었다. 그의 얼굴에 서린 행복감은 서재 문 앞에 도착해 문에 둘러쳐진 테이프를 발견할 때까지도 사라지지 않고 있었다.

"범죄현장 테이프가 처져 있는데요."

"그러게요."

"하지만 그랜트 서장님은 학교 주차장에서 발견됐잖아요."

"그랬죠."

"그럼 여긴 범죄현장이 아니지 않나요?"

"엄연히 따져보면 그렇죠. 하지만 마이크가 이렇게 테이프를 둘러놓은 것은 '내가 접근하지 말라면 접근하지 말아야 하는 거야.' 라고 붙여놓는 것이나 마찬가지일 거예요."

"그렇군요." 노먼이 씩 웃었다.

"우리가 만약 현장에서 발각이 된다고 해도 여긴 범죄현장이 아니라 테이프를 잘못 붙여놓은 거라고 생각했다고 항변할 수 있겠어요."

한나가 동의의 의미로 고개를 끄덕이며 미소 지어 보였다.

그런 다음 서재 문의 손잡이를 확인했다.

"잠겨 있어요. 좋아요. 열 수 있겠어요?"

"왜 안 되겠어요?"

노먼이 다시 가죽 케이스의 지퍼를 열었다.

"열쇠 따는 일이 치아교정기 조이는 것보다 백배는 더 쉬워요."

세밀한 감각의 손가락을 가진 치과의사의 단순한 몇 가지 동작만으로도 잠금장치는 쉽게 풀려버리고 말았다.

몇 분 지나지 않아 두 사람은 노란색 테이프 밑으로 몸을 숙이며 서재 안으로 들어섰다.

"서재라기보다는 침실이라고 하는 게 더 맞겠는데요."

"침실이 맞아요. 그랜트 서장님의 아들인 제이미 방이에요. 제이미가 대학에 들어가기 전 상태로 지금껏 그대로 두신 거예요. 제이미가 죽고 나서도 네티에게 제이미 물건에는 손도 못 대게 하셨대요."

"그게 언제 일인데요?"

"거의 3년이 다 됐을 걸요. 조금 이상하다고 생각하지 않아요?"

그러자 노먼이 어깨를 으쓱해 보였다.

"집착에 가까운 슬픔이라면, 조금은요. 하지만 그저 아들의 물건을 좀 더 간직하고 싶었던 뿐이었다면 이해가 가요."

노먼의 놀랍도록 정확한 중립적 사고에 한나는 경이로운 눈으로 그를 바라보았다. 다음번 정치 선거 때는 노먼을 꼭 추천하리라.

"사진 몇 장 찍어가죠." 노먼이 사진을 찍기 시작했다.

"살펴보기 전에 원래 모습이 어땠는지 기억해야 하잖아요."

노먼이 여러 각도에서 사진 찍기를 마치자 한나가 그에게 장갑을 건네주었다.

"노먼 것도 챙겨왔어요. 지문을 남기면 안 되니까요. 노먼은 드레스룸부터 살펴봐요. 난 그랜트 서장님의 책상을 볼게요."

"좋아요. 근데 뭘 찾으면 되는 거죠?"

"서류가방이요. 하나라도 찾으면 나를 불러요. 또 십대 아이의 방이나 서재에 있을법하지 않은 물건이 보이면 그때도 나한테 알려줘요."

한나도 장갑을 끼고서 책상을 살펴보기 시작했다. 하지만 한나가 찾은 것이라곤 오래된 영수증과 이제 쓸 수 없게 돼버린 수표책, 그리고 자잘한 회계 기록들뿐이었다.

그랜트 서장님이 제이미의 책상을 사용하면서 제이미의 물건은 모두 서랍 하나에 몰아서 넣어둔 듯 왼쪽의 가장 아래 서랍에는 제이미의 대학 카탈로그와 고등학교 성적표들, 졸업파티 프로그램 안내장, SAT(미국의 대학 입학시험)를 공부하면서 썼던, 온갖 색의 형광펜이 그어져 있는 노트 묶음 등이 들어 있었다.

경찰과 관련 있어 보이는 물건은 전혀 없었고, 그랜트 서장님이 살해당할 당시에 맡고 있었을 법한 사건에 대한 자료도 찾아볼 수 없었다.

"서류가방을 찾았어요, 한나."

노먼의 음성이 울리는 것을 보니 그는 드레스 룸 안쪽 깊숙한 곳에 들어가 있는 듯했다.

"갈색이에요?"

"네."

"그럼, 그건 우리가 가져가서 자세히 살펴봐요."

"알았어요. 책상에는 뭣 좀 있어요?"

"별로요. 혹시 클리프 노트 뭉치에 관심이 있다면 모를까."

"무슨 뭉치요?"

"클리프 노트요. 왜, 있잖아요. 학생들이 시험을 대비해서 모아두는 자료집 같은 거요."

"아, 그거요. 누군가 벼랑 위에 앉은 기분으로 다급하게 쓴 것 같다고 해서 클리프(cliff: 벼랑, 낭떠러지) 노트라고 부르죠."

"아니에요. 클리프 힐레가스라는 사람이 1950년대에 처음으로 만들었다고 해서 클리프 노트라고 부르는 거예요."

"좋아요. 내가 물러나죠. 그밖에 찾은 건 없어요?"

"중요해 보이는 건 그다지……."

한나가 책상 의자를 밀고 일어서 화장대로 다가가 서랍을 열어보았다. 거기에도 제이미의 옷가지들이 가득 차 있었다. 제이미의 속옷과 양말, 손수건 더미를 뒤지며 한나는 어쩐지 으스스한 기분이 들었다.

"아얏!"

드레스 룸 안쪽에서 노먼의 외침 소리가 들려왔다.

"무슨 일이에요?" 한나가 옷장으로 화급히 달려가며 물었다.

"뭔가 묵직한 것에 걸려 넘어졌어요. 손전등 좀 줘볼래요?"

한나는 트럭에서 꺼내온 손전등을 노먼에게 건네주고는 노먼이 무엇에 걸려 넘어졌는지 확인하려고 그의 발 언저리에 있는 제이미의 옷들을 들춰냈다.

"자동차 부품이 들어 있는 상자 같은데요."

노먼이 드레스 룸에서 상자를 질질 끌고 나왔다.

"제이미가 혼자 차 수리를 했었나 보네요."

"그랬을지도 모르겠어요. 고등학교 남자애들은 수리비가 부족해서 종종 자기들이 직접 고치기도 하니까요."

노먼이 상자 안을 보더니 얼굴을 찌푸렸다.

"웃기네요. 여기 시보레 엔진이랑 포드의 연료 주입구가 있어요."

"보기만 해도 어느 차의 부품인지 알다니, 확실히 나보다는 노먼이 차에 대해선 더 많이 알고 있군요."

한나는 인상적이라는 듯 대답했다.

"과연 그럴까요. 부품 밑을 보면 제조사가 다 쓰여 있는 걸요."

한나가 웃음을 터뜨렸다. 하지만 노먼이 했던 말이 떠오르자 어느새 웃음을 잦아들고 있었다.

"시보레의 엔진과 포드의 연료 주입구를 같이 사용할 수 있는 차가 있어요?"

"없을 걸요. 대부분 자동차 회사들은 부품을 공유하지 않으니까요. 제이미의 차종이 뭐였는지 혹시 알아요?"

"아뇨, 하지만 알아볼 수 있을 거예요. 혹시 중요할지도 모르니 여기 부품 사진도 찍어줄래요, 노먼? 난 전화를 걸어봐야겠어요."

5분도 채 지나지 않아 한나는 아까보다 더 알쏭달쏭한 표정으로 돌아왔다. 루앤 행크스와 통화를 하고 오는 길이었는데, 새로 알게 된 사실이 한나의 생각을 마구 휘저어놓고 있었다.

"사진 찍었어요?"

"필름 한 통을 다 찍었어요. 그러는 동안 서류가방을 하나 더 찾았고요. 방구석에 놓인 쓰레기통 옆에 있던데요. 차는 좀 알아봤어요?"

"그게 참 이상해요. 제이미한테는 차가 없었대요. 차가 필요할 때는 네티의 차를 빌렸다네요. 그렇지 않을 땐 할리(오토바이 브랜드)를 탔고요."

노먼이 상자를 다시 흘긋 내려다보았다.

"하지만 이건 분명히 차 부품인데요. 확실해요."

"차 부품이 오토바이에 쓰일 리 없다는 것도 확실하죠."

한나가 한숨을 내쉬며 제이미의 침대 끝머리에 걸터앉아 두 다리를 침대 밑으로 넣었는데, 뭔가 딱딱한 물체가 한나의 구두 굽에 걸렸다.

"침대 밑에 뭔가 있어요."

한시도 망설이지 않고 노먼과 한나는 바닥에 엎드려 노먼이 침대 덮개를 들고 있는 동안 한나가 손전등 불빛을 비췄다.

"또 다른 상자군요."

노먼이 상자의 가장자리를 집어 바깥쪽으로 끄집어냈다.

"무거운 것을 보니 이것도 차 부품인 것 같군요. 근데 제이미에게 차가 없었다면서 왜 이런 부품들을 갖고 있었을까요?"

"그게." 한나가 노먼을 도와 상자를 잡아당기며 말을 이었다.

"바로 핵심 질문이죠."

조금 벅차긴 했지만, 두 사람은 힘을 합해 제이미의 침대 밑에 숨어 있던 차 부품이 든 네 개의 상자를 모두 꺼내 사진을 찍었다. 또한 침대 밑에서 갈색의 또 다른 서류가방이 발견되기도 했다.

두 사람은 상자를 다시 제자리에 넣은 뒤 서류가방들을 챙긴 후 문단속을 하고 네티의 집을 나섰다.

"이제 어디로 가죠?"

노먼이 한나를 위해 운전석 문을 열어주며 물었다.

"바바라 도넬리의 집이요. 지금 우리를 기다리고 있을 거예요. 네티 집에서 나오기 전에 미리 전화했거든요."

"어떤 것이 제임스 본드 서류가방인지, 그리고 어떻게 비밀의 공간을 여는지 알려주시겠군요?"

"그렇죠."

한나는 어젯밤 설명했던 것을 다행히도 노먼이 모두 잘 기억하고 있어서 반가운 마음이 들었다. 어젯밤에는 노먼에게 설명을 하면서도 자신이 무슨 말을 하는지 통 알 수 없었을 정도로 몹시 피곤한 상태였기 때문이다.

"바바라의 집까지는 적어도 10분 정도 걸릴 거예요."

노먼이 걱정스러운 얼굴로 한나를 쳐다보며 말했다.

"뒤에 기대서 잠깐 눈이라도 붙여요. 정말 피곤해 보여요."

"피곤해요."

한나가 눈을 감으며 인정했다. 그리고 노먼이 운전하는 차의 부드러운 진동에 맞춰 한나의 마음이 둥둥 떠오르는가 싶더니 그녀는 어느새 각성과 의식 사이의 무한한 공간에서 끊임없이 유영하고 있었다.

"한나? 다 왔어요."

한나가 눈을 떠보니 노먼의 차는 어느새 바바라의 집 앞 진입로에 주차되어 있었다.

"어떻게 이렇게 빨리 왔어요?" 한나가 물었다.

"잠깐 눈을 감았을 뿐인데."

"그게 벌써 20분 전이에요. 한나가 하도 곤히 자기에 일부러 돌아서 왔어요."

"오."

노먼의 차에서 머리를 숙이고 꾸벅꾸벅 졸았다는 사실이 한나는 왠지 부끄러웠다.

"음……, 고마워요."

"어젯밤에 잠을 많이 못 잤어요?"

"그런 것 같아요." 한나는 대충 얼버무려 대답했다.

어젯밤 노먼이 돌아간 뒤 마이크와 노먼의 키스 중 어느 것이 더 좋은지를 두고 밤새 고민하느라 잠을 못 잤다는 말은 차마 할 수 없었다.

한나는 바바라의 아담한 집으로 향하는 계단을 올라 모기나 벌레 등이 날아오는 것을 막기 위해 설치한 현관의 방충 문을 열었다.

10월의 끝자락인 지금 바바라는 방충 문에 맹렬한 폭설도 막아주는 플라스틱의 문을 더 하나 덧대어 달아 곧 다가올 겨울을 단단히 대비하고 있었다.

"밖에도 카펫을 깐 건가요?"

노먼이 방충 문 안쪽의 바닥을 내려다보며 물었다.

그러자 노먼의 추측을 한나가 바로잡아주었다.

"인공 잔디에요. 바바라의 남동생이 인공 잔디 만드는 회사에서 일하거든요. 그래서 공짜로 깔아줬대요. 뒷마당에는 마땅히 잔디를 키울 곳도 없고 해서 여기에 인공 잔디를 깔고 꽃병들을 가져다 놓았는데, 보기에 정말 그럴 듯해요. 벌레에 시달릴 필요도 없이 바깥공기를 쐴 수 있잖아요."

노먼이 현관의 초인종을 누르자마자 마치 문틈으로 두 사람이 오는 것을 지켜보고 있기라도 한 듯 바바라가 곧바로 문을 활짝 열었다.

"어서 들어와요. 방금 커피를 내렸어요."

"구세주가 나타났군요, 바바라. 너무 피곤해서 오는 길에 깜빡 잠들어버렸어요."

"마침 진하게 내리길 잘했네요."

바바라가 두 사람을 주방으로 안내한 후 테이블 앞에 앉히며 말했다.

"노먼도 커피?"

"네, 감사합니다."

바바라가 두 사람에게 커피를 따라 건네고는 자기 몫으로도 한 잔을 따랐다. 그리고는 크림과 설탕을 테이블 위에 내어놓고는 한나가 가져온 서류가방을 손짓했다.

"어디 한 번 볼까요? 어디서 찾았느냐고 묻는 건 원치 않을 테고 말이죠."

"맞아요."

안도의 한숨을 내쉬며 한나가 대답했다.

경찰서 직원인 바바라는 범죄 사실에 대해 알게 되면 곧바로 서에 보고해야 할 의무가 있었다. 물론 네티 집 문을 뜯고 들어간 것이 아니라 열쇠로 열고 들어갔으니 가택침입은 아니라고 우겨볼 수도 있겠지만 서재 문을 치과 장비로 뜯고 들어간 것은, 그곳이 범죄현장 테이프로 둘러쳐진 곳이었든 아니었든의 문제는 제쳐놓고라도 불법을 저질렀음이 명백했다.

노먼이 세 개의 서류가방을 테이블 위에 올려놓자 바바라가 고개를 설레설레 저었다.

"아니에요. 이것도 아니고, 이것도 아니에요. 근데 이건⋯⋯."

바바라가 세 번째 서류가방을 집는 것을 보며 한나는 숨을 멈췄다. 그리고는 바바라가 마침내 고개를 끄덕이자 참고 있던 숨을 훅하고 내쉬었다.

"이거군요." 바바라가 서류가방을 열고 안을 들여다보았다.

"아무것도 없는 것처럼 보이죠?"

노먼과 한나가 고개를 끄덕이자 바바라가 두 사람에게 잘 보이게끔 서류가방을 뒤집었다.

"안감을 봐요. 숫자랑 글자가 적힌 네모 모양이 장식처럼 찍혀 있죠?"

"그 숫자랑 글자랑 뭔가를 의미하는 건가요?"

노먼이 추측했다.

"맞아요. 서류가방을 평평한 바닥에 놓고 비밀번호를 눌러야 하는 거예요. 007부터 시작해 봐요."

"제임스 본드처럼?" 한나가 물었다.

"네. 다 눌렀으면, 마지막으로 키워드를 쳐넣는 거예요. '본드'라고."

노먼과 한나는 바바라가 키워드를 입력하는 모습을 지켜보았다.

"이제 서류가방을 왼손에 두고 오른쪽으로 세게 돌려요. 그런 다음 다시 들어보면 이렇게 되죠."

서류가방의 바닥이 내려앉으며 숨겨져 있던 반 인치 정도 깊이의 공간이 드러나자 한나는 입을 떡 벌렸다.

"와우!"

"정말 와우군요."

노먼이 경이로운 눈빛으로 서류가방을 바라보며 말했다.

"총도 숨길 수 있어요?"

그러자 바바라가 웃음을 터뜨렸다.

"이걸 선물로 드렸을 때 그랜트 서장님도 똑같은 질문을 하셨죠. 물론 총도 넣을 수 있지만, 서장님은 어차피 정복에 총대가 있으니 필요 없을 거라고 말씀드렸죠. 이곳은 집에 가져가야 할 중요한 서류 같은 것을 보관하는 곳이라고요."

"지금은 뭔가 들은 게 없나요?" 한나가 중요한 질문을 던졌다.

바바라가 공간 속으로 손을 집어넣더니 서류를 꺼냈다.

"여기 없어진 서류가 있네요. 뭔지 한 번 볼까요."

바바라가 서류를 읽는 동안 한나는 숨을 골랐다.

당장에라도 바바라의 손에 든 서류를 낚아채고 싶었지만, 자꾸만 성급해지는 마음을 다스려야만 했다.

"안 됐군요, 한나."

바바라가 한나에게 서류를 건네주며 말했다.

"이건 휴가를 떠나기 전에 로니 머피가 올렸던 사건 보고서에요."

"중요한 사건이 아닌가요?" 한나가 물었다.

"중요하지 않아 보여요. 보통의 흔한 사건이거든요."

그러자 노먼이 호기심 어린 표정으로 물었다.

"흔한 사건이라면 그랜트 서장님이 로니의 보고서를 왜 비밀의 공간에 넣어뒀을까요?"

"모르겠네요. 어쩌면……."

바바라가 다시 서류를 집어가더니 이내 우습다는 듯 킥킥거리며 말했다.

"왜인지 이제 알 것 같네요. 로니가 서류번호 적는 걸 잊어버렸군요. 그랜트 서장님은 서류 양식에 굉장히 꼼꼼한 분이시거든요. 로니를 질책할 생각으로 집에 가지고 가셨었나 봐요."

"알만 하네요."

그랜트 서장님이 형식과 과정에 얼마나 깐깐한 사람이었던가를 떠올리며 한나가 나직하게 중얼거렸다.

그랜트 서장님이 그렇게 갑작스럽고도 비극적인 죽음을 맞지 않았더라면 로니는 다음날 아침 출근하자마자 그랜트 서장님의 질책을 받아야 했을 것이다.

"한 번 읽어봐요."

바바라가 한나에게 다시 서류를 건네주었다.

바바라에게서 서류를 받은 한나는 재빨리 읽기 시작했다. 로니는 그의 노트북 컴퓨터를 통해 도난 차라고 확인한 수상쩍은 차량에 대해 시간순으로 보고하며 운전자를 체포한 사실을 서술하고 있었다.

"흔한 사건이라고 한 게 무슨 뜻이었는지 이제 알겠죠?"

노먼에게 서류를 건네주는 한나에게 바바라가 말했다.

한나가 보기에도 이 사건 보고서는 그랜트 서장 살인사건과는 아무런 관련도 없는 듯했다.

체포된 운전자의 친구가 친구의 체포를 얹잖게 여겼다고 하더라도 로니를 뒤쫓지 무고한 그랜트 서장님을 뒤쫓진 않았을 것이 아닌가.

"아주 명백해 보이는군요."

노먼이 서류를 들여다보며 말했다.

"이 서류를 우리가 대신 경찰서에 가져다 놓을까요? 한나가 하는 말이 지금 휴가 중이라고 하셔서요."

그러자 바바라가 고개를 저으며 서류를 가져갔다.

"괜찮아요. 이건 내가 다시 출근하는 날 알아서 가져다 놓을게요."

"하지만 쇼우나 리가 이걸 찾느라 꽤 고생하는 것 같던데요."

한나는 알 수 없다는 듯 말했다.

"바바라가 다시 출근하려면 적어도 일주일은 더 있어야 하잖아요."

바바라를 고개를 끄덕이며 얼굴에 장난꾸러기 같은 짓궂은 미소를 흘렸다.

"쇼우나 리가 계속 찾도록 내버려두는 거예요. 뭔가 바쁜 일이 한 가지는 있어야 남자들에게 치근거릴 시간도 없을 거 아니에요. 이것이 또 한 건의 살인사건을 예방하는 방법이 될 수 있어요."

바바라의 집에서 멀어져가는 동안 한나의 마음은 시속 1마일의 속도로 질주하고 있었다. 생각에 너무 골몰한 나머지 한나는 노먼이 하는 얘기도 듣지 못했다.

"미안해요, 노먼. 뭐라고 했어요?"

"로니가 보고한 도난 차량 사건이 그랜트 서장 살인사건과 무슨 연관이 있어 보이느냐구요."

"모르겠어요. 로니는 차량 도난범을 체포했고, 우리는 제이미의 방에서 차 부품을 찾아냈죠. 차가 공통분모이긴 하네요."

"제이미도 교통사고로 죽었다고 하지 않았어요?"

"맞아요!"

한나는 잠시 흥분했지만, 이내 다시 혼돈 속으로 빠져들고 말았다.

"하지만 그건 또 무슨 관련이 있는 걸까요?"

그러자 노먼이 어깨를 으쓱해 보였다.

"글쎄요, 그랜트 서장님이 주차장에서 살해됐다는 사실도 있네요."

"그가 경찰차 옆에 서 있는 동안 공격을 받았어요."

한나가 덧붙이며 한숨을 내쉬었다.

"우리가 차에만 너무 집중하는 것 같아요, 노먼."

"아마도요. 모든 조각들을 다 찾아내면 어떻게든 맞아들어갈 것 같은데 말이죠."

"그럴 수 있겠네요."

한나가 그에게 염력을 사용하듯 미소를 지어 보이며 말했다.

"하지만 어렵사리 찾아낸 조각들이 이번 사건 퍼즐의 조각이 아니라면요? 그럼 오히려 우리를 더 헷갈리게 할 뿐이겠죠?"

엘름과 1번가의 교차로에서의 정지신호가 파란 불로 바뀔 때까지 노먼은 골똘해졌다.

"네, 그렇게 되면 더 혼란스럽기만 하겠죠. 어떻게 하면 명쾌하게 답을 얻을 수 있을까요?"

"모르겠어요."

한나가 무기력감을 느끼며 대답했다.

"우선은 단서들을 더 많이 수집해야 할 것 같아요. 로니가 올린 보고서가 굉장히 대략적이었던 것을 보면 급하게 작성했던 것 같아요. 그러니 중요하다고 생각하지 않은 것들은 보고서에서 빠졌을 수도 있어요. 로니를 만나서 도난 차량을 회수할 때 무슨 일이 있었는지 상세하게 들어야겠어요."

"좋은 시작이네요. 그러는 동안 난 뭘 하면 좋겠어요?"

"필름을 현상해요. 그것도 좋은 시작점이 될 거예요. 네티의 집에 있을 때 우리가 미처 발견하지 못했던 것들을 사진에서 볼 수 있을지도 모르잖아요. 그리고 혹시 인터넷 검색할 시간도 있어요?"

"물론이죠."

노먼이 쿠키단지 주차장에 들어서 리사의 낡은 차와 한나의 쿠키 트럭 사이에 차를 주차하며 대답했다.

"원래대로라면 아직 시애틀에 있었어야 할 몸이잖아요. 베넷 박사가 내 자리를 대신해주고 있으니 다행이에요. 뭘 검색하려고 하는데요?"

"제이미가 사고를 당했을 당시 레이크 에덴 저널에 실렸던 기사를 찾아서 출력해주면 좋겠어요. 앤 아버(미국 미시간 주 남동쪽에 있는 도시)에서 발간되는 신문도 똑같이 검색해 봐주고요."

"앤 아버는 왜요?"

"제이미가 미시간대학에 재학 중일 때 사고를 당했거든요."

"알았어요. 그럼 그 아이의 이름으로 검색해 볼게요. 제이미로 할까요, 아니면 제임스로?"

"둘 다 해 봐요. 제이미라고 불리긴 했지만, 진짜 이름은 그랜트 서장님과 같은 제임스였으니까요."

한나는 방금 노먼이 했던 말이 새삼 떠올라 경쾌하게 되물었다.

"이름만으로도 검색을 할 수 있어요?"

"어느 영역에서 찾아야 할지만 알고 있다면요."

"노먼은 잘 알고 있구요?"

"검색은 꽤 잘하는 편이에요. 종종 공공기록을 검색해 보곤 하는데, 깜짝 놀랄 정도로 엄청난 양의 정보를 얻을 수 있죠."

한나는 검색 문제에 대해 꽤 오랫동안 생각에 잠겼다.

마음 같아서는 노먼에게 엄마가 만나는 남자의 정보도 검색해 달라고 부탁하고 싶었지만, 그건 엄마의 사생활 침해였다. 마치 자신이 음흉한 스파이가 된 것 같은 기분이 들었던 것이다.

하지만 나중에라도 자신의 찝찝한 느낌이 사실로 판명된다면, 엄마를 사기꾼 로미오에게서 지켜내지 못한 바보 명청이보다는 차라리 음흉한 스파이가 되는 게 나았다.

"또 필요한 게 있어요, 한나?"

갑자기 조용해진 한나를 보고 노먼이 물었다.

"윈슬롭 해링턴도 검색해줘요."

"뭐요?"

"남자 이름이에요. 그 사람도 검색해줘요."

"좋아요, 누군데요?"

"그게 바로 내가 알고자 하는 거예요."

한나가 노먼을 바라보며 대답했다. 노먼은 믿을만한 사람이니, 사적인 일이라고 조심스럽게 얘기한다면 차라리 죽으면 죽었지 그전엔 절대 다른 사람에게 발설하지 않을 것이 분명했다.

"내 생각이 틀렸으면 좋겠지만요, 노먼, 이 남자, 사기꾼일지도 몰라요. 근데 지금 돌아가는 상황으로 보건대, 내 양아버지가 될지도 모른단 말이죠."

핼러윈의 아침은 한나의 알람시계가 울리기 10분 전부터 모이쉐의 울음소리로 시작되었다.

모이쉐는 배고픔을 홀로 견딜 녀석이 결코 아니었다.

한나는 잠에서 덜 깬 상태로 슬리퍼를 꿰어 신고는 주방으로 향했다. 동트기 전부터 간 요리를 해야 할 사람으로서는 차라리 잠에서 완전히 깨어나지 않는 편이 더 나을지도 모른다.

한나는 비틀거리며 가스레인지에 불을 켰다. 그리고는 어젯밤 잠자리에 들기 전에 준비해둔, 물이 담긴 냄비를 불에 올렸다.

그런 후 커피를 한 잔 따라 물이 끓을 때까지 마시다가 역시 어젯밤에 미리 썰어둔 간을 끓는 물에 넣었다. 끓는 물 속에서 간 조각들이 회색으로 변하자 한나는 그것을 꺼내 기름을 두른 프라이팬에 넣고 나머지 재료들과 함께 볶았다.

5분도 채 지나지 않아 모이쉐의 오믈렛이 완성되었고, 한나는 그것을 녀석의 사료그릇에 담아주었다. 가스레인지 위의 환풍기가 최대 속도로 돌아가는 것을 재차 확인한 한나는 다시 커피를 따라 고양이 룸메이트를 위해 만든 요리 창작물을 등진 채 주방 테이블 앞에 앉았다.

아침부터 맡아야 하는 간 냄새는 한나의 속을 울렁이게 했다. 아침마다 느껴야 하는 이 울렁증과 메스꺼움이 안드레아가 늘 호소하는 임신의 징후들이라면 정말이지 안드레아가 불쌍했다.

한나가 오믈렛을 만들기 위해 투자한 시간의 채 1/4도 지나지 않아 모이쉐는 그것을 다 먹어치우고 말았다. 이건 정말이지 불공평하다.

한나는 간을 끓일 때 썼던 냄비와 오믈렛을 만들 때 사용한 프라이팬, 그리고 모이쉐의 사료그릇을 박박 닦은 뒤 자동 세척기 안에 넣었다. 세척기 안에는 어젯밤에 넣어둔 그릇들로 거의 반이나 차 있었다.

거기에는 쌀을 요리했을 때 썼던 냄비와 계란을 껍질째 갈았을 때 사용한 믹서, 그리고 간을 자르느라 쓴 칼이 들어 있었다.

모이쉐의 아침을 준비하느라 사용한 그릇 및 냄비, 그리고 냉장고에서 계란과 쌀을 담아두었던 용기까지 한꺼번에 모아 씻으려니 세척기가 가득 찰 수밖에 없는 노릇이었다.

한나는 가루비누를 넣고 세척기를 가동시키고 나서 그 자리에 우두커니 서서 고개를 절레절레 흔들었다.

이건 미친 짓이다. 한나는 아직 아침도 먹지 못했을 뿐더러 지금껏 사용한 그릇이라고는 커피잔 하나뿐이지 않은가. 근데 새벽 5시부터 주방에서 고양이 아침을 준비하기 위해 쓴 산더미 같은 그릇과 냄비들을 씻어야 한다니 말이다!

그때 전화벨이 울렸고, 한나는 커피를 한 잔 더 따른 뒤 수화기를 들었다. 이렇게 이른 시간에 전화할 사람은 딱 한 명뿐이다.

결과를 보고하려는 엄마의 전화겠지. 로니의 가족과 친구들에게 모두 물어봤지만, 로니가 어디로 휴가를 갔는지 알 수 없었고, 결국엔 엄마와 로드 부인의 입소문을 빌어 로니가 어디로 휴가를 갔는지 알아봐 달라고 부탁했던 것이다.

"안녕, 엄마."

언제나 그렇듯 똑같은 멘트로 한나가 태연하게 전화를 받았다. 간단하게 '여보세요'라고 대답해 버려 그 어떤 실랑이도 없이 하루의 통화를 시작하면 엄마가 서운해 하시지 않겠는가.

"전화 좀 그렇게 받지 말았으면 좋겠구나, 한나. 내가 아니면 어쩌려고 그러니?"

"그럼, 이렇게 말하죠. '어머, 미안해요. 엄마인 줄 알았어요.', 그럼 상대방은 이렇게 말하겠죠. '괜찮아요.' 그런 다음 괜찮은 물건이 있으니 사서 써보라고 멘트를 읊지 않겠어요?"

그러자 엄마가 웃음을 터뜨렸다.

"그래도……, 쉽게 판단해서는 안 된다. 중요한 사람이 전화했는데,

네가 대뜸 '엄마'라고 하면 그 사람이 얼마나 당황하겠느냐."

"엄마는 중요한 사람이 아니고요?"

"물론 나도 중요한 사람이다만. 그러니까……, 그냥 넘어가자꾸나."

엄마가 포기의 한숨을 내쉬며 말했다.

"오늘 아침은 좀 어떠니?"

"별로 좋지 못해요. 엄마 그 문장 알아요? '아침에 눈을 떠 장미향을 맡는다(감미롭게 잠에서 깨다.'의 구어적 표현).'"

"알고말고, 들어본 적이 있지."

"흠, 오늘 아침은요. '쾌쾌한 간 냄새 속에서 잠을 깨다.'라고 표현하고 싶네요."

"간이라고 했니?"

"네, 수의사가 모이쉐에게 새 처방을 내려줬거든요. 매일 아침 간 요리를 해서 먹이는데, 냄새가 정말 지독해요."

"그럼, 창문을 열거라, 얘야. 내가 준 공기청정기도 사용하고. 그러면 영국식 정원의 향이 날 게다."

"알았어요."

코를 찡긋하며 한나가 대답했다.

공기청정기는 이미 사용하고 있긴 하지만, 제조자가 그 향을 굳이 '영국식 정원'의 향이라고 고집한다면, 그 영국식 정원에는 그다지 가까이 가고 싶지 않은 마음이었다.

"네 아버지가 성 패트릭의 날(아일랜드에 복음을 전파한 성 패트릭을 기리는 아일랜드 기념일)이면 늘 소금 절임 쇠고기와 양배추 요리를 만들곤 했는데, 그때마다 난 늘 공기청정기를 돌렸단다."

엄마가 말했다.

"아무도 좋아하지 않는 요리를 매년 만들겠다고 고집을 부렸지."

한나는 깔깔대며 웃음을 터뜨렸다. 엄마의 말은 사실이었다. 입에 들어가는 것보다 쓰레기통에 버려진 것이 더 많았을 정도였으니 말이다.

하지만 맛없던 음식에도 불구하고 전통만은 즐거웠다. 성 패트릭의 날에는 모두가 아일랜드인이 되는 거라던 아버지 말씀은 지당했다.

"로니에 대해선 알아내신 것이 좀 있어요, 엄마?"

"별로."

수화기에서 쉭 소리가 들렸을 정도로 엄마가 깊은 한숨을 내쉬었다.

"브리짓도 로니가 어디로 휴가를 갔는지 모르고 있더라. 릭에게 물어보라던 걸."

"그래서 물어보셨어요?"

"당연히 물어봤지. 릭도 모른다는구나. 하지만 여자랑 같이 있는 것은 분명하다고 하더라."

"로니가 릭에게 그렇게 얘기했대요?"

"꼭 그런 건 아니지만, 어디로 휴가 가는지 도통 말을 않더란다. 보통 때면 뭐든 얘기하는데 말이다. 그래서 여자를 만나러 간 것 같다고 하더구나."

"그럴 수도 있겠네요."

한나가 의자에 기대어 앉아 커피를 홀짝였다.

"누구 짐작 가는 사람은요?"

"가능성 있는 사람이 한 명 있지."

"누구요?"

"네 동생 말이다. 릭은 로니가 미셸을 만나러 간 게 아닐까 하던데."

"정말 그랬대요?"

사실이 아니기를 바라며 한나가 물었다. 물론 엄마도 로니를 좋아하긴 하지만, 그가 미셸을 만나러 직접 도시까지 나갈 만큼 둘이 심각한 사이라는 것이 드러난다면 그 사실을 그렇게 반기지만은 않을 것이다.

"당연히 아니지. 어젯밤에 미셸에게 전화했는데, 로니를 만나지 못했다고 하더라."

"그럼 어디 있는지는 아냐고 물어보셨어요?"

"내가 바보로 보이니, 한나? 그것도 당연히 물어봤단다. 하지만 전혀 모른다고 하더라. 둘이는 그냥 친구사이일 뿐인데 시시콜콜하게 전화해서 자기 신상을 알리겠느냐고 말이다."

"물어볼 때 미셸이 퉁명스럽게 굴던가요?"

"그래, 아주 퉁명스럽더라. 왜 그런지 모르겠다. 대수롭지 않은 질문이었고, 내가 별로 따져 묻지도 않았는데 말이다."

"학교에서 안 좋은 일이라도 있었나 보죠."

한나가 여러 가지 핑계 중 머릿속에 가장 먼저 떠오른 것을 말했다.

"걱정하지 마세요, 엄마. 엄마한테 짜증 낸 걸 미셸도 후회하고 있을 거예요."

"흠, 그랬으면 좋겠구나. 부모에 대한 공경심 같은 건 지켜야 하잖니."

"물론이죠. 미셸도 잘 알고 있을 테고요. 오늘 다시 엄마한테 전화해서 사과할 거예요."

"그러지 않을 게다. 그냥 카드나 한 장 보내겠지. 늘 그렇잖니. 그러면 직접 나와 대면해서 자신이 틀렸다고 말하지 않아도 되니 말이다."

"오, 그래도 카드가 전화보다는 오래 남잖아요."

한나는 화제를 돌려 엄마와 몇 분 더 통화하고 수화기를 내려놓았다.

"우리 동생님께서 지나치게 방어를 하셨군."

물그릇의 물을 찰랑거리는 모이쉐를 향해 한나가 말했다.

"내가 직접 전화해서 뭐라고 말하는지 들어봐야겠어."

한나는 커피를 한 잔 더 따라서는 동생의 전화번호가 적혀 있는 수첩의 페이지를 찾아 넘긴 후 다이얼을 돌렸다.

엄마는 미셸의 부정적인 대답으로 만족했을지도 모르겠지만, 한나만큼은 어쩐지 그녀의 막내 동생이 로니를 만나지 못했다고 발뺌할 때 그가 전화선보다 더 멀리 있었을 것 같지 않다는 느낌을 쉽게 떨쳐버릴 수가 없었다.

한나는 오븐에 쿠키를 네 개를 한꺼번에 집어넣은 다음 수화기를 들었다. 미셸의 집엔 아무도 전화를 받지 않았고, 자동응답기도 꺼져 있었다. 한나는 공허한 연결음을 몇 번 더 듣고 있다가 이내 수화기를 내려놓았다.

그때 뒷문이 열리더니 리사가 들어왔다.

"안녕, 리사. 옥수수 쿠키를 거의 다 끝냈어."

"맛있어 보여요."

리사가 파카를 벗어 고리에 건 후 싱크대로 가 손을 씻으며 말했다.

"카페에 내놓을 쿠키부터 구울까요? 아니면 경찰서에 가져갈 컵케이크 반죽부터 할까요? 경찰서 사람들은 초콜릿 아이싱과 오렌지 장식을 한 초콜릿 컵케이크가 먹고 싶다고 하던데요."

"그럼 리사가 반죽을 해. 내가 쿠키를 구울게."

한나가 카운터 위에 놓인 퍼지 컵케이크 레시피를 보고는 말했다.

"비아트리스 시어머니의 레시피를 사용하는 건 어때? 비밀 재료로 사과소스를 넣어보는 거야. 마침 냉장실에 만들어둔 것이 있거든. 비아트리스가 맛볼 것 하나만 남기고 나머지는 장식하면 되지 않겠어?"

"좋은 생각이에요."

한나가 건네는 레시피를 받으며 리사가 대답하며 곧장 사과소스를 가지러 냉장실로 들어갔다.

1시간 30분 후, 한나와 리사는 오늘 하루 내놓을 분량의 쿠키를 모두 구웠다. 모든 작업이 아주 부드럽게 진행되었다. 쿠키단지의 작업실은 그렇게 크지 않지만, 일 년 넘게 함께 일하다 보니 한나와 리사는 서로의 동선에 지극히 익숙해져 있었다.

커피를 따라 가장 좋아하는 홀의 뒷자리에 앉으며 한나는 리사 없이도 혼자 잘해낼 수 있었을까 문득 궁금해졌다.

"살인사건은 어떻게 되어가고 있어요?"

리사가 한나의 맞은편에 앉으며 물었다.

"별로 좋지 않아, 지금 문제에 봉착해 있는 상태거든. 그랜트 서장님의 서류가방에서 찾아낸 보고서가 상당히 중요한 모양인데, 로니가 지금 휴가를 떠나서 물어볼 수가 없어."

"미셸에게 물어보셨어요? 지난번 집에 왔을 때 보니까 로니랑 무척 가까운 것 같던데."

"그래서 오늘 아침부터 계속 전화하고 있었어."

"포기하지 말아요. 언젠가는 미셸과 연결이 될 테니까요."

리사가 손목시계를 내려다보았다.

"이제 고양이 의상으로 갈아입어야겠어요. 한나는 뭘 입을 거예요?"

"내 침대보. 홀에 나와 있어야 할 땐 유령으로 분장할 거야. 하지만 대부분의 시간은 작업실에 있을걸. 그러면 아무것도 입을 필요가 없잖아."

그러자 리사가 배꼽이 빠져라 깔깔거리기 시작했고, 간신히 정신을 차린 그녀가 한나의 마지막 말을 상기시켜주기 전까지 한나는 영문을 몰라 어리둥절해하고 있어야만 했다.

"자꾸 그렇게 웃기지 말아요. 앞치마에 포춘 쿠키를 가득 담아놓아야 할 테니까요."

"장식이 정말 멋지네, 한나."

한나의 전화에 한걸음에 카페로 달려와 준 비아트리스 퀘스터가 앞문으로 들어서며 말했다.

"주황색이랑 검정 깃발이 팬에서 불어오는 바람에 나부끼는 것도 멋지고, 창가에 장식해놓은 호박들도 예뻐."

"리사가 전부 장식했어요."

"정말 소질이 있네. 근데 한나의 유령 의상은 어디 가고?"

"그만 녹인 초콜릿을 흘리고 말았어요."

"아이들은?"

비아트리스가 각자 엄마와 함께 테이블에 앉아 있는 유치원 아이들을 둘러보며 물었다.

"사실 준비한 의상이 한 벌 더 있어요."

한나가 카운터 뒤에 놓인 콘플레이크 박스를 집어 한가운데 플라스틱 칼을 꽂았다.

"봤죠?"

"뭘?"

"시리얼 킬러(미국에서는 연쇄 살인범을 serial killer라고 하기 때문에 미국에서 아침으로 즐겨 먹는 cereal과 비슷한 발음이 된다)에요."

비아트리스가 신음 소리를 내며 카운터 앞 의자에 앉았다.

"끔찍해, 한나. 머리를 잘 쓰긴 했지만, 끔찍하다구. 레이크 에덴에서 그걸 알아챌 사람은 아무도 없을걸. 일일이 다 설명해야 할거야."

"비아트리스 말이 맞아요. 1시간 동안 사람들에게 보여줬는데, 아무도 알아차리지 못했어요. 바스콤 시장님은 아실 줄 알았는데. 시장님이 말장난을 얼마나 좋아하는지 아시잖아요. 그런데 맞추지 못하시던데요."

"좋은 테스트가 될 수 있겠어요."

"무슨 테스트요?"

"융화가능성 테스트. 라디오에서 닥터 러브의 프로그램을 즐겨 듣는데, 거기서 부부는 비슷한 유머감각을 가지고 있어야 한대."

한나의 눈썹이 치켜 올라갔다. 혹시 비아트리스도 결혼생활에 무슨 문제가 있어서 닥터 러브의 프로그램을 즐겨듣는 건 아닐까?

"테드랑 난 별로 그런 게 없거든."

비아트리스가 얼굴을 찌푸리며 인정했다.

"그는 새로 방영하는 시트콤을 좋아하는데, 난 옛날 것들을 더 좋아하거든."

한나는 뭐라고 말해야 좋을지 몰라 입을 꾹 다물고 있었다.

"같이 웃을 수 있는 커플은 오래간다는 게 닥터 러브의 지론이었어. 그러니까 한나도 그 시리얼 킬러 의상을 알아채고 재밌게 웃을 수 있는 남자가 있다면, 그와 결혼해야 해."

"조언, 감사해요."

한나는 리사가 비아트리스를 위해 남겨둔 컵케이크를 꺼내며 말했다.

"이것 좀 드셔보세요. 최근의 시도에요."

비아트리스가 컵케이크를 한 입 베어 물더니 이내 미소를 지었다.

"맛있어! 이건 사과소스?"

"네. 비밀 재료, 맞아요?"

"아니, 하지만 매우 유사하긴 해. 어머님의 컵케이크는 이보다 더 달긴 했지만, 초콜릿 말고 과일 맛도 났었거든. 내가 말한 적 있었나?"

"네, 무슨 과일이었는지는 모르겠다고 하셨어요."

"맞아. 잘게 갈아서 넣은 거라 딱히 뭐라고 말하지는 못하겠어. 그 맛때문에 초콜릿 맛이 좀 더……. 음, 어떻게 묘사해야 할지 모르겠네."

"진한가요? 풍부해요?"

"바로 그거야. 초콜릿 맛이 더 진하고 풍부하게 느껴졌어. 그리고 보니 기억나는 게 한 가지 더 있네. 라즈베리 시즌일 때 시어머니는 꼭 컵케이크 위에 라즈베리를 하나씩 올렸었는데."

"그럼 혹시 라즈베리를 갈아서 넣으신 게 아닐까요?"

"아니, 아니. 라즈베리도 아니고, 딸기도 아니야. 그랬다면 씨가 씹혔을 텐데."

비아트리스가 맛보던 컵케이크를 가지고 돌아간 뒤 한나는 홀을 돌며 손님들의 커피를 채워주었다. 그리고는 다시 카운터 뒤에 앉아 생각에 잠겼다. 라즈베리를 갈았다면 당연히 씨가 있었을 것이다.

그렇다면 혹시 즙을 내서 넣은 게 아닐까? 하지만 그것도 틀렸다. 에드나가 반죽을 더 되게 하는 재료일 거라고 했는데 즙을 내서 넣었다면 반죽이 오히려 묽어졌을 테니 말이다. 결국 원점으로 돌아오고 말았다.

"한나."

리사가 고양이 의상을 입은 채 카페로 들어섰다. 하지만 어깨 부분에 긴 꼬리가 달린 것이 이상했다.

"꼬리 얘기는 하지 말아요."

한나는 웃음을 터뜨렸다.

"알았어, 머릿속에 각인시켜 둘게. 근데 어떻게 된 거야?"

"꼬리가 자꾸 차 기어에 걸려서 정말 불편하더라구요."

"그래서 어깨에 붙인 거야?"

"크누드슨 목사님께 쿠키 배달을 갔더니 목사님이 이렇게 해놓으셨어요. 보기에 그렇게 나쁘지 않으면, 종일 이렇게 둘까 하는데."

"일단은 그대로 둬."

한나의 머릿속에서 좋은 생각이 퍼뜩 떠올랐다.

"좋은 방법이 떠올랐어. 일단 약국부터 들러야겠는데."

"제가 카페를 보고 있을게요. 갔다 오세요. 혹시 오는 길에 빨간부엉이 식료품점에 들릴 수 있어요? 크누드슨 목사님이 일요일 교회 예배 후 모임 때 쓸 쇼트 스택 쿠키를 주문하셨는데, 팬케이크 시럽이 떨어졌어요."

"문제없지."

한나가 재빨리 대답하고는 동업자의 말썽 많은 꼬리를 해결하기 위한 물건을 구하기 위해 약국으로 향했다.

레이크 에덴 약국에서 나오면서 한나는 미소를 지었다. 존 워커의 직원들이 고양이 장식과 천장에 줄을 이용해 매달아 놓은 박쥐들로 약국

안을 멋지게 장식해놓았기 때문이다.

존은 한나를 위해 미치광이 화학자 연기를 해 보였는데, 어디 하나 흠잡을 데 없이 완벽했다. 더구나 존은 한나가 리사를 위해 구입한 물건을 핼러윈 특별 할인까지 해줬다.

"안녕, 한나."

빨간부엉이 식료품점의 주인이 플로렌스 에반스가 한나가 들어서는 것을 보자 반갑게 인사했다. 일손이 달릴 때만 계산대에 나오는 플로렌스가 나와 있는 것을 보니 직원 중 한 명이 병가라도 낸 모양이었다.

"의상은 어디 있어요?"

"카페에 벗어두고 왔어요."

마을에서 둘째가라면 서러울 정도로 소문난 수다쟁이인 플로렌스와 핼러윈 의상에 대해 얘기하고 싶지 않아 한나가 대충 얼버무렸다.

"별일 없고요, 한나?" 플로렌스가 물었다.

"네, 별로요."

단답형으로 응하는 것이 가장 좋은 방법이라고 생각한 한나가 짧게 대답하고는 금세 식료품에 대한 질문으로 옮겨갔다.

"팬케이크 시럽이 세 번째 복도에 진열된 있는 거 맞죠, 플로렌스?"

"네, 마침 새로운 맛의 시럽이 들어왔는데 얼마나 맛이 환상적……."

"고마워요, 플로렌스. 하지만 메이플이면 됐어요."

빨간부엉이 식료품점에 새로 입고된 신상품에 대한 플로렌스의 수다가 늘어지기 전에 한나가 잘라 말했다.

"리사가 지금 카페에서 시럽만 기다리고 있거든요."

한나는 발걸음을 돌려 세 번째 복도로 향했다. 하지만 역시 플로렌스

는 남달랐다. 한나가 눈 한 번 깜빡하기도 전에 계산대 위의 불을 끄고
는 카운터 뒤에서 나온 것이다.

"그래도 한 번 봐요. 이번 신상품은 정말 특별해요."

플로렌스가 한나의 팔짱을 끼고는 가게 뒤쪽으로 이끌었다.

"나랑 같이 가요. 내가 보여줄게요."

"드디어 왔네요!"

한나가 들어오는 것을 본 리사는 크게 안도하는 듯했다.

"한 시간이 넘게 걸리기에 걱정하고 있었어요."

"텔레비전에서 방영하던 로치 모텔 광고 기억나?"

한나가 카운터에 가방을 내려놓으며 물었다.

"아마도요. 이거 아니었어요? '로치에는 들어오는 사람은 있어도 나
가는 사람은 없습니다.'"

"맞았어. 휴, 플로렌스가 빨간부엉이 계산대를 보고 있더라고."

리사는 잠시 어리둥절해하더니 이내 웃음을 터뜨렸다.

"한나를 놓아주지 않던가요?"

"시럽 진열대까지 쫓아와서는 새로 나온 팬케이크 시럽을 자꾸만 권
하는데, 아주 미칠 노릇이었어. 그래도 어쨌거나 그렇게 된 것이 다행
이었지만 말이야."

"사건에 대한 단서를 잡았군요?" 리사가 추측했다.

"그 정도로 다행이진 않았어. 그래도 비아트리스 시어머니의 팬케이
크에 들어가는 비밀 재료에 대한 힌트를 얻었지."

한나가 식료품점에서 받아온 종이봉투에서 병 하나를 꺼내서는 리사

에게 병에 붙은 라벨을 보여주었다.

"어디서 본 것 같지 않아?"

"이건 비아트리스가 샐러드드레싱을 시험해 볼 때 담아왔던 병이랑 똑같은데요."

"그럼, 비아트리스가 이 병을 어디서 구했을까?"

"시어머니의 지하실에서요. 그 병이 아주 많아서 집에 가지고 왔는데, 테드가 몹시 싫어했다고 했었죠."

"비아트리스가 병들을 마을로 가져온 것이 천만다행이야. 이 병을 보지 못했다면 비밀 재료가 뭔지 결코 맞추지 못했을 테니까."

"그 말은 이제 알았단 뜻이에요?"

한나가 고개를 끄덕이자 리사는 잔뜩 흥분했다.

"내 생각이 맞다면, 이것일 거야, 분명히."

리사가 병을 집어 다시 한 번 라벨을 살펴보았다.

"라즈베리 시럽? 이거로군요, 한나! 그래서 컵케이크 위에 라즈베리를 얹었던 거예요. 그래서 에드나도 그렇고 한나도 그렇고 뭔가 밀도감이 높은 재료일 거라고 했던 거예요. 시럽은 밀도감이 높으니까요. 그리고 비아트리스는 과일 맛이라고 했죠."

"독일풍이 느껴진다고 했는데, 그것도 맞았어. 초콜릿과 라즈베리는 유럽에서 많이 생산되니까."

"알아냈네요, 한나. 저였다면 결코 알아내지 못했을 거예요."

"플로렌스에게 붙잡혀 있던 게 내가 아니라 리사였다면 당연히 리사가 알아냈을 거야."

한나가 미소를 지으며 말했다.

371

"하지만 확실하게 결과가 나오기 전까지는 너무 기대하지 말자. 리사가 해 보겠어? 아니면 내가 할까?"

"한나가 해요. 전 의상을 입었으니까 홀을 지킬게요."

"그러고 보니 생각난 건데……."

한나가 리사에게 약국에서 받아온 흰색 봉투를 건넸다.

"이거면 꼬리가 잘 붙을 거야."

"붕대잖아요?"

리사가 봉투의 내용물을 꺼내며 아리송한 표정으로 물었다.

"붕대랑 반창고야. 모이쉐의 꼬리가 구부러진 거 리사도 알지?"

리사가 고개를 끄덕였다.

"수의사 말이 거리를 떠도는 고양이들은 보통 그렇게 꼬리 끝이 부러지곤 한대."

"그럼, 제 꼬리도 꺾으란 말씀이세요?"

"그렇지. 구부린 다음에 반창고를 붙이고 붕대로 감아서 목 주위에 돌돌 말아 고정하면 거치적거리지 않을 거야."

"컵케이크 냄새가 정말 환상이에요!"

리사가 작업실과 홀을 이어주는 회전문을 열고 기다림의 한숨을 내쉬며 외쳤다.

"장식도 한 거예요?"

"그래야 하지 않을까 싶어. 완벽한 시험이 되어야 하잖아."

"물론 그래야겠죠. 전 퍼지 장식이 너무 좋아요. 제가 컵케이크 맛을 봐도 돼요?"

"얼마든지. 이번 건 확신해. 굽기도 두 배로 구웠어."

리사가 곧장 선반으로 오더니 컵케이크 하나를 집었다. 그리고는 마치 아이들이 사과를 깨무는 것처럼 한 입 크게 베어 먹었다. 고양이 의상을 입은 채 컵케이크를 우물거리는 리사는 정말로 고양이처럼 가르랑거리고 있었다.

"설탕물을 입힌 부분이 정말 맛있어요, 한나."

"나도 살짝 맛봐서 알아. 리사가 컵케이크 먹는 동안 내가 홀에 나가 있을까?"

그러자 리사가 고개를 저었다.

"홀에 아무도 없어요. 30분 동안 손님이 한 명도 없었어요."

한나는 리사의 대답을 곰곰이 생각해 보았다. 마을 사람들 대부분이 핼러윈 파티 준비에 바쁠 테니 평상시 오후만큼 손님이 많을 리 없었다. 그런데 두 사람이나 카페를 지키고 있다니, 말도 안 되는 일이었다. 더구나 리사는 당장에라도 커뮤니티 센터에 달려가 아버지와 동료 노인분들이 핼러윈 파티 장식을 마무리하는 걸 돕고 싶을 텐데 말이다.

"여기, 리사."

한나가 포장 상자에 컵케이크 여섯 개를 담아 리사에게 건네주었다.

"앞치마 벗구 얼른 여기서 사라져."

리사는 한나의 숨은 뜻을 눈치 채고는 이내 웃기 시작했다.

"지금 절 내쫓으시는 거예요?"

"맞아, 두 사람이나 카페에 앉아서 지루한 핼러윈을 보낼 수는 없잖아. 난 어차피 남아서 전화해야 할 곳도 있고."

"음, 정말로 그래도 괜찮으시다면……."

"괜찮아." 한나가 딱 잘라 말했다.

"얼른 가서 아버지를 도와드려."

"그럴게요."

컵케이크가 든 상자를 집어드는 리사는 매우 신이 난 듯 보였다.

"핼러윈 쿠키도 제가 가지고 갈까요?"

"그건 내가 트레시 데리고 갈 때 가져갈게. 지금 리사가 가져가면 아이들이 너무 빨리 먹어버리고 말 거야."

"알았어요. 그럼 이따 봐요, 한나. 전 꼬리가 부러진 고양이고, 허브는 헛간이에요."

"헛간?"

한나가 리사의 말을 제대로 들은 것인지 알 수 없어 되물었다.

"네, 허브가 직접 의상을 만들었어요. 높이가 허브의 머리 위까지 올라오고 밑이 없는 커다란 상자에 팔 구멍을 두 개 뚫고는 뒤집어쓴 다음 머리 위에 장난감 수탉을 붙여놓는 거죠."

한나는 머릿속에서 그 모습을 그려보려고 애썼지만, 쉽지 않았다.

"머리가 상자에 가려져 있으면, 앞은 어떻게 봐?"

"상자에 달과 별 모양을 뚫어놨는데, 거기로 봐요. 보통 헛간들 보면 환풍구가 있잖아요. 근데 그보다 더 좋은 방법이 있었는데……."

한나는 어쩐지 묻기가 두려웠다.

"열리는 문을 만드는 거죠. 그래서 같이 춤출 때 내가 문을 열고 상자 안으로 들어가는 거예요. 정말 굉장한 아이디어죠, 한나? 그랬으면 베스트 의상 부분의 1등상은 따놓은 거였는데 말이에요."

"그러게."

카페 뒷문으로 나서는 리사에게 한나는 손을 흔들어주었다.

베스트 의상에서는 1등 상을 타진 못 하더라도 해괴한 의상 부분에서 1등은 문제없을 것 같았다.

한나는 창밖을 내다보며 한숨을 내쉬었다. 아직 오후 4시밖에 안 되었는데, 찾아온 손님이라고는 프레디 소여가 유일했다.

나이트 박사님이 주문해놓은 핼러윈 쿠키 4상자를 찾으러 온 것이었다. 슈퍼맨 복장을 한 프레디가 오늘 밤 간호사와 환자들에게 쿠키를 나누어줄 거라고 했다.

목에 가죽끈을 맨 시베리안 허스키 한 마리가 창문 밖으로 총총거리며 지나갔고, 한나는 주인이 누구일까 궁금해졌다. 하지만 꽤 오랫동안 주인이 모습을 보이지 않아 한나는 누군가 핼러윈 장난을 하는 것이 아닐까 잠시 생각했다. 그때 엘리노어 콕스가 한 번에 감을 수 있는 끈을 손에 든 채 창문가에 모습을 보이며 한나에게 손을 흔들어 보였다.

한나도 손을 흔들었지만, 그 후로 15분간 다시 눈앞에는 아무도, 아무것도 나타나지 않았다. 시간이 이렇게 천천히 흐를 수 없었다. 한나는 거리 저편에 서 있는 소나무에 앉은 새들의 숫자를 세고 있으니 뭔가 더 건설적인 일을 하자고 마음먹고는 수화기에 손을 뻗었다.

아까 새로 구운 컵케이크를 맛보러 오라고 비아트리스에게 전화했는데, 받지 않았으니 지금쯤 집에 돌아와 있을지도 모른다. 신호음이 열 번이 가도 받지 않자 한나는 전화를 끊고 이번에는 막내 동생의 번호를 눌렀다. 비아트리스에게 연락하는 일은 운이 따라주지 않았지만 막내 동생에게는 다시 한 번 시도해볼 만하다. 신호음이 한 번 가고, 두 번

가고, 마침내 미셸이 전화를 받았다.

"미셸?"

한나가 자신의 운을 믿을 수 없다는 듯 되물었다.

"드디어 연락이 닿았구나."

"안녕, 언니. 무슨 일이야?"

"로니 때문에. 여기저기 다 물어봤는데, 도통 어디 있는지 찾을 수가 없어."

잠시 침묵이 흐르더니 마침내 미셸이 경계하는 듯한 음성으로 말문을 열었다.

"로니는 왜 그렇게 찾는데?"

"그랜트 서장님의 서류가방에서 로니가 쓴 보고서를 찾았거든. 이게 혹시 살인사건과 연관이 있을까 해서."

"무슨 살인사건?!"

한나는 잠시 멈칫했다.

'미셸이 아직 소식을 못들은 건가?'

"그랜트 서장님 일, 몰라?"

"그랜트 서장님이 왜?"

"지난 월요일 밤에 누군가 서장님을 죽였어. 머리를 내려쳐서는 조단 고등학교 주차장에 있는 덤프스터에 버렸어. 내가 제빵 수업을 마치고 쓰레기를 버리다가 발견했고."

미셸의 탄식 소리가 한나에게까지 들렸다.

"너무 끔찍해! 그게 지난 월요일 밤에 있었던 일이란 말이야?"

"그래, 마이크가 처음에 빌을 의심해서 그를 용의자 명단에 올리기까지 한 걸. 우리가 결국 빌의 결백을 증명해 보였고, 빌은 다시 복직됐지 만 말이야."

"정말 믿을 수가 없어, 언니." 미셸이 짜증 섞인 한숨을 내쉬었다.

"아무리 멀리 떨어져 있다고 해도 100마일 안인데, 어떻게 아무도 나한테 얘길 안 해줄 수가 있어! 또 빠뜨리고 얘기하지 않은 거 있어?"

"하나 있어. 나이트 박사님의 명령으로 안드레아는 지금 거의 집 소파에 갇혀 있는 상태야. 미쳐가고 있어."

"이럴 순 없어, 언니. 어젯밤에 엄마가 전화하셨는데, 이런 얘긴 한 마디도 안 해주셨다구! 그냥 로니가 어디에 있는지 아느냐고 물으셔서 모른다고 했더니 전화를 툭 끊어버리시지 뭐야."

"미안, 미셸."

한나는 막내 동생을 따돌렸다는데 죄책감이 들기 시작했다.

"너한테 전화했어야 하는데, 당연히 알고 있을 거로 생각했어. 전혀 모르고 있었다니 어떻게 그럴 수가 있니? 레이크 에덴 경찰서장의 죽음 정도면 뉴스에도 나왔을 텐데."

"음, 그게……, 뉴스에 나왔을 수도 있는데, 내가 요즘 TV나 신문을 잘 안 봐서. 좀 바빴거든, 어……, 공부하느라."

"그랬구나."

하지만 한나는 미셸의 말을 믿을 수 없었다. 미셸은 지금 한나에게 뭔가 숨기는 것이 분명했고, 그것이 사람에 관련된 것이 틀림없었다.

"우리, 시간 낭비하지 말자, 미셸. 어서 로니 바꿔. 보고서에 대해 꼭 알아야 한단 말이야."

"로니라구? 음……, 왜 로니가 여기 있을 거라고 생각해? 어젯밤에 엄마한테도 만난 적 없다고 했단 말이야."

그러자 한나가 한숨을 내쉬었다.

"엄마는 엄마고, 나는 나잖아. 얼른 로니와 얘기하게 해줘, 미셸. 로니와 같이 있었던 거, 아무한테도 얘기하지 않을게."

"나랑 종일 같이 있었던 건 아니야, 언니. 집에 방이 몇 갠데."

"알았어." 한나가 씩 웃으며 대답했다.

"그래, 여기 있어. 하지만 같은 방을 쓴다거나 한 건 아니야. 안드레아 언니나 엄마는 몰라야 해. 절대 이해 못 하실 거야."

"라지는?"

한나가 로저 앨런 젠슨의 별명을 불렀다, 라지는 미셸이 지난 7월 집에 왔을 때, 사귀던 대학생이었다.

"그는 이해할까?"

"라지랑은 이미 끝났어. 학교로 돌아오자마자 헤어졌다구. 그 거만한 태도에 정말 질려버렸다니까."

"잘했어."

레이크 에덴의 아름다운 풍경을 묘사하는 미셸에게 마을을 보잘것없는 시골 촌구석으로 일축해 버렸던 라지의 언행을 떠올리며 한나가 말했다.

"기다려봐. 로니를 바꿔줄게. 너무 성급하게 말하지 마, 언니. 로니도 휴가 내내 나랑 같이 있어서 그랜트 서장님이 살해당한 사실을 모르고 있어."

"안녕하세요, 한나."

전화를 받는 로니의 목소리에 약간의 죄책감이 묻어났다.

한나는 그것이 별다른 이유가 아닌 단지 그가 아무에게도 알리지 않고 미셸에게 온 것에 대한 죄책감이기를 바랐다.

"셸리가 그러는데, 저한테 중요하게 하실 말씀이 있으시다구요."

셸리? 한나의 눈썹이 하늘 높은 줄 모르고 치켜 올라갔다. 미셸은 셸리라고 불리는 것을 좋아하지 않았다. 마치 자신이 거북이가 된 듯한 기분이라나.

"음……, 네. 중요하게 할 말이 있어요."

어떻게 해서 로니는 미셸이 싫어하는 별명을 자유자재로 부를 수 있게 된 것일까?

"나쁜 소식이 있어요, 로니."

"동료들에게 무슨 일이 있는 건 아니죠?"

한나가 미처 입을 떼기도 전에 로니가 물어왔다.

"동료들은 괜찮아요."

한나가 그를 안심시켰다.

"로니의 가족들도 모두 잘 있구요. 레이크 에덴 사람들 모두 별일 없어요. 그랜트 서장님만 제외하고."

한나는 이 사실을 달리 알릴 수 있는 문장이 뭐가 있을까 하고 말하는 순간에도 고민했다. 이런 부분에 있어서만큼은 전혀 세심하지 못한 한나였다.

"그랜트 서장님이 왜요?"

한나가 예상한 그대로 로니가 물어왔다.

"돌아가셨어요."

일단 말해놓고 보자는 심정으로 한나가 대답했다.

"지난 월요일 밤에 누군가 서장님을 살해했어요."

오랫동안 침묵이 흘렀다. 로니가 너무 충격을 받아 기절해 버린 것이 아닐까 하고 의심이 될 정도였다.

하지만 이내 한숨소리가 들리더니 로니가 목청을 가다듬었다.

"정말 끔찍하군요."

로니의 목소리가 파르르 떨렸다.

"마이크와 빌이 휴가를 그만 끝내고 복귀하라고 하던가요?"

"모르겠어요. 로니가 그래야 할 것 같으면 전화해서 물어봐요. 현재 마이크가 서장 대리를 맡고 있는데, 소식을 전혀 듣지 못하고 있었다고 말하면 될 거예요."

"좋아요."

다시 입을 열었을 때 로니의 음성은 전보다 한결 차분해졌다.

"용의자는 있어요?"

"모르겠어요. 있다고 해도 나한테 말해주지 않겠죠."

"제 생각엔 아직 없는 모양인데요. 그런데 화났나요?"

"거리에서 덩실덩실 춤을 추고 다닐 기분은 아니죠."

로니는 볼 수 없었지만, 한나는 어깨를 으쓱해 보였다.

"물론 나도 수사에 끼워주면 정말 좋겠지만, 그건 여름에 눈 내리기를 기다리는 꼴이에요."

"제 말은 마이크와 빌에게 화가 났느냐는 게 아니라, 저한테 화가 나셨느냐고 물은 거예요."

"오." 한나가 상황을 재편성했다.

"미셸과 함께 휴가를 보낸 것 때문에 화났느냐고 물은 거예요?"

로니가 꿀꺽 침을 삼켰다.

"음……, 네. 바로 그거였어요."

"아뇨, 화나지 않았어요."

한나가 자신의 대학시절을 떠올리며 미소 지었다. 그녀에게 그랬듯이 미셸에게도 그런 시절이 있게 마련이다.

"다만 수업을 빼먹는다든가 공부에 너무 게을러지지 말았으면 하는 바람이에요. 지금 미셸에게는 학점 관리가 중요하거든요."

"방해하지 않았어요. 수업 때마다 따라가서 뒤쪽에 앉아 같이 듣는 걸요. 어떤 때는 노트 필기까지 해요. 혹시 셸리가 놓친 부분이 있을까 봐요."

한나는 금세 포기하고 말았다, 어쨌든 로니가 미셸에게 상처 주는 일은 없을 듯 보였다.

"로니가 휴가를 떠나기 전에 작성했던 도난 차량 보고서에 대해 물어볼 게 있어요. 그랜트 서장님이 그 보고서를 집까지 가져가셨던 걸 알고 있었나요?"

"몰랐어요. 하지만 그러셨다고 해도 별로 놀랄 일은 아니에요. 서장님은 도난 차량 사건에 관심이 많으셨거든요. 그 건도 이제부터 서장님이 직접 수사하겠다고 하시고는 저에게 2주간의 휴가를 주셨어요."

"흔한 경우는 아니죠?"

한나가 물었다.

"확실히는 모르겠지만, 그랜트 서장님은 관대한 분이 아니시……."

로니가 갑자기 말을 멈췄다, 수화기 건너편에서 힘들게 침을 삼키는 소리가 들렸다.

"그랜트 서장님은 휴가나 조퇴 같은 것에 관대한 분이 아니셨어요. 서장님의 마음이 변하기 전에 가는 것이 좋겠다 싶어서 당장 휴가원을 냈죠."

"머리를 잘 썼네요. 그럼 차량 절도범 얘기로 돌아가 봐요. 그 사람에 대해 아는 게 있나요?"

"제가 아는 건 보고서에 다 썼어요. 그 절도범, 자기 이름도 얘기 안하고, 신분증도 없었어요. 계속 입을 꾹 다물고 있어서 경찰서로 연행하면 곧바로 변호사를 선임할 줄 알았는데, 그러지도 않더라고요. 그랜트 서장님이 저더러 걱정하지 말라고 하셨어요. 서장님이 직접 심문해서 누군지 신원 파악을 하시겠다고요. 아마 심문도 하셨을 걸요. 제가 휴가 떠나기 전까지 그 절도범은 구치소에 갇혀 있었거든요."

한나는 질문을 몇 가지 더 한 다음 로니에게 더 이상 알아낼 것이 없자 다시 미셸과 통화해 그녀의 손님에 대해 아무에게도 말하지 않을 것이라고 안심시킨 뒤 전화를 끊고 수첩을 펼쳤다.

그랜트 서장님의 서재에서 발견된 차 부품들은 제이미가 아닌 서장님 것이다. 그랜트 서장님은 로니가 담당하던 사건에 흥미를 보이며 직접 절도범을 심문하고자 하였다. 그리고 로니의 보고서를 비밀의 공간이 있는 서류가방에 담아 집까지 가져간 것이다.

한나는 알아낸 모든 사실을 하나로 종합해 나가기 시작했다.

혹시 절도사건이 그랜트 서장님이 선거 때 이용하려던 큰 사건의 일부는 아니었을까? 서장이 새롭게 밝혀낸 사실 때문에 살해당한 건 아닐까?

한나의 머릿속에서 온갖 아이디어들이 소용돌이칠 때 전화벨이 울렸다. 아무 생각 없이 손을 뻗어 수화기를 들던 한나는, 이내 카페 문을 10분 정도 닫아걸었어야 했는데 하며 후회하고 말았다.

"언니?"

안드레아의 흥분된 목소리였다.

"연결돼서 다행이야!"

"왜 그러는데?"

한나가 금전등록기의 서랍을 열어 야간에 남겨둘 일정 분량의 돈을 세기 시작했다.

"레시피 타이핑하는 거, 거의 다 끝냈다고 말해주려고."

"거의 다?"

한나는 너무 놀라 5달러 지폐를 20달러 지폐 칸에 넣고 말았다.

"시작한 지 얼마 안 됐잖아!"

한나의 놀란 반응에 안드레아가 재미있다는 듯이 깔깔거렸다.

"이틀이나 매달렸어. 나, 타이핑 치는 속도가 빠르다고 얘기했잖아."

"알았지만, 그래도 이렇게 금방 끝낼 줄은 몰랐어. 그나저나 오늘 밤에 트레시는 몇 시에 데리러 가면 되겠어?"

"안 그래도 그것 때문에도 전화했어. 우리 집으로 7시 30분까지 올 수 있겠어? 루시 던라이트가 방금 트레시랑 카렌을 데리고 집에서 나왔나 봐. 햄버거를 먹이고, '트릭 오얼 트릿(trick or treat, '과자를 주지 않으면 장난칠 거예요' 라는 뜻의 구호를 외치며 이웃 주민들에게 과자나 사탕 등을 받는 핼러윈 전통)'을 한 바퀴 돈 다음 7시 30분쯤 집으로 올 거래."

루시의 딸, 카렌이라면 한나도 잘 알고 있었다. 트레시의 반 친구이기도 한 카렌을 한나도 좋아했다.

"루시가 좋다고 하면, 카렌이랑 트레시를 데리고 유령의 지하실에 갔다 올게. 그럼 우리가 다녀올 동안 루시랑 같이 있으면 되잖아."

"그래 주면 정말 고맙지."

안드레아가 감격하며 말했다.

"핼러윈을 같이 즐길 수 있는 사람이 있다는 것만으로도 좋아. 사실 언니한테 또 다른 부탁이 있어서 전화했는데, 지금 생각해 보니 조금 우스운 것 같아."

"뭔데? 그 많은 분량의 레시피를 타이핑해줬는데, 어떤 부탁이든 못 들어줄까?"

"그렇게까지 생각 안 해도 돼. 나도 뭔가 할 일이 있어서 좋았는걸. 어쨌거나 이건 매우 중요한 일이야, 언니."

안드레아의 음성에 조금씩 혼란스러워하는 기색이 묻어나자 한나는 살짝 얼굴을 찌푸렸다.

"뭔데 그래?"

"빌 문제야. 그이가 복직된 것에 너무 들뜬 나머지 깨진 미등을 아직까지 수리하지 않았지 뭐야."

"저런."

안드레아의 나머지 말이 무엇인지 이미 눈치 챈 한나가 신음 소리를 냈다.

"검색대에 또 걸렸구나?"

"맞았어, 아침에 또 딱지를 끊었어. 한 번만 더 걸리면 진짜 딱지가 나올 거야. 서장 자리를 두고 선거유세가 한창인 지금 그런 오점을 남길 수 없잖아."

"그렇지."

안드레아가 서둘러 요점을 말해주길 기다리며 한나가 대답했다.

"진짜 문제는 빌이 오늘 밤에 또 한 번 딱지를 끊게 될 거라는 거야."

"어째서?"

"경찰서 검색대는 늦게까지 하거든. 집에 오려면 차를 몰고 나와야 하는데, 그렇게 되면 자연히 또 걸릴 수밖에 없잖아."

"그럼 경찰서까지 빌을 데리러 가달라고?"

"꼭 그런 건 아니고."

안드레아가 깊은 한숨을 내쉬었다.

"빌이 그러는데 부품만 있으면 미등 교체하는 건 일도 아니래. 10분도 안 걸린다던데? 근데 지금 당장 빌이 어디서 부품을 구하겠어? 부품을 구하러 나갔다 올 수도 없는 노릇이잖아."

"진퇴양난이네(Catch Twenty-two; 같은 제목의 미국 영화가 있었던 모양)."

"바로 그거지. 난 그 영화가 정말 좋더라. 작년에 옛날 영화를 보여주는 채널에서 봤는데, 알랜 아킨은 정말 완벽했어. 벅 헨리도 연기를 정말 잘하던걸? 정말 놀라울 따름이었어. 그리고 안소니 퍼킨스도……."

"그래서 미등 부품을 사다가 빌에게 갖다 달라는 얘기야?"

안드레아의 열띤 영화평을 한나가 중간에서 가로막았다.

"언니가 괜찮다면 말이야, 그래 주면 아주 고마울 것 같아."

"알았어. 사실 안 그래도 테드에게 컵케이크 맛을 보여주러 갈까 했거든. 거기서 미등 부품을 사다가 모이쉐의 저녁을 만들어 주러 집에 가는 길에 경찰서에 들러 전해줄게."

"모이쉐한테 저녁을 직접 만들어주고 있어?"

"응, 수의사한테서 식단을 처방받았거든."

"뭘 만들어주는데?"

한나는 삶은 간과 계란껍질을 떠올려보았다.

"알고 나면 후회할 거야."

"알았어, 뭔지 모르겠지만 언니 말대로 할게. 하지만 의상 갈아입는 것만은 잊지 마. 트레시가 무척 기대한단 말이야. 이번엔 무슨 의상을 준비했어?"

"비밀이야."

어떻게 하면 유령 의상의 얼룩을 지워낼 수 있을까 고민하며 한나가 대답했다.

15분 뒤, 한나는 모든 준비를 마쳤다.

플라스틱 칼을 꽂은 콘플레이크 상자는 트럭 뒤쪽에 처박아두고, 컵케이크를 실은 다음 빌에게 미등 부품도 구해다 줄 겸 테드 퀘스터의 폐품장으로 향했다.

하늘이 점점 어둑어둑해지는 가운데 시내 곳곳에는 부모나 할아버지, 할머니의 손을 잡고 '트릭 오얼 트릿'을 외치며 과자를 얻으러 다니는 아이들의 모습이 보였고, 한나는 그 모습에 미소를 지었다.

고속도로로 향하는 길에 한나는 엘비스 의상과 킹콩 의상을 입은 남자아이 둘과 세 명의 공주님, 슈퍼맨, 뼈만 남은 해골 두 명과 무시무시한 녹색 송곳니가 달린 괴물, 그리고 아홉 명의 유령을 지나쳤다.

한나의 유령 의상이 더럽혀져 입지 못하게 된 것이 어떻게 보면 다행일지도 모른다. 레이크 에덴이 오늘만큼은 유령의 도시가 되어버린 듯했기 때문이다.

고속도로도 핼러윈의 들뜬 분위기에서 벗어날 수 없었다. 뒤 유리창에 유령 인형을 매단 차도 두 대나 보였고, 창에 가짜 팔을 달아놓은 트럭도 눈에 띄었다. 몇몇 운전자는 핼러윈 마스크를 쓰고 있었고, 한 대형트럭에는 배터리로 불을 밝히는 잭 오랜턴(속을 파서 도깨비 얼굴모양으로 만든 뒤 그 안에 촛불을 켜놓은 호박)을 창문 밖에 걸어두기도 했다.

온 마을이 핼러윈의 축제 분위기로 흥겨웠고, 테드의 폐품장에 들어서는 한나도 어쩐지 흥이 나기 시작했다.

폐품장의 사무실로 사용하는 컨테이너를 지나 주차장으로 들어서는데 마침 비아트리스가 카운터를 보는 것이 눈에 띄어 한나는 미소를 지었다. 비아트리스와 테드에게 컵케이크의 맛을 동시에 보여줄 수 있으니 완벽한 타이밍이 아닐 수 없다.

한나는 주차를 한 후 컵케이크 꾸러미를 집어들고는 차에서 내렸다. 사무실로 달려가 문을 여는데 바람이 어찌나 세차게 부는지 금방이라도 한나를 넘어뜨릴 기세였다.

"어서 와, 한나."

비아트리스가 따뜻하게 한나를 맞아주었다.

"그 꾸러미는 뭐야, 한나?"

"컵케이크요. 이번엔 제대로 알아낸 것 같아요, 비아트리스."

"정말?"

바이트리스의 입가가 환한 원을 그리며 올라갔다.

"정말 잘됐어, 한나. 테드도 좋아할 거야."

"얼른 하나 드셔보세요." 한나가 꾸러미를 건넸다.

"이번 것은 분명히 맞을 거예요."

"나도 그러길 바라. 계속 이렇게 맛만 보다가는 몸무게가 금방이라도
10kg은 더 늘어버릴 테니까."

비아트리스가 농담으로 한 얘기라는 것을 알리기라도 하듯 빙긋 웃
어 보이며 꾸러미를 열어 컵케이크를 꺼냈다. 그리고는 다시 꾸러미를
돌돌 말아 봉한 뒤 컵케이크를 크게 한 입 베어 물었다.

한나는 어찌나 긴장하고 있었는지 비아트리스가 컵케이크를 절반 이
상 먹을 때까지 자신도 모르게 숨을 참고 있었다는 사실을 까맣게 모르
고 있었다.

마침내 한나가 심호흡을 하며 물었다.

"시어머니의 레시피, 그대로예요?"

"맞아, 한나! 어머님이 구워주셨던 바로 그 맛이야. 도대체 비밀 재료
가 뭐였어?"

"라즈베리 시럽이었어요. 비아트리스가 시어머니의 지하실에서 가

져온 병을 보고 알게 됐어요."

"어머나, 그랬군!"

어느새 컵케이크를 다 먹고 한나가 꾸러미에 함께 넣어준 냅킨으로 손에 묻은 기름기를 닦아내며 비아트리스가 말했다.

"테드한테도 얼른 맛보라고 해야겠어!"

"테드 말이 나와서 그러는데, 지금 어디 있어요? 빌의 차에 미등이 깨져서 미등 부품을 사야 하는데."

"견인차를 끌고나갔어. 그래서 이렇게 내가 대신 나와 있지. 테드가 금방 오긴 하겠지만, 부품의 제조사나 모델명, 제조년도를 알고 있으면 나도 찾아줄 수 있어."

"알고 있어요."

한나가 안드레아가 불러준 대로 적은 쪽지를 내밀었다.

비아트리스가 두꺼운 부품 견본서의 페이지를 넘겼다.

"우리한테도 있는 부품일 거야. 부품번호만 컴퓨터에 입력하면 어디에 있는지 나오니까."

한나는 비아트리스가 견본서를 뒤적여 부품번호를 찾은 뒤 컴퓨터에 입력하는 과정을 물끄러미 쳐다보았다.

"여기 나오네. 17번 구역, 38번 줄에 있어."

"거기가 어딘데요?"

"바로 여기."

비아트리스가 카운터 뒤쪽 벽에 걸려 있는 커다란 구역별 지도를 가리키며 말했다.

"나랑 같이 가봐. 부품 창고까지 데려다 줄게."

한나는 비아트리스를 따라 폐품장의 거의 1/4을 차지하는 커다란 부품 창고로 향했다. 비아트리스는 창고 문을 열고, 불을 켠 뒤 한나를 중앙 복도로 이끌었다. 각 구역은 바닥부터 천장에 이르기까지 선반마다 부품들로 가득 차 있었다.

17번 구역에 다다르자 비아트리스가 발걸음을 멈췄다.

"38번 줄이 분명히 여기 어딘가에……, 아, 여기 있네."

"부품이 보여요."

한나가 세 번째 선반을 가리키며 말했다.

"그런데 어떻게 꺼내죠? 사다리가 있나요?"

비아트리스는 고개를 끄덕이더니 중앙 복도 쪽으로 사라졌다. 그리고 잠시 후 건축 자재를 파는 상점에서 흔히 볼 수 있는 바퀴가 달린 사다리를 밀며 돌아왔다.

"보고만 있어. 이런 사다리를 이용하면 훨씬 편하거든."

한나가 직접 올라가겠다고 미처 얘기를 꺼내기도 전에 비아트리스가 장갑을 끼더니 사다리에 올라가 부품을 꺼내서 내려왔다.

"이게 빌의 차에 맞을 거야."

"고마워요."

다시 사다리에서 내려오는 비아트리스에게 한나가 말했다.

"혹시 차내용 라이터도 있어요? 제 트럭에 하나 필요하거든요. 중고로 샀을 때부터 빠져 있었어요."

"그건 12번 구역에 있을걸. 근데 한나가 담배를 피우는 줄 몰랐네."

"안 피워요. 언제 초를 밝혀야 할지 알 수 없으니까요."

"심연한 은유로군."

"아마도요. 하지만 전 실제로 필요해서 말씀드린 거예요. 눈보라 속에 갇히게 되면 차 안에서 촛불이라도 켜서 몸을 따뜻하게 해야 하잖아요. 그리고 라이터 없이 텅 빈 구멍만 나 있는 게 정말 보기 싫거든요. 뭔가 미완성인 것처럼 보여서요."

비아트리스는 한나에게 따라오라고 손짓하며 복도 앞쪽으로 나갔다.

"여기 있어."

그리고는 두 번째 선반을 가리키며 한나에게 장갑을 건네주었다.

"아무거나 하나 꺼내. 라이터는 대부분 다 같은 규격을 사용하니까. 우선 장갑부터 끼고. 지난주에 테드가 장갑을 안 끼고 부품을 만지다가 팔을 심하게 긁혔지 뭐야. 셔츠에 온통 피가 묻어서 빨지도 못하고 버렸어."

"안 그래도 워커 씨에게 얘기 들었어요. 저도 테드랑 똑같은 항생 연고를 샀거든요."

한나가 장갑을 끼고는 선반 위로 손을 뻗었다.

"그 연고 정말 비싸더라구."

원하던 라이터를 손에 넣은 두 사람은 다시 사무실로 향했다.

사무실로 가는 길에 비아트리스가 일반 가정 집 차고 정도 크기로 보이는 네모난 구조물을 가리키며 말했다.

"저게 새로 들여온 분쇄기야. 정말 멋지지?"

"그러네요."

한나는 분쇄기가 어떻게 하면 멋있어 보일까 의아했지만, 적당해 대꾸해주었다.

"어떻게 작동되는 건데요?"

"윗부분이 뚫려 있어서 그곳에 자동차를 떨어뜨려 넣으면 사면이 좁아지면서 차가 빵 상자만 하게 작아져."

잠시 후, 그들은 사무실 안으로 다시 들어왔다.

비아트리스가 한나에게 몇 마디 덧붙이려는데 전화벨이 울렸다.

"잠깐만, 한나. 테드일지도 몰라. 만약 테드면 한나가 비밀 재료를 알아냈다고 얼른 말해줘야겠어."

"테드의 폐품장입니다."

비아트리스가 수화기를 들고 멘트를 읊었다.

"오! 레아, 크리스타와 함께 오늘 밤 있을 공연 준비는 모두 마쳤니?"

한나는 미소를 지었다, 비아트리스의 얘기로 봐서는 그녀의 손녀인 레아의 전화인 듯했다.

"오, 저런! 내가 도울 일은 없겠어?"

비아트리스가 수화기 건너편에서 흘러나오는 말을 가만히 듣고 있었다.

"당연히 해줄 수 있고말고. 할아버지가 오시는 대로 바로 가마."

"무슨 일이에요?"

비아트리스가 전화를 끊자 한나가 물었다.

"레아야. 오늘 공연할 박쥐 의상의 날개가 찢어졌는데, 바느질도 못하는데다 며느리도 집에 없나 봐."

"그럼 직접 가서 해주시게요?"

"테드가 오는 대로 그래야지. 마음 같아서는 지금 당장 폐품장 문을 닫고 가고 싶은데, 오늘 고물차들이 배달되는 날이라서……. 테드가 무척 기다리는 중이거든. 그걸 전부 분해해서 미니애폴리스에 있는 단골에게 보내야 해. 고객을 실망시킬 순 없잖아!"

"그분이 무척 중요한 고객이신가 봐요?"

"우리 사업의 절반을 지탱해주고 계신 분인데, 그분이 다른 데로 구매처를 돌린다면 폐품장 운영이 무척 어려워질걸."

"차 부품들을 굉장히 많이 구입하시나 보군요."

"정말 그래! 매주 월요일 아침이면 필요한 부품 명단을 팩스로 보내와. 그럼 테드가 부품들을 수집한 다음 배송을 보내지."

"수집이요?"

폐품장의 용어에 대해서 잘 모르는 한나가 호기심에 물어보았다.

"그래. 어떻게 하는 건지 나도 잘 모르지만, 테드가 여기저기 폐품장에 전화를 해서 우리한테 없는 부품을 구하곤 해. 주말쯤에는 틀림없이 부품들을 모아서 토요일 아침에 미니애폴리스로 보내."

한나는 어쩐지 마음 한구석이 불편해졌지만, 정확히 무엇 때문에 그런지는 알 수 없었다.

비아트리스나 테드에게 뭔가 물어보고 싶은 것일지도 모른다. 아직은 딱히 떠오르지 않으니 테드가 올 때쯤이면 또렷하게 생각이 나겠지.

"얼른 레아에게 가보세요."

한나가 충동적으로 말했다.

"테드가 올 때까지 제가 여기 있을게요. 컵케이크를 맛볼 때 테드 표정을 직접 보고 싶기도 하고요."

"정말 그래 주겠어?"

"그럼요. 고물차들을 배달하는 차가 도착하면 제가 뭘 어떻게 해야 하는지만 가르쳐주세요."

"할 건 아무것도 없어."

비아트리스가 클립보드를 꺼내 카운터 위 금전등록기 옆에 놓으며 말했다.

"배달해주는 운전사가 어디에 고물차들을 내려야 할지 다 알고 있으니까 걱정하지 않아도 돼. 아마 폐품장 오른쪽에 놓고 갈 거야. 거기서 테드가 분해 작업을 하거든."

"알았어요." 한나가 대답했다.

"한나가 할 일은 영수증에 서명해서 운전사에게 주는 것뿐이야. 그리고 테드에게 줄 선하증권(증권에 기재된 조건에 따라 운송하며 지정된 양륙항에서 증권의 정당한 소지인에게 그 화물을 인도할 것을 약정하는 유가증권)을 잘 보관해줘. 그냥 여기 클립보드에 껴놓으면 돼."

"손님이 오면 어떻게 하죠? 구하는 부품을 직접 찾아줘야 하나요?"

그러자 비아트리스가 고개를 저었다.

"그렇게 번거롭게 할 것 없어. 어차피 이렇게 늦은 시간에는 손님도 없을 텐데, 뭐. 하지만 만약 찾아오는 손님이 있으면, 테드가 올 때까지 기다리거나 내일 다시 오라고 얘기하면 돼."

"그렇게 할게요. 그 밖에 다른 건요?"

"한 가지가 더 있는데, 테드가 돌아오면 레아의 의상 얘길 해줘. 그리고 곧바로 컵케이크를 맛보게 하는 게 좋을걸. 그래야 내가 약속보다 일찍 돌아간 것 때문에 화내지 않지. 가기 전에 난로를 틀어놓을까?"

"아뇨, 난로가 없어도 괜찮을 것 같아요. 제가 그냥 트럭에 가서 재킷을 꺼내올게요."

비아트리스가 차를 타고 서둘러 폐품장을 빠져나가는 것을 보며 한나는 시계를 확인했다. 이미 저녁 6시가 넘었으니 7시 30분까지 트레시와 카렌을 데리러가겠다는 약속을 못 지킬지도 모르겠다.

테드가 일찍 오지 않는다면 집에 가서 모이쉐에게 밥을 주는 일도 힘들 것 같았다. 물론 저녁을 조금 늦게 먹는다고 해서 모이쉐가 금방 죽기라도 하는 건 아니지만 말이다.

특히, 아침부터 그렇게 영양가 높은 오믈렛을 먹였는데 말이다. 개인 요리사를 기다리느라 배고픔에 지쳐버리면 어쩌면 그토록 거부하던 새 사료를 먹게 될지도 모를 일이다.

퍼지 컵케이크

오븐은 176℃로 예열합니다. 틀은 오븐의 중앙에 두세요.

재료

달지 않은 저빵용 초콜릿 4스퀘어(1스퀘어: 28g) / 백설탕 1/4컵

라즈베리 시럽 1/2컵(팬케이크용) / 밀가루 1과 2/3컵

베이킹파우더 1과 1/2티스푼 / 소금 1/2티스푼

실온에 보관한 버터 1/2컵 / 계란 3개 / 우유 1/3컵

백설탕 1과 1/2컵(중복된 재료가 아니에요—총 1과 3/4컵의 설탕이 필요한 거죠)

만드는 법

1. 머핀용 팬에 컵케이크 종이 12개를 줄지어 놓습니다. 이 레시피는 18개의 컵케이크를 굽는 분량이기 때문에 나머지 6개 분량은 따로 팬을 준비합니다.

2. 초콜릿과 라즈베리 시럽, 그리고 1/4컵의 백설탕을 전자레인지에 넣어도 안전한 그릇에 담은 다음 1분간 돌립니다. 그런 후 한 번 저어주고, 다시 전자레인지에서 1분을 더 돌립니다. 이쯤 되면 초콜릿은 거의 다 녹겠지만, 형태는 유지하고 있을 테니 부드러워질 때까지 잘 저어준 뒤 미온이 될 때까지 식혀줍니다.

3. 밀가루를 잘 측량하여 베이킹파우더, 소금과 잘 섞은 뒤 한편에 밀어둡니다. 믹서(강으로 해두세요)에 버터와 1과 1/2컵의 설탕을 넣고 가볍고 부드러워질 때까지 섞어줍니다(믹서를 사용할 땐 3분, 손으로 할 때 5분이면 됩니다). 계란을 한 번에 하나씩 깨뜨려 넣고, 충분히 섞일 때까지 저어줍니다. 그리고 아까 혼합한 밀가루 1/3과 우유 1/3을 넣습니다(분량이 정확할 필요는 없어요-밀가루와 우유를 넣으면 반죽이 좀 더 부드러워진답니다). 잘 섞였으면 또다시 밀가루 1/3과 우유 1/3을 넣습니다. 그리고 마지막으로 한 번 더 나머지 1/3의 밀가루와 우유를 넣고, 잘 반죽합니다.

4. 아까 녹여두었던 초콜릿 혼합물이 충분히 식었는지 확인합니다. 그릇에 손을 데도 금방 떼어야 할 만큼 뜨겁지 않으면 사용하기에 딱 좋습니다.

5. 완성된 반죽은 5분 동안 휴지기를 둡니다. 사용하기 전에 한 번 더 저어준 뒤 컵케이크 종이의 3/4 정도 차도록 붓습니다.

6. 컵케이크를 176℃의 온도에 20~25분간 굽습니다.

퍼지 소스

다 구워진 컵케이크는 실온에서 충분히 식힙니다.

재료

초콜릿칩 2컵(12온스 분량) / 농축 우유 1개(14온스 분량)

만드는 법

1. 이중 냄비를 사용하면 아주 손쉽게 만들 수 있지만, 두터운 소스 팬을 사용해도 좋습니다. 하지만 그럴 때는 바닥이 눌어붙지 않도록 주걱으로 계속 저어주어야 합니다.
2. 이중 냄비의 바닥면에 물을 붓습니다.
3. 그리고 이중 냄비 위쪽에 초콜릿을 넣은 뒤 가스레인지의 중간 불에 올립니다. 그리고 초콜릿칩이 완전히 녹을 때까지 간간이 저어줍니다. 그런 후 농축 우유를 넣고 장식용 소스가 반짝거리며 걸쭉해질 때까지 2분간 더 저어줍니다.
4. 장식용 주머니에 담아 컵케이크 위에 펴 바릅니다.

좋아하는 사람에게는 듬뿍 발라주세요.

이 컵케이크는 장식용 소스를 발라주기 전에

충분히 식혀야 더 맛있답니다.

한나는 멍하니 창문 너머 고속도로를 응시하며 손가락으로 카운터 위를 두드렸다. 저녁 6시 30분이 되었는데도 배달차는커녕 테드도 오지 않고 있었다.

한나는 지나치게 적극적으로 비아트리스의 대리를 자청했던 것을 조금씩 후회하기 시작하였다.

트레일러 안의 쌀쌀한 기운에 한나는 어깨 위에 두른 재킷을 좀 더 끌어당겼다. 난로를 켜놓고 가겠다는 비아트리스의 호의를 거절하는 것이 아닌데 그랬다. 밤이 깊어질수록 날이 추워지고 있었다.

햇살이 사라지자마자 바람이 그 빈자리를 맹렬하게 메우고 있었다. 하지만 그래봤자 아직은 가을 바람이었다. 돌풍이 컨테이너로 된 사무실 벽을 흔들며 마당에 가득 쌓인 고철 위로 마치 회생 불가능한 고물들을 고쳐보겠다는 듯 조그마한 수리공 같은 낙엽들을 흩뿌리고 있었다. 그래도 밖보다는 안이 나았다.

재킷을 가지고 올 겸, 구입한 라이터도 장착할 겸 트럭에 다녀오던 길에 한나는 바람 속에서 곧 눈이 내릴 것만 같은 향취를 느꼈다.

할머니는 늘 눈이 올 것 같은 냄새가 난다고 말씀하시며 어떻게 맡는 것인지 한나에게 가르쳐주곤 하셨다.

그래서 한나는 할머니와 함께 스웬슨가 농장 현관에 달린 그네에 나란히 따뜻한 퀼트 담요를 덮고 앉아 찬 공기를 열심히 호흡하곤 했다. 정말로 뭔가 독특한 향이 있었다. 한나도 맡을 수 있었다.

한나가 할머니에게 이 향이 무엇이냐고 묻자 할머니는 무엇이라고 딱히 말할 수는 없지만, 바람에 이런 향이 묻어날 때면 곧 눈이 내릴 징조라고 말씀하셨다.

고속도로 쪽에서 차량 한 대가 불빛을 반짝이며 오고 있었다.

폐품장을 향해 달려오는 차를 바라보며 한나는 기대감에 부풀어 올랐다. 폐품장 정문을 통과하는 차를 가까이서 보니 역시나 배달차였다.

한나는 재킷의 지퍼를 올리고 사무실 밖으로 나와 운전사를 맞이했다. 드디어 배달차가 도착한 것이다.

운전사는 한나를 향해 손을 흔들더니 이내 싣고 온 차량을 비아트리스가 얘기했던 바로 그곳에 내려놓기 시작했다.

한나는 창가에 서서 운전사가 커다란 트럭을 내리는 모습을 지켜보며 미소를 지었다. 하지만 그가 차량들을 내리기 시작했을 때 한나의 미소는 금세 찌푸림으로 바뀌고 말았다.

전문가는 아니었지만, 차들이 고철로 내다 팔거나 분해하기에는 너무나 깨끗하고 말짱했던 것들이었다. 겉으로만 보아서는 쉽게 간파할 수 없는 내부적인 문제가 있는 차들인 모양이었다.

작업이 다 끝나자 운전사는 다시 차에 올라타 사무실 쪽으로 운전해 왔다. 한나는 운전석 쪽으로 다가가 그가 클립보드에 끼운 채 내민 영수증에 서명하고 선하증권을 건네받았다.

"오늘 밤은 꽤 춥겠어요."

운전사가 말했다.

"정말 그럴 것 같아요."

한나가 대답했다.

"새로 일하게 된 분이신가 보죠?"

한나의 얼굴을 기억해내려 애쓰는 듯 그녀를 요모조모로 관찰하며 운전사가 물었다.

"오늘 아침에 테드랑 얘기했을 때만 해도 테드가 있을 거라고 했는데……."

"테드는 견인 건이 있어서 외출했고, 제가 부인 대신 자리를 지키고 있었어요. 집에 일이 생겨서요."

"그렇군요."

작별인사 비슷한 인사를 던진 채 그는 창문을 올리고는 차의 시동을 걸고 폐품장 밖으로 사라져버렸다.

한나는 트럭이 고속도로로 진입할 때까지 차의 미등을 물끄러미 바라보았다. 그런 후 선하증권을 들고 사무실로 들어와 클립보드를 찾았다. 그리고 클립보드에 막 끼워 넣으려는 찰나 그 밑에 끼워져 있는 목록 하나가 눈에 띄었다.

미니애폴리스에 산다는 손님에게서 온 것인 듯했다. 한나는 깔끔하게 타이핑된 목록의 아이템들을 하나씩 세어보았다. 이 손님은 전국 체인의 수리점을 운영하는 것이 분명했다. 그렇지 않고서는 한 주에 이렇게 많은 양의 부품을 사들일 수 없다.

명단 위의 찍힌 팩스 문자를 확인한 한나는 얼굴을 찌푸렸다. 문자에는 그저 '워즈컴퍼니'라고 쓰여 있었기 때문이다. 여긴 팩스를 보내거나 복사를 해주거나 컴퓨터 디스크에 있는 자료를 출력해주는 대행 서비스센터였다.

전국 체인망을 가진 회사에서 그 흔한 팩스 기계 하나 없다는 것이 말이 돼?

한나는 다시 한 번 목록을 들여다보고는 배달된 차들의 영수증과 같이 비교해 보았다. 그냥 고철로 버리기에는 아까운 차의 부품들을 일일이 분해해서 미니애폴리스의 고객에게 파는 모양이었다.

문득 그랜트 서장 살인사건에 대한 퍼즐 조각들이 한나의 머릿속에서 조금씩 움직이며 자리를 잡아나가기 시작했다.

테드도 쓰레기장 같은 곳에서 차들을 사올 텐데 쓰레기장에 방치됐던 차들이라고 하기에는 너무 멀쩡했다.

혹시 여기에 검은 그림자가 드리워져 있는 것은 아닐까? 미니애폴리스에 사는 고객의 주문량을 맞추려고 차를 훔쳐오는 것이라면? 요즘 따라 부쩍 잘 되는 테드와 비아트리스의 폐품장이 실은 훔친 차에서 생기는 수입 때문이었다면?

한나는 다시 영수증을 살펴보았다.

배달된 폐차들의 명단이 쭉 적혀 있었다. 그런데 폐차를 팔려면 분홍색 딱지(차량의 소유권을 알려주는 딱지)가 있어야 하지 않나? 하지만 아까 배달해준 운전사는 한나에게 아무것도 건네주지 않았다.

한나는 다시 재킷의 지퍼를 올리고 밖으로 나가 배달된 차들의 조수석 쪽 서랍을 살펴보았다. 하지만 텅 빈 실내 공간만큼이나 서랍 안도 황량하기 짝이 없었다.

내가 분홍색 딱지에 대해 제대로 알긴 아는 건가?

한나는 100% 확신할 수가 없었다. 하지만 자동차 관리국에 전화하기에는 시간이 너무 늦었고, 그렇다고 내일 아침까지 기다리기에는 마음이 너무 급했다.

한나는 즉시 수화기를 들어 엘리노어 콕스의 전화번호를 눌렀다.

엘리노어는 자동차 관리국에서 퇴직할 때까지 20년 넘게 근무했으니 한나의 궁금증을 해결해줄 수 있을 것이다.

"안녕하세요, 엘리노어."

마침 엘리노어가 전화를 받자 한나는 그녀가 외출하지 않은 것에 감사하며 인사를 건넸다.

"안녕, 한나. 어쩐 일이야?"

"자동차에 대해 묻고 싶은 게 있어서요. 보통 폐차를 하려면 분홍색 딱지가 있어야 하지 않나요?"

"트럭에 무슨 문제가 생겼어? 그래서 폐차로 내놓으려고?"

"아뇨, 그런 게 아니라 갑자기 궁금해져서요. 알고 계시죠?"

"당연히 알지. 자동차 관리국에서 20년도 넘게 일했는데 그 정도도 모를라구. 소유권을 확인해주는 분홍색 딱지가 있어야 해. 딱지에는 그 차가 중고차 매장으로 가든 자선단체에 기부를 하든 폐품장으로 향하든 넘겨받는 사람의 서명도 들어가 있어야 해."

"만약 폐품장에서 그 차를 다른 폐품장에 팔아넘긴다면요?"

"그때도 분홍색 딱지 규정이 적용돼."

엘리노어가 사무적인 어조로 대답했다.

"분홍색 딱지 없이 거래되는 차들은 모두 불법이지."

"고마워요, 엘리노어. 정말 큰 도움이⋯⋯."

"알겠지만, 정말 분홍색은 아니야."

엘리노어가 한나의 말을 가로막았다.

"모두 분홍색 딱지라고 말하지만, 벌써 몇 년째 딱히 분홍색은 아니었어. 이것도 저것도 아닌 꾸물꾸물한 색 있잖아."

"꾸물꾸물하다니요?"

"그러고 보니 그랜트 서장님도 살해당하던 날 나한테 똑같은 질문을 했었는데⋯⋯."

한나는 작별인사를 건네고는 수화기를 내려놓았다.

퍼즐의 조각들이 한나의 머릿속에서 아까보다 더 빠른 속도로 회오리치며 윙윙거리고 있었다.

그랜트 서장님의 서재에서 발견된 차 부품들.

서장님의 서류가방에 숨겨져 있던 로니의 도난 차량 보고서.

분홍색 딱지에 대해 물어봤다는 그랜트 서장님의 전화.

이 모든 사실들이 그랜트 서장님이 한나가 생각하는 경로들을 밟아온 것이 분명하다고 확신하게끔 했다.

그를 죽음으로 이끈 경로 말이다.

하지만 도대체 누가 죽인 것일까? 도난차량을 운반한 배달차의 운전사? 미니애폴리스에 사는 고객? 아니면 테드?!

퍼즐 조각 하나가 제자리에 맞아들어가자 한나는 저도 모르게 입을 떡 벌렸다.

무용 수업을 마친 레아와 크리스타를 데리러온 테드가 상하가 붙은 작업복 차림이었다는 바바라 도넬리의 얘기가 떠올랐던 것이다.

그게 만약 그랜트 서장님의 피가 잔뜩 묻은 옷을 감추기 위해서였다면? 그리고 그의 팔에 긁힌 상처는? 그 상처가 폐품장에서 난 것이 아니라 그랜트 서장을 덤프스터 안으로 밀어넣다가 난 것이라면?

한나의 심장이 쿵쾅거리며 뛰기 시작했다.

머릿속에서 사건의 재연이 이루어지고 있었다.

테드가 트럭을 끌고 학교 주차장으로 들어오는 것을 그랜트 서장님이 본다. 옷도 갈아입지 않고 아이들을 데리러 가기 위해 비아트리스의 세단을 가지러 온 테드에게 그랜트 서장님이 날카로운 질문을 던진다.

테드는 변명을 둘러대다 그랜트 서장님이 그의 도난 차량 거래에 대해 모두 안다는 사실과 함께 자신을 곧 체포할 거라는 것을 알아챈다. 반항하던 테드는 운 좋게 트럭 안에서 뭔가를 손에 넣고는 그랜트 서장의 머리를 향해 휘두른다. 이를테면……, 타이어 레버 같은.

한나는 사무실 바로 옆에 세워져 있는 테드의 작업 트럭을 흘끗 쳐다보았다.

살인도구가 아직 차 안에 있을지도 모른다. 타이어 레버를 찾아내는 데 그렇게 오랜 시간이 걸리지 않을 것이다.

테드가 아무리 깨끗이 씻었다고 해도 그랜트 서장님의 혈흔을 완전히 지우지는 못했을 것이다. 빌에게 미등도 갖다줄 겸 경찰서에 가져다주어야겠다고 한나는 생각했다.

잠시 후 한나는 타이어 레버를 들고 사무실로 돌아왔다. 아예 트럭에다 가져다 두는 편이 안전하겠지만, 맹렬한 바람 때문에 감히 사무실 밖으로 나설 수가 없었다. 그리고 굳이 레버를 숨겨둘 필요도 없었다.

테드가 돌아오면 부품 창고에서 꺼내온 것처럼 값을 치르면 될 테니까 말이다.

한나는 레버를 카운터 위에 놓고 의자에 앉아 다시 사건에 대한 생각하기 시작했다. 테드가 정말로 그랜트 서장님을 덤프스터 안으로 밀어 넣다가 팔에 상처를 입은 것이라면, 마이크와 빌이 그의 혈액 샘플만 채취해서 그들이 덤프스터에서 발견했다는 혈액 샘플과 비교하면 될 것이다.

두 가지 단서들이 맞아떨어지자 한나는 기분이 훨씬 나아지는 것을 느꼈다. 이제 모든 것이 이해되었다.

근데 뭔가 빠진 것이 있다.

한나는 지금까지 수집한 단서들과 얘기들을 다시 한 번 머릿속에 떠올려보다 문득 크리스타의 드레스에 묻었다던 얼룩이 생각났다.

만약 그 얼룩이 녹 자국이 아니었다면? 테드가 피묻은 옷을 작업복 안으로 밀어 넣다가 트럭 안에 피가 번져버린 것이라면?

그때 한나의 머릿속에 어떤 생각 하나가 천둥처럼 내리쳤다.

클라라와 마가리타 흘른벡 자매가 예정보다 일찍 돌아와 크리스타의 드레스에 묻은 핏자국을 지워버렸으면 어쩌지?

빨리 전화를 걸어 드레스를 그대로 두라는 얘길 전해야겠다는 생각에 한나는 수화기를 들고는 자매의 집 전화번호를 눌렀다.

신호음이 몇 번 가더니 이내 자동응답기가 전화를 받았다.

한나는 안도의 한숨을 내쉬었다.

이건 자매가 아직 집에 돌아오지 않았다는 얘기다. 그래도 만약의 경우를 대비해 크리스타의 드레스를 세탁하지 말고 그대로 두라는 메시지를 남기는 편이 좋겠다고 한나는 생각했다.

두 자매의 인사말은 무척 길었다. 한나는 알고 싶지도 않고 알 필요도 없는 자매의 여행일정을 지루하게 듣고 있다가 메시지의 녹음 시작을 알리는 기계음이 들리자 막 입을 열었다.

하지만 그때 밖에서 자동차 소리가 들렸고, 한나는 창밖을 내다보았다. 창밖에는 다름 아닌 테드 퀘스터가 막 사무실 앞에 트럭을 주차하고 있었다.

한나는 황급하게 수화기를 내려놓고 아무렇지도 않은 척 미소를 지으며 테드를 향해 손을 흔들었다.

그가 한나의 마음을 읽을 수 없기에 망정이지!

그저 비아트리스가 어디에 갔는지 설명하고, 배달이 잘 도착했음을 알리며 컵케이크 맛을 보여주고, 타이어 레버 값을 치른 후 곧장 경찰서로 달려가기만 하면 될 일이다.

"안녕, 한나."

테드가 아리송한 표정으로 사무실로 들어섰다.

"비아트리스는 어디 갔죠?"

"레아의 의상을 손봐주러 갔어요. 그래서 제가 대신 있겠다고 했고요. 견인차도 잘 도착했어요. 영수증에 서명도 했고, 받은 종이는 비아트리스가 시킨 대로 클립보드에 끼워놓았어요."

"고마워."

테드의 시선이 카운터의 하얀 꾸러미에 가 꽂혔다.

"저건 뭐죠?"

"컵케이크에요. 어머님의 레시피를 알아낸 것 같아요. 한 번 맛을 보세요."

테드는 꾸러미에서 컵케이크를 꺼내 한 입 베어 물었다. 그리고는 한 입, 또 한 입.

"맞아, 바로 이 맛이었어. 비아트리스가 내내 툴툴거리던 그 비밀 재료가 도대체 뭐였어?"

"라즈베리 시럽이요."

"그렇군!"

테드가 감탄하며 외쳤다.

"그것일 줄은 꿈에도 몰랐군. 그럼 이제 레시피가 무사히 요리책에 실리는 건가?"

"물론이죠."

"정말 다행이군. 아무에게도 레시피를 주려고 하지 않으시더니, 이제 전국적으로 공개가 되는군. 그 얘기 비아트리스한테 들었겠지?"

어떤 핑계를 대고 여길 빠져나가면 좋을까 고민하며 한나는 고개를 끄덕였다.

"비아트리스가 갈 때마다 늘 어떻게 만드는지 잊어버렸다고 하셨지. 편지로 써서 보내주겠다고 하시고는 항상 보내지 않으셨고. 이제 모두 그 레시피를 알 수 있게 됐으니, 참 잘된 일이야."

한나는 힘겹게 침을 삼켰다. 늘 어머니 칭찬뿐이던 테드가 오늘은 왠지 달랐다. 한나는 서둘러야겠다고 생각했다.

"전 이만 타이어 레버 값을 치르고, 집에 돌아가 봐야겠어요, 테드. 트레시를 데리고 유령의 지하실에 가기로 했는데, 벌써 늦었거든요."

"좋아, 나머지 컵케이크도 준다면 타이어 레버 값은 받지 않을게."

"그렇게 해주면 고맙죠."

한나가 타이어 레버가 든 봉투를 향해 손을 뻗었지만 그보다 먼저 테드의 손이 봉투를 집었다.

"잠깐만, 레버가 별로 깨끗하지 않을지도 몰라."

테드는 봉투에서 레버를 꺼내 앞뒤로 살펴보기 시작하더니 이내 얼굴빛이 어두워졌다.

"이거 어디서 난 거지?"

"그게……, 비아트리스가 찾아줬어요. 미등 부품이랑 라이터도 샀는데 그건 이미 돈을 냈어요."

"이걸 어디서 찾아줬지?"

한나는 애써 아무것도 모른다는 표정을 지으며 어깨를 으쓱했다.

"창고에서 찾았겠죠, 아마. 전 라이터를 고르느라 바빠서 못 봤어요."

"아니, 아니야. 이건 내 트럭에서 나온 건데."

"그걸 어떻게 아시죠?"

호기심 어린 얼굴로 가장한 한나가 물었다.

"레버는 전부 똑같지 않나요?"

"이건 더 길고 무거워. 옛날 수리점에서나 쓰던 거죠. 이게 힘도 더 좋고, 사용하기도 더 편해서 난 이걸 써. 도대체 비아트리스가 왜 이걸 팔려고 했는지 모르……."

갑자기 말을 멈춘 테드가 의심이 가득 찬 눈초리로 한나를 쏘아보기 시작했고 그녀의 얼굴은 백지장처럼 창백해졌다.

이내 그는 타이어 레버 끝을 손아귀에 단단히 쥐었다.

이건 뭔가 잘못되어가고 있었다.

타이어 레버를 꺼내온 것이 한나라는 사실을, 그리고 왜 그것을 꺼내

왔는지 테드가 모두 알아채고 만 것이다.

이젠 그 어떤 변명도 통하지 않을 것이다.

한나에게는 시간도 기타 선택의 여지도 모두 바닥나고 말았다.

"이건 비아트리스가 꺼내준 것이 아냐. 당신이 꺼낸 거지."

테드의 음성에 분노의 기운이 가득 묻어났다.

"당신이 이걸 가져가려는 이유 한 가지밖에 없어……."

한나에게는 테드의 마지막 말을 듣고 있을 여유가 없었다. 그녀는 황급하게 사무실 문을 열고 죽을힘을 다해 달아나기 시작했다.

쿠키단지 트럭을 향해 울퉁불퉁한 땅 위를 달려가는 한나를 마치 두터운 담요처럼 어두컴컴한 어둠이 감싸 안았다.

트럭 앞에서 그나마 이만큼이라도 달아난 것이 다행이라고 생각하는 순간 한나는 카운터 위에서 차 열쇠 대신 컵케이크 꾸러미를 집어왔다는 사실을 깨달았다.

한나의 트럭은 폐차들이 가득 쌓인 곳 부근에 주차되어 있었다. 한나는 바람을 등지고 달려 폐품장을 가로지르는 더러운 길을 달려 곧장 폐차들이 쌓인 곳으로 향했다. 그곳은 불빛이 별로 미치지 않는 어둑한 곳이었기 때문에 테드가 눈치 챌 확률은 매우 낮았다.

한나는 최대한 몸을 숙이고 폐차의 잔해들을 이리저리 피하며 가장 구석진 곳에 놓여 있는, 페인트가 벗겨지고 앞유리가 모두 깨져버린 낡은 캐딜락으로 향했다.

차 문은 녹이 슬어 있었지만, 절박함이 가득한 한나의 손이 몇 번 잡아당기자 마침내 열렸다. 한나는 뒷자리로 들어가 바닥에 납작하게 몸을 엎드리고는 차 문을 굳게 닫았다.

오랫동안 한나는 숨죽이며 있었다. 들리는 것이라곤 바람이 윙윙거리는 소리와 자신의 심장이 요동치는 소리뿐이었다.

테드가 한나를 보지 못했다면, 이대로 안전할 것이다. 한나를 꼭 찾아야겠다고 마음먹는다면 폐차들을 하나하나 다 뒤져볼 테지만 그러는 사이 몰래 폐품장을 빠져나와 큰길에서 차를 얻어 타고 달아나면 될 것이다.

한나는 아주 조심스럽게 차의 뒤 창문으로 밖을 내다보았지만, 테드의 모습은 어디에도 보이지 않았다.

지금쯤 달아나도 괜찮을까? 어쩌면 폐차 무더기 앞에 서서 한나가 제 발로 나오기를 기다리는지도 모른다.

이럴 때 핸드폰만 있었더라면! 핸드폰을 반대했던 지난날의 이유가 지금 상황에서는 하찮기 짝이 없었다! 핸드폰은 장시간 비행에 있어 필수품인 베개와 똑같다. 누구든 살인사건 수사에 탑승하게 되면 핸드폰을 꼭 가지고 있어야 한다.

긴장감에 마음이 초조하고, 온몸이 욱신거렸지만, 한나는 좀 더 기다리며 밖에서 들리는 소리에 귀를 기울이기로 했다. 바닥에 자갈이 깔렸으니 테드가 한나가 있는 곳으로 가까이 다가오면 소리로 미리 알 수 있을 것이다.

한나는 다시 바닥에 납작 엎드려 숨을 죽인 채 테드의 발걸음 소리가 섞여 있지는 않은지 바람소리와 간간이 들려오는 고속도로 위 차들의 경적소리에 귀를 기울였다.

테드는 아직도 밖에서 한나를 찾는 것일까? 어쩌면 이러는 것이 다 부질없을 수도 있다. 이 넓은 곳에서 한나를 찾아내려면 몇 시간은 족히 걸릴 텐데 일찌감치 포기하고 경찰에 체포당하는 것을 피하기 위해 지금쯤 멀리 도망치지는 않았을까?

그의 차고에서 가장 빠른 차를 타고 위넷카 카운티를 벗어나 미네소타 주 경계 밖을 향해 달리고 있을지도 모를 일이다.

한나는 문을 열기 위해 손잡이로 손을 뻗었지만, 이내 다시 움츠리고 말았다. 그래도 조심하는 것이 좋다. 천까지 세어보고 그때까지도 아무 소리가 들리지 않으면, 그때 차 문을 열고 달아나리라.

칠흑 같은 어둠 속에서 더러운 바닥 매트에 얼굴을 박은 채 숫자를 세는 일은 웬만한 인내심 없이는 힘든 일이었다. 100까지는 그래도 쉽게 셀 수 있었지만, 200까지는 꽤 애를 써야만 했다. 300은 거의 투쟁에 가까웠으며, 400은 전쟁이었다.

500까지는 제대로 다 세었는지도 혼미할 정도였고, 600은 그보다 더했다. 700은 정신력의 승리였고, 800은 인내심의 결정체였으며, 900은 강직함과 꼿꼿함의 초석이라고 할만 했다.

932를 세던 한나가 이쯤 하면 되지 않았을까 생각하는 순간 밖에서 크르릉 소리가 들리더니 무언가가 한나가 있는 캐딜락을 세게 밀쳤다. 어찌나 센 힘이었는지 한나의 몸이 바닥에서 붕 떴다가 다시 떨어졌을 정도였다.

한나는 어지러운 머리로 한껏 혼란스러운 가운데 동그랗게 몸을 말았다. 다친 곳은 없었지만, 다른 차량이 고속도로 위를 달리는 속도로 캐딜락에 와 부딪힌 것이 분명했다.

겨우 균형감을 되찾은 한나는 무언가 잘못되고 있다는 것을 깨달았다. 캐딜락이 심하게 앞뒤로 흔들리고 있었던 것이다. 30초 정도 지나자 흔들림이 멈췄고 한나는 위험을 무릅쓰며 창밖을 살짝 내다보았다.

"오, 이런!"

충격에 휩싸인 한나는 입을 떡 벌렸다.

캐딜락은 더 이상 땅에 붙어 있지 않았던 것이다!

한나는 눈앞에 벌어진 상황을 좀처럼 믿을 수가 없었다.

여러 번 눈을 비벼보고 깜빡여 보았지만, 단단한 대지는 여전히 한나에게서 소원하기만 했다.

잠시 후 정신을 차린 한나는 무슨 일이 벌어진 것인지 제대로 파악할 수 있었다. 땅이 떨어진 것이 아니라 캐딜락이 솟았다. 테드가 폐차나 폐트럭을 옮길 때 사용하는 거대한 크레인으로 한나가 탄 캐딜락을 집어올린 것이다.

한나는 다시 아래를 내려다보았다. 하지만 보지 않는 편이 더 나았을 뻔했다. 차는 멀미가 날 정도로 심하게 흔들리고 있었고, 땅은 점점 멀어져만 갔다.

한나는 눈을 질끈 감고 공포감에 신음했다. 단지 높이가 무서운 것이 아니다. 이 정도 높이라면 외부 계단에 달린 사다리를 타고 올라간 적도 있었고, 대학시절 소방로를 타고 내려와 본 적도 있었기 때문이다.

단지 발아래로 아무것도 없는 상황에서 차가 앞뒤로 흔들거리고 있다는 것이 문제였다.

한나는 지금껏 한 번도 풍선기구를 타본 적도 없고, 작년 여름에 열렸던 위넷카 카운티 페어에서 트레시를 데리고 관람차 타는 것도 거부했었다. 이걸 공포증이라고 부르든 어떻든 한나는 정말이지 이런 상황이 싫었다. 차라리 아래를 보지 말 것을.

발아래에서 세상이 흔들리는 장면만으로도 한나는 무기력해지고 말았다.

테드의 의도는 이미 모두 간파했다. 비아트리스가 새로 들여온 분쇄기를 보여주며 크레인으로 어떻게 원하는 차를 끄집어 올려 분쇄기 안에 집어넣는지 친절하게 설명해주었던 것이 떠올랐던 것이다.

그 어떤 고급 차도 빵 상자만 하게 만들 수 있다며 뿌듯해하던 비아트리스였다. 요즘은 빵 상자를 사용하지 않기 때문에 정확히 얼마만한 크기를 말하는 것인지 한나는 알 수 없었지만, 적어도 한나의 체격보다는 작은 사이즈임에는 틀림없었다.

한나는 공포감에 몸을 부르르 떨었다. 바닥에 머리를 박고 있어봤자 아무런 소용이 없었다.

한나는 심호흡을 한 뒤 몸을 일으켜 다시 창밖을 내다보았다. 한나가 탄 캐딜락은 아주 높이, 거의 나무 꼭대기에 다다르는 높이까지 올라와 있었다. 하지만 한나는 이제 높이 같은 건 생각하지 않기로 하고 다시 한 번 심호흡을 한 뒤 아래를 내려다보았다.

그런데, 이게 웬걸, 도움의 손길이 와 있었다!

마이크가 경찰차에 탄 채로 테드와 얘기를 나누고 있었던 것이다.

한나는 창문 밖으로 머리를 내밀고 있는 힘을 다해 소리쳤지만, 시끄러운 기계음과 바람 소리에 묻혀 조금도 들리지 않았다.

캐딜락이 마이크 머리 위에서 흔들리고 있는데도 전혀 듣지 못하는 것이다. 아무리 물불 가리지 않는다고 해도 뛰어내리기에는 너무 높았다. 그래도 마이크의 주의를 끌 수 있을만한 방법이 있을 것이다.

한나는 앞좌석으로 옮겨 앉아 운전대를 쥐고는 경적에 몸을 기댔다. 이거면 된다. 하지만 배터리 없이는 경적도 울릴 수 없다는 사실을 한나는 금세 깨닫고 말았다. 배터리는 이미 따로 분리해놓았을 것이다.

마이크의 주의를 끄는 것이 생각보다 쉽지 않을 듯했지만, 그래도 한나는 포기하지 않았다. 한나는 조수석 창문 밖으로 머리를 내밀었다.

이제 마이크는 차에서 내려 한나의 바로 아래에 서 있었다.

아주 가깝기도 하지만 아주 멀기도 한 거리. 그가 테드와 얘기를 마치고 떠나기 전에 뭔가 행동을 취해야만 한다.

한나는 재빨리 재킷을 벗었다. 이걸 마이크의 머리 위에 떨어뜨리면 마이크가 분명히 위를 쳐다볼 것이다. 그러면 창문에 머리를 내밀고 있는 한나를 발견할 수 있을 것이다.

한나는 창문 밖으로 재킷을 내밀고 부디 중력이 제 역할을 다해주길 기도하며 아래로 떨어뜨렸다.

이제 됐다.

이제 바로 거기에 떨어지기만 하면……, 이런!

갑작스런 돌풍이 한나의 재킷을 마이크의 등 뒤로 떨어뜨렸고, 마이크는 재킷을 보지 못했다.

이제 또 무엇을 떨어뜨린다지?

한나는 컵케이크 꾸러미를 내려다보았다, 이거면 되겠다.

한나는 컵케이크 하나를 떨어뜨렸지만, 목표물에서 조금 빗나가고 말았다. 이번에는 좀 더 조준하여 또 하나를 던졌다. 아까보다는 가까워졌다. 이제는 제대로 맞힐 수 있을 것이다.

기합과 함께 또 하나를 던지려던 순간 한나는 뒤로 물러서고 말았다.

테드가 뭔가 얘기하자 마이크가 미소를 지으며 고개를 끄덕였던 것이다. 멀어서 무슨 얘기를 하는지 제대로 들을 순 없었지만, 두 사람의 대화를 한나는 상상할 수 있었다.

테드는 아마 이렇게 말했을 것이다.

'오늘 밤은 바람이 정말 심하죠?

그러면 마이크는 이렇게 대답했겠지.

'정말 그렇군요. 잠시였지만 누군가 저한테 뭔가를 던지는 기분마저 들었으니까.'

그렇게 되면 결론은 명백했다.

마이크가 한나를 발견하지 못하고 자리를 뜨면, 그야말로 한나는 죽은 목숨이다.

한나는 마지막 남은 컵케이크를 던졌다.

이번 것은 마이크의 머리에 세게 맞았다.

한나는 젖 먹던 힘을 다해 소리를 질렀고, 마이크가 막 고개를 들어 한나를 확인하려는 찰나 테드가 마이크에게 달려들었다.

한나는 아무에게도 들리지 않는 고통스러운 울분을 토했다.

자신을 구해줄 유일한 사람이 곤경에 처하고 만 것이다. 공중에 대롱대롱 매달려 있는 차 안에서 도대체 무엇을 할 수 있단 말인가?

한나는 재빨리 머리를 굴렸다.

매달려 있는 캐딜락 안에서 더 이상 던질만한 것은 남아 있지 않았다. 하지만 한나에게는 아직 신고 있는 부츠가 있었다. 이 정도 높이에서 제대로만 던지면 테드에게 상처를 입힐 수 있을지도 모른다.

한나는 서둘러 부츠를 벗어 창밖으로 내민 다음 목표물을 조준하여 던졌다. 마이크 위에 올라앉아 몸싸움을 하던 테드의 어깨에 부츠가 맞아떨어졌고, 그의 어깨가 움찔한 틈을 타 마이크가 상위 위치를 차지해

버렸다.

간절한 마음으로 두 사람의 몸싸움을 지켜보는 가운데 뭔가의 움직임을 포착한 한나의 눈이 휘둥그레졌다. 빌과 노먼이 마이크를 도우러 온 것이었다.

한나는 크게 안도의 한숨을 내쉬었다. 자칫하면 큰일이 날 뻔한 상황이었다. 빌이 마이크를 도와 테드를 제압한 뒤 수갑을 채우자 한나는 기쁨에 겨워 두 손을 높이 들고 승리의 박수를 쳤다.

그때 끽끽거리는 소리와 함께 캐딜락이 조금씩 조금씩 아래로 내려오기 시작했다. 빌과 마이크가 테드를 연행하느라 바쁜 와중인 것을 보니 노먼이 정확한 레버를 찾아 한나를 내려주는 모양이었다.

마침내 캐딜락이 다시 땅과 만나자 한나는 지체 없이 차에서 내렸다.

무릎은 후들거렸고, 부츠 없이 맨발이었으며 재킷도 한나의 품에서 사라진 지 오래였다. 게다가 손은 온통 초콜릿투성이였지만, 경찰차 뒤에 앉은 테드를 보자 한나의 얼굴에는 환한 미소가 번졌다.

또다시 선한 자들이 승리한 것이다.

부츠를 되찾아 신고 나자 노먼이 한나의 재킷도 가져다주었고, 한나는 마이크에게 궁금한 것이 많았다.

"내가 여기 있는 줄은 어떻게 알았어요?"

"내 질문에 먼저 대답해요."

마이크가 한나의 팔을 단단히 붙잡으며 명령했다.

"곧 분쇄기로 들어갈 신세였다는 거 알고 있습니까?"

마이크의 고자세에 대해 따져 물으려는 순간 한나는 그의 손이 떨고 있음을 눈치 챘다.

한나가 잘못될 것을 걱정한 나머지 마이크는 지금까지도 이렇게 떨고 있는 것이다. 그 사실에 한나는 왠지 마음이 떨려왔다.

"알고 있어요." 한나가 모기만한 소리로 대답했다.

"마이크가 나타나지 않았다면 이미 저 안에서 생을 마감했겠죠."

"살인미수인가요?"

다시는 보내지 않겠다는 듯 마이크가 여전히 한나의 팔을 세게 붙잡은 채 물었다.

"그래요."

"테드가 그랜트 서장님을 죽였다는 사실을 알아냈기 때문입니까?"

한나는 잠시 망설였다.

마이크의 체면을 살릴 기회인 듯했기 때문이다.

"나를 쫓기 전까지는 정말 테드의 짓일 거라고 확신하지 않았어요."

"그럼 바로 그때 단서들이 다 맞아떨어진 것이겠군요."

한나는 고개를 끄덕였다.

어떤 면에서는 사실이었다. 테드가 타이어 레버를 단단히 잡아 쥐기 전까지는 스스로도 확신하지 못하고 있었으니 말이다.

"이제 내 차례예요. 어떻게 여기까지 온 거예요?"

"로니가 전화해서 도난 차량 보고서에 대한 얘길 해주더군요. 그래서 폐차에 대해 테드에게 몇 가지 물어볼 게 있어서 왔습니다. 한나가 여기 있으리라고는, 그것도 위험에 처해 있으리라고는 생각도 못했어요."

한나는 빌 옆에 서 있는 노먼을 향해 고개를 돌렸다.

"노먼은 어떻게 여기 있어요?"

"치과 기록양식을 받으러 경찰서에 갔다가 빌과 잠시 얘기 중이었는데, 안드레아가 전화를 해서는 한나가 경찰서에 있거든 왜 트레시 데리러 안 오느냐고 묻기에……."

함께 수사했던 일은 알아서 감추며 눈치 빠르게 대처해준 노먼을 향해 한나는 따뜻한 미소를 지어 보인 뒤 빌에게로 고개를 돌렸다.

"안드레아가 빌의 미등 부품을 구하러 여기 왔다고 얘기해줬구나?"

"그렇지, 테드가 전화를 안 받기에 노먼이랑 같이 달려온 거야."

"정말 잘했어."

한나가 마이크를 흘끗 쳐다보며 물었다.

"그렇죠, 마이크?"

"그래요. 물론 나 혼자서도 충분히 체포할 수 있었겠지만, 빌이 와줘서 훨씬 쉬웠어요. 증거물을 찾았나요, 한나?"

"사무실 카운터 위에 타이어 레버가 있을 거예요. 그게 살인도구니까 가져가서 혈흔을 채취해 봐요. 그리고 클라라와 마가리타에게 전화해서 크리스타의 파티 드레스에 묻은 얼룩을 지우지 말라고 얘기해야 해요. 그 얼룩이 그랜트 서장님 핏자국일 수도 있거든요."

"그 밖에는?"

마이크는 애써 밝은 표정을 지으려 하고 있었다.

한나에게 단서에 대한 조언을 듣는 것이 꽤 자존심이 상하는 듯했다.

"한 가지 더 있어요. 아무래도 테드가 도난 차들을 유통하고 있었던 것 같아요. 아직 분명하게 확인하진 못했지만요."

"그건 우리가 알아보죠."

마이크가 조금은 누그러진 표정으로 대답했다.

물론 미니애폴리스에 사는 고객이 보내온 부품 목록과 도난 차량에

421

대한 선하증권이 어디에 있는지 알려줄 수도 있겠지만, 한나는 마이크가 알아서 찾게끔 내버려두기로 했다.

마이크가 즐겨 말하듯이 전문가는 한나가 아닌 마이크이니까.

"저녁 9시가 넘었어요."

노먼이 손목시계를 흘끗 내려다보더니 말했다.

"이제 우리가 필요 없다면, 한나와 난 얼른 트레시를 데리고 유령의 지하실에 갈까 하는데요."

"안드레아에게 전화해서 한나가 지금 트레시를 데리러 가는 중이라고 말해줄게."

빌이 말하고는 마이크를 쳐다보았다.

"그래도 괜찮겠죠?"

그러자 마이크가 고개를 끄덕였다. 그랜트 서장님을 죽인 살인범을 연행하고 난 뒤라 무척 관대해진 듯했다.

"그럼요. 얼른 가서 아이들이랑 핼러윈 파티를 즐겨요. 파티가 끝나면 잠깐 경찰서에 들르고요. 진술을 받아야 하니까."

"한나 차로 갈까요, 내 차로 갈까요?"

한나와 함께 사무실로 걸어가며 노먼이 물었다.

"둘 다요. 노먼은 트레시랑 카렌을 데리고 먼저 유령의 지하실로 가요. 난 집에 가서 모이쉐한테 저녁부터 먹이고, 옥수수 쿠키를 가지고 나중에 파티에서 합류할게요."

"좋아요." 노먼이 한나의 트럭 문을 열어주었다.

"의상을 가지고 오지 못한 게 아쉽네요."

한나는 운전석에 올라탄 뒤 뒷자리로 손을 뻗어 급하게 만들었던 의상을 꺼냈다.

"이거 입어요. 난 집에 가면 유령 의상이 또 있으니까요."

"콘플레이크?"

상자를 받아들며 노먼은 아리송한 표정을 짓더니 플라스틱 칼을 건네받자마자 웃음을 터뜨렸다.

"이거 정말 멋진데요, 한나."

한나의 눈이 휘둥그레졌다. 그녀의 유머를 이해하다니 레이크 에덴에서 노먼이 최초였다. 부부는 비슷한 정도의 유머감각을 갖고 있어야 한다고 했던 비아트리스의 말이 한나의 머릿속에 퍼뜩 떠올랐다.

"이게 뭔지 알겠어요?"

"물론이죠."

노먼이 씩 웃으며 대답했다.

"아이디어가 반짝여요, 한나. 요 몇 년간 수없이 많은 핼러윈 의상을 입어봤지만, 시리얼 킬러는 난생처음이에요."

선거 개표가 있는 날, 저녁 7시에 한나는 침실에서 나왔다.

　클레어가 추천했을 뿐만 아니라 엄마가 그토록 사라고 고집을 피웠던 부 몽드의 푸른색 실크 드레스를 입고 말이다.

　한나는 흰색과 빨강, 파랑의 줄무늬가 있는 끈이 달린 푸른색 힐도 사두었다. 독립기념일 때 한창 판매하고 남은 신발인 듯했지만, 어쨌거나 한나의 푸른 드레스와 아주 잘 어울렸다.

　빌의 승리 파티가 될 것이 분명한 오늘 밤에는 더욱 안성맞춤인 신발이었다.

　한나는 한창 선거방송 중인 텔레비전을 흘끗 쳐다본 뒤 주방으로 향했다.

　빌은 이미 80%의 득표율을 차지하였고, 레이크 에덴 호텔에서의 승리 파티는 안드레아를 제외하고 모두 입석으로 참석해야 할 터였다.

　나이트 박사님은 안드레아가 편하게 앉아 다리를 뻗을 수 있는 곳만 있다면 파티에 참석해도 좋다고 허락하셨다.

　호텔에 있는 딱딱한 의자로는 어찌할 수가 없어 엄마가 특별히 안드레아를 위해 앤티크 라운지 의자를 하나 가져다 두었다.

접시에 모이쉐에게 먹일 요구르트 따르는 한나의 얼굴에 미소가 번졌다.

수의사가 사람과 고양이 사이의 타협점을 찾아주었던 것이다.

한나가 커피 테이블 위에 접시를 올려놓자 모이쉐가 펄쩍 뛰어 올라와서는 가만히 기다리고 있었다.

"잠깐만, 기다려."

한나는 비타민 병의 뚜껑을 열며 말했다.

비타민 병만 봐도 침대 밑으로 숨어버리던 녀석이 지금은 얌전하게 앉아 가르랑거리고 있었다.

'그것 봐.'라고 말하고 싶은 충동을 애써 참으며 한나는 접시에 비타민을 조금 부었다. 그러자 모이쉐가 얼른 접시로 다가가 열심히 요구르트를 핥았다.

엄마와 안드레아가 사야 한다고 성화를 부리던 새 가방을 들고 막 집을 나서려는 참에 노크소리가 들렸다.

안드레아가 아침 일찍 전화해서는 차를 보내겠다고 했던 것이다. 그러지 않아도 된다고 여러 번 만류했지만, 안드레아의 고집을 꺾을 수가 없었다.

한나는 카운터 위에 놓아두었던 쿠키단지의 상자를 들었다.

빌에게 줄 축하 선물인데, 그가 좋아하는 애플 오차드 쿠키 바가 가득 들어 있었다.

테드 퀘스터가 그랜트 서장님을 죽인 사실을 모두 자백하고 재판이 있을 때까지 철창 뒤에 갇혀버리는 신세가 되어버린 지금 시점에 매우 잘 어울리는 쿠키이기도 했다.

미소가 가득한 얼굴로 문을 열었는데, 미소는 어느새 놀라움으로 바뀌어버리고 말았다.

안드레아가 일일 운전사를 보냈을 줄 알았는데, 눈앞에는 노먼과 마이크가 서 있었던 것이다.

"안녕, 한나."

노먼이 씩 웃더니 마이크를 쳐다보았다.

"우리가 오늘의 운전사입니다."

마이크가 한나의 팔을 잡았다.

"안드레아가 우리 둘 다에게 한나의 에스코트를 부탁했어요."

"멋진 생각이네요."

안드레아와 아주 길고 긴 대화를 나눠봐야겠다고 생각하며 한나가 대답했다.

두 사람을 대면시켜 질투심을 유발시키려는 의도였다면, 그건 실패였다. 지금 두 사람은 더 이상 행복해 보일 수가 없으니 말이다.

노먼이 한나가 코트를 입는 것을 거드는 동안 마이크는 쿠키 상자를 들었다. 그리고는 마이크가 아파트 문을 잠그고 세 사람은 함께 계단을 내려왔다.

"봐요! 눈이 와요!"

한나가 부드러운 눈송이가 떨어지기 시작한 하늘을 향해 고개를 들고는 말했다.

눈송이들은 클래식한 아파트의 가로등 불빛 사이로 빙글빙글 돌며 거리로 떨어져 내리더니 몇 초 지나지 않아 녹아버리고 말았다.

"가서 부츠로 갈아 신겠어요?"

노먼이 물었다.

"파티가 끝나기 전에 눈이 쌓일지도 몰라요."

"괜찮아요."

한나가 힐을 내려다보며 말했다. 부츠는 아무래도 드레스와 어울리지 않을 것 같았다.

"부츠는 필요 없어요."

그때 마이크가 노먼을 향해 손짓하며 말했다.

"잠깐 실례할게요, 한나. 우린 좀 의논할 것이 있어서 말입니다."

한나는 알 수 없다는 듯한 표정으로 마이크가 노먼의 팔을 잡아끌고 몇 발걸음 떨어져 자기네들끼리 낮은 소리로 뭔가를 속닥이는 모습을 멍하니 쳐다보았다.

하지만 한나를 소외시킨 채 비밀 이야기를 주고받는 두 남자만 쳐다보고 있기에는 눈 오는 풍경이 너무도 아름다워 한나는 밤하늘을 마음껏 응시했다.

테드 퀘스터의 체포로 마을은 온통 소란스러웠지만 얼마 지나지 않아 다시 잠잠해졌다.

비아트리스는 도난 차에 대해 아무것도 모르고 있었음이 밝혀졌고, 지금은 그녀의 장성한 아들들이 집으로 돌아와 폐품장 운영을 돕고 있었다.

비아트리스는 한나에게 뭔가 이상하다고는 생각했지만, 설마 남편이 그랜트 서장님을 죽였으리라고는 상상도 못했다고 말했다.

반면 윈슬롭 해링턴이라는 남자에 대한 것은 여전히 미결로 남았다.

노먼이 여기저기 자료를 찾아봤지만, 알아낼 수 있는 건 아무것도 없었던 것이다.

불행히도 윈슬롭은 지금 마을을 떠나고 없어 빌의 파티에 참석할 수 없었다.

하지만 한나는 언젠가 그를 다시 만나게 되리라고 생각했고, 그때는 확실히 자신의 마음을 결정해야겠다고 다짐했다.

바바라 도넬리도 긴 휴가를 마치고 비서직으로 복직했고, 덕분에 쇼우나 리는 다시 타이핑 업무로 돌아가고 말았다.

하지만 그 정도로는 안드레아의 성에 차지 않았고, 안드레아는 아기를 낳자마자 쇼우나 리 문제에 대해 좀 더 적극적으로 방어하고 나서겠다고 선언했다.

"여기 의자 대령이오."

노먼의 말에 한나가 뒤를 돌아보니 두 남자가 서로 팔을 엮어 인간 의자를 만들고 있었다.

"나를 들려고요?"

한나가 믿을 수 없다는 듯 물었다.

"맞아요."

마이크와 노먼이 앞으로 다가왔다.

"어서 앉아요, 한나. 팔은 우리 어깨에 올리고요. 자, 그럼 차까지 모시죠."

처음에는 주저하던 한나가 조심스레 엮인 팔 위에 올라타 중심을 잡았다.

그러자 노먼과 마이크가 일어나 첫눈이 다소곳이 쌓인 차를 향해 걷기 시작했다.

"사랑스럽네요."

　이런 상황에서 적합한 표현인지 알 수 없었지만, 어쨌건 지금 순간만큼은 한나의 눈에 보이는 모든 것이 사랑스러웠다.

애플 오차드 바

오븐은 190°C로 예열합니다. 틀은 오븐의 중앙에 두세요.

재료

녹인 버터 1/2컵 / 백설탕 1/2컵 / 흑설탕 1컵 / 베이킹소다 1/2티스푼

소금 1/2티스푼 / 베이킹파우더 1/2티스푼 / 바닐라 2티스푼

시나몬 1티스푼 / 거품 낸 계란 2개 분량(포크로 저으면 됩니다)

귀리 1/2컵 / 껍질을 벗기고 잘게 다진 사과 1컵

코코넛 가루 2컵 / 밀가루 1과 1/2컵(체질할 필요 없어요)

만드는 법

1. 녹인 버터에 설탕을 넣고 저어줍니다. 거기에 베이킹소다,
소금, 베이킹파우더, 바닐라, 시나몬, 그리고 거품 낸 계란을
넣고 골고루 섞습니다. 그런 후 귀리와 잘게 다진 사과, 그리
고 코코넛 가루를 1과 1/2컵 넣습니다(나머지 1/2컵은 위에
장식으로 뿌릴 거랍니다). 마지막으로 밀가루를 넣고 잘 반
죽합니다.
2. 기름칠 한 케이크 틀에 숟가락으로 반죽을 떠 넣은 뒤 고
무 주걱으로 잘 눌러줍니다. 그리고 그 위에 남은 1/2컵의 코
코넛 가루를 뿌립니다.

3. 가장자리가 먹음직스러운 황갈색이 될 때까지 190℃에서
25~30분간 구워줍니다.
4. 충분히 식힌 다음에 브라우니처럼 바 모양으로 자릅니다.

빌은 핫 초코와 함께 먹는 것을 가장 좋아해요.

꼭 핫 초코와 먹어야 사과 맛이 더 생생해진다나요.

트레시는 이 쿠키가 몸에도 좋다며 아침식사로도 먹겠다고

여전히 안드레아를 조르고 있답니다.

퍼지 컵케이크 살인사건

2007년 11월 16일 초판 발행
2011년 7월 5일 중쇄 발행

지은이 조앤 플루크
옮긴이 박영인
펴낸이 이경선
펴낸곳 해문출판사

등 록 1978년 1월 28일 제3-82호
주 소 서울시 서초구 서초동 1328-11 도씨에빛 2차 1420호
전 화 325-4721(대표)
팩 스 325-4725

값 12,000원

ISBN 978-89-382-0414-1
ISBN 978-89-382-0400-4(세트)

※ 잘못 만들어진 책은 구입하신 곳에서 바꾸어 드립니다.

국립중앙도서관 출판시도서목록(CIP)

퍼지 컵케이크 살인사건 / 조앤 플루크 지음 ; 박영인
옮김. -- 서울 : 해문출판사, 2007
  p. ;   cm. -- (Cozy mystery)

원표제: Fudge Cupcake murder
원저자: Joanne Fluke
ISBN 978-89-382-0414-1 04840 : ₩12000
ISBN 978-89-382-0400-4(세트)

843-KDC4
813.54-DDC21   CIP2007003364